UNA PROPUESTA ESCANDALOSA

La liga de los pícaros - 3

LAUREN SMITH

L. M. GUTEZ

ISBN: 978-1-956227-14-7 (edición libro electrónico)

ISBN: 978-1-956227-15-4 (edición papel)

CAPÍTULO 1

Capítulo Uno

R*egla número 5 de la Liga:*

LA MEJOR PAREJA DE UN HOMBRE ES UNA DAMA VIVAZ, PERO hay que tratar a las damas vivaces como a un caballo salvaje, con un agarre firme y una voz suave.

EXTRACTO DE *LA GACETA DEL MONÓCULO DE CRISTAL*, 21 DE abril de 1821, Columna de Lady Society:

LADY SOCIETY ESTÁ DE LUTO. EL PELIGROSO LIBERTINO, VIZCONDE Sheridan, se ha quedado ciego. No puede evitar echar de menos esos ojos marrones oscuros que encendieron el corazón de más de una joven inocente cuando él las observaba desde las sombras de un salón de baile. Oh, mi querido Vizconde Sheridan, ¿no volverá a presentarse en sociedad? Lady Society lo desafía. No se esconda de ella, o desenterrará los secretos que más atesora.

Tal vez haya una dama que aún pueda provocar una tentación en sus ojos apagados y convencerlo de que vuelva a vivir. ¿No le gustaría que una mujer volviera a calentar su cama? ¿Una mujer que domine su perverso corazón?

LONDRES, ABRIL DE 1821

Utilizando su bastón de plata con forma de cabeza de león, Cedric, Vizconde Sheridan, lo golpeó con fuerza contra los adoquines del serpenteante camino del jardín de su casa de ciudad en Londres mientras intentaba llegar a la fuente. A su alrededor, el mundo era de un gris invernal. Sin embargo, sus otros sentidos le aseguraban que era primavera. La luz del sol le calentaba la cara y los brazos después de haberse arremangado la camisa. Una brisa con aroma floral le cosquilleaba la nariz y le agitaba el pelo. Cedric dio siete pasos calculados, contándolos en su cabeza.

Siete pasos hasta el centro del jardín, luego cinco pasos hasta… Golpeó la punta de su bota con una piedra elevada, tropezó y se estrelló contra el suelo. Ahogó un grito cuando las piedras se clavaron en sus palmas y los huesos de sus rodillas crujieron.

Jadeando y con todos los músculos tensos, se quedó tumbado en el suelo durante unos momentos, luchando contra las ráfagas de vergüenza y el impulso infantil de gemir por el dolor. No solo había perdido la vista. Parecía que el buen juicio y el equilibrio también lo habían abandonado.

Finalmente se incorporó, palmeó el suelo para encontrar su bastón y se puso en pie con dificultad. Era un hombre adulto de treinta y dos años; podía y *debía* soportar este dolor como se esperaba de cualquier caballero bien educado.

Por suerte, ninguno de sus sirvientes fue testigo de este momento de debilidad.

Una vez más. Cinco pasos hasta la fuente, se recordó a sí mismo y, asegurándose de levantar más los pies, evitó más piedras elevadas. Ya debería conocer este camino, pues lo había recorrido cientos de veces. Sin embargo, todavía no lo veía tan claramente en su cabeza como sabía que debía hacerlo. Cuando la punta de su bastón golpeó ligeramente la base de piedra de la fuente, se inclinó y buscó el borde. Con un gran suspiro de alivio, se sentó.

Cada hora de cada día, desde que se levantaba hasta que se retiraba a la cama, vivía con el temor constante de derribar preciosas reliquias familiares, de pasar vergüenza delante de sus amigos o de su familia o, lo que era peor, de infligir más daños a su cuerpo. Era un giro cruel del destino haber sido una vez un hombre viril sin miedo a nada para luego verse reducido a despertar cada mañana solo para recordar que estaba atrapado para siempre en la oscuridad.

En las últimas semanas y con demasiada frecuencia, se sentaba en su escritorio con la cabeza enterrada entre las manos mientras los bordes de sus palmas se hundían en sus ojos. Intentaba recuperar la visión que necesitaba desesperadamente.

Su desesperanza era demasiado fuerte y él no podía reunir la fuerza de voluntad para ocuparse de ella.

Gracias a Dios por este jardín. Paz, tranquilidad, nadie que lo viera en este estado. Momentos como éste eran una bendición. No había visitas sociales, ni visitantes incómodos que no entendían las dificultades de ser ciego. Afuera, en su jardín, él podía existir sin preocupaciones, sin ansiedad. El aire fresco, el sol cálido y los murmullos de los pájaros y los insectos le hacían sentirse vivo de nuevo, en la medida en que un hombre destrozado podía hacerlo. La tentación de quedarse una eternidad en el exterior era muy fuerte, pero le ardían las manos de tanto rasparse y, además, tendría que entrar para dormir y comer.

Una abeja zumbaba en algún lugar a su derecha, probablemente sobrevolando las flores en ciernes. El piar de los pájaros en un árbol cercano acariciaba sus oídos, llenando el silencio con un delicado gorjeo que era inconfundible y nítido. Podía distinguir cada nota, cada melodía singular y los cambios de tempo y tono cuando los pájaros se comunicaban entre sí.

Ya no podía concentrarse en los pequeños detalles visuales, como los rostros de sus hermanas y amigos mientras reían y hablaban, o cómo el viento agitaba los árboles en ondas de color esmeralda en verano, o la forma en que la boca de una mujer se volvía de ese tono rojo perfecto cuando la besaba. Los sonidos, los olores y el tacto ahora eran sus únicos compañeros. Se aferraba al sonido de las delicadas risas de Audrey y a la suavidad de la mano de Horatia mientras lo guiaba.

Las ligeras pisadas de un lacayo sobre la grava lo sacaron de sus pensamientos. Los pasos firmes eran de Benjamin Abbot, uno de los lacayos más antiguos. Había aprendido mucho sobre sus sirvientes en los últimos meses. Las criadas por sus voces y el sonido de sus faldas, los lacayos por sus pisadas más pesadas. Cada sirviente era único. Era una de las cosas que más había aprendido a valorar después de perder la vista. Siempre había tenido una buena relación con sus sirvientes, pero ahora dependía de ellos más que nunca.

—Hay una joven que quiere verlo, milord.

—¿Oh? —Cedric no se molestó en mirar en dirección a Benjamin. No parecía tener mucho sentido mirar a una persona si no podía verla—. ¿Esta joven le dio un nombre?

—Señorita Chessley. La hija del barón Chessley.

Cedric respiró con fuerza.

¿Anne está aquí? ¿Por qué?

Había estado con muchas mujeres a lo largo de los años, seduciendo de una cama a otra. Pero no con Anne Chessley. Ella era diferente. Ella lo había intrigado, resistido y desafiado. Una verdadera doncella de hielo en su torre de marfil, pero cada vez que la miraba, por un breve segundo, surgía un calor tan brillante y abrasador que despertaba su apetito por ella. la mujer era un reto, y a él siempre le habían gustado los grandes desafíos.

El año pasado la había cortejado, pero ella no le permitió acercarse lo suficiente como para darle un solo beso. Había gastado una fortuna enviando lujosos ramos de flores, además de comprar asientos en el palco de la ópera frente al de su padre para verla disfrutar de la música desde el otro lado del teatro. Y, sin embargo, ella había permanecido inalcanzable. Siempre amable, pero nunca verdaderamente abierta. Después de meses de intentos, Cedric se había visto obligado a admitir su derrota. Ella nunca se rendiría a él ni a sus intentos de seducción.

Y luego había perdido la vista. Cualquier idea de matrimonio ahora era inconcebible. Aunque su fortuna seguía siendo un atractivo para algunas damas disponibles, ya no podía soportar la macabra danza del cortejo. No cuando todo lo que oía eran los groseros susurros de las damas detrás de sus abanicos sobre su condición. No quería esa repulsión o compasión de su futura esposa.

Sin duda, Anne se compadecería de él, o se incomodaría por su nueva torpeza. Era demasiado fría de corazón como para preocuparse sobre si él podía recorrer un metro y medio sin lastimarse o arruinar algo a su alrededor. No podía entender qué estaba haciendo ella aquí, y menos cuando había pasado demasiado tiempo evitándolo. Además, ella no solía hacer visitas sociales y no se atrevería a hacerle una a él. Por otra parte, las noticias que había oído recientemente sobre ella no le permitían imaginar por qué estaba aquí.

La semana pasada, cuando su amigo Lucien y su hermana Horatia acudieron a su visita semanal, Cedric se enteró de que el barón Chessley, padre de Anne, había muerto mientras dormía. Anne era ahora una rica heredera y no necesitaba a nadie, y mucho menos a Cedric. Lo que lo obligó a replantearse dicha cuestión infernal: *¿por qué había venido?*

¿Estaba muy destrozada por el dolor de haber perdido a su único pariente con vida y acudía a él en busca de consuelo? Lo dudaba. ¿Qué podía ofrecerle a una mujer como ella? Era un hombre a medias, destrozado, arruinado. Un maldito idiota.

Se obligó a adoptar un rostro serio. La trataría como a todas las jóvenes con las que se cruzaba desde su pérdida de visión, con una educada distancia. Su orgullo le exigía mantener el control, especialmente con Anne. Nunca debía saber que aún la deseaba, que aún la buscaba como un loco sin remedio.

Las imágenes de sus ojos grises traicionaron a su mente. Recordarla tan vívidamente; los labios rosa pálido que mostraban una sonrisa solo cuando ella bajaba la guardia, y la forma en que su nariz se arrugaba cuando discrepaba con él. Su pecho se contrajo al recordar sus discusiones, a menudo apasionadas, sobre los caballos, su interés compartido. Era la única forma en que había conseguido que ella le respondiera, sonsacándole sus enérgicas opiniones. A la fría diablilla le encantaba discutir, y él se deleitaba provocando su ira.

Maldita sea. Me he convertido en un tonto sentimental.

El lacayo tosió cortésmente, recordándole a Cedric que lo estaba esperando.

—Por favor, tráela —le indicó.

Ahora, resultaba una gran pérdida de tiempo encontrar el camino de regreso al interior. Era mucho más fácil hacer que se la llevaran a los jardines. El clima era bueno, y él conocía a Anne lo suficiente como para saber que le gustaba el aire libre.

Los pasos del lacayo se alejaron y, un minuto después, Cedric percibió unas pisadas femeninas en el sendero del jardín. La oyó jadear cuando se acercó lo suficiente para verlo.

—¡Milord! ¡Está sangrando! —Anne corrió a su lado. Él percibió su olor, un seductor aroma a orquídeas que era exclusivamente suyo. Sintió el calor de sus manos cerca de las suyas cuando se le unió en la fuente. Ella le cogió las palmas y tocó suavemente su piel irritada. Estaba tan acostumbrado a los cortes y rasguños que apenas los notaba.

Cedric reprimió un escalofrío. Sin la vista, solo le quedaban el tacto, el gusto y el olfato para percibir el mundo. El tacto de Anne encendió una chispa debajo de su piel.

—¿Sangrando? —preguntó tontamente, demasiado absorto

en la sensación de las faldas de seda rozando sus espinillas. Sus manos heridas quedaron en el olvido. La excitación ardía en sus venas, y el viejo deseo de seducir emergió a la superficie. No recordaba ningún momento en el que ella hubiera estado tan cerca de él por voluntad propia.

—Sí, milord. Hay gravilla en sus palmas. ¿Se ha...? —dudó en continuar.

Su deseo por ella se esfumó ante la compasión en su tono.

—¿Me he caído? Sí —respondió él bruscamente. Nunca había necesitado compasión, y no la quería ahora, y menos de ella. Sacó el pecho y frunció el ceño en su dirección. Un silencio inquietante llenó el aire entre ellos. Anne siempre tuvo el poder de ponerlo nervioso, de hacer que todos sus músculos se tensaran. ¿Qué expresión tenía en su rostro? ¿Esas delicadas cejas que él recordaba arqueadas sobre sus encantadores ojos sorprendidos, o ahora estaban fruncidas? Maldita sea, desearía poder verla.

—¿Me deja ayudarlo? —preguntó Anne en voz baja.

—¿Cómo? —el escepticismo invadió el tono de Cedric.

En lugar de responder, ella se quitó los guantes y cogió sus manos, metiéndolas en el agua fría y vigorizante de la fuente, y sus dedos limpiaron suavemente las irritadas palmas de sus manos. Luego volvió a levantarle las manos.

—¿Tiene un pañuelo?

—En el bolsillo del pecho —dijo él. Sintió que la mano de Anne hurgaba en el bolsillo de su chaleco y lo sacaba. La simple acción le resultó extrañamente erótica y aceleró su pulso. Siempre era él quien deslizaba una mano bajo el corpiño o la falda de una dama. Era una experiencia muy diferente tener la mano de una dama moviéndose bajo su ropa. Podía sentir el calor de su piel cerca de su pecho. Con una sonrisa interior, disfrutó de la sensación de sus suaves manos introduciéndose en su ropa.

Cuando encontró su pañuelo, ella le secó las manos con delicadeza y luego colocó sus palmas en alto. Su cálido aliento se deslizó sobre su piel en un suave patrón mientras soplaba suavemente sobre sus cortes para secarlos.

—Creo que no van a sangrar más. Debe tener cuidado de no hacer nada brusco con ellas durante unos días para no estimular nuevamente los cortes.

Su tono a reprimenda lo pilló desprevenido y destruyó la cálida burbuja de deseo que lo rodeaba.

—Gracias, señorita —respondió con rigidez, más por la sorpresa que por otra cosa—. Perdone mi atrevimiento, pero ¿por qué ha venido? —la pregunta urgente *¿por qué?* seguía atormentándolo.

Anne guardó silencio durante unos momentos antes de hablar. Cuando lo hizo, sus manos se apartaron de las suyas, deshaciendo su vínculo.

—Estoy segura de que ha oído hablar de mi padre.

—Sí —dijo Cedric en voz baja—. Era un buen hombre, y no puedo decir eso de la mayoría de los hombres que conozco. Le doy mi más sentido pésame y mis condolencias.

El dolor lo atravesó, agudo y repentino, detrás de las costillas. *Los ataúdes de sus propios padres siendo depositados en tumbas gemelas. Sus dos hermanas pequeñas aferradas a sus brazos a ambos lados, con sus rostros angelicales manchados de lágrimas.* Eran recuerdos que no quería, recuerdos que cada día intentaba mantener enterrados.

—Gracias —su voz era firme, pero él conocía la fortaleza de Anne y eso lo hacía sentirse orgulloso de ella. Al mismo tiempo, quiso acercarla y susurrarle cosas suaves y dulces al oído para reconfortarla.

Eso lo sorprendió. ¿Desde cuándo era la clase de hombre que consolaba? Era un libertino, un seductor y un pícaro de la peor calaña. No acurrucaba a una mujer en su cuerpo.

—En realidad, su muerte es la que me ha traído hasta ti.

—¿Oh? No puedo imaginar cómo...

—Si me perdona por mi franqueza, milord, la verdad del asunto es que necesito casarme. La muerte de mi padre me ha dejado con riquezas y, desgraciadamente, siendo más un objetivo para los cazafortunas de la *alta*. Más de lo que me hubiera gustado.

Cedric no pasó por alto el tinte desesperado en su voz. Desde que la conocía, ella siempre había huido de la mirada pública, y la carga de ser una heredera debía ser muy grande.

—¿Y qué tiene que ver esto conmigo? —preguntó Cedric. Seguramente ella no pensaba... Era demasiado esperar que le pidiera que la cortejara de nuevo.

—Necesito un marido y la mayoría de los hombres disponibles que buscan una mujer, bueno, no son lo que yo consideraría candidatos adecuados. He venido aquí... con la esperanza de que quizás... —las manos de Anne cogieron las suyas y Cedric se sobresaltó, pero mantuvo la calma y se aferró a ella con suavidad.

¿Qué esperaba ella? El pecho de Cedric se contrajo.

—Diga lo que piensa, señorita Chessley —exigió, quizá con demasiada fuerza. Ella liberó sus manos y terminaron por caer en su regazo.

—Tal vez esto fue un error. No debí molestarlo —musitó Anne, disculpándose. La oyó levantarse para marcharse.

Cedric se puso de pie junto a ella y extendió la mano a ciegas en su dirección, con la esperanza de capturar su muñeca para detenerla. En lugar de ello, su mano apareció alrededor de una cadera femenina y prominente. No la soltó, sino que le clavó los dedos con la fuerza suficiente para frenar su huida. El repentino contacto provocó un grito de sorpresa.

—Dígame lo que ha venido a decir, por favor —suplicó un poco, no queriendo que se fuera.

Últimamente había pasado mucho tiempo solo, algo que había creído preferir dado su estado. Pero la compañía de Anne era bienvenida. Le recordaba a tiempos mejores, pero no le hacía sentir el dolor de su pérdida de visión. Más bien le encendía la sangre, recordándole la forma en que solía provocarla y cómo ella se resistía a él con su delicioso combate verbal. Reprimió una sonrisa cuando ella no intentó escapar de su agarre.

—He venido a preguntarle si consideraría la posibilidad de casarse... conmigo —la última palabra fue un susurro tan suave que Cedric se preguntó si la había imaginado.

—¿Quiere casarse conmigo?

¡Por fin podría tener a Anne! Sin embargo, se había jurado a sí mismo que el matrimonio no era posible, que cualquier mujer que se atara a él nunca sería feliz con el cuerpo vacío de un hombre dañado. ¿Cómo podía pensar Anne que él sería una buena elección? Si pensaba que podía ser su esposa solo de nombre, se equivocaba.

Si él y Anne se casaban, la metería en una cama y Cedric encontraría el cielo que sabía que lo estaba esperando allí. Si el matrimonio era la única vía para encontrar el paraíso, entonces él haría publicar las amonestaciones inmediatamente. Sin embargo, si conocía a Anne —que lo hacía—, tenía que haber una trampa.

—Sí. Bueno... 'querer' es quizás una palabra fuerte. Pero me casaría con usted si me lo pidieras.

—¿Por qué yo? —si podía elegir entre cazafortunas y otros jóvenes, ¿por qué conformarse con un ciego patético y tonto? No tenía mucho sentido.

—De todos los hombres que he conocido, usted ha permanecido interesado en mí y no tiene ningún deseo de perseguirme por mi fortuna, ya que es bien sabido que la suya es mucho mayor que la mía. Estoy segura de la verdadera razón de su interés. Los sementales de mi padre pasarían a ser suyos, por supuesto, si nos casamos. Sería libre de cruzar sus propias yeguas con ellos. Pensé que tal vez eso podría atraerlo. Estaría dispuesta a trabajar con usted en la crianza, ya que es un interés compartido. También creo que podríamos llegar a agradarnos lo suficiente como para llevarnos bien. Usted tiene la aprobación de mi padre, así como la de Emily, y eso me hace confiar en su naturaleza.

Cedric se rio para sí mismo. A pesar de su reputación descarada entre la *alta* y los rumores de los diarios, ¿su padre lo había aprobado? Ellos se habían reunido a menudo en Tattersalls para hablar de los mejores caballos. Él y el difunto barón habían coincidido en casi todo, excepto en la política, pero aquellos debates habían sido animados y bien argumentados por ambas partes con copas de oporto en clubes como White's.

Entonces, fue azotado por una fuerte sacudida ante la abrupta percepción de la pérdida del barón. Había dejado que su ceguera se convirtiera en un motivo para sumirse en su propia oscuridad y ni siquiera había pensado en cómo debía sentirse Anne. Su padre, un hombre al que estaba muy unida desde la muerte de su madre en su infancia.

Y ella acudió a mí para que la protegiera de los cazafortunas...

El pensamiento provocó una sensación de calidez en un lugar profundo de su interior que había quedado muy frío durante estos largos meses desde su pérdida de visión.

—¿Te casarías conmigo, sinceramente? Debo advertirle, señorita Chessley, que ya no soy el hombre encantador que alguna vez fui. Mi vida se ha vuelto... complicada —la confesión le dolió como un puñetazo, pero era inevitable. Ella tenía derecho a saber con qué se enfrentaría si se casaba con él.

—Lo sé, milord. Tuve un spaniel muy querido que se quedó ciego cuando era niña. Conozco las dificultades a las que usted se enfrenta —su voz estaba todavía un poco agitada.

—No creo que compararme con un perro ayude mucho a su caso, señorita Chessley —se rio irónicamente antes de ponerse más serio—. No respondo bien a la compasión y, si nos casáramos, sería su marido por completo. Estoy seguro de que sabe lo que eso significa. En consecuencia, ya conoce la salida.

Ella dejó escapar un corto jadeo, pero Cedric no pudo ver si era de sorpresa o de indignación. Maldita sea, él no podía leerla, no como solía hacerlo. Una débil sacudida la recorrió y él la sintió a través de su propia mano, la cual aún descansaba posesivamente en su cadera.

—Me ofrecería a acompañarla a la puerta, pero me lleva un tiempo encontrar la salida de los jardines una vez que llego aquí —a pesar de que le dijo que se fuera, no la soltó.

Lucha contra mí, Anne. No te vayas.

Odiaba decirle que se fuera, pero sabía cómo serían las cosas entre ellos. Ella seguiría siendo fría, él seguiría ciego, y ninguno de los dos averiguaría nunca qué hacer el uno con el otro más allá del dormitorio. Tal preocupación no le habría molestado antes, una parte de él siempre había esperado un matrimonio solo de nombre, pero desde los felices matrimonios de sus dos amigos cercanos, había descubierto que anhelaba algo más que la satisfacción sexual con su esposa —si es que alguna vez aceptaba una—.

Al principio lo había descartado como un sentimentalismo, pero estar rodeado de parejas enamoradas había alterado sus percepciones y, al analizar su infancia con más frecuencia desde el accidente, recordaba la fluida relación de sus padres. Comprendió que una gran parte de él siempre había anhelado algo similar. Quería lo que sus amigos y sus padres tenían: amor y amistad. Antes se reía de esas cosas, como si fueran aspiraciones ingenuas de poetas, pero ahora las necesitaba.

—Soy consciente de que usted tendría sus derechos como marido. No se los negaría —declaró con rigidez y valentía, y ella siguió sin apartarse de él o exigirle que dejara de tocarla.

Los labios de Cedric se contrajeron. Tenía suficientes recuerdos de ella para saber qué expresión acompañaba a ese tono de voz. Su barbilla se alzaba, sus marcados pómulos se ruborizaban por la vergüenza y sus preciosos ojos brillaban con una indignación implícita. La mano cayó de su cadera, pero no la oyó marcharse. Permaneció cerca, con el sonido de su respiración acariciando sus oídos.

—Tal vez acceda a tumbarse flácidamente debajo de mí, pero no quiero eso en una esposa. Deseo una compañera de cama dispuesta, y la primavera pasada me dejó claro que nunca sería una.

—La gente cambia —respondió ella.

—Tal vez, pero la naturaleza de una mujer no suele hacerlo. Usted siempre estuvo hecha de hielo, señorita Chessley, y no tengo intención de empeorar mi vida, de por sí en ruinas, al congelarme hasta la muerte en su cama. El simple hecho de evadir a los cazafortunas no es suficiente como para que decida buscarme. ¿Me crees estúpido además de ciego?

Cedric sintió que el aire se movía antes de que la bofetada impactara con fuerza en su cara. El ataque despertó en él un fuego de excitación más que de ira. Después de todo, tal vez podría derretirla.

—¡Cómo se *atreve* a hablar así! —siseó Anne.

—Pido disculpas si la verdad duele, pero estoy cansado de las pretensiones de cortesía. Ahora, por favor, váyase o de lo contrario puedo soltar más verdades que podrían molestarla.

—¡Canalla despiadado! —Anne se dispuso a golpearlo de nuevo, pero él tuvo la virtud de anticipar su reacción.

Por pura suerte, Cedric cogió su muñeca y la empujó contra él. Su otra mano se posó en el hombro de Anne y se desplazó hasta su nuca. La mantuvo inmóvil con su fuerte agarre y se acercó cuidadosamente a su rostro. Fue capaz de encontrar su mejilla y trazar un suave camino hacia sus labios. Una vez que los encontró, abandonó toda pretensión de delicadeza y devoró su boca.

Ella se estremeció en sus brazos y, al principio, su propia lengua se apartó de la de él. Pero Cedric continuó avanzando, frotando sus dedos en el cuello de Anne de manera reconfortante hasta que se relajó contra él. La sensación de triunfo que sintió cuando su lengua deslizó entre sus labios fue gloriosa. Y entonces Cedric se apartó, retrocediendo, con la respiración acelerada.

—Si puedes jurar responderme así en la cama, entonces te pediré que te cases conmigo —era un reto que no esperaba que Anne aceptara, pero rezó para que lo hiciera. Su deseo por ella, acumulado durante años mientras resguardaba el fuego poco intenso, ahora era un infierno gradual. Si tan solo ella aceptara abrirse a él...

—Yo... puedo —su respuesta, ronca y sin aliento, despertó su faceta más oscura y sus partes bajas se endurecieron por la necesidad. Ella continuó hablando, sin darse cuenta del efecto que estaba causando en él—. Lo que quiero decir es que besas mucho mejor de lo que esperaba.

—Entonces, ¿lo juras? ¿Responder de esa manera cada vez que me acerque a ti? —insistió Cedric.

—Lo juro —prometió Anne, pero Cedric oyó la vacilación en su voz.

Él suavizó su agarre e intentó hacer lo mismo con su voz.

—Nunca te forzaré, si eso es lo que te preocupa. Pero te advierto que mi apetito por el placer es voraz —le mostró una sonrisa con la que había roto muchos corazones. Lo único que deseaba era poder ver su reacción.

—Prefiero lidiar con sus apetitos, milord, que sufrir una noche más en un salón teniendo que bailar con esos tontos que no me ven más que como un montón de oro en un vestido de gala —declaró Anne.

Cedric estuvo a punto de reírse. Ahí estaba la fiera que recordaba, la que se ponía a la altura de cada desafío que él le presentaba. Tal vez solo era una idea poco realista pensar que ella había acudido a él por compasión o por la creencia de que no la presionaría para una plena relación marital ahora que estaba ciego. Era un hombre de apuestas por naturaleza; y apostaría, dada la respuesta de Anne, que a ella le gustaba jugar con él tanto como a él con ella. Después de todo, tal vez había una oportunidad para ellos.

—Supongo que eso resuelve la situación. Entonces, me esforzaré por hacer esto correctamente —Cedric extendió la mano para encontrar el borde de la base de la fuente y utilizarlo como apoyo para arrodillarse. Extendió una mano en dirección a ella—. Por favor, deme su mano, señorita Chessley —la cogió, sintiendo los discretos bordes de los leves callos; una mano que pertenecía a una mujer cuyo mundo estaba relacionado con los caballos. No llevaba guantes. Extraño, Cedric no se había dado cuenta hasta ahora—. Señorita Chessley, ¿me haría el gran honor de ser mi esposa? —sonrió, el absurdo del momento era demasiado divertido para permanecer reprimido. Era una tragedia que no pudiera ver sus ojos. ¿Sus profundidades grises brillarían de pasión o estarían turbias por la incertidumbre?

—Sí, milord —respondió Anne, de nuevo sin aliento.

Se preguntó si su sonrisa había afectado a Anne. Se levantó con su ayuda y buscó su bastón. Ella lo acercó a sus manos y Cedric sintió que su agarre se estrechaba mientras él sonreía de nuevo.

¿Su sonrisa la había afectado? ¿O estaba verdaderamente contenta de que le hubiera propuesto matrimonio? Dios, ojalá pudiera ver. Había confiado demasiado tiempo en el lenguaje de los ojos. Ahora estaba perdido; un hombre torpe con solo sus oídos y manos para guiarlo.

—Excelente. ¿Cuándo prefiere anunciarlo? Creo que es tradición esperar seis meses hasta que se le permita entrar en medio luto.

Una mano asustada se aferró a su manga.

—¡No! Deseo casarme esta misma semana. La temporada está en pleno apogeo y un matrimonio rápido acabará con los numerosos asaltos a la Mansión Chessley por parte de los solteros de Londres.

El tono de su voz cambió al hablar de los cazafortunas y él se preguntó si eso era verdad. Sin embargo, no la cuestionaría si se estaba acercando a él en busca de ayuda. La idea de estar casado tenía un atractivo que no había creído posible antes. No estaría solo. Ya no. La voz de Anne atravesaría la oscuridad y le impediría caer en la desesperación.

Sin embargo, habría consecuencias.

—Sabes que la *alta* nos tendrá al borde del escándalo. Supondrán que estás embarazada, o imaginarán motivos peores ante semejante premura.

—No pensé que fuera de los que le temen al escándalo, milord —su tono desafiante le hizo reprimir otra carcajada. ¡La dama lo conocía muy bien! Al fin y al cabo, ellos se adaptarían. Ahora tenía fe en ello.

—Por supuesto que no. Me encanta. No sabía que usted

compartiera mi... *deseo* por la atención —le hubiera gustado ver su cara. ¿Ella se sonrojaría ante sus sugerentes palabras?

—Puede que no la *desee*, como usted dice, pero no me asusta —su tono sugería sinceridad. De haber mentido, habría oído su respiración entrecortada o un temblor en su voz.

—¿Preferiría entonces que consiguiera una licencia especial?

—Sí, si no es mucha molestia.

—Muy bien. Le escribiré mañana.

—Gracias, milord —las manos de Anne se estrecharon entre las suyas mientras se inclinaba hacia adelante y sus labios rozaban la mejilla de Cedric en un beso fugaz. En su interior, la pasión luchó contra la ternura ante el inesperado contacto. Ella permaneció cerca—. ¿Quiere que lo guíe de regreso a la casa?

Esta vez, Cedric dudó. ¿Podría aceptar y reconocer su miedo a tropezar? ¿O se negaría a hacerlo? Maldita sea, ojalá entendiera mejor a las mujeres. Había vivido con sus hermanas durante años y era lo suficientemente inteligente como para admitir que no sabía casi nada de la especie femenina ni de sus complejas y a menudo insondables opiniones sobre la humanidad. Tal vez era más prudente aceptar su oferta en vez de molestarla.

—Sí, eso sería agradable de su parte.

Cedric se sorprendió cuando ella entrelazó sus brazos y avanzaron por el camino empedrado en silencio. Pero no era un silencio severo como él esperaba. Algo entre ellos había cambiado. Solo deseaba saber en qué consistía. Pero pronto lo sabría. Después de todo, iban a casarse. Qué extraño que Cedric se debatiera entre el pavor y la fascinación.

CAPÍTULO 2

Capítulo Dos

Creo que es justo que se le prive de la vista, dado que es un demonio. Que nunca más vuelva a fijar su mirada lujuriosa en otra mujer virtuosa —anunció Lord Upton a los hombres que se encontraban en la sala principal de juego de Berkley, un selecto club de caballeros. Hubo varios murmullos a favor de esto, pero otros tantos mostraron su desacuerdo.

Cedric entró en la sala de juego, luchando contra el pánico natural de estar en una habitación donde se sentía intensamente vulnerable.

—Calla, Upton. Soy ciego, no sordo. No me hagas desafiarte.

Su bastón se balanceaba de un lado a otro sobre la alfombra mientras se abría paso entre las mesas. No podía ver la cara de Lord Upton, pero era evidente un ambiente de inquietud en la zona donde había oído su voz. Cedric sonrió y esperó a que su amigo Ashton Lennox se encontrara con él.

—¿Cedric?

Se estremeció ante el repentino sonido de la voz de su amigo.

Ashton tenía una forma de caminar tan silenciosa como la de un gato.

Aunque Cedric ya no podía ver, recordaba muy bien el aspecto de Ashton. Alto, pelo rubio claro y ojos azules penetrantes. Ashton era uno de sus mejores amigos y en quien más confiaba para ayudarlo a sobrevivir sin su vista. Ashton siempre había sido más paciente que los demás miembros de la Liga y, justo ahora, Cedric necesitaba esa paciencia fiable como ayuda para salir adelante. Podía imaginar la intensa mirada que su amigo le estaba dirigiendo en este momento. Incluso en un mundo de oscuridad, seguía sintiendo cuando lo observaban.

—Tranquilo. Upton es un maldito tonto, eso es todo —se aferró discretamente al brazo derecho de Ashton y dejó que éste lo guiara hacia el salón privado que estaba reservado para él y sus amigos. Aunque su orgullo le exigía ir solo, la sensatez le recordaba que, si era tan tonto como para caminar sin alguien que lo guiara, probablemente tropezaría y le daría a ese bastardo de Lord Upton justo lo que quería de Cedric, ser el hazmerreír de la sala.

Acostarse con la hija de un hombre una vez y no casarse con ella... él actúa como si yo hubiera quemado su casa.

Los oídos de Cedric percibieron la burla en la voz de Upton, la cual parecía estar demasiado cerca para su comodidad.

—¿Duelo con un ciego? Su honor no merece ese insensato esfuerzo.

Cedric se puso rígido y maldijo al resto de sus sentidos, los cuales se habían agudizado desde su pérdida de visión, especialmente el oído.

—Ignóralo —dijo Ashton tranquilamente.

—Por desgracia, tiene razón. Tendría que hacer que mi segundo apuntara mi pistola en la dirección correcta, e incluso entonces el disparo sería improbable —dejó escapar esto en su tono habitualmente socarrón, pero la verdad de ello lo carcomía por dentro.

Esa era quizá una de las peores cosas de haberse quedado

ciego y con el equilibrio deteriorado. Ya no podía montar, disparar o cazar. No podía hacer *nada* de lo que solía hacer. Incluso ir a su club de caballeros se había convertido en una molestia. Se sentía expuesto sin la compañía de uno de sus amigos. En los últimos meses, había aprendido a identificar a los hombres por su voz y su forma de caminar, pero no era suficiente para sentirse seguro cuando salía por Londres. Todos sus sentidos se agudizaban, pero su preocupación por la posibilidad de ser atacado seguía siendo igual de elevada. Haber perdido la vista el pasado diciembre no lo había salvado del peligro, y ahora era aún más vulnerable.

Un asesino contratado casi con toda seguridad por Sir Hugo Waverly había intentado matarlo la pasada Navidad. El asesino casi había tenido éxito y por ello Cedric había perdido la vista. Atrapado en una casa de campo en llamas con su hermana Horatia, pensó realmente que iban a morir. En el último momento, Lucien Russell, el Marqués de Rochester, los había encontrado y sacado a ambos del edificio en llamas mientras éstas saltaban a su alrededor. Lo último que Cedric recordaba era el crujido de una viga de madera desprendiéndose del techo y cayendo sobre su cabeza, obligándolo a entrar en este mundo de oscuridad.

Su médico no había podido determinar si su estado sería permanente, pero Cedric lo había aceptado como tal una vez transcurridos los dos primeros meses. Por la mañana, abría los ojos y se encontraba con una franja gris; cada noche olvidaba en su sueño que sus ojos no podían ver, y cada mañana se despertaba de nuevo con la agonía de su pérdida.

Al principio había sufrido un pánico sofocante, pero se había obligado a calmarse con respiraciones lentas y profundas. Lo que siguió a continuación fue una profunda tristeza, una impotencia que lo enfureció y aterrorizó. Estaba resignado a la oscuridad y a vivir la vida a un ritmo lento, sin hacer gran cosa por sí mismo, hasta ayer, cuando recibió a Anne en el jardín.

La visita de Anne le hizo convocar una reunión de sus amigos más cercanos, conocidos por gran parte de Londres a través de los diarios de sociedad como La Liga de los Pícaros. La Liga estaba formada por Godric, el Duque de Essex; su hermanastro, Jonathan St. Laurent; Lucien, el Marqués de Rochester; Charles, el Conde de Lonsdale; Ashton, el Barón Lennox; y él mismo.

Cedric sintió que los músculos del brazo de Ashton se contraían mientras abría la puerta del salón privado. El estruendo de voces familiares lo envolvió cuando él y Ashton entraron en la habitación.

—Me alegro de verte, Cedric —dijo Godric en algún lugar a la izquierda de Cedric. De alguna manera, Godric había conseguido abandonar los brazos de su dulce esposa, Emily, para unirse a ellos en el club.

Recordaba cómo Godric había convencido a la Liga para que secuestraran a la pobre mujer el año pasado cuando su tío malversó el dinero de Godric. Ella estaba destinada a ser un peón en un negocio, solo que resultó que Emily era mucho mejor para mover las piezas. Aquel secuestro había hecho que Godric consiguiera una esposa capaz de domarlo. Cedric sonrió. Nada había sido igual para la Liga desde la llegada de Emily a sus vidas.

—¿Todos están presentes? —Cedric escuchó el arrastre de las botas y el susurro de la ropa mientras los hombres se sentaban cerca.

—Todos —anunció Lucien. Aquel demonio pelirrojo se había casado recientemente con la hermana de Cedric, Horatia, enfrentándolo incluso en un duelo para lograrlo. Más de una vez había pensado que su ceguera podría ser, de alguna manera, un castigo de Dios por su terquedad en el asunto.

Cedric les confiaba su vida a estos cinco hombres. Con excepción de Jonathan, ellos habían sobrevivido a innumerables encuentros con la muerte y participado en muchos escándalos de la *alta*. Pero, sobre todo, eran amigos, y ahora los necesitaba más como amigos.

—¿Y cuáles son las noticias de las que hablaste en tu nota? —habló Jonathan.

—¿Puede alguien servirme un whisky y empujarme hacia una

silla? —preguntó con una sonrisa medio jocosa. Sus amigos se rieron.

Ashton hizo que avanzara unos pasos y las rodillas de Cedric rozaron el firme cojín de una silla. Se sentó y dejó el bastón en el suelo.

—Primero, antes de que escuchemos lo que Cedric tiene para decir, tengo algunas noticias propias —dijo Lucien, con la voz un poco desbordada por la emoción—. ¿Está bien si hablo, Cedric? —su voz guardaba un secreto, al menos para el agudo oído de Cedric. ¿Qué podía hacer que Lucien, uno de los hombres más audaces que había conocido, se volviera tímido?

Cedric asintió.

—Horatia y yo… bueno… estamos esperando. El médico lo ha confirmado esta mañana.

—¿Un bebé? —Cedric se incorporó, eufórico ante la idea. Luego pensó en Anne y en él mismo. ¿Algún día anunciarían una noticia así? ¿Estaba preparado para ser padre? El instinto le decía que no, pero su corazón no dejaba de agitarse ante la idea.

—Sí. El médico ha dicho que lleva dos meses embarazada. Recibiremos al bebé en noviembre —el orgullo y la calidez en el tono de Lucien eran evidentes.

Cuatro meses atrás, Cedric se había consternado y exasperado cuando su amigo, un libertino que podía sonrojar al mismísimo Lucifer, y la hermana de Cedric comenzaron a ser amantes. Fue como si hubiera perdido a su hermana, una compañera en la que había confiado demasiado, y una de las dos personas en su vida a las que tenía el deber de proteger de los pícaros con mala reputación. Ahora, sin embargo, una de las cosas más maravillosas del mundo era saber que su amigo y su hermana estaban completamente enamorados y eran muy felices el uno con el otro. En secreto, había temido que un matrimonio entre ellos distanciara a Lucien de él, pero no fue así.

La amistad de Cedric y Lucien había pasado por una mala racha el pasado diciembre, pero Cedric no podía negar la verdad. Lucien amaba a su hermana con una intensidad que

Cedric no había creído posible. Y pronto Lucien amaría al niño que estaba en camino. La envidia brotó en el interior de Cedric, enroscándose en espiral. Él quería un matrimonio así, con amor e hijos.

Suspiró con cansancio. *Dios, me estoy poniendo sentimental.* Al parecer, el tiempo y las circunstancias los habían cambiado a todos.

Los vítores y las bromas comenzaron alrededor de Cedric mientras el calor de sus amigos lo envolvía.

—¡Felicidades! —dijeron Charles y Ashton a cada lado de Cedric.

—Un bebé Russell —exclamó Jonathan con una risita maliciosa—. Tu madre debe estar como un niño con zapatos nuevos, Lucien.

Cedric no pudo evitar sonreír ampliamente.

—Entonces, ¿voy a ser tío?

Lucien se rio.

—Muchas veces, espero.

Cedric echó chispas por los ojos.

—Ten cuidado, hombre, es mi hermana con la que te has casado, no con una yegua de cría.

—Muy bien, dejaré que Horatia decida el número de hijos. Pero *tú* tendrás que lidiar con mi madre cuando no consiga sus diez nietos deseados.

—Ahora —insistió Jonathan—. Déjanos escuchar tus noticias, Cedric.

—Oh... claro. Bueno, Ashton y yo acabamos de llegar del Colegio de Civiles, donde obtuve una licencia especial de matrimonio. Me casaré en una semana.

Alguien escupió y el brandy salpicó la cara de Cedric.

—¡Maldita sea! ¿Quién ha hecho eso?

—Mis disculpas —dijo Charles—. Me has pillado desprevenido. ¿Te he oído bien?

Cedric sacó su pañuelo del bolsillo y se limpió la cara, intentando no fruncir el ceño en dirección a Charles.

—¿Te casarás con *quién*? —preguntó Lucien con un tono que reflejaba la incredulidad de Charles.

—Con Anne Chessley —esperó cualquier tipo de reacción, menos un silencio sepulcral. ¿Qué estaban haciendo? ¿Lo miraban con la boca abierta o se miraban entre sí con preocupación? *Malditos sean mis ojos.* Una silla crujió cerca mientras alguien se removía en su asiento.

—¿Qué? ¿No van a felicitarme? —Cedric intentó bromear, pero su sonrisa vaciló mientras el silencio continuaba.

Finalmente, Ashton rompió el silencio.

—Creo que simplemente están sorprendidos ya que renunciaste a cortejar a Anne el año pasado.

—Y se supone que ella está de luto por su padre —interrumpió Lucien.

—Casarse la semana que viene parece extremadamente escandaloso, incluso para caballeros como nosotros —añadió Ashton.

Godric habló con un tono suave.

—Ashton tiene razón. No es que me importe un bledo lo que la sociedad considera escandaloso, no cuando hay verdaderas injusticias en el mundo. Me alegro mucho de que te cases con Anne. Sé que Emily estará extasiada al escuchar que tú y Anne finalmente se establecieron juntos. Siempre estuvo convencida de que te preocupabas más por Anne de lo que aparentabas.

—La única razón por la que no te felicito, viejo amigo, es porque ahora has nivelado el número de hombres cuerdos frente a los casados en esta sala —el tono divertido de Charles hizo que Cedric rechinara los dientes—. Ash, Jonathan y yo tendremos que hacer fuerza para evitar los grilletes en las piernas.

Cedric resopló ante eso. Charles y el matrimonio iban tan bien juntos como... bueno... Charles y un convento lleno de monjas, lo cual, en otras palabras, no era nada bueno.

—¿Alguien más quiere cuestionar mi juicio por casarme con Anne? —preguntó Cedric a la defensiva.

—No estoy cuestionando tu juicio —respondió Ashton—,

pero tengo mucha curiosidad por saber cómo sucedió. Acepté llevarte a obtener una licencia especial, pero hasta ahora has sido muy reservado en cuanto al motivo.

Cedric suspiró. Era una pregunta que lo había estado atormentando desde la visita de Anne el día anterior. Frente a otras personas se abstendría de pronunciar una sola palabra sobre sus verdaderos sentimientos, y tampoco explicaría lo ocurrido con la mujer el día anterior. Pero la Liga tenía otras reglas. Compartían los secretos más oscuros sin pensarlo dos veces, pues la confianza entre ellos era muy fuerte.

—Como sabéis, Anne es ahora la heredera de los bienes de su padre desde que éste falleció. Al parecer, los muchachitos y los cazafortunas ya están persiguiendo implacablemente su fortuna. Ella me buscó y me propuso una especie de plan.

—¿Un plan? —Godric parecía intrigado por la elección de palabras de Cedric. La última vez que la Liga se había involucrado en un plan, fueron partícipes de un complicado secuestro y Godric terminó casado.

—Sí, me pidió que le pidiera matrimonio.

—Espera, ¿me estás diciendo que Anne, la doncella de hielo, te pidió que le propusieras matrimonio? —Charles no parecía convencido.

—*No* es una doncella de hielo —gruñó Cedric.

—¿No fuiste tú quien la llamó así? —le recordó Charles.

Cedric apretó los puños.

—Me equivoqué. Espero que todos respetéis mi deseo de que nunca más sea llamada de esa manera ni de frente *ni* a sus espaldas.

—Por supuesto, viejo amigo, lo que tú digas —aceptó Charles.

—Entonces, termina la historia —insistió Jonathan.

Cedric se encogió de hombros.

—Eso es todo. Ella sugirió el plan y yo acepté, me arrodillé y le pedí que fuera mi esposa.

Hubo otro interminable silencio que pareció casi ensordecer

sus sensibles tímpanos mientras esperaba que sus amigos hablaran. Incluso las otras conversaciones de la habitación se habían apagado, como si los hombres presentes se esforzaran por escuchar lo que ocurría en su pequeño rincón.

—¿Pero *por qué* aceptaste preguntarle? —replicó Godric, el único lo suficientemente valiente como para romper el silencio.

Cedric se armó de valor y habló, suave pero con firmeza.

—Ninguno de los presentes puede comprender lo que he sufrido. No puedo vivir como antes, no puedo perseguir la vida que una vez tuve. Pero cuando Anne vino a mí, me di cuenta de que ella puede ser mi única y última oportunidad de vivir.

El silencio en la habitación cambió y se llenó de tensión. Con ese horrible silencio que lo sofocaba, empezó a hablar. Sus amigos tenían que entender por qué había aceptado la oferta de Anne.

—Ella ha aceptado casarse conmigo a pesar de todo lo que no puedo darle. No puedo elogiarla por su belleza. No puedo llevarla a los bailes ni bailar con ella. Ni siquiera puedo ir a cabalgar con ella. El hecho de que ella haya acudido a mí por encima de los otros hombres que buscan su mano, disminuye el dolor de mi condición actual. Creo que, con el tiempo, podremos ser razonablemente felices como pareja.

—¿Razonablemente felices? Cedric, tú mereces amor, un gran amor, no algo a medias —respondió Godric con una emoción sorprendentemente profunda. Lucien expresó entre dientes su acuerdo con esto.

Cedric negó con la cabeza. Era muy fácil para ellos creer eso. Ambos habían tenido la suerte de encontrar mujeres que los amaban. Él no era tan afortunado. Su pasado estaba marcado por demasiados arrepentimientos y malas decisiones. El destino no le daría ese amor, y lo "a medias" era en sí mismo un regalo.

—Es agradable que pienses así, Godric, pero no estoy de acuerdo. Últimamente, he hecho daño a mi familia y a mis amigos con demasiada frecuencia y, además, he sido un bastardo egoísta la mayor parte de mi vida —levantó una mano para silenciar los murmullos de disconformidad—. Pienso casarme con Anne dentro de una semana y deseo la asistencia de todos vosotros —dejó escapar la invitación con más tranquilidad, temiendo de repente que sus amigos lo abandonaran.

—Estaré allí —dijo Ashton, colocando una mano en el hombro de Cedric.

—Horatia me colgaría de las tripas por ligas si no vamos —la respuesta de Lucien hizo que Cedric resoplara. Su hermanita, sin duda, tendría a Lucien envuelto en las mejores ropas de su elección y sentado en la primera fila del banco de la iglesia. *Si pudiera recuperar la vista por un momento solamente para ver eso.*

Godric y Jonathan le aseguraron que ellos también irían.

Charles fue el último en hablar. Con un suspiro exagerado dijo:

—*Supongo* que debo ir, aunque solo sea para asegurarme de que no te tropieces y derribes al arzobispo. Ese tipo de cosas puede provocar que un rayo caiga sobre todos nosotros, y Cristo sabe que ya tengo suficientes rayos cargados de ira en mi vida.

Una fuerte palmada en el hombro sacudió a Cedric mientras Godric hablaba.

—En honor a tu anuncio, ¿podría convencerte de que cenes con nosotros esta noche? Emily le enviará a Anne una invitación también. Sería bueno tener a todos juntos de nuevo.

—Si así lo deseas. Solo tienes que avisarme de la hora de la cena y allí estaré —Cedric buscó a tientas su bastón en el lugar donde lo había dejado. Otra mano tocó la suya mientras encontraba el bastón y lo apoyaba en su palma—. Gracias.

—De nada —Jonathan se aclaró la garganta—. ¿Y cómo se encuentra la señorita Audrey, si se puede saber? Me han dicho que ella y Lady Russell están actualmente en Francia.

—Sí. Según lo último que supe, están en algún lugar cerca de Niza —replicó Cedric.

Había enviado a su hermana menor, Audrey, de gira por Europa con la madre de Lucien apenas unas semanas después de la boda de Lucien y Horatia a principios de enero. Audrey tenía dieciocho años y era una chica bella y vivaz. Se las había arreglado para crecer sin sus padres, teniendo solo a Cedric como tutor. Este año debería haber sido su segunda temporada, pero la ceguera de Cedric le había impedido acompañarla a los bailes y las fiestas, la fuente de su entretenimiento. Audrey estuvo casi dos meses deprimida y él sintió como si hubiera dejado cojo a su caballo favorito. Ella necesitaba salir al mundo, experimentar la vida, así que le había pedido a la madre de Lucien que la llevara a Europa durante medio año.

El próximo año sería el momento adecuado para lanzar a Audrey al mundo. Era inocente e ingenua, pero también estaba decidida a conseguir un marido, una combinación mortal para su virtud y para los nervios de Cedric. Por eso, le había propuesto el viaje con la promesa de que, en cuanto volviera, tendría un posible marido esperándola. Seleccionaría a unos cuantos hombres de su agrado y se los presentaría para que ella eligiera.

Resultó que la ausencia de Audrey había sido un golpe para las tendencias sociales de Cedric. Echaba de menos su charla en el desayuno sobre la última moda parisina y su insistencia de pasear por Hyde Park en su faetón para que ella pudiera ver a los muchachos apuestos de Londres. Echaba de menos sus abrazos y el repiqueteo de sus zapatillas de casa en las escaleras. Hacía tiempo que había jurado que sus hermanas eran un maldito estorbo, pero desde entonces se había tragado esas palabras y disfrutaba del par de hermanas que le habían tocado tener. Además, había dejado de maldecir su suerte por no tener hermanos. Horatia y Audrey eran todo para él, la única familia que le quedaba. El matrimonio de Horatia y el viaje de Audrey lo habían dejado muy solo en su casa de ciudad.

—Bueno, será mejor que me vaya. Eh... Ash, ¿podrías asistirme hasta el carruaje? —pedir ayuda hería su ya golpeado orgullo, pero la vergüenza de pedírsela a sus amigos iba disminuyendo poco a poco. No le ofrecían compasión y, una vez que se dio cuenta de ello, se sintió agradecido. Simplemente lo ayudaban, y eso significaba mil palabras que nunca les diría.

—Por supuesto —Cedric sintió que la mano de Ashton sujetaba su brazo y lo guiaba hacia la puerta.

—Os avisaré a todos sobre la cena —anunció animadamente Godric antes de que la puerta de la recepción se abriera.

—Ahora, ¿a dónde vamos? —preguntó amablemente Ashton. Nunca parecía importarle acompañar a Cedric en sus recados por Londres.

Cedric sonrió de oreja a oreja.

—A ver a mi futura novia.

CAPÍTULO 3

Capítulo Tres

Anne Chessley estaba parada en la entrada de su casa de ciudad en Regent Street. Tenía la espalda y el cuello tensos mientras luchaba por mantenerse serena y fría, con la esperanza de ocultar la agitación de su corazón y el creciente rubor de sus mejillas. ¿Acaso había sido ayer cuando buscó tontamente al Vizconde Sheridan y lo convenció de que le propusiera matrimonio?

Dios, por favor, no dejes que esto sea un error. ¿Y si él no venía? ¿Y si cambiaba de opinión y cancelaba la boda? Anne apartó esos pensamientos, aunque no fue fácil.

Cuánta diferencia puede suponer un día, pensó. Desde que el fallecimiento de su padre la semana pasada, el sueño la había abandonado, pero anoche... se quedó dormida pensando en Cedric y en aquel beso travieso que le había dado. No, no se lo dio, lo *compartieron.* Por mucho que le avergonzara admitirlo, ella le había correspondido.

Anne se alisó el vestido de crepé negro sobre las caderas y

suspiró. Las arrugas de la tela rígida eran un incómodo recordatorio de su luto y su dolor. Su padre, Archibald Chessley, había muerto y ella estaba sola en el mundo.

Era demasiado sensata para ignorar que una parte de ella seguía negando que él estuviera muerto. Había presenciado su cuerpo sin vida cuando lo encontró en su silla de la biblioteca, frío como el mármol, después de que una criada se apresurara a ir a su dormitorio para decirle que se había ido.

El vacío de su casa la había herido profundamente y también la había llevado a actuar. Ya no podía soportar el silencio. Una parte de ella todavía esperaba que él saliera de su estudio con el humo del cigarro en el aire, o que se reuniera con ella afuera y le ofreciera ir a montar juntos a Hyde Park. Desde los cuatro años cuando su madre, Julia, falleció a causa de una neumonía, fueron solamente ellos dos.

Y pocos días después de su muerte, se había visto obligada a soportar que un pretendiente tras otro le dejara su carta en bandeja de plata, esperando que ella les diera la oportunidad de cortejarla. Todo por su maldita herencia. Si ellos actuaban así mientras ella seguía de luto, los cazafortunas se empeñarían más en comprometerla, incluso arriesgándose al escándalo, para forzarla a casarse. Un matrimonio así era un destino inimaginable que debía evitar a toda costa. Solo pudo pensar en una persona a la que no le importaría su dinero y con la que podría soportar casarse. El Vizconde Sheridan.

Ella sonrió ligeramente. Era un caballero alto y apuesto, de pelo castaño y cálidos ojos marrones. Una mandíbula firme y una nariz aguileña le daban un aspecto rebelde e imperioso, pero sus labios carnosos y sensuales revelaban su faceta humorística. A ella le encantaba verlo sonreír. Sus sonrisas siempre provocaban vibraciones en su pulso y borraban sus pensamientos racionales.

Lo había buscado porque sabía que podía ser sincera con él, hacerle saber la verdad de por qué necesitaba casarse con premura. Sim embargo, ayer por la noche cuando regresó a una casa vacía, por fin pudo comprender lo desesperada y sola que se sentía. Ya no había conversaciones nocturnas junto al fuego con su padre, ni charlas matutinas en el desayuno. Solo un silencio ensordecedor.

Supuso que un hombre como Cedric no entendería su deseo de casarse por soledad y eso posiblemente no suscitaría su compasión. Pero era el único hombre con el que podía soportar la idea de casarse. Compartían un número sorprendente de intereses, y probablemente podrían hacerlo funcionar, si él seguía adelante.

Por eso, correr hacia él le había parecido muy natural. Cedric siempre tenía algo interesante para decir, incluso cuando no intentaba sorprenderla o seducirla. Estando cerca de él, nunca se había sentido sola.

Pero verlo ayer había sido inesperadamente doloroso. Estaba sentado junto a la fuente con las manos heridas y sangrando, los pantalones y la camisa sucios por delante. Era evidente que se había caído poco antes de que ella llegara. Ver la sangre en sus manos y la forma casi casual en que se había olvidado de ella, estremeció el corazón de Anne. Parecía que se había acostumbrado a caerse, a hacerse daño. Nadie debería sufrir un dolor tan constante como para acostumbrarse a él.

Anne había querido rodear con sus brazos el cuello del vizconde herido y consolarlo, pero se resistió. Sabían muy poco el uno del otro, y él no la conocía lo suficiente como para distinguir la diferencia entre lástima y compasión. La despreciaría si pensara que ella se compadecía de él. Solo deseaba consolar a un hombre que había sido profundamente herido. No podía ni imaginar lo que podría haber sufrido desde que perdió la vista.

Llevaba años sin verlo. Todos los bailes a los que asistía, las cenas, estaban vacías sin él. Se había encerrado en su casa y ya no participaba en la vida. Era como si se hubiera dado por vencido, y algo de eso le hacía sentir una fuerte opresión en el pecho. Un hombre como Cedric debería estar experimentando la vida, no encerrado en casa. Si se casaban, él podría encontrar algo de paz y ella aliviaría el dolor de su corazón solitario con su compañía, tal vez incluso haciéndolo participar de nuevo en algunas actividades.

Sí, lo convenceré de volver a vivir. ¿Por qué eso le importaba tanto? Bueno, Anne no quería reflexionarlo demasiado.

Así que aquí estaba, esperando su llegada para poder discutir los detalles de su nueva vida juntos. Pero por más que intentaba concentrarse en el futuro, su mente seguía reviviendo su beso de ayer. En todas sus seducciones de la primavera pasada, él nunca la había besado. La había provocado e insinuado que lo haría, pero ella lo rechazó educadamente todas las veces. Pero ayer, Cedric asumió el control y cambió su vida con un ardiente intercambio de bocas. Después de eso, Anne supo que se *casaría* con él. El hambre teñida de desesperación en su beso la hizo girar en una espiral de anhelos reflejados. Era como si algo antiguo y profundo en el alma hubiera cobrado vida, y ella no podía negar por más tiempo el impulso de satisfacer esa hambre.

No había sido su primer beso. El primero se lo había arrebatado —robado—, un hombre al que despreciaba. Un hombre que todavía la asustaba. Y le había robado algo más que un beso. Le había quitado algo que nunca podría recuperar. Con solo dieciocho años, había perdido cualquier derecho a un matrimonio como el de sus amigas. Cualquier posible novio se habría dado cuenta de que ya no era virgen, y el escándalo que eso supondría sería insoportable.

Tendría que decírselo a Cedric, pero aún no. No hasta que se casaran. Le parecía mal ocultarle una verdad tan importante, pero no podía arriesgarse a perder su aprobación del matrimonio.

Había aprendido por experiencia propia que los hombres solo tenían un objetivo, darse placer a sí mismos, a menudo a costa de una mujer. Pero el beso de Cedric había prometido algo diferente. La había provocado, luego instruido y después animado a buscar su propio placer en él. Luego él mismo había dicho que solo se casaría si ella le prometía responder así. Quería una compañera de cama dispuesta, una amante dispuesta.

Para Anne, eso significaba que él quería una mujer que buscara su propio placer y no esperara que el hombre se marchara una vez satisfecho. Aquel beso le dijo que Cedric sería un amante generoso, que se preocuparía por su pasión del mismo modo. De alguna manera y a pesar de lo nerviosa que estaba por sus futuros deberes como esposa, ese beso había reavivado un fuego que había muerto a sus dieciocho años. Por eso ella había aceptado.

Los cascos de los caballos golpearon el camino de entrada y el repiqueteo de las ruedas del carruaje sacó a Anne de sus pensamientos. Cedric estaba aquí. Su corazón dio un vuelco traicionero y las manos le temblaron.

Se apresuró a alejarse de la puerta y subió corriendo las escaleras hasta la recepción, donde comprobó su aspecto en el pequeño espejo enmarcado. Estudió su rostro con el ceño fruncido. Sus mejillas, demasiado cetrinas por el dolor de la última semana, la hacían parecer agotada hasta el punto de resultar macabro. Con una maldición baja, se pellizcó las mejillas con la esperanza de mejorar su color. Luego se alisó el pelo castaño hacia atrás, aliviada al ver que los reflejos dorados seguían ahí cuando la luz del sol los iluminaba perfectamente. Su cabello la embellecía en cierta medida, al igual que sus ojos, pero no era nada comparada con las damas con las que había visto a Cedric pasar el tiempo a lo largo de los años. Verdaderas bellezas.

Suspiró, con el corazón oprimido. Luego se congeló.

¿Qué estoy haciendo? Ni siquiera puede verme.

Ella podría llevar un saco de tela y él nunca lo sabría a menos que la tocara…

Pero él la *tocaría*. La sola idea de cómo podría hacerlo hizo que su cuerpo se encendiera y, de repente, se sintió un poco mareada. Se sentó en un sillón en la recepción cerca de la entrada y esperó. Un minuto después, un lacayo anunció la llegada del Barón Lennox y del Vizconde Sheridan. Como lo había estado esperando, le dio órdenes al lacayo para que los llevara directamente al salón.

Lord Ashton Lennox entró primero, dejando caer su brazo izquierdo del lado de Cedric, como si ninguno de los dos quisiera que ella viera que lo había estado guiando como a un niño con cuerdas principales. Anne se levantó rápidamente y les sonrió mientras se acercaba. Cogió la mano extendida de Cedric y, sin decir nada, lo condujo a una silla.

—Me alegra ver que goza de buena salud, Lord Lennox —comentó Anne.

Ashton se rio cordialmente.

—Gracias. Debería haberme disculpado de nuevo por la naturaleza de nuestro último encuentro —Anne tenía que admitir que Lennox era bastante apuesto cuando no estaba mirando a alguien con esa intensidad aterradora que le había visto utilizar con frecuencia. Era como si analizara a todos y a todo lo que lo rodeaba con un propósito que ella solo podía suponer.

—¿Supongo que se ha recuperado por completo? —preguntó Anne, recordando el pasado diciembre cuando vio a Ashton en casa de Emily sangrando por un disparo. Lo habían herido mientras él y Godric visitaban una casa de mala reputación. Dada la hora del día y la situación del feliz matrimonio del Duque de Essex, Anne sospechaba que había algo más detrás de la visita de los hombres al Jardín Midnight a media mañana, y no tenía nada que ver con acostarse con mujeres.

Era algo incómodo volver a ver a Lennox después de haberlo visto con el torso desnudo. En otras circunstancias, eso podría haberse considerado comprometedor. Por suerte, habían estado en casa del Duque de Essex y Emily no habría dicho ni una palabra a nadie sobre lo ocurrido. Sin embargo, Anne no iba a olvidar haber visto el pecho desnudo y musculoso de Ashton, con o sin herida. Le hizo preguntarse cómo sería el pecho desnudo de Cedric...

El calor se apoderó de sus mejillas. Cuando Ashton levantó una ceja, ella desvió la mirada hasta que él habló.

—Sí, gracias. ¿Puedo ofrecer mis condolencias por el fallecimiento de su padre? —Ashton siempre fue un caballero, y Anne le sonrió cálidamente.

—Gracias. Se le echa mucho de menos. ¿Y cómo está usted, Lord Sheridan? —Anne se volvió hacia Cedric, quien había permanecido en silencio frente a ella. Sus antes vibrantes y cálidos ojos marrones estaban inexpresivos, pero el resto de su rostro mantenía los matices de sus expresiones. Parecía muy serio y concentrado, con las cejas juntas. Anne no pudo evitar preguntarse en qué estaría pensando.

—Yo estoy bien, ¿y usted?

—Muy bien —maldita sea, todo esto era demasiado formal. ¿Pero qué esperaba? Se había esforzado mucho por alejarlo durante los últimos años y reducir la distancia para formar una amistad parecía casi imposible. También temía que, si le mostraba alguna calidez, él desconfiara de sus motivos y no se fiara de ella en cuanto a la ayuda solicitada.

Cedric se aclaró la garganta.

—Como le informé en mi carta, he conseguido la licencia especial y he fijado una fecha en St. George dentro de cinco días. ¿Le parece bien? No quiero apresurarla en caso de que necesite tiempo para mandar a hacer un vestido o... —calló.

Era evidente que no conocía los requisitos de una mujer para una boda. Afortunadamente para ambos, ella iba a llevar un vestido que ya tenía y no deseaba ninguna fanfarria innecesaria.

—Una boda el sábado será encantadora —le aseguró Anne.

Las sutiles líneas de tensión alrededor de su boca se relajaron.

—Bien. Eso es bueno. Oh, no debo olvidarlo. Godric me ha invitado a cenar con él esta noche y creo que Emily le enviará una invitación en breve. Espero que acepte venir.

A ella le sorprendió su entusiasmo, aunque él rápidamente se esforzó por disimularlo en su expresión.

—Estaré encantada de ir, por supuesto.

Emily St. Laurent, la Duquesa de Essex, era una amiga íntima de Anne. A sus dieciocho años y durante su debut en Londres, conoció a la madre de Emily. La encantadora señora Parr la había ayudado a entrar con facilidad en la sociedad. Anne había prometido devolverle el favor a su hija cuando los padres de Emily desaparecieron en el mar hacía más de un año.

Por supuesto, Anne tuvo poco tiempo real para dar a conocer a Emily en Londres porque Godric, Cedric y los otros pícaros a los que él llamaba sus amigos secuestraron a la pobre chica en su segunda noche de debut en la sociedad londinense.

Sin embargo, nada de eso importaba ahora. Emily había domado al sombrío y apuesto Godric, y los dos estaban tan locamente enamorados que Anne a menudo se sentía triste y celosa cuando tenía que estar cerca de ellos. Admitirlo no era algo de lo que estuviera orgullosa, pero era la verdad. Envidiaba a su amiga por su felicidad, pero también se alegraba por la bendición de Emily.

Esta noche podría cenar con ellos y disfrutar del entusiasmo de su propia boda. Aunque Cedric y ella no estaban enamorados, parecían compartir el mismo ánimo por su matrimonio y eso en sí mismo era una agradable sorpresa.

—Oh, Cedric, acabo de darme cuenta de que me he dejado los guantes de montar en el carruaje. Iré a buscarlos —Ashton se levantó rápidamente y salió de la habitación, dejando a Cedric y a Anne solos.

—¿Acaba de inventar una excusa para abandonarme? —empezó Cedric. Anne ahogó una risita poco habitual en ella.

—Creo que sí...

—¿Cree que somos demasiado estúpidos como para no darnos cuenta de que ha venido en carruaje y que, por lo tanto, no necesita guantes de montar? —Cedric se levantó mientras hablaba y le tendió una mano—. ¿Puedo sentarme con usted?

—Oh, estoy en una silla. Si lo desea, ¿puedo acercarme a usted en el sofá?

—Eso me gustaría —se sentó de nuevo y esperó a que ella se le uniera.

Anne se sentó a su lado y se sobresaltó cuando Cedric sacó del bolsillo de su abrigo una cajita de terciopelo.

—Este era uno de los anillos favoritos de mi madre. Me gustaría que fuera suyo —abrió la caja y Anne se quedó boquiabierta. El anillo era precioso. Había una piedra incrustada, una gema que parecía cambiar de color bajo la luz.

—¡Es precioso! ¿Qué gema es?

—Es una piedra muy rara que se encuentra en Rusia. Cambia de color al reflejar los tonos más cercanos a ella. Me recordó a sus ojos. Creo que la elegí por esa razón en lugar de comprarle un anillo nuevo. ¿Le gusta?

—Sí —su voz estaba un poco desbordada. Sintió que sus ojos se llenaban de lágrimas. Cedric había recordado sus ojos grises y la extraña forma en que reflejaban los colores. Por alguna razón, solo eso la puso al borde del llanto.

—¿Se lo pongo? —comentó Cedric.

—Por favor —Anne apoyó la mano sobre una de las suyas y él la cogió, acariciando con el pulgar la longitud de cada uno de sus dedos, como si los contara antes de llegar al dedo anular. Entonces sacó el anillo de la caja de terciopelo y lo deslizó en su dedo. Le quedaba perfecto, observó ella con una tímida felicidad.

—Yo... —Cedric escondió sus palabras y Anne tuvo la sensación de que quería decir algo más, pero no eran amigos, ni amantes, ni estaban casados. Eran meros conocidos que se sentían como extraños en todos los sentidos. Y supuso que él todavía no se sentía cómodo hablando libremente con ella.

—Gracias por el anillo, milord.

—Anne, estamos a punto de casarnos... por favor, llámame Cedric —la expresión lastimera en su voz la hizo aceptar.

Intentó el nombre en voz alta.

—Cedric —lo había dicho a menudo cerca de Emily, pero nunca en presencia de Cedric. Le gustaba su sonido casi tanto como el de su propio nombre en sus labios. Traía a su mente deseos espontáneos. ¿Él susurraría su nombre en la oscuridad cuando llegara a reclamarla? ¿Rugiría como un león? Después de su única experiencia de intimidad con un hombre, se había sentido herida y asustada, pero ahora estaba intrigada y excitada.

Estaba respondiendo físicamente ante la sola idea de que Cedric se acostara con ella.

Él pareció reconsiderar su silencio y abrió la boca para hablar, pero un lacayo en la puerta de la recepción lo interrumpió.

—Hay una invitación para usted, señorita, y tengo un mensaje para Lord Sheridan de parte de Lord Lennox. Lamenta haber cogido el carruaje para ocuparse de inmediato de un asunto personal.

—¿Él hizo qué? —la expresión de pánico en el rostro de Cedric fue desconcertante. Anne se dio cuenta del temor que debía sentir al verse obligado a recorrer la ciudad solo. También debía ser peligroso.

—Gracias, John. Cogeré el mensaje —ella se levantó rápidamente, cogió la nota ofrecida y el lacayo se marchó—. ¿Está todo bien? —le preguntó a Cedric mientras se ponía en pie. Sus ojos miraban vagamente en dirección a la puerta, mostrando una ansiedad palpable en su rostro.

—Él me dejó... —la voz de Cedric, aunque con un timbre grave y masculino, seguía conservando el temblor aterrado de un niño pequeño.

El pecho de Anna se contrajo al verlo, cómo el poderoso libertino caía tan bajo. En lugar de deleitarse con el aprieto de Cedric, como podría haber hecho antes, solo sintió compasión. Él había aceptado rescatarla de su situación y era justo que ella hiciera lo mismo por él. Pero tendría que hacerlo de una manera menos obvia. Anne conocía lo suficiente a los hombres como para saber que odiaban ser cuidados como niños.

—Si Lord Lennox no regresa con tu carruaje dentro de unas horas, te agradecería mucho que me acompañaras en el mío a la casa de St. Laurent para cenar. Sería muy conveniente. No deseo molestar a mi dama de compañía para que vaya conmigo únicamente durante el corto tiempo que dura un paseo en carruaje.

Cedric parecía más tranquilo; su sugerencia hizo maravillas en su ansiedad. Sus hombros, que habían estado muy tensos, volvieron a bajar y respiró profundamente.

—Estaría encantado, pero como puedes ver... no estoy vestido para la ocasión. Tengo que volver a mi casa para cambiarme.

—No tardo mucho en prepararme. Podría estar lista en una hora y así podríamos llevar mi carruaje a tu casa antes de irnos —Anne rezó para que él pudiera oír la esperanza en su tono.

—Eso sería... aceptable —respondió él después de un momento.

—Te agradezco que me ofrezcas compañía. Ahora, ¿te importaría esperar aquí en la recepción mientras voy a vestirme para esta noche?

—¿Eso es lo apropiado? Debo confesar que soy terrible para seguir las reglas del decoro. Preferiría estar en tu habitación escuchando el susurro de la seda contra tu piel mientras te pones el vestido... pero estoy seguro de que no lo permitirías —Cedric se rio—. Podrías pensar que he fingido mi ceguera estos últimos meses solo para tener esa oportunidad —sus sensuales labios se abrieron mientras reía y Anne pudo sentir que se sonrojaba intensamente. Menos mal que él no podía ver su cara—. ¡He dejado sin palabras a mi bella dama! —bromeó mientras ella le fruncía el ceño. ¿Su dama? Todavía no. Por suerte para él, no podía verla, de lo contrario se habría dado cuenta de que estaba en problemas.

—¿Siempre vas a ser tan...? —Anne calló a falta de una palabra que pudiera definir su comportamiento.

—¿Perverso? —sugirió él con una sonrisa arrogante.

—Sí —respondió Anne mientras empezaba a caminar junto a él. La mano de Cedric se extendió y golpeó su antebrazo antes de que su mano sujetara su muñeca.

—¿Qué estás haciendo? —preguntó ella mientras él la envolvía en su abrazo.

—Pensé que era costumbre sellar un compromiso con un beso.

El cuerpo de Anne se encendió peligrosamente ante sus palabras, pero se resistió.

—Me besaste ayer. Además, los besos son solo para la boda —argumentó, sacudiéndose contra los fuertes y musculosos brazos que la rodeaban por la cintura, aprisionándola contra él.

—¿Solo para la boda? No sé quién te instruyó en los caminos del deseo, pero o era un tonto o un idiota —dijo Cedric con voz ronca.

Anne miró fijamente sus ojos pardos enfocados en su rostro, como si él supiera instintivamente la altura de ella. Cedric apartó una de sus manos de su cintura y dejó que se deslizara por el vestido de crepé negro. El borde de la palma de su mano rozó el costado de su seno izquierdo y ella se estremeció.

Los ojos de Cedric se entrecerraron cuando repitió el movimiento, desplazando la palma de la mano unos centímetros hacia dentro, acariciando la tela crepé a pocos centímetros de la punta de su pecho. Ante su avergonzada fascinación, sus pezones se endurecieron, como si estuvieran desesperados por su contacto. Anne intentó apartarse, pero la intensa mirada de Cedric la mantuvo en su sitio mientras su mano regresaba a su camino original por su costado y a lo largo de su hombro. Las puntas de sus dedos trazaron una lenta línea por su garganta y por la curva de su mandíbula hasta llegar a su barbilla.

Anne sintió que ella misma era una tierra inexplorada y remota. El roce de los dedos de Cedric estaba memorizando los contornos de su país para su propio mapa privado. Cuando descubrió sus labios, los delineó y luego los separó con la punta del pulgar. Anne reaccionó sin pensarlo y lo mordió.

—Muérdeme donde quieras y cuando quieras, mi diablilla —ronroneó mientras su cabeza descendía hacia la de ella.

Era muy consciente de que estaba aprisionada por la fuerza de sus brazos. No era una criatura pequeña y delicada. Anne tenía una gran figura con músculos y curvas que solía despreciar, pero nunca había subestimado su fuerza natural. Ser incapaz de escapar de Cedric era tan exasperante como extrañamente excitante. Nunca la obligaría a ir a su cama, él lo había dicho, pero era evidente que no iba a quedarse de brazos cruzados esperando a que ella se le acercara. La pilló desprevenida y estableció su dominio sobre ella como un semental con una yegua. Sabía que no se detendría hasta lograr unir sus cuerpos. El oscuro giro de sus pensamientos fue destruido por el encuentro de sus bocas.

Cedric la saboreó suavemente durante los primeros segundos, como si estuviera familiarizándose con la forma de su boca, antes de desatar su violenta pasión. Le clavó una mano en el pelo, metió los dedos en su peinado y dio un tirón que la obligó a echar la cabeza hacia atrás, dejando su boca y su cuello a su merced.

Anne tenía las manos clavadas en los costados, cerradas en puños y luego abiertas mientras la boca de Cedric le chupaba el lóbulo de la oreja y la sensible piel justo por debajo. Ella luchó contra un escalofrío y un cosquilleo le recorrió la columna vertebral mientras sus labios se movían en lentos y calientes besos.

—Derrítete para mí, amor —la estimuló entre respiraciones. Anne sintió la necesidad instintiva de obedecer, pero su mente levantó una bandera roja de advertencia.

—No puedo —se quedó sin aliento mientras luchaba contra el placer que sentía surgir en su interior.

—Sí puedes... ser perversa conmigo, Anne.

Cedric liberó las manos de su pelo y ahora la sujetó por el cuello, manteniéndola quieta para que su boca pudiera volver a acercarse a la suya.

—Abre la boca —le ordenó antes de volver a deslizar sus labios sobre los de ella. Anne se negó a abrir. Él deslizó los dedos alrededor de su pecho izquierdo y le pellizcó el pezón con fuerza. La sensación despertó un deseo feroz contra su vientre. Ella jadeó. Cedric ahogó el sonido de su sobresalto con un profundo gruñido de satisfacción mientras su lengua invadía sus labios ahora abiertos.

Anne se sacudió en su agarre, pero él se negó a renunciar a su control sobre ella. Le acarició el pecho, cogiéndolo, estrujándolo con su fuerte mano. Las rodillas de Anne se doblaron a regañadientes.

Cedric la soltó con la misma brusquedad con la que la había capturado.

—Ya te domaré.

Anne se apartó, poniendo varios metros de distancia entre ellos. Una vez casados, tendría que tener cuidado; no podía permitir que la manoseara y la controlara a través de sus propias pasiones. Se había comprometido a ir a su cama por voluntad propia, pero ahora temía haber sido demasiado valiente al suponer que podría lograrlo sin perderse a sí misma. Cuando Cedric la besó, fue como si la deshiciera desde adentro hacia afuera. Y cuando sus labios se fundieron juntos, sintió que el tiempo retrocedía hasta aquella primera noche en que lo había visto.

En esa época, había sido una jovencita tonta; lista para el amor, el matrimonio y una dulce vida. Anne sacudió la cabeza para limpiarla de tristes recuerdos y notó que Cedric le dirigía una sonrisa burlona y llena de satisfacción.

—Seguramente, cuando nos casemos, pensarás en adoptar el hábito de esconderte de mí, Anne, pero debes saber esto: puede que sea ciego, pero mis otros sentidos me permiten encontrarte. Con cada uno de tus movimientos oiré el susurro de tu falda, o captaré el persistente aroma de tu perfume. Te haré mía con mayor fiereza. Ahora ve a cambiarte para la cena antes de que decida escandalizarte y seguirte a tus aposentos.

Anne no necesitó una segunda advertencia. Salió de la recepción y subió rápidamente a su habitación en cuestión de segundos, pero no pudo huir del eco de su risa. Habían librado una batalla de voluntades y solo ahora comprendía que ella había perdido. Cedric era mucho más astuto de lo que había creído. En apariencia, no era un tipo erudito ni un hombre de negocios, pero tenía una gran cantidad de conocimientos sexuales que hoy la habían puesto en desventaja.

Debo estar siempre en guardia, se dijo a sí misma.

Cuando Anne se vistió en el refugio de su alcoba, eligió un vestido de color marrón rojizo con bordados dorados en las mangas abullonadas y en el dobladillo. Era un vestido más apropiado para el otoño, con sus tonalidades más parecidas a la calabaza que a las flores. Sabía que debería haberse quedado con su atuendo negro de luto, pero la idea de desperdiciar una velada encantadora en aquel horrible crepé negro le resultaba desagradable.

Su padre no habría querido que vistiera de negro durante mucho tiempo; nunca había aprobado las costumbres del luto.

El dolor se resuelve a su tiempo, a su manera, había dicho a menudo su padre. *No espera ni desea la formalidad.* La cena en la casa de St. Laurent era de carácter privado y Anne confiaba en que Emily no le exigiría que se vistiera de negro.

Después de vestirse, Anne llamó a su dama de compañía, Imogene, quien se sorprendió brevemente por la elección del vestido, pero comprendió que no debía hacer ningún comentario al respecto.

—¿Qué quieres que haga con tu pelo? —preguntó Imogene mientras observaba su enmarañado peinado. Anne se sonrojó.

—¿Algo suelto quizás?

—Eso sería conveniente. Ya que preveo que te vas a despeinar mucho —Imogene le guiñó un ojo. Ambas, muy cercanas en edad, habían estado tan unidas como podían estarlo una sirvienta y su ama durante los últimos cuatro años. Imogene se burlaba de ella sin piedad cada vez que creía que podía salirse con la suya.

—¿Es tan evidente? —preguntó Anne con mal humor.

—¿Que tu prometido puede ver a través de ese muro de modales que has levantado? Sí. El personal está muy entusiasmado con tu próxima boda, si me permites decirlo —Imogene se pasó una mano por su pelo oscuro recogido en un nudo discreto pero aún a la moda, antes de ponerse a trabajar en el cabello de Anne.

—Sí, te lo permito, pero por favor, continúa. ¿Qué dicen? Sobre mi decisión —Anne estaba muy unida a su personal; los conocía a todos desde que era una niña. Y le preocupaba que su apresurado matrimonio pudiera dañar la opinión que tenían de ella.

Imogene empezó a quitarle los pasadores del pelo para cepillarlo con un peine de base plateada.

—Bueno, sabemos que se supone que debes esperar y todo eso, pero la mayoría de nosotros hemos visto a esos buitres dando vueltas por la casa, y ninguno de nosotros te culpa en absoluto por acelerar las cosas. No podrías haber elegido un mejor hombre. A las damas nos agrada el vizconde. Es muy atractivo a la vista, con un buen par de piernas y una sonrisa que derrite mi...

Imogene suspiró con ojos soñadores, claramente actuando para su beneficio. Anne se mordió el labio para no reírse.

—Y los jóvenes lo admiran por razones que no me gustaría decir delante de su señoría. Los hombres mayores de aquí reconocen su influencia y su riqueza. Tu padre, que Dios lo tenga en su gloria, no podría haber esperado un mejor partido. El vizconde te hará bien, te tratará como la dama que eres.

Las manos de Imogene hicieron su magia, girando y trenzando su cabello hasta que lo recogió por detrás para mantenerlo alejado de su cara, pero las ondas castañas claras seguían formando una encantadora cascada de color intenso y brillante lo suficientemente fluida como para que Cedric pudiera seguir pasando sus dedos por ella sin arruinar los pasadores que lo sostenían todo.

—Gracias, Imogene, precioso como siempre —Anne palmeó la mano de Imogene, la cual descansaba ligeramente sobre su hombro derecho.

La mujer soltó una risita.

—¿Estás preparada? Estoy segura de que tu muchachito está ansioso por hacerlo contigo.

Anne se rio a pesar del furioso rubor que le provocaron sus palabras.

—¡Imogene, basta!

CEDRIC LADEÓ LA CABEZA MIENTRAS ESPERABA EN LA recepción, escuchando las risas de Anne. Era suave y ligeramente ronca, una risa que se oía mejor en la cama después de complacer a su pareja hasta dejarla flácida y saciada.

Cedric sonrió. *Pronto seré ese hombre.* El beso de hoy no había sido planeado, pero no por ello menos satisfactorio. Ella no debió morderlo. Por alguna razón, eso lo había puesto tan duro como una estatua de mármol, de modo que había necesitado todas sus fuerzas para no arrojarla sobre el sofá y demostrarle que también le gustaba morder. Ella pronto habría dejado de luchar contra él, pero todavía estaba muy decidida a resistirse. Anne habría utilizado sus acciones para tacharlo de villano.

Era mejor esperar, seducir lentamente. Como padre y hermano de sus dos hermanas, había estado expuesto a los secretos de la mente femenina lo suficiente como para saber cómo reaccionaría Anne. Las mujeres eran criaturas inteligentes y había que cortejarlas y seducirlas —y no solo subyugarlas—, como era debido para conquistarlas.

Cedric se pasó una mano por el pelo, perdiéndose en el breve recuerdo de ese último beso. La piel de Anne era sedosa y su pelo tenía la suavidad de la seda, y su boca... *¡Dios, su sabor!* Dulce, húmeda e increíblemente caliente. Esperaba que ella acabara poniendo esa boca en otros lugares, preferiblemente por debajo de su cintura. Las sensaciones durante el acto sexual se habían intensificado después de su pérdida de visión, y la idea de la boca caliente de Anne rodeándolo allí... Una sonrisa irreprimible se apoderó de sus labios al pensarlo.

Cada beso de Anne encerraba la promesa de la pasión que estaba por venir. La cortejaría con palabras susurradas, caricias sensuales y besos adictivos hasta que ella ya no pudiera resistirse a él. Quería que le suplicara, que lo necesitara tan desesperada-mente como él la necesitaba a ella.

Al crecer en sus conquistas sexuales, fue teniendo un buen

número de amantes a lo largo de los años, pero Anne era diferente. Conquistarla parecía un nivel de logro totalmente diferente. Pero iba a ser mucho más difícil hacerlo cuando ni siquiera podía verla. Era un reto, pero estaba dispuesto a aceptarlo.

Podía localizarla sin su vista. El aroma de las orquídeas silvestres dejaba una huella en el aire como la esencia invisible de una reina de las hadas. Y los sonidos... Su imaginación se alimentaba del susurro de sus faldas sobre las alfombras hasta el punto de ser tan dulce como el gemido de un amante, creando una visión en su mente de Anne levantando esas faldas solo para él y mostrando unos muslos blanquecinos y tersos, vírgenes para sus manos.

Dios, he estado demasiado tiempo sin una mujer, pensó con tristeza y se removió en el sofá mientras su ingle se endurecía y sus pantalones se tensaban.

En cambio, se concentró en cómo iba a asesinar a Ashton por haberlo dejado aquí. Haría pagar a ese demonio de pelo rubio. Se suponía que Ashton debía protegerlo y guiarlo, no abandonarlo en una casa con un terreno desconocido. Le había llevado semanas aprender la disposición de su propia casa, contar todos los pasos y memorizar los planos y la ubicación de los muebles.

Era aterrador estar en casa de Anne sin la guía de su amigo. Nunca lo perdonaría por el terror que le produjo el anuncio de su partida por parte del lacayo. El miedo prácticamente lo había inmovilizado hasta que Anne intervino. De no haber sido por ella, podría haberse derrumbado o precipitado hacia la puerta, haciéndose daño de nuevo.

Pero Anne había evaluado su pánico y lo había calmado, distraído. Ni siquiera estaban casados y, sin embargo, ella ya parecía saber cómo lidiar con su estado. Cedric no percibió lástima, desprecio o disgusto en su tono cuando le habló. Su reticencia a tocarlo o a aceptar su contacto no tenía nada que ver con su ceguera.

No se podía decir lo mismo de su antigua amante, Portia. Apenas tres semanas después de su accidente, él regresó a

Londres y la llamó con la esperanza de ahuyentar sus penas en la comodidad de su cuerpo. Portia se había presentado, deseosa también de su compañía, pero cuando él no pudo alabar su belleza, se aburrió. Parecía irritada por su torpeza. Cuando antes había sido poderoso y dominante sobre su cuerpo, ahora lo tocaba con ternura, vacilante, inseguro de sí mismo. Lo peor de la noche fue cuando tropezó con el borde de una alfombra inclinada y cayó de cara. Su cuerpo se llenó de dolor y ella se atrevió a reírse. Aun así, Cedric se había levantado e intentado borrar el momento con una broma irónica sobre sí mismo.

Y cuando le ofreció un vaso de vino, no vio su mano extendida y lo derramó sobre su vestido. La mujer gritó como un alma en pena y lo abofeteó. Como no pudo ver venir el golpe, no se preparó para la intensidad del mismo y retrocedió sorprendido. Esto no hizo más que empeorar su ya inestable equilibrio y cayó al suelo, golpeándose la cabeza con la base de la cama. En consecuencia, permaneció medio inconsciente a los pies de la mujer, destrozado en todos los sentidos.

Y, por si fuera poco, ella se había quedado allí parada y le había gritado.

—¿Quién podría dormir con un intento inútil de hombre como tú? ¡Ni siquiera puedes ver tus botas para ponértelas! ¡No te dejaría acostarte conmigo aunque fueras el último hombre de toda Inglaterra! —y luego se fue. Su ayuda de cámara oyó la conmoción y corrió en su ayuda.

¿Qué clase de hombre soy? Portia tuvo razón. Estaba tan indefenso como un bebé. Ya no era un hombre. La verdad de eso era tan emocionalmente paralizante como su ceguera a nivel físico. Había querido morir.

Era un pensamiento que nunca había dicho en voz alta, a nadie, y que no había llevado a cabo porque demasiada gente muy querida se vería perjudicada por una solución tan cobarde. Sin embargo, eso no cambiaba sus emociones, ni la sensación de desesperación e impotencia que le hacía desear acabar con todo, con el dolor, con la vergüenza, con todo.

Hasta que llegó Anne. Ella había acudido a él, ocultándole su súplica de matrimonio con esa fría bravuconería que siempre había mostrado. Su valentía había sido el factor decisivo para Cedric. Si ella estaba dispuesta a intentar la vida en matrimonio, él también lo estaba.

Además, ¿qué tan difícil podía ser el matrimonio?

Capítulo Cuatro

EMILY ST. LAURENT REPOSABA SENTADA EN LA BIBLIOTECA DE su casa en Londres, con un libro en una mano y la otra acariciando a su querida foxhound Penélope. La perra tenía casi diez meses y ya no era la dulce cachorra a la que Emily había recibido como regalo. Ahora era un orgulloso perro adulto.

Cuando Emily fue secuestrada por Godric y sus amigos, Cedric viajó a Londres y para comprarle la cachorra, con la esperanza de que eso la mantuviera en la finca de Godric y la disuadiera de huir.

Pero eso no la detuvo. Se escapó, llevándose al animal con ella.

Penélope era su mejor amiga después de Anne Chessley y las hermanas de Cedric. La perra dejó escapar un suspiro de satisfacción mientras apoyaba la cabeza en la rodilla de Emily. Ella sonrió y cerró los ojos por un momento. El sol de abril era cálido y entraba por las altas ventanas de la biblioteca, abrazando su rostro.

—Emily —sintió un escalofrío al oír esa voz tan grave.

Abrió los ojos y se encontró con su marido alzándose sobre ella en el sofá.

—¡Has vuelto! —su chillido de alegría despertó a la sabuesa dormida.

Penélope ladró con entusiasmo y Godric pasó una mano por el cuerpo del animal, dándole una palmadita y rascándola de manera brusca. Penélope saltó del sofá y se sentó obedientemente a los pies de Godric. Éste sacó una pequeña golosina del bolsillo y ella lo observó intensamente. Lanzó la golosina al aire. Penélope la cogió y se escapó a un rincón alejado de la biblioteca, dejando a Emily y a Godric en paz.

—Ahora te tengo toda para mí, cariño —Godric la deslizó por el sofá para que se tumbara de espaldas. Luego se sentó en el borde del sofá y se inclinó sobre ella. Enhebró los dedos en las ondas sueltas de su cabello y la miró a los ojos.

—¿No deberías cerrar la puerta antes de...? —su susurro fue sofocado cuando él empezó a desabrocharse los bombachos y a levantarle el vestido.

—¿Antes de comerte? Nadie nos molestará —prometió Godric con un brillo perverso en sus ojos verdes.

—¡Eres un auténtico demonio! —Emily gimió mientras la atacaba con besos en la cara y el cuello. Al mismo tiempo, las manos de Godric se ocupaban de su ropa interior.

—Y no me aceptarías si fuera de otra manera —le mordió el cuello y Emily jadeó mientras la penetraba profundamente.

—¿Cómo estuvo la reunión? —su pregunta provocó un gruñido molesto de Godric.

—Está claro que no te he distraído lo suficiente, mujer —la embistió más profundamente y con más fuerza.

Todo pensamiento racional explotó en fragmentos fuera del alcance de Emily.

—¡Más! —exigió.

Su marido la complació con una sonrisa diabólica.

—Esa es una respuesta mucho más acertada.

Una vez que ambos estuvieron saciados, Godric acarició el cuello de su esposa con la nariz antes de hablar.

—Horatia está embarazada —dijo con un tono extrañamente tranquilo. Emily le cogió la barbilla y lo obligó a levantar la cabeza para que la mirara. Sus ojos verdes estaban llenos de asombro.

—¿En serio? —Emily creyó sentir que algo en su interior cobraba vida. ¿Ahora era el momento?

—Lucien dice que el bebé nacerá en noviembre.

—¡Eso es maravilloso! —lo dijo en serio, desde el fondo de su corazón. Horatia había sufrido por muchos años y Lucien le temía al amor, así que un bebé, su bebé, sería un milagro.

—¿Quieres tener hijos? —preguntó Godric. Seguían unidos, con los miembros entrelazados y las narices rozándose.

—Sí, sí quiero —se sintió repentinamente tímida, algo que rara vez ocurría cuando estaba con él.

—No quiero presionarte. Sé que eres joven, pero yo soy mucho mayor y... —Godric detuvo sus palabras, inseguro, y con las mejillas ligeramente enrojecidas.

—Nunca había pensado que querría tener hijos tan pronto, tengo diecinueve años, pero supongo... supongo que ahora ya no tenemos necesidad de preocuparnos —Emily le acarició la mejilla, sintiendo una ligera barba que delineaba su fuerte mandíbula.

Sus cejas se juntaron con preocupación.

—¿Qué quieres decir?

—Estoy embarazada. Al menos creo que lo estoy. Mi menstruación debía llegar hace dos semanas —antes de que ella pudiera decir más, Godric la estaba estrujando y besando.

—Dios, espero que tengas razón —respiró—. Espero que sea una niña.

—¿Quieres una hija? ¿Y el heredero?

—Tendremos docenas de hijos. Primero quiero una hija para poder mimarla mucho. Los niños no son tan divertidos en ese sentido. No les gusta que los mimen, pero a las niñas sí. Quiero muchas hijas, ¿me oyes? —Godric envolvió un mechón de su pelo en su dedo y tiró de él juguetonamente—. Quiero que todas se parezcan a ti —añadió con mucha seriedad. Emily se sonrojó, complacida por la dulce insistencia de Godric.

—Tendremos varios de ambos. Tengo la sensación de que nuestros hijos serán increíblemente problemáticos, justo como su padre —Emily soltó una risita cuando Godric, aún dentro de ella, se endureció y movió sus caderas contra las suyas. Volvió a hacer el amor con ella hasta que sus rostros volvieron a brillar con un ligero sudor.

Tras unos minutos de agradable silencio y abrazos, Emily apartó suavemente a su marido de miembros flexibles para que pudiera arreglarse la ropa, y luego volvió al tema del que había intentado hablar antes.

—Aparte de la próxima maternidad de Horatia, ¿qué más ha pasado? Sé que algo pasó porque Cedric convocó a toda tu Liga, ¿no es así? ¿Qué ha ocurrido?

Godric puso los ojos en blanco, fingiendo exasperación.

—Haces que parezcamos un maldito consejo de guerra, querida.

En cierto modo lo eran, dados los problemas que tenían con el escurridizo Hugo Waverley. Godric le había contado mucho, pero no todo, de su pasado con él. Y dichos encuentros siempre la preocupaban.

—Bueno, ¿qué quería él? —ella le apartó un mechón oscuro de los ojos y se acurrucó más cerca de él.

—Simplemente quería informarnos que se va a casar.

—¿Qué? ¿Con quién? —preguntó Emily, temiendo por Anne. Sabía que su amiga llevaba tiempo interesada en Cedric. Nunca lo había dicho, pero para ser una mujer que insistía en que las atenciones de Cedric eran molestas, tendía a preguntar mucho sobre él cuando estaba ausente. Si Cedric se casaba, podría herir los sentimientos de Anne por muy guardados que estuvieran. Emily no podía negar su secreto deseo de unir a los dos testarudos.

—Creo que no me crees —Godric sonrió de forma avergonzada, como un muchacho al que habían pillado robando dulces pasteles de carne de la cocina.

—¿Quién? Dímelo o dormirás aquí esta noche. *Sin* mí —ella le empujó ligeramente el pecho para demostrarle que iba en serio. Godric le rodeó la cintura con los brazos y la estrechó a su lado.

—Se va a casar con Anne —dijo finalmente.

—¿*Mi* Anne?

Emily se quedó boquiabierta cuando Godric asintió.

—Bueno, eso es bueno, ¿no? —miró a Godric, intentando evaluar su reacción.

Él parecía desconcertado mientras apartaba algunos cabellos de sus ojos.

—Creo que sí. Lo abordaron de forma bastante extraña, pero al menos lo harán.

—¿Cómo que de forma extraña? —los dedos de Emily, los cuales se habían clavado en la camisa de Godric, se tensaron.

—Bueno, tal y como lo contó Cedric, ella fue a verlo y le pidió que le propusiera matrimonio.

—Qué extraño. ¿Por qué?

—Se lo estás preguntando a un hombre, querida. No me considero un erudito en los misterios de las mujeres. Cedric nos dijo que ella se había convertido en objetivo de los cazafortunas y que casarse con él pondría fin a ello —a Godric no le pareció que hubiera otra causa.

—¿Cuánto falta para la boda? Dejará de estar de luto el próximo mes de abril, y eso sería un momento encantador para...

Godric interrumpió las ideas nupciales de Emily.

—La próxima semana.

—¿La próxima *semana*? —chilló—. ¡Pero ella no puede hacerlo! Es inaudito. Ya sabes cómo se comporta la sociedad en estos asuntos, inclinándose por la crueldad. ¡Se hablará de ella durante meses! ¿Su padre ha muerto recientemente y ella huye con uno de los miembros de La Liga de Pícaros? Sé que todos sabemos la verdad, pero la *alta* inventará a su antojo cualquier historia malvada.

—Tengo la sensación de que ni ella ni Cedric se preocupan por la sociedad. Él es ciego y ella lleva años solterona.

Deja que Godric deduzca dos personalidades complejas a la ligera, pensó Emily.

—Puede que tengas razón, pero ¿no deberíamos al menos advertirles?

—No lo haré. Al diablo con la *alta*. Que hablen. Todo acabará cuando el próximo escándalo recorra los salones de actos. Pase lo que pase, estaré al lado de Cedric en St. George la semana que viene. Él necesita este matrimonio, Emily. Está destrozado desde el accidente, tanto en espíritu como en cuerpo. Pero cuando nos habló de su compromiso, por primera vez escuché esperanza en su voz. Si un matrimonio apresurado puede curarle su depresión, entonces estoy a favor.

Emily apoyó la cabeza en su hombro mientras sus dedos jugaban con el pañuelo ahora arrugado en el cuello de su marido.

—Tienes razón.

—Claro que la tengo —dijo Godric imperiosamente. Emily le pellizcó en el brazo y él chilló.

—Pequeña... —empezó a hacerle cosquillas en la cintura, la mayor debilidad de Emily, y ella cayó un ataque de risa hasta que comenzó a jadear en busca de piedad.

—¿Crees que serán felices, Godric?

Él pasó la punta de un dedo por su pequeña nariz respingada y ella no pudo evitar admirar el rubor de la vida en su rostro y el brillo del amor en sus hechizantes ojos verdes. ¿Cómo había tenido la suerte de que se enamorara de ella?

—Puede que necesiten algún empujón ingenioso. Creo que tú eres la experta en ese campo, así que lo dejaré en tus manos —acarició su espalda de arriba abajo. El gesto íntimo y tierno la llenó de calor.

—Lo soy, ¿verdad? ¿Y qué empujones ingeniosos he hecho últimamente?

Godric sonrió con satisfacción y la deslizó sobre su regazo.

—Creo que esto te refrescará la memoria —él gimió de placer mientras ella se movía, sintiendo su erección entre sus nalgas.

—Hoy estás especialmente decidido, ¿no es así, mi amor?

—Toda esta charla sobre bebés y matrimonio me ha puesto de humor para asegurarme de que, efectivamente, tengamos esos bebés —Godric capturó la boca de su esposa antes de que ella pudiera responder. Emily sabía que pasarían el resto de la tarde ocupados en este nuevo interés.

ANNE COGIÓ LA MANO OFRECIDA POR CEDRIC MIENTRAS LA guiaba hacia el interior del carruaje. Lo observó con silencioso interés mientras golpeaba la punta de su bastón en el escalón metálico que sobresalía de la puerta. Se veía muy apuesto con su traje de noche negro, bien afeitado y con el pelo castaño lo suficientemente controlado como para dar la impresión de que se había levantado de la cama después de una noche de juegos bruscos y se había peinado con las manos.

Una vez que Cedric pareció estar seguro de que el escalón estaba allí, levantó una bota y luego la bajó lentamente. Esto le dio confianza, y extendió la mano hacia los bordes de la puerta abierta del carruaje.

—Déjame ayudarte...

—¡Estoy bien! —espetó Cedric mientras subía al vehículo y palpaba a su alrededor en busca del asiento. Cuando se sentó justo al lado de ella, clavó el bastón en el techo para indicarle al chofer que se moviera.

—Milord, no creo que sea apropiado que se siente tan cerca de mí.

—Como te recordé esta tarde, Anne, yo no hago lo *correcto*. Ahora, ¿podrías darme la mano, por favor? Me gustaría mucho cogerla —exigió con tanta brusquedad que ella se debatió entre negarse rotundamente o reírse de su atrevimiento.

—Si crees que te voy a dar cualquier parte de mi cuerpo cuando estés de tan mal humor, estás muy equivocado —Anne se apartó todo lo posible, pero Cedric no tardó en acorralarla.

Levantó un brazo delante de ella, apoyando la palma de la mano en la pared junto a su cabeza para atraparla en la jaula de su cuerpo. El pulso de Anne se aceleró cuando el rostro de Cedric se acercó al suyo. Sus ojos marrones vacíos parecían tan fríos que ella no pudo reprimir el escalofrío que le provocaron.

—No debería haberte gritado —dijo en voz baja, con su cálido aliento abanicando su rostro.

—Entonces, ¿te estás disculpando?

—Es lo más parecido que vas a conseguir. *Ahora, dame la mano.* No me hagas pedirlo de nuevo o simplemente haré lo que quiera sin pedir permiso.

—¿Por qué? —Anne se atrevió a preguntar. Su respiración se entrecortó cuando él buscó su brazo izquierdo. Al encontrarlo, deslizó su áspero agarre hasta su muñeca y tiró de su mano hacia su regazo.

—Me gustaría cogerla, eso es todo. Seguramente permitirías un deseo tan casto de tu futuro marido —le dirigió una sonrisa socarrona mientras rodeaba su mano con las suyas—. Relájate, Anne —dijo con calma.

Después de un largo minuto, ella se relajó, sin darse cuenta de que había estado muy tensa. Viajaron en silencio, escuchando el traqueteo del carruaje sobre los adoquines. Entonces, Cedric le quitó el guante y empezó a acariciarle la mano. Dibujó patrones largos y lentos en su piel desnuda y luego giró su mano para explorar la palma, recorriendo sus líneas de la vida hasta alcanzar el rápido pulso en la parte inferior de su muñeca. A continuación, hizo algo que ella no esperaba.

Él levantó su mano y presionó sus labios contra la muñeca de Anne, quien observó fascinada la danza de su lengua a lo largo de su piel. Los labios de Cedric adoptaron la forma de una sonrisa inconsciente; como cuando se degusta algo inesperadamente dulce y el placer te coge desprevenido.

Entonces, Cedric se llevó uno de sus dedos a la boca, chupándolo. Anne reprimió un gemido ante la repentina explosión de calor y la dolorosa punzada que surgió en su interior. La sensación de su boca caliente y húmeda en torno a su dedo le hizo sentir algo. Humedeció sus labios justo cuando la lengua de

Cedric rodeó su dedo, provocándolo, y luego lo mordió ligeramente.

—¡Oh! —Anne intentó tirar de su mano hacia su regazo, pero Cedric no la soltó. En cambio, la acercó a él y le rodeó la cintura con el otro brazo.

—Pídeme… Pídeme que te bese —bajó la cabeza con una lentitud exquisita.

Su nariz rozó la de ella y su boca fue la siguiente, acariciando sus labios entreabiertos.

—Pídeme que acabe con tu resistencia. Déjame entrar en ti.

Si Anne hubiera estado pensado con claridad, se habría dado cuenta de que Cedric se refería a algo más allá de lo físico. Pero su mente estaba concentrada en las imágenes más literales que sus palabras sugerían. Cedric elevándose por encima de ella, apoyado en sus brazos mientras se enterraba profundamente entre sus piernas. Para su sorpresa, la imagen no le resultó tan desagradable como temía.

Su silencio fue respuesta suficiente. Cedric la apartó de él con tanta brusquedad que ella cayó de nuevo en el asiento que compartían con un grito ahogado. Por un instante, Anne vio en su rostro rabia, decepción y desesperación, antes de que él volviera a mostrar esa seguridad en sí mismo siempre socarrona. Cedric la había dejado apartarse, pero a Anne le preocupaba que la mirada de suficiencia de su rostro prometiera futuros momentos en los que no se le permitiría hacerlo.

Su arrogancia la enfurecía. Quería gritar, pegarle, salir del carruaje e irse a casa, pero enderezó los hombros y guardó silencio. Era la única manera de demostrarle que no la había afectado.

El problema era que sí la *había* afectado, muy profundamente. Una parte oscura de ella quería que su boca volviera a estar en sus dedos, y en otros lugares. Se sonrojó, agradeciendo más que nunca que él no pudiera presenciar su vergüenza.

—¿Estás contenta de cenar con Emily esta noche? —preguntó Cedric, como si el minuto previo donde la dejó sin palabras con esa misma boca suya nunca hubiera existido.

Eso tampoco evitó que sintiera celos por la cercanía directa entre Cedric y Emily. A pesar de ser amigas, aún le dolía pensar que ella lo conocía mejor. Aunque Anne nunca había motivado sus atenciones antes del accidente, una parte de ella había esperado que él no se rindiera. Que la quisiera lo suficiente como para seguir luchando por ella.

Y Anne se preguntaba en secreto si todos los hombres que habían secuestrado a Emily se habían enamorado de ella en alguna medida. Su devoción por ella era incondicional, y los libertinos nunca se entregaban a nadie sin motivo alguno.

Cedric malinterpretó su silencio.

—Entonces, ¿no estás contenta?

—Lo siento. Estaba soñando despierta. Por supuesto que estoy contenta de ver a Emily. Solo me preocupa que no apruebe mi decisión de desechar mi ropa de luto para su cena de esta noche —era una mentira. No le preocupaba en absoluto, pero él nunca podría conocer sus verdaderas razones. Era una tontería estar celosa de su querida amiga.

Cedric se sentó más erguido, como si su declaración le hubiera llamado la atención.

—¿No vas de negro?

—No. De alguna manera, sentí que entristecería a mi padre. Nunca aprobó llevar ropa de luto durante mucho tiempo. Él sabe, dondequiera que esté, que yo…

Por un momento no pudo hablar; la garganta se le cerró y sus ojos comenzaron a arder. *No voy a llorar. No voy a llorar. No soy débil.* Repitió el mantra que le había impedido mostrar cualquier emoción fuerte desde la muerte de su padre.

—Que lo echas de menos —terminó Cedric por ella.

—Sí —le sorprendió que él completara su frase. ¿La entendía perfectamente? ¿O simplemente ella era tan evidente que hasta un ciego podía ver la profundidad de su dolor?

—Entonces, si no vas de negro, ¿qué *llevas* puesto, querida? — Cedric sonrió con malicia, pero el efecto de su sonrisa la relajó de una manera extraña, disipando la tensión de su pesada tristeza.

—Es un sencillo vestido de satén de color marrón rojizo con un tono anaranjado otoñal bajo la luz adecuada.

Cedric extendió una mano y la apoyó sobre su muslo mientras exploraba la sensación del satén bajo sus dedos.

—Me alegro de que ya no lleves ese horrible crepé negro. Despreciaba la forma en que se sentía cuando te tocaba. La ropa de una mujer debería crear placer cuando entra en contacto con la piel del hombre. Debería estimular el toque de su amante.

Anne estaba embelesada por el hechizo que su mano tejía sobre su muslo, una caricia lenta y curiosa, tan ligera que apenas movía el satén. Pero aún así sintió el calor de su piel hundirse a través de su vestido, creando una embriagadora expectación en lo más profundo de su vientre.

Su toque hizo que recordara al jefe de establo de su padre, Harvey, cuando trabajaba con caballos salvajes sin domar. Siempre calmaba a los caballos más salvajes con sus suaves susurros y sus delicadas caricias.

De pronto, Anne empezó a sospechar. ¿Cedric estaba planeando calmarla y hacerle saber que estaba a salvo para luego atacarla? Seguramente ese era su plan. Justo cuando se preparaba para exigirle que dejara de tocarla, él se detuvo y regresó su mano a su regazo como si nada hubiera pasado.

—No creo que a Emily le importe que te deshagas de tus ropas de luto. Emily es una pequeña criatura muy comprensiva. A veces creo que lo es *demasiado* —esta última frase fue pronunciada en un murmullo tan disgustado que Anne no pudo evitar preguntarse a qué se refería, aunque no se atrevió a preguntar.

—Espero que tengas razón —replicó en voz baja.

—Pronto descubrirás que suelo tener razón. No te sorprendas por ello —su tono era imperioso, pero Anne percibió un leve indicio de burla.

—No puedo evitar sorprenderme, milord. Después de todo, su arrogancia no tiene límites.

—Como debe ser.

Una parte de ella quería iniciar una pelea fuerte y violenta con Cedric por su tono descarado, pero él ni siquiera se la concedería, ese insufrible canalla.

El carruaje se detuvo y un lacayo con uniforme azul oscuro y plateado del Duque de Essex abrió la puerta del lado de Cedric. Él cogió su bastón, alcanzó los bordes del carruaje y buscó el escalón.

Anne notó que vacilaba mucho más para salir que para entrar. No pudo evitar preguntarse si había sufrido una fea caída recientemente. Solo podía imaginar lo doloroso que debía ser, por no hablar de la humillación.

A Anne se le revolvió el estómago. ¿Cuántas veces se había hecho daño desde el pasado diciembre? La atormentaba el recuerdo de encontrarlo en sus jardines con las manos ensangrentadas. Incluso cuando él la torturaba con sus besos y caricias, ella no podía contener su habitual indiferencia o furia hacia él, a diferencia de otros hombres. Cedric había sufrido como ella, y ese hecho los unía ahora como espíritus afines.

—¿Vienes? —habló Cedric, ofreciéndole la mano.

Anne la aceptó y dejó que la ayudara a bajar. Levantando sus faldas, caminó a su lado en dirección a las escaleras de la casa de ciudad de St. Laurent. Para su consternación, él no le soltó la mano. Parecía que quería avergonzarla con una muestra muy obvia de propiedad sobre su persona.

—Milord, debe soltar mi mano —susurró, tirando de ella para liberarse.

—¿Ya te estás avergonzando de mí, Anne? —replicó Cedric en voz alta mientras el lacayo les abría la puerta del vestíbulo. Hacía eso muy a menudo, susurrar su nombre al final de una pregunta o de una frase, como si la estuviera acostumbrando al sonido de sus palabras. Eso solía irritarla, pero ahora se estaba acostumbrando a la forma dulce en que sus labios pronunciaban su nombre.

—Sabes que no lo estoy. Un caballero me dejaría sostener su

codo y yo podría ayudar a guiarte hasta la puerta —replicó Anne con frialdad, pero Cedric se limitó a reírse, como si su tono no le preocupara en absoluto.

—No voy a tropezar —agitó el bastón frente a ellos, golpeando las piedras—. Relájate, amor. Esta noche, nadie aquí nos juzgará si mostramos afecto mutuo.

—¿Así le llamas a esto? Yo lo llamaría control de mi mano por la fuerza —siseó Anne. Pero antes de que ella o Cedric pudieran continuar con la conversación, Emily salió de la habitación más cercana y se acercó a toda prisa con su marido, Godric, siguiéndola de cerca.

—¡Anne! —Emily la abrazó con fuerza. Su joven rostro brillaba de emoción.

—Me alegro mucho de verte, Emily. Su Excelencia —Anne hizo una leve reverencia en dirección a Godric, a pesar de que una de sus manos seguía firmemente sujeta a la de Cedric. Godric le dedicó una sonrisa de oreja a oreja y asintió a modo de saludo.

—Nos alegra mucho contar con vuestra presencia. Por favor, por aquí —Godric cogió el brazo de Emily y emprendió el camino con Anne y Cedric de regreso a la sala de la que habían salido.

Por la multitud de cuerpos y voces, Anne notó que ella y Cedric habían sido los últimos en llegar. El Conde de Lonsdale estaba apoyado contra la repisa de la chimenea mientras hablaba con el hermanastro de Godric, Jonathan St. Laurent. Lord Lennox estaba sentado en un sofá conversando con Horatia, Vizcondesa de Rochester. Su marido, Lucien, estaba de pie detrás del sofá con las manos apoyadas en los hombros de su esposa en un gesto afectuoso y protector. La intimidad que mostraban hizo que el corazón de Anne se estremeciera de envidia y tristeza.

Emily y Godric entraron en la habitación, dejando a Anne y a Cedric de pie en la puerta, a la vista de los demás. Anne se acercó instintivamente a Cedric y su brazo izquierdo rozó el suyo. Luego, ella estrechó los dedos alrededor de su mano. Se sentía avergonzada e incómoda por estar aquí, en lo que obviamente era una extraña especie de familia edificada sobre el amor, la lealtad y la amistad, nada de lo cual tenía derecho a reclamar más que con Emily.

—¿Qué pasa? —susurró Cedric. Su preocupación la conmovió.

—Es que... ¿Y si no les agrado? A tus amigos, me refiero. Apenas me conocen —le susurró Anne.

—Tienes la amistad y la aprobación de Emily, y también la mía. Si no te tratan bien, entonces responderán ante mí.

—No quise decir... —no quería sonar como si esperara que él la eligiera por encima de sus amigos, en caso de llegar a eso. Ella nunca querría que él hiciera esa elección.

—Por favor, relájate y llévame a una silla, ¿quieres?

Anne hizo que Cedric se sentara y luego ocupó un asiento a su lado.

—Creo que debemos expresar nuestras felicitaciones —habló Lord Ashton. Le sonrió a Anne y el resto de la sala hizo lo mismo, manifestando su emoción por el nuevo matrimonio.

Los temores de Anne sobre la posibilidad de ser rechaza por los amigos de Cedric resultaron infundados. Terminó por relajarse, dejando escapar un suspiro de alivio. Cedric debió de oírlo y pasó un brazo por el respaldo de su silla, cogiendo su nuca. Estaba a punto de protestar, pero el pulgar y el índice de Cedric empezaron a masajear sus músculos laterales, aliviando la tensión. La sensación era divina, y pareció derretir cada hueso de su cuerpo.

—Todo irá bien —dijo él, sin dejar de acariciarle el cuello. Anne se sonrojó al notar que Emily los observaba a ella y a Cedric con ávido interés.

Emily lideró al grupo en la sala de estar con una charla cortés hasta que la campana de la cena sonó. Todos se levantaron y se dirigieron al comedor. Cedric le ofreció el brazo a Anne, quien lo aceptó. No dejaba de sorprenderle la frecuencia con la que se estaban tocando ahora. Parecía que sus cuerpos bailaban alrededor del otro y, de alguna manera misteriosa y natural, algún día colisionarían para no volver a separarse.

Esa idea hizo que Anne dejara de respirar. Incluso ciego, Cedric seguía siendo una fuerza poderosa y masculina que podía dominarla y poseerla fácilmente. Se sonrojó profundamente al recordar que todo ese poder y esa belleza perfecta ahora eran suyos. Pero, aunque la perspectiva la ilusionaba, también la asustaba terriblemente. ¿Y si él no la consideraba suficiente? ¿Y si no encontraba placer en su cama y lo buscaba en los brazos de otra?

¿Cómo voy a retenerlo si no puedo confiar en mí misma para entregarme a él?

CAPÍTULO 4

Capítulo Cinco

Cedric ignoraba los pensamientos de su prometida mientras caminaba con ella hacia la cena. Dejó que su cuerpo guiara el suyo, sintiendo su ligero tirón cuando él necesitaba reorientar su camino. Era una habilidad que había trabajado con la guía de Ashton mientras aprendía a sobrevivir con su condición. Por suerte, estaba decentemente familiarizado con la casa de ciudad de Godric, pero el nerviosismo que recorría su cuerpo le hacía dudar más de lo habitual.

Quería demostrarle a Anne que aún podía interpretar el papel de un caballero inglés, que no estaba tan indefenso y desesperado como se sentía. Aliviado, se hundió en su asiento de la mesa. Su cuerpo parecía tensarse de forma natural cuando estaba en movimiento, como si una parte de él esperara ser herido de algún modo. Sintiéndose más como él mismo, extendió la mano con valentía para alcanzar su copa de vino...

¡Zas!

Su mano chocó con el fino tallo de la copa, haciéndola caer

de lado. Oyó que el vino se deslizaba por la mesa, y la charla a su alrededor cesó. A pesar de su ceguera, Cedric podía sentir que todos los ojos de la sala estaban fijos en él. Era humillante. El único alivio era que no podía ver la compasión en sus rostros.

Era demasiado. Odiaba comer delante de los demás y ésta era la razón. Cedric empujó su asiento hacia atrás, golpeando a un lacayo. El hombre tropezó y dejó caer una copa de repuesto, la cual se desintegró en el suelo de madera. Cedric se puso en pie y buscó su bastón, pero no estaba allí.

—Cedric... —Godric dijo en algún lugar a su derecha, pero Cedric ignoró el tono persuasivo de su amigo. Con todo el orgullo que pudo reunir, caminó en dirección a la puerta para salir del comedor. No quería disculparse; no quería oír la lástima en sus voces. Necesitaba estar solo.

Charles le gritó:

—Cedric, de verdad, no pasa nada —pero Cedric ya había llegado a la puerta y se había precipitado hacia el pasillo. Con las manos extendidas, trazó un mapa de la casa de Godric en su cabeza y fue a la biblioteca... al menos esperaba ir en esa dirección. Enfrentarse a sus amigos ya era bastante difícil cuando no estaba rompiendo costosas copas de cristal. Había sido capaz de aceptar la ayuda de todos durante los primeros meses, pero a estas alturas ya debería haber dominado sus manos y sus piernas para dejar de crear esos accidentes. Era vergonzoso y no podía soportar recibir ninguna ayuda, no cuando ya no debería necesitarla.

Cedric masculló una maldición cuando tropezó con el umbral de la biblioteca. Supo que era la biblioteca por el penetrante olor a humedad de los numerosos libros. Nunca le había gustado leer, pero se había aficionado a las bibliotecas desde su pérdida de visión. En una biblioteca, siempre sabía en qué lugar estaba. Su aroma único las delataba y, por una vez, le reconfortaba conocer la ubicación exacta de sus pies en una casa.

—Ojalá tuviera mi bastón —le habló a la habitación llena de libros. Solía tenerlo cerca, pero había estado más preocupado por

Anne y había olvidado dónde lo había colocado. Tardó unos minutos en ir de un lado a otro hasta que dejó de golpear las estanterías y encontró un sillón de gran respaldo en el que se dejó caer. Se reclinó y se frotó los ojos. Un gesto inútil, pero era un hábito que no podía evitar. Cedric respiró hondo y con calma, pero sus manos seguían temblando.

—¡Contrólate! —se dijo a sí mismo.

Hubo un suave golpe en la puerta de la biblioteca. Cedric no se movió. Oyó unas zapatillas de casa acercándose él. El aroma que estimuló su nariz era floral, pero no eran orquídeas silvestres. No se trataba de Anne.

—Cedric —Horatia se sentó junto a él en el diván y apoyó la cabeza en su hombro, tal y como solía hacerlo de niña. El instinto fraternal se apoderó de él y la rodeó con sus brazos, estrechándola en un fuerte abrazo—. ¿Quieres hablar de ello?

—No tengo mucho para decir, querida. Soy una criatura patética y ni siquiera puedo cenar con mis amigos. Seguro que Emily está devastada porque he roto su fino cristal.

Horatia se rio.

—Ella declaró que le hiciste un favor. Detestaba ese cristal y tú le diste una excusa para deshacerse del resto. Le ordenó al mayordomo que hiciera que un lacayo se lo llevara todo después de la comida. Parecía muy contenta —el suave tono de Horatia estaba lleno de diversión y Cedric percibió que había hablado con la verdad. Sin embargo, Emily pudo fácilmente haber estado montando un espectáculo para su consuelo.

—¿Y los demás? ¿Cómo reaccionaron?

—No les importa ni un poco. Todos nos hemos adaptado a tu situación. Todos menos tú, claro. Lo que les importa es que pienses que no te aceptan tal y como eres ahora. Ninguno de nosotros es perfecto y tampoco esperamos que tú lo seas. Tienes que dejar de compadecerte o me enfadaré contigo, y no quiero enfadarme con mi hermano favorito.

—Soy tu único hermano —replicó con una sonrisa de oreja a oreja.

—Una trivialidad —bromeó Horatia y le besó la mejilla.

—Horatia...

—¿Sí?

—Sobre tu estado...

—¿El bebé? —el tono de Horatia contenía una pizca de sorpresa y vergüenza.

—Solo quería decir, bueno, que estoy encantado de ser tío. Y, sobre todo, me alegro de que Lucien y tú seáis felices. He sido un gran tonto. Casi hago que nos maten a todos porque no podía creer que la gente pudiera cambiar. Pero sí podemos. Ahora lo sé. Yo he cambiado, Anne ha cambiado. Parece que siempre hemos estado cambiando, pero nunca habíamos sido conscientes de ello hasta ahora.

—¿Es cierto que Anne te pidió que le propusieras matrimonio?

Palmeó el hombro de su hermana con una sonrisa en los labios.

—Sí. Fue una sorpresa peculiar, pero no inoportuna.

—Bueno, ciertamente me agrada, al igual que Emily. ¿Pero estás seguro de que serás feliz con ella? Pensé que no estaba interesada en ti.

Cómo quería a su hermana. Siempre pensaba en él, incluso cuando no debía hacerlo.

—Yo también lo pensé en un principio. Pero algo ha cambiado. Se ha vuelto vulnerable desde la muerte de su padre y yo no pude negarme a interpretar a su caballero blanco cuando me lo pidió.

—¿Pero te hará *feliz*? A Lucien le preocupa que sea demasiado reservada para amar, pero tú mereces amor, no solo compañía.

Era la segunda vez que alguien le decía eso durante el día. Se sintió extrañamente cálido por dentro y a la vez culpable. No *merecía* tener amor, ninguno de la Liga lo merecía, pero si aparecía y podía aferrarse a él, lo sujetaría con fuerza y no lo soltaría nunca.

—No te preocupes, Horatia. Tengo formas de derretir sus gélidas barreras —Cedric sonrió ampliamente—. De hecho, si pudieras decirle a Emily que todavía estoy terriblemente avergonzado y que me gustaría comer aquí, ¿podrías encargarte de que Anne me traiga la comida?

—Dudo que Anne acceda a una petición más propia de un lacayo —advirtió Horatia.

—Dile a Emily que *insisto* en que Anne la traiga.

—¿Y qué piensas hacer, querido hermano mío, cuando ella lo haga?

—Estás casada con Lucien, cariño. Estoy seguro de que tienes una idea de lo divertido que puede ser compartir una comida.

—¡Eres un demonio! —el tono indignado de su hermana se vio alterado por una risa ahogada—. Pero no la apresures —Horatia se levantó del sofá. Le dio un beso en la frente y se marchó. Cedric esbozó una enorme sonrisa. La velada aún podía salvarse con un poco de ayuda de la seducción culinaria.

ANNE SE REMOVIÓ EN SU ASIENTO CUANDO HORATIA VOLVIÓ AL comedor.

—¿Está todo bien con él? —preguntó Ashton. Todos los ojos se fijaron en ella. Anne no envidiaba que la hermana de Cedric tuviera la atención de la sala.

—Está un poco avergonzado. Necesita tiempo para calmarse —Horatia se sentó junto a Lucien antes de volverse hacia Emily —. ¿Sería posible enviarle un plato de comida y alguien que le haga compañía? Creo que no está preparado para enfrentarse a todo el mundo, pero creo que tampoco desea estar solo.

—Oh, ciertamente. Estaré encantada de... —Emily comenzó a levantarse, pero Charles la detuvo con una mirada intensa. Volvió a sentarse, con su dulce rostro marcado por la confusión.

—¿Por qué no va la señorita Chessley? Quiero decir, parece

que, con la boda próxima a celebrarse, tal vez la pareja de novios podría disfrutar de un tiempo juntos. A menos, por supuesto, que la dama no desee cargar con la compañía de un ciego malhumorado.

Era un desafío total. Anne frunció el ceño ante aquellos ojos grises repentinamente serios. Entonces, vio en él al pícaro, al hombre seductor y peligroso que había tenido la suerte de evitar desde su debut cinco años atrás. Se necesitaría ser una mujer fuerte para sobrevivir como la presa de ese particular depredador.

—Estaría encantada de compartir una comida privada con Lord Sheridan —Anne se levantó de la mesa, haciendo que todos los hombres se pusieran en pie de un salto. Siguió a una atónita Emily hasta la salida del comedor, donde le indicó a un lacayo en espera que llevara dos platos a la biblioteca. Luego, se volvió hacia Anne con las manos en la cadera y los ojos violetas llenos de preocupación.

—No tienes que cenar con él, de verdad, Anne. Charles está siendo un imbécil.

—No hay ningún problema. Creo que Lord Lonsdale me está poniendo a prueba. A pesar de la forma en que emitió su opinión, me siento honrada de ser objeto de su desafío porque ha demostrado una gran lealtad a Lord Sheridan. No desearía casarme con un hombre que no tuviera buen gusto para los amigos.

Habló en serio, cada una de las palabras. Por mucho que le fastidiara tener que demostrarse a sí misma, le alegraba pensar que Cedric contaba con muchas personas que velaban por su bienestar. Ambas empezaron a caminar tranquilamente hacia la biblioteca para darle tiempo al personal para prepararse y alcanzarlas.

—De todos modos, Charles fue demasiado grosero y no permitiré un comportamiento tan impertinente dentro de mi casa —Emily levantó la barbilla con enfado.

Qué lejos ha llegado, pensó Anne con orgullo. Para ser una debutante tan joven y luego una duquesa medio año después, interpretaba bien el papel y únicamente lo perfeccionaría.

—Por favor, no te molestes por mí. Prefiero demostrar que Lord Lonsdale se equivoca al mostrar mi compromiso con mi prometido.

—Todavía no puedo creer que te vayas a casar con Cedric. Tenía mis esperanzas, por supuesto... —Emily calló cuando Anne se detuvo a su lado.

—¿A qué te refieres?

—Bueno, desde que conozco a Cedric, me ha preguntado por ti. Cielos, *nunca* dejó de hacerlo hasta... —no había necesidad de terminar la frase. *Hasta el accidente.*

—¿Él... hablaba de mí? —susurró Anne con la garganta cerrada.

—Estaba muy frustrado por tus constantes rechazos a verlo, a hablarle siquiera, y se estaba volviendo loco. Siempre estuviste en su mente, y aún lo estás, al parecer —la suave voz de Emily estaba llena de misterio, incluso de conocimiento sobre cosas que Anne, aunque mayor que Emily, aún no había comprendido.

Anne tuvo el repentino impulso de contárselo todo a Emily, de soltar el secreto que había estado guardando dentro de su corazón protegido durante demasiado tiempo, pero no podía confiar en sí misma para no titubear. Emily tenía muchas cosas a su cargo como duquesa y Anne no quería agobiar a su amiga con sus propias tonterías emocionales. Debía encontrar su propia salida para no desfallecer.

Antes de que el silencio entre ellas pudiera prolongarse más, llegaron a la biblioteca.

—¿Está ahí dentro? —preguntó. Emily asintió al tiempo que el lacayo llegaba con una bandeja plateada y dos platos de comida.

—He omitido las entradas que pudieran suponer un problema para Lord Sheridan, como los guisantes —señaló discretamente en dirección a Emily.

—Gracias, Jim, agradezco tu consideración. Por favor, lleva las comidas al interior y prepara la mesa principal.

—Sí, Su Excelencia —Jim inclinó la cabeza y entró en la biblioteca. Cuando el lacayo desapareció, Emily volvió a centrar su atención en Anne.

—¿Realmente piensas casarte con él?

—Sí.

¿Cuántas veces tendría que defender su elección? ¿Era muy difícil creer que realmente quería casarse con Cedric?

—¿Pero serás feliz con él? No te cases con él a menos que puedas prometerme que serás feliz.

—Seré feliz. Quizá no sea una felicidad como la tuya, pero creo que el matrimonio con Lord Sheridan me dará una sensación de alegría que no había encontrado hasta ahora.

Emily resopló.

—¿Alegría? Oh, Anne, creo que no conoces a Cedric tan bien como crees. No estará satisfecho hasta que te haya seducido lo suficiente como para que no recuerdes tu nombre. Le encantan los retos. Es lo que le hace seguir en pie, especialmente en estos días.

Anne sonrió.

—Soy muy consciente de su amor por los desafíos. Tengo la intención de darle uno —diciendo eso, entró en la biblioteca para encontrar a su prometido.

Cedric estaba reclinado en un diván de terciopelo escarlata con una expresión abatida en su rostro. Anne le indicó a Jim que se fuera una vez que terminara de preparar la mesa.

—¿Eres tú, Anne? —Cedric ladeó la cabeza. Anne tuvo la extraña sensación de que la había reconocido por su aroma.

—Sí, milord. He hecho que nos traigan la cena —él pareció oírla acercarse y levantó una mano para detenerla.

—Soy ciego, no inválido —espetó mientras se ponía en pie. Tuvo suerte de no poder ver el daño que esas palabras le causaron. Cedric alcanzó la silla más cercana y la retiró para ella. Él no pudo ver su error. El plato de Anne estaba muy lejos de ese asiento, pero ella se acercó a la mesa y deslizó su comida hacia el asiento ofrecido.

—Por favor, siéntate —dijo él un poco más cordialmente.

—Gracias —ella lo hizo. Él la empujó unos centímetros antes de apartar su propia silla con precaución y sentarse junto a ella. Anne lo observó deslizar sus manos por la superficie de la mesa hasta que las puntas de sus dedos encontraron el borde de su propio plato.

—Ahh, aquí vamos —se dijo y acercó la comida antes de buscar los cubiertos.

Entonces, Anne notó que la pérdida de visión de Cedric no solo afectaba a su vista. Cada movimiento que hacía era lento, controlado y calculado para evitar herirse a sí mismo o dañar las cosas a su alrededor. Sus músculos se tensaban y permanecían increíblemente rígidos. Su rostro parecía sufrir una continua presión por el esfuerzo de dominar sus movimientos.

No podía olvidar al hombre que solía ser. Un hombre con poder, fuerza y un andar firme y atrevido que ahora había desaparecido por completo. Su elegancia física y natural se había apagado, como la de un semental cojo. Nunca recuperaría sus bellos movimientos que ella adoraba cuando lo veía bailar. El miedo a caerse o a chocar con algo estropearía para siempre sus actos físicos. Incluso ahora, su rostro se tensaba de frustración mientras buscaba torpemente sus cubiertos.

Anne habló con voz suave.

—Quince centímetros a tu derecha —dio un sorbo a su vino y sintió una fugaz sensación de victoria cuando él encontró su cuchara. Con cautela, deslizó un pulgar sobre su borde curvo y luego sonrió en su dirección.

—Puede que no sea el mejor utensilio, una cuchara, pero es más fácil de manipular que un tenedor —el comentario casual de Cedric hizo que Anne se atragantara con su vino.

—¿Perdón?

—Con un tenedor me paso la mitad de las comidas intentando encontrar los alimentos y la otra mitad intentando llevármelos a la boca. Las cucharas son más fáciles de usar. Prefiero los tenedores solo cuando estoy comiendo algo que requiere sujetarse para poder ser cortado.

Anne imaginó a Cedric intentando comer y encontrando en cada comida una fuente de frustración constante. Era consciente de que ahora parecía más delgado, más pálido que antes. Tal vez no conseguía comer lo suficiente debido a la gran dificultad que suponía, o tal vez su melancolía le quitaba el apetito.

Qué tragedia que perdiera el esplendor de su edad frente al lento desgaste de su condición. La ceguera por sí sola no era su enemiga, sino la pérdida de los pequeños placeres de la vida porque ahora eran imposibles de realizar.

No era de extrañar que hubiera aceptado su oferta de matrimonio. Él necesitaba algo, o alguien, en quien concentrarse. Alguien que rompiera la desesperante monotonía de su realidad. En lugar de sentirse bien por el hecho de que ella le estaba ofreciendo ese alivio, Anne no podía evitar preguntarse si él únicamente la estaba utilizando como habría hecho con cualquier otra mujer que le hubiera pidiera matrimonio. Tal vez Emily se equivocaba al decir que Cedric seguía queriéndola; al fin y al cabo, ella era muy romántica.

El año pasado se había empeñado en seducirla; hubo pasión, el fuego de su anhelo por ella —aunque solo fuera físico—, y Anne había estado aterrada por su propia reacción. Pero ahora sus besos, aunque igual de ardientes, estaban teñidos de desesperación y eso la perturbaba. Por muy egoísta que esto fuera, quería que la besara porque él *quería* hacerlo, no porque él tuviera que alimentar su necesidad desenfrenada de entrar en contacto con el cuerpo de una mujer.

—Siento que mi conversación no sea de tu agrado —dijo Cedric.

—¿Qué? —Anne no había estado escuchando y no recordaba sus palabras. La cabeza de Cedric se volvió en su dirección, pero sus ojos marrones estaban distantes como siempre, y su boca, normalmente sensual, se tensó en una mueca triste.

—Ah, parece que he perdido la capacidad de entretener a una mujer hermosa. Lamento no ser el hombre que una vez fui. Podríamos tener una noche muy diferente juntos —el fantasma de su antigua sonrisa destelló en sus labios, como si estuviera reviviendo algunos de sus momentos más perversos con otras damas.

—No soy hermosa, milord, pero su cumplido es amable. Estoy disfrutando de nuestra velada. Por favor, no piense que su capacidad de entretenimiento me parece deficiente —Anne cogió el tenedor y empezó a cortar la pechuga de su faisán.

—¿Crees que no eres hermosa? Tal vez no sea el único ciego en esta sala. Para mí eres un diamante —el tono de Cedric había perdido su carácter defensivo y agresivo para volverse sedoso.

Anne entrecerró los ojos ante él. ¿Se estaba burlando de ella? ¿Compararla con una piedra fría y afilada? ¿O intentaba decir que era costosa? Estas comparaciones no eran ni remotamente atractivas.

—Otra vez he dicho algo malo —musitó Cedric mientras deslizaba su cuchara hacia una masa grumosa, y Anne esperaba que se tratara de un pastel de carne con muchas calorías. Quería que Cedric comiera más. Tenía los pómulos muy demacrados y los ojos demasiado hundidos. ¿Cómo no se había dado cuenta? ¿Su propio ensimismamiento era lo suficientemente fuerte como para cegarla ante el sufrimiento de Cedric?

—Lo siento, milord, no estoy de buen humor para conversar.

—¿No hay nada de lo que podamos hablar? —preguntó Cedric con auténtica esperanza en su voz.

Él realmente quería que las cosas funcionaran entre ellos y, por alguna razón, ella se sintió culpable por haberlo atrapado en el matrimonio sin advertirle que no sería tan fácil seducirla o incluso hacerse amigo de ella. *¿Ya le he hecho daño?* se preguntó en silencio, pero no había una respuesta rápida. Anne guardó silencio por un momento antes de que una pregunta brotara de sus labios.

—Emily dice que ganaste tus yeguas árabes frente a un jeque

en una partida de whist. ¿Es cierto? —no pudo contener la emoción en su voz. Ansiaba escuchar más sobre eso.

—Emily te lo contó, ¿verdad? —Cedric sonrió de oreja a oreja mientras se llevaba a la boca unos cuantos trozos de tarta y tragaba.

—Me encantaría escuchar la historia completa, si no te importa compartirla conmigo —Anne se sintió un poco tímida, pero se moría por escuchar la historia.

—Sí, es cierto. Gané los caballos, pero te contaré la *verdadera* historia. Reconozco que censuré la historia con Emily. Era muy inocente y no quería asustarla con historias de mi osadía, no mientras fuera cautiva de Godric.

—¿Qué partes omitiste? —Anne se inclinó hacia adelante sobre los codos. La curiosidad se apoderó de ella.

—Bueno, había mucho más en la apuesta que un par de caballos y dinero. Y el jeque no era en realidad un jeque, sino un comerciante árabe muy rico especializado en la esclavitud.

—¿Esclavitud? De personas?

El rostro de Cedric se volvió sombrío.

—Oh, sí. Él era un bastardo encantador, pero malvado. Y poderoso. De los que tienen amigos igualmente poderosos que le permitían salirse con la suya en casi todo. Casi —de pronto, una expresión de peligro y salvajismo le proporcionó a esta conversación un nuevo matiz que ella no había esperado.

—¿Y qué apostaste realmente con él? —su pregunta salió un poco entrecortada.

Cedric sonrió con picardía en su dirección antes de responder.

—Sus caballos por mi libertad.

CAPÍTULO 5

Capítulo Seis

—¡Charles! Quiero hablar contigo en privado inmediatamente —la Duquesa de Essex golpeó el suelo con el pie y señaló la puerta. Charles se levantó de su silla y los demás en la mesa miraron en varias direcciones. Al parecer, nadie lo salvaría de la ira de Emily. *Cobardes.*

Él no debió desafiar a Anne. Ahora se daba cuenta de su error. Pero si Emily iba a sermonearlo, él no se lo pondría fácil.

—Es para hoy, si eres tan amable —le ordenó Emily.

Con un suspiro exagerado, Charles la siguió hasta el pasillo, donde ella se giró y le golpeó el pecho con el puño. Intentó atacarlo de nuevo, pero Charles bloqueó el golpe con el antebrazo, actuando tan instintivamente que ni siquiera se dio cuenta de que se había movido. Aparentemente, el pugilista dentro de él siempre se las arreglaba para salir a la superficie. Cogió su delicada muñeca antes de que pudiera agredirlo por tercera vez. Tanto le molestó que Emily hubiera recurrido a los golpes, que mantuvo su muñeca aprisionada en su agarre.

—¿Qué es lo que te ha molestado, querida? —intentó sonar paciente, pero su voz era grave a modo de advertencia.

—¡Tú! ¡Tu comportamiento! ¿Cómo te atreves a decirle esas cosas a Anne? Ella es mi amiga y tú eres un *invitado* en esta casa. No toleraré que la amenaces, ¡ni que me sujetes el brazo contra mi voluntad de esta manera!

Charles apartó los dedos y Emily tiró de su muñeca, frotando las marcas enrojecidas de su blanca piel con el ceño fruncido.

—Mis disculpas —musitó—. Pero no la he amenazado.

—Ciertamente sonó como si lo hubieras hecho. La desafiaste sobre su decisión de casarse con Cedric. Para una mujer enamorada, eso *es* una amenaza.

—¿Y cómo sabes que en realidad está enamorada de él? No he visto ninguna prueba.

—¿Por qué te importa si lo ama o no? —preguntó Emily. Charles desvió la mirada, examinando el empapelado estampado con azul y blanco como si la respuesta a su pregunta estuviera allí—. ¿Por qué te importa? —repitió.

—¿Por qué? Maldita sea, Emily, es por ti —se arrepintió de las palabras en el momento en que las dijo. Ahora nunca lo dejaría en paz.

Los ojos de Emily se abrieron de par en par.

—¿Qué dices?

—Lo has cambiado todo, ¿no lo ves? Desde que te secuestramos, nada ha sido igual. Hemos perdido lo que nos hacía fuertes. Has paralizado tú sola a La Liga de los Pícaros. Godric es un tonto por amor, Lucien y Cedric se batieron en duelo por una mujer, Cedric está ciego, a Ashton nunca lo había visto más melancólico, el maldito Hugo Waverly parece acechar detrás de cada sombra oscura para intentar arruinarnos, y yo... parece que no puedo despertar de esta vívida pesadilla de terror perpetuo. Hemos sido arruinados... ¡arruinados por *ti*! —acompañó estas agudas palabras con un puñetazo en la pared.

Emily retrocedió alarmada. Charles se detuvo e inclinó la frente hacia la pared mientras respiraba profundamente para tranquilizarse. Nunca había golpeado a una mujer, nunca golpearía a una mujer, pero a veces dar puñetazos a la pared aliviaba su tensión.

—¿Te he arruinado? —a Emily le temblaba la voz, pero Charles no la miraba, ni por todo el oro del mundo. No podía soportar verla llorar, que era exactamente lo que había intentado hacer. La Liga de los Pícaros no debería ser capaz de dejarse abatir por las lágrimas de una joven. Ellos no podían permitirse esa debilidad, no si querían sobrevivir. Los acontecimientos que condujeron a la ceguera de Cedric no habían sido más que una advertencia de lo que estaba por venir. Si Emily conociera a Hugo como él...

—Todo es diferente. Ahora espero cosas, cosas que antes no me atrevía a soñar. ¿Y si mis sueños fracasan? ¿Y si no merezco lo que ansío? Sí, te culpo por eso —por el rabillo del ojo vio que las manos de Emily se movían alrededor de su cara, como si quisieran borrar cualquier evidencia de sus lágrimas. Maldita sea. Charles no quería hablar con ella de esto, ni siquiera quería *pensar* en ello.

Emily apoyó una mano en su hombro.

—¿Con qué sueñas? ¿Qué temes no tener nunca?

Charles cerró los ojos. Por un largo momento, consideró no responderle y mantener sus pensamientos en privado, pero Emily tenía esa horrible manera de meterse en su cabeza y hacer que quisiera desnudar su alma ante ella.

—Quiero poner fin a mis pesadillas y una mujer que me ame tan profundamente que mi corazón esté a punto de estallar. Godric y Lucien tienen eso... pero, ¿y si yo no puedo? ¿Y si no merezco algo así? —eso era. Él quería amor. Era un tonto y los ángeles se burlarían de él por eso.

—¿Cómo puedes pensar que no mereces ser amado, Charles?

—Hay cosas sobre nosotros que ni siquiera tú sabes, Emily.

Ella ignoró esa posibilidad.

—Tonterías. Tu corazón es leal y verdadero, como los de tus amigos. Y si tengo que tomar la flota de barcos de Ashton y navegarla hasta el fin del mundo para encontrar a alguien que te ame, lo haré. Tendrás tal alegría que tu corazón no podrá contenerla, por lo que se desbordará hacia todo y todos los que te rodean. Sé que este sueño puede hacerse realidad, pero requiere paciencia. ¿Puedes ser paciente por mí? —preguntó Emily.

La respuesta de Charles fue girarse y acercarla, abrazándola con fuerza. Nunca dejaba de sorprenderle cómo ella podía convertirlo en un niño. Lo hacía sentir seguro, cuidado, y eso que era una década más joven que él. Godric era un hombre afortunado.

Respirando hondo, respondió.

—Puedo ser paciente... puedo.

Emily intentó hablar, pero su voz fue sofocada por su chaleco.

—¿Perdón? —le preguntó él mientras se apartaba.

Con una pequeña y dramática bocanada de aire, ella levantó la cabeza y lo miró.

—¿Sigues enfadado conmigo?

—Nunca he podido permanecer enfadado contigo por mucho tiempo, querida —dijo Charles antes de besar su mejilla y soltarla —. Vuelve a la cena. Yo iré enseguida. Solo necesito un minuto.

Emily se concentró en su expresión de preocupación.

—¿Estás seguro?

—Sí. Ahora te alcanzo —hizo que se fuera.

Una vez que Charles se quedó solo, se acercó sigilosamente a la puerta entreabierta de la biblioteca. Dentro vio a Anne de espaldas a él. Le indicó amablemente a Cedric dónde encontrar su cuchara. Su conversación fue incómoda durante un tiempo antes de que ella le preguntara por sus caballos y su famosa apuesta. Cedric sonrió ampliamente, feliz de contar la historia, y ella se inclinó hacia él con una gran curiosidad. Charles aún no veía amor entre su amigo y Anne, pero sí *esperanza*. Quizá por primera vez desde que Cedric había perdido la vista.

Charles ahogó el nudo en su garganta y se alejó para no molestar a los ocupantes de la biblioteca.

No volvió al comedor, sino que se sentó en el penúltimo escalón de la escalera principal. Con los codos apoyados en las rodillas, enterró la cara en el refugio de sus manos.

No levantó la vista inmediatamente al oír unas botas bajando las escaleras. Una mano se apoyó con ligereza en su hombro derecho, y solo entonces miró a la persona que lo había encontrado destrozado emocionalmente. Era su sirviente más reciente, el muchacho Tom Linley.

—¿Todo bien, milord? —los ojos de Linley estaban llenos de preocupación. Su pelo rubio era un lío debajo de su gorra plana.

Linley era un chico extraño, tranquilo hasta el punto de ser tímido. Charles sospechaba que el chico había sufrido graves abusos a manos de un antiguo amo. Pero Linley siempre aparecía cuando Charles se sentía más solo. Era como si el muchacho tuviera un sexto sentido para saber en qué momento su amo necesitaba compañía.

Aunque decía tener veinte años, Charles sospechaba que era mucho más joven. Linley había recibido una educación decente porque su madre había sido dama de compañía de la madre de un conde, y había criado a su hermana pequeña él solo desde la muerte de su madre. Con la mitad de la Liga casada o comprometida, Linley se había vuelto indispensable para él, un compañero tan crucial para su vida diaria que se sentía como parte de su familia, tanto como cualquier sirviente.

—Estoy bien, muchacho, de verdad. Ha sido un día largo, eso es todo —Charles se pasó una mano por el pelo y dejó escapar un suspiro tembloroso.

—Es cierto, milord —dijo Linley después de un momento de silencio.

—¿Qué? —preguntó perplejo.

—Que tiene un corazón digno de amor. Su Excelencia tiene razón. Algún día una mujer lo amará y será feliz. Así son las cosas.

—¿No me digas que eres del tipo romántico? —bromeó Charles y empujó el hombro del chico, quien esbozó una rara sonrisa. Charles se maravilló del cambio que dicha sonrisa producía en el rostro del muchacho. La preocupación y el miedo que a menudo lo acechaban simplemente desaparecieron.

—Deberías sonreír más, Linley. Las damas irán a tocar a tu puerta —le aconsejó Charles. Linley se sonrojó.

—No hay tiempo para eso, milord. Ya hago demasiado ejercicio persiguiéndolo a usted, si me entiende. Esa es una tarea muy agotadora y exigente.

—Vaya, pequeño descarado... —Charles se acercó, fingiendo estrangular al muchacho, pero ambos estallaron en carcajadas—. Supongo que sí. Parece que no puedo quedarme quieto durante más de una hora. Hay mucho por hacer: acostarse con mujeres, carreras de caballos, boxear con hombres. Dormir es para los muertos.

Linley volvió a sonreír y un agradable silencio cayó sobre ellos.

—Supongo que debo volver a la cena, de lo contrario Emily enviará un grupo de búsqueda y tendré que soportar su desprecio por segunda vez —Charles se puso en pie—. Enviaré a un lacayo para que te busque en cuanto yo quiera disponer del carruaje.

Mientras Charles regresaba hacia el comedor, Tom Linley permaneció sentado en la escalera. Una sonrisa, espontánea, se apoderó de sus labios, para luego convertirse lentamente en un ceño fruncido.

—¿APOSTASTE TU LIBERTAD CONTRA LOS CABALLOS DEL JEQUE? —preguntó Anne cuando Cedric hizo una pausa para terminar el último bocado de su cena.

Él se movió para ponerse de pie.

—Efectivamente.

—No te creo.

—No hace falta que me creas para que sea verdad —dijo él, pasando junto a ella.

—¿No vas a contarme lo que realmente pasó?

—Si te unes a mí en el sofá, entonces lo haré.

Anne se levantó también y se acercó a él.

—¿Y si no lo hago? —contraatacó cautelosamente. Tenía toda la intención de unirse a él, pero quería ver hasta qué punto estaba dispuesto a cortejarla. Emily tenía razón: Cedric necesitaba un reto para mantenerse interesado.

—Entonces tu curiosidad permanecerá para siempre insatisfecha —Cedric se dirigió al diván y se sentó. Anne estaba a punto de sonreír o de resoplar ante su arrogancia, pero no sabía cuál de las dos cosas.

—¿Crees que mi curiosidad es tan fuerte? ¿Afirmas conocerme muy bien?

Cedric sonrió con suficiencia.

—Solo un tonto muy tonto no querría saber desesperadamente cómo escapé de las garras de un malvado comerciante de esclavos y volví victorioso con un par de los mejores caballos de ese hombre. Y tú, mi adorable diamante, eres todo menos una tonta. No puedes resistirte a saber cómo evité un destino tan desagradable como eunuco para el harén de un árabe.

Mientras Cedric hablaba, Anne se fue acercando más y más al sofá hasta que se sorprendió a sí misma deslizándose en el espacio que quedaba libre junto a él. Como un potro atraído por la promesa de terrones de azúcar, esperó ansiosamente a que él compartiera el resto de su historia.

—¿Un eunuco? ¡Oh, por favor, cuéntame el resto! —ni siquiera se dio cuenta de que estaba tirando de su manga como una niña mimada hasta que él la agarró. Cedric envolvió su cintura con un brazo posesivo y la arrastró hasta su regazo. Anne luchó contra el pánico que le produjo su repentina proximidad, pero cuando los músculos de Cedric se tensaron alrededor de ella, dejó de luchar.

—Realmente le gusta humillarme, ¿verdad, Lord Sheridan? —ella se acomodó en su regazo y luego se sacudió con violencia al sentir una parte particularmente rígida de su anatomía justo debajo de ella.

—¡Cristo, mujer! Tranquila o no podré exigir mis derechos maritales —Cedric la miró con desconfianza antes de añadir—: Tal vez eso es lo que quieres, diablilla.

—No seas ridículo. Es que no estoy acostumbrada a… —sin poder detenerse, ella agitó una mano hacia su regazo—. A que esa cosa haga acto de presencia.

—Tienes mucho que aprender sobre los hombres. Esa *cosa*, como la llamas, hará muchas apariciones. Y como mi esposa te ocuparás de ella, al igual que yo me ocuparé de tus necesidades —se inclinó hacia ella, con sus largas pestañas marrones abriéndose en abanico mientras sus ojos apagados parecían buscar inútilmente un atisbo de sus labios—. ¿Quieres hacer algo por mí, Anne, cariño? —él le había dedicado muchos términos afectivos, pero *Anne, cariño* pareció despertar algo en lo más profundo de su ser.

—Eso depende. ¿Implicará algo que lamentaré?

—Muerde tu labio inferior por un breve momento.

—¿Qué? ¿Por qué?

—Por favor —sus manos en la espalda de Anne se movieron lentamente hacia arriba y hacia abajo en un gesto reconfortante.

—Muy bien —ella se encontró obedeciendo, mordisqueando su labio inferior y observando su sonrisa en respuesta. Su mirada apagada aún estaba inclinada.

—Ahora, ¿por qué acabo de hacer eso? —preguntó mientras Cedric cerraba los ojos, con una expresión tanto de dolor como de felicidad en su rostro.

—Quería imaginarte con los labios rosados e hinchados, como si acabara de besarte hasta dejarte sin aliento. Pude verlo muy claramente cuando cerré los ojos. La mayoría de las mujeres se han desvanecido en mi mente, pero tú no. *Nunca* tú.

La piel de Anne experimentó escalofríos. Se mordió el labio para reprimir un suspiro ilusionado ante la posibilidad de que sus palabras fueran ciertas. ¿Era la única mujer que no se desvanecía en la mente de este ciego? No podía ser posible, pero deseaba que lo fuera.

Intentando cambiar de tema, ella volvió a hablar.

—¿Fue esto una treta para atraerme a tu regazo, o me contarás la historia? Tal vez esa historia ni siquiera exista.

—Por supuesto que hay una historia, corazón mío. Te aseguro que mi deseo de atraerte a mí era totalmente secundario con respecto a satisfacer tu curiosidad.

El corazón de Anne se disparó cuando Cedric la llamó *corazón mío*. Sabía, lógicamente, que él, como cualquier otro libertino, lanzaba con frecuencia esos términos cariñosos sin pretender nada con ellos. No pudo evitar preguntarse si cada nombre cariñoso continuaría emocionándola hasta el punto de terminar medio enamorada de él.

Cedric le acarició la mejilla con la nariz, descendiendo hasta su garganta. Anne se removió en su regazo mientras una ráfaga de lujuria recorría su vientre. No podía caer en su seducción ni perder su corazón por él. Quedaría devastada cuando él no quisiera o no pudiera amarla como ella esperaba.

—Entonces, ¿qué ocurrió? —insistió.

Cedric suspiró decepcionado.

—Estás muy decidida esta noche, ¿verdad? —echó el rostro hacia atrás y sus ojos inertes apuntaron varios centímetros a la izquierda más allá de su cara.

—Lo estoy cuando me provocas con una historia de traficantes de esclavos árabes, caballos y harenes.

—Muy bien, satisfaré tu curiosidad. Pero que sepas que tú me satisfarás cuando yo acuda a ti con mis propios deseos.

Anne no dijo nada, obligándose a recuperar el control antes de que cualquier imagen no deseada de Cedric y sus deseos acapararan su atención.

—Era una cálida tarde de marzo del año pasado. Ashton y yo estábamos en casa de Berkeley para pasar la noche jugando a las cartas con un amigo...

CAPÍTULO 6

Capítulo Siete

L*ondres, marzo de 1820*

El humo a puro oscilaba en nubes brumosas cerca del techo de la poco iluminada sala de cartas de Berkeley. La mayoría de los hombres que descansaban en las sillas alrededor de las mesas de juego rondaban los treinta y un poco más. Esa misma noche, los jóvenes sensatos en edad de casarse estaban esclavizados en los bailes de los salones Almack. Solo los hombres más peligrosos quedaban libres para merodear y buscar sus placeres sin preocuparse de cruzarse en el camino de las mamás de la sociedad y sus hijas con intenciones maritales. Cedric, Ashton y su amigo James Fordyce, el Conde de Pembroke, eligieron una mesa cerca de la chimenea principal para jugar unas partidas de whist. Dentro de unas horas más, irían al lugar que solían frecuentar en busca de placer.

Ashton extendió la baraja y la mezcló mientras Cedric y James llamaban a un sirviente del club para que acercara tres vasos de oporto.

—Menos mal que Letty no esperaba que la acompañara a Almack —le confesó James a Cedric. El hombre soltó un suspiro de alivio. Cedric se rio al ver la expresión de desahogo en los ojos del conde.

—¿No eres un amante de las cuadrillas, Pembroke? —preguntó Ashton.

James se rio.

—Cuando un hombre llega a los veintiocho años, no debería sufrir acompañando a su hermana a esos eventos. Yo sostengo que es una cuestión de principios excusarme de esos abominables bailes y flirteos sin sentido.

—¿Acaso tu madre no está esperando que elijas una novia pronto? —habló Cedric.

—Sí, pero no quiero casarme con cualquier muchachita. Toda mujer que esté en Almack esta noche no es una mujer con la que quiera casarme.

Cedric resopló.

—¡Entonces mis hermanas están a salvo! Qué alivio.

—Yo tampoco desearía estar allí —comentó Ashton—. De hecho, me siento bastante culpable porque obligué a mi hermano a llevar a Joanna esta noche. Rafe no estaba contento, pero cuando Thomasina y yo lo presionamos, él cedió.

—Han pasado algunos años desde que Joanna hizo su debut, ¿no es así? —preguntó James, dando un sorbo a su brandy.

—Sí, pobrecita, va a cumplir veintidós años en un mes y ningún hombre se ha aparecido preguntando por ella. No puedo entender por qué. He estado animando a todos los que siquiera han pedido que ella les pase la sal en las cenas de compromiso. Pero es inútil, ni un solo hombre ha mostrado el más mínimo interés —Ashton suspiró y revisó sus cartas.

Cedric no tenía toda la atención puesta en la conversación; hablar de matrimonio y de hermanas siempre conseguía alterarlo. No le gustaba pensar en las bodas de sus propias hermanas. La hermana mayor de Ashton, Thomasina, ya estaba casada y tenía muchos hijos, pero Joanna era la pequeña de la familia de Ashton y su hermano estaba aparentemente decidido a verla casada.

—¿Qué? ¿No hay pretendientes? —exclamó James sorprendido—. ¡Joanna es una chica muy encantadora!

Ashton se encogió de hombros.

—Thomasina cree que es demasiado agradable como acompañante, no como mujer. Hay muchos hombres que admiran su ingenio y su humor, pero ninguno de ellos se atreve a enviarle un ramo de flores. Maldición, no puedo entender por qué. Tiene una dote considerable y no se lo he ocultado a ningún hombre.

—Los hombres son tontos —anunció sombríamente Cedric.

—¿Y cómo está Letty? —continuó Ashton mientras empezaba a repartir la baraja entre los tres.

—Mimada, así está ella. La semana pasada me dijo que una dama elegante debería tener al menos una docena de pares de guantes. Me atreví a preguntar para qué servían tantos guantes en primavera y ella me atacó verbalmente. Utilizó algunas palabras en francés que yo ni siquiera había escuchado… —señaló James con humor melancólico.

Cedric se rio.

—La fascinación por la moda creía que estaba restringida al sexo débil, pero, por desgracia, he visto demasiados dandis merodeando por las calles que se han detenido por la espléndida visión de sí mismos reflejada en el cristal de una tienda. Un montón de fanfarrones, todos ellos —Cedric dio un sorbo a su oporto mientras miraba a uno de esos dandis vestidos de forma tan colorida que charlaba con un caballero de aspecto extranjero que acababa de entrar en la sala.

—Oye, Pembroke, ¿conoces a ese hombre de ahí? —Cedric señaló al extranjero.

—¿Freddy Poncenby? —preguntó James, lanzando una mirada despectiva por encima de su hombro hacia el dandi que agitaba los brazos con entusiasmo mientras hablaba. Poncenby no era el preferido de ningún caballero de su mesa. Era demasiado cobarde y tenía cierto aire de comadreja del que Cedric no se fiaba.

—No, el otro caballero.

—¡Oh! Ese es Samir Al Zahrani. Es de Nejd, en Arabia.

—¿Al Zahrani? —Cedric miró al hombre con curiosidad. Era alto con una piel profundamente aceitunada y un rostro y un cuerpo robustos pero atractivos. Unas cejas oscuras perfilaban un par de ojos negros que escudriñaban la habitación con una precisión militarista que despertó la curiosidad de Cedric.

—He oído que es un rico comerciante, lo cual, dadas las luchas de poder y las agitaciones políticas en esa parte del mundo, es toda una hazaña.

—¿Un comerciante de qué?

James, un experimentado libertino que tenía pocas ocasiones de mostrarse cohibido en asuntos delicados, parecía realmente alterado.

—Eso depende de a quién le preguntes. La mayoría de la gente te dirá que se dedica a los textiles, pero he oído que también dirige otro negocio mucho más lucrativo, basado en la esclavitud —James pronunció esto último en un tono suave. Ashton y Cedric intercambiaron miradas de sorpresa.

—¿Esclavos? —el tono de Ashton estaba cargado de desaprobación. El Parlamento había prohibido el comercio de esclavos hacía más de una década. No obstante, la esclavitud seguía siendo, lamentablemente, legal en el extranjero, aunque no en suelo inglés. Como había dicho una vez William Cowper: "Los esclavos no pueden respirar en Inglaterra; si sus pulmones reciben nuestro aire, en ese momento son libres. Tocan nuestro país y sus grilletes caen. Eso es noble, y denota el orgullo de una nación."

Lamentablemente, no todos en la nación tenían esa nobleza.

—Sí. He oído que hace poco comenzó a ofrecer sus "mercancías" en varios burdeles de Londres. Pero eso no es tan aterrador como los rumores de que ha venido aquí para llevarse a nuestras mujeres a Nejd y llenar sus mercados allí. Se rumorea que dicho producto valdría diez veces más de lo que gana en otros lugares.

—¿Qué? —Cedric se sentó erguido en su silla—. Eso es una tontería, Pembroke. Si nuestras damas empezaran a desaparecer, alguien se enteraría y eso despertaría las sospechas —dejó las cartas sobre la mesa, perdiendo momentáneamente el interés por el juego.

—Sería un acto de guerra —coincidió Ashton.

—Estoy diciendo la verdad, os digo. Oí a varios miembros de la Cámara hablar de ello la semana pasada. Fuera de sesión, por supuesto. El padre de ese hombre es un embajador extranjero y un poderoso comerciante por su propio mérito. Si intentara un movimiento tan audaz, podría salirse con la suya. Podría llevar demasiado tiempo reunir a la armada para perseguirlo. He mantenido a Letty vigilada desde que ese hombre hizo acto de presencia en Londres —James parecía demasiado serio, como si hubiera estado pensando mucho en el asunto.

Ashton se reclinó en su silla y colocó sus cartas boca abajo sobre la mesa.

—Estate tranquilo, Pembroke. Si él está pensando en esas cosas, no hay duda de que ha sido advertido por esos mismos hombres que mencionaste. No hay nada como hacer brillar una luz para ahuyentar a las sombras. Y si Letty desaparece y necesitas una flota de barcos, tendrás la mía para cazar al hombre.

—Gracias, Lennox —respondió James.

—Creo que me gustaría conocer a este hombre.

—Cedric... —advirtió Ashton—. Ya tenemos suficientes enemigos por el momento.

Cedric sonrió ampliamente.

—¿Quién ha hablado de enemigos? Invitémoslo a jugar al whist —a Cedric le encantaba jugar con fuego, aunque corriera el riesgo de quemarse. Cedric llamó a Freddy y al extranjero—. Freddy, ¿tú y tu amigo queréis acompañarnos a jugar a las cartas? Estamos a punto de darnos el gusto de jugar una partida de altas apuestas.

El vanidoso Freddy Poncenby, un hombre de solo veintidós años, corrió hacia la mesa emocionado con el misterioso Samir Al Zahrani pisándole los talones. Un par de hombres altos y morenos flanqueaban al comerciante. Guardias, supuso Cedric.

—¡Caballeros, qué gran buena! ¿Conocéis al señor Samir Al Zahrani? Señor Al Zahrani, este es Cedric Sheridan, Vizconde Sheridan, James Fordyce, Conde de Pembroke y Ashton Lennox, Barón Lennox.

—Es un placer, caballeros —Al Zahrani tenía una potente voz de barítono con un fuerte acento, pero su inglés era irreprochable.

Cedric y los demás se levantaron de la mesa de juego y lo saludaron. Luego, con un pequeño movimiento de cabeza, Cedric señaló una puerta detrás de ellos.

—¿Qué os parece si pasamos a una habitación privada?

Con murmullos a favor, el grupo se dirigió a una recámara rodeada y la puerta fue cerrada. No habría forma de que los observaran o escucharan.

—Sentaos —ofreció Cedric con una sonrisa diabólica. Cuando Ashton se encontró con su mirada, puso los ojos en blanco, sin duda comprendiendo que la noche no iba a terminar tan pacíficamente como había empezado.

—¿Alguna vez juega al whist, señor Al Zahrani? —Cedric miró a su objetivo con una sonrisa de complicidad. La idea de limpiar los bolsillos de un comerciante de esclavos hizo que su cuerpo se tensara con anticipación. Detestaba la esclavitud, y si robarle descaradamente a este sujeto marcaba alguna diferencia en eso, lo haría en un santiamén.

—He jugado un par de veces —respondió Al Zahrani mientras se sentaba junto a Freddy. Ashton reunió rápidamente las cartas y las barajó antes de repartirlas.

Los cinco hombres jugaron a tres turnos. Cedric jugó sin cuidado en un principio, perdiendo dos turnos muy temprano en el juego. A medida que la partida avanzaba, todos consumieron abundantemente oporto, excepto Al Zahrani, quien no quiso darse el gusto.

—Oye, Al Zahrani, ¿no habrás oído hablar de un caballo llamado Firestorm? Creo que ése es su nombre en inglés —preguntó Cedric con una voz suave y relajada gracias al oporto. Firestorm era un semental árabe purasangre que valía una fortuna y del que se rumoreaba que nunca había salido de Arabia. Tampoco se permitía cruzar al caballo con ninguna raza extranjera. Ningún inglés había podido acceder a ninguna de sus crías.

—¿Firestorm? En efecto, Lord Sheridan. Ese caballo le pertenece a mi padre. Tengo dos yeguas de uno y tres años que fueron engendradas por él.

—¿De verdad? —Cedric suspiró melancólicamente—. Mataría por ver un trozo de caballo tan fino.

—Las tengo aquí en Inglaterra, por si quieres verlas. Sería un honor —Al Zahrani dijo esto con una expresión de orgullo petulante en sus ojos oscuros. Estaba claro que era la clase de persona a la que le gustaba alardear sobre poseer algo que otros codiciaban.

—Puede que lo haga —musitó Cedric y continuó jugando su turno.

Después de seis turnos más, James y Freddy se negaron continuar, pero se quedaron observando cómo Ashton, Cedric y Al Zahrani disputaban apuestas cada vez más altas. Cedric estaba eufórico por el alcohol del oporto y la emoción del plan que estaba a punto de poner en marcha.

—Apuesto ochocientas libras a que puedo ganar este turno. Ningún hombre me gana cuando estoy en racha —Cedric balbuceó un poco mientras bebía lo último de su oporto y le sonreía ampliamente a Al Zahrani. El árabe lo observó especulativamente y luego esbozó una oscura sonrisa que Cedric ignoró por completo.

—La cuestión con las rachas es que inevitablemente deben terminar, amigo mío. Hagamos una apuesta sobre algo más valioso. ¿Qué te parecería mi par de yeguas? —soltó casualmente Al Zahrani.

Cedric fingió considerar la oferta.

—¿Y mi pago? ¿Quizás te envíe a mi amante durante tu estancia en Londres? Es un trozo de carne encantador. También conoce su posición. Te atenderá bien, como debería hacer cualquier mujer —esperó a ver si Al Zahrani mordía el anzuelo.

—¿Una de tus mujeres? —Al Zahrani, pensativo, acarició el reverso de sus cartas, las cuales estaban sobre la mesa. Estudió a Cedric, como si estuviera comprendiendo lo que realmente estaba insinuando con su oferta—. Aunque eso me intriga, intuyo que no sería una gran pérdida para ti.

Con un resoplido, Cedric volvió a coger su bebida.

—¿Dos mujeres entonces? Supongo que podría encontrar otra rápidamente.

—Por desgracia, no. En todo caso, solo estás probando mi punto. Está claro que mis caballos valen más que una docena de tus mujeres inglesas.

—Bueno, entonces, ¿qué te satisfaría?

—Me dedico a un tipo de comercio especial... y me resultarías muy útil como sirviente en mi casa para custodiar mis preciosas mercancías.

—¿Un Vizconde como sirviente? ¡Dios mío, hombre, eres atrevido! ¿Qué es lo que voy a custodiar y por cuánto tiempo? —mientras hablaba, los guardias de Al Zahrani se movieron sobre sus pies junto a la puerta, asegurándose de que nadie pudiera entrar o salir.

—Serías guardia de mis mercancías femeninas. Por supuesto, habría que hacerte inofensivo para asegurar que las hembras no sean tocadas.

Cedric sonrió satisfecho.

—¿Una especie de cinturón de castidad, supongo?

—Me temo que somos un poco más... permanentes con nuestra solución al problema.

Cedric escuchó una serie de tragos de los otros hombres en la mesa.

—Me convertirías en un eunuco, ¿eso es lo que estás diciendo? Quiero decir, lo entiendo, las mujeres no son tan valiosas como un buen caballo, pero aun así, las partes de un hombre son *sus* partes.

Era una fanfarronada. Al Zahrani debía suponer que se retractaría ante una propuesta tan descabellada. Cedric sintió un poco de pánico al pensar en la castración, por varias razones. Como último heredero masculino del título en su familia, tenía el deber de engendrar un hijo. Y la idea de no poder volver a acostarse con una mujer era algo desolador. A pesar de su bravata para atraer a Al Zahrani a esta apuesta, valoraba más la compañía de una buena mujer que un centenar de los mejores caballos.

—¿No me digas que tienes miedo de perder? Creía que los ingleses eran intrépidos —Al Zahrani seguía sonriendo, pero había oscuridad reflejada en sus ojos.

—¿Yo, temeroso? Vaya, eso es absurdo. Simplemente vacilo como lo haría cualquier hombre decente cuando se le amenaza con la esclavitud y la extirpación de su miembro viril —explicó Cedric. Hubo un murmullo de acuerdo por parte de sus amigos. Poncenby se llevó las manos a la ingle.

—¿Sabéis que no hay esclavitud en suelo inglés? —intervino Ashton. Cedric le lanzó una mirada fulminante. *Maldita sea, hombre, no te metas.*

—No sería esclavitud, y tú no estarías en suelo inglés. Como cuestión de honor, partirías voluntariamente conmigo a mi país de origen, y una vez allí permanecerías indefinidamente a mi servicio.

Lo cual era una forma elegante de decir lo mismo.

—¿Y bien? ¿Aceptamos los términos y terminamos el turno? —preguntó Al Zahrani.

Cedric levantó sus cartas de la mesa, observándolas.

—No estoy del todo seguro de que mi libertad valga un par de caballos...

—Puedo prometerle, Lord Sheridan, que los caballos valen la libertad de cien hombres, e incluso de un vizconde —aun así, el hombre conservaba esa petulancia innata.

—Cedric, ten prudencia —dijo Ashton en voz baja.

Cedric se encontró con la mirada de su íntimo amigo y, por un momento, se mostró totalmente sobrio, totalmente en control de sí mismo.

—Soy tan prudente como el día en que te conocí —respondió Cedric, a lo que su amigo casi se echó a reír. Ashton ya debería haber aprendido a confiar en él en cuestiones de riesgo.

La noche en que Cedric y Ashton se conocieron fue la noche en que salvaron a Charles de morir ahogado por Hugo Waverly. Habían contado con la ayuda de Lucien y Godric, y esa misma noche se había formado la Liga. Cedric fue el más sereno durante aquel angustioso rescate, el cual sin duda había ayudado a salvar la vida de Charles.

Solo habían errado en una cosa aquella noche. Otro hombre había sido el primero en intentar salvar a Charles de Hugo y había pagado el precio de su valentía. Su muerte aún atormentaba a la Liga, y era la razón por la que Hugo los había condenado a todos aquella noche.

—Muy bien —Ashton colocó sus cartas sobre la mesa, indicando su salida del juego.

—Entonces, ¿tenemos una apuesta, milord? —preguntó Al Zahrani.

Cedric le dirigió una sonrisa eufórica.

—Tenemos una apuesta.

Ambos hombres revelaron sus cartas y Cedric se rio triunfalmente. Todos, excepto Ashton, exclamaron asombrados por la mano ganadora de Cedric.

—¿Cuándo debo pasar a recoger mis yeguas? —preguntó Cedric con una sonrisa de satisfacción, como un gato alimentado por un canario.

Al Zahrani escupió, tirando sus cartas al suelo y poniéndose en pie de un salto.

—¡Has hecho trampa! Era imposible que perdiera. ¡Era una imposibilidad matemática!

Cedric se mofó.

—¿Yo, un tramposo? Tonterías. Jugué una mano decente de whist. Cualquier inglés podría haberlo hecho —cruzó los brazos sobre el pecho y se reclinó en su silla, sin inmutarse en absoluto por la furia del mercader árabe.

—¡*No* te daré mis caballos! ¡Me niego! —gritó Al Zahrani con tal odio que el pobre Freddy Poncenby se metió bajo la mesa de cartas más cercana para cubrirse.

Ashton suspiró al ver el trasero a rayas verdes y blancas de Freddy asomándose por debajo del borde de la mesa.

—He jugado limpio contigo, Al Zahrani. Todos los presentes vieron el juego. He ganado y estás en deuda conmigo. No vaya a ser que tus socios en Inglaterra se enteren de tu falta de disposición para cumplir una deuda. ¿No me digas que *tú* eres el que tiene miedo? —Cedric finalmente se puso de pie, pero la acción fue un lento despliegue de su fuerte y atlético cuerpo. Los demás se apartaron, dándoles a Cedric y a Al Zahrani mucho espacio para maniobrar en caso de llegar a los golpes.

Tras un intenso duelo de miradas, el mercader retrocedió.

—¡Que así sea! Haré que las envíen a tu residencia por la mañana. Disfrútalas mientras puedas. La justicia siempre alcanza a los hombres como tú. Cuando ese día llegue, caminaré por encima de tu tumba, recuperaré mis caballos y seré el último en reír —declaró Al Zahrani.

—No te hagas ilusiones. Nunca he esperado vivir mucho tiempo, o en paz. Si quieres vengarte por una honesta partida de cartas, será mejor que hagas fila, porque he hecho cosas mucho peores a hombres mucho mejores y ellos tienen más derecho a matarme que tú.

—Este no es el final entre nosotros, Lord Sheridan.

—Sí lo es. O me desafías o te marchas con el corazón aún latiendo.

Al Zahrani lo fulminó con la mirada antes de marcharse con sus guardias.

Una vez que se fue, Ashton y Cedric volvieron a sentarse junto con James.

—Vosotros sí que os la jugáis con todo —masculló el Conde de Pembroke con una sonrisa tensa.

—Por supuesto que sí —Cedric le dirigió una sonrisa amplia y despreocupada.

—Eh, Poncenby, ya puedes salir —con la punta de su bota de arpillera, Ashton empujó el culo a rayas del dandi acobardado. Freddy salió, con aspecto avergonzado y con la cara escarlata hasta las raíces de su pelo castaño cortado a la moda.

—Bueno, si me disculpáis, ya he tenido suficiente emoción por una noche —Freddy se despidió de los demás y prácticamente corrió hacia la puerta. Hubo un fuerte choque y un chillido cuando un criado fue embestido por Freddy mientras salía de Berkeley.

Cedric ahogó una carcajada. ¡Qué buena suerte tener por fin dos yeguas árabes purasangre con pedigrís que valían una fortuna! Ahora, si tan solo si pudiera encontrar un semental decente para cruzarlas...

ANNE SE CONCENTRÓ EN EL ROSTRO DE CEDRIC, DISFRUTANDO secretamente de la gran cantidad de emociones que surcaban sus rasgos mientras le contaba la historia.

—No crees que el árabe vuelva a por ti, ¿verdad?

Cedric sonrió.

—Abandonó Londres poco después de entregarme las yeguas. Simplemente tuvo que hacer una demostración de orgullo antes de irse, y yo tuve que responder de la misma manera. Así son las cosas cuando hay demasiado en juego.

Estaba muy animado, y ella no lo había visto así desde su

pérdida de visión. Durante unos breves minutos, había vuelto a ser el antiguo Cedric, el que...

Anne sacudió la cabeza, disipando los pensamientos del pasado, pensamientos que le dolían muy en el fondo.

—Vosotros los hombres y vuestro orgullo. ¿No os importa nada más?

La profunda risa de Cedric la envolvió.

—Oh, querida, me provocas con tu inocencia al preguntar eso.

—¿A qué te refieres?

Cedric le cogió la barbilla e inclinó la cabeza hacia abajo como respuesta, encontrando los labios de Anne con facilidad. Se puso rígida cuando su lengua recorrió el contorno de sus labios. Apoyó los puños en el pecho de Cedric mientras se ponía rígida en su regazo.

Él apartó la boca para susurrar:

—No olvides lo que prometiste, Anne. No te conviertas en hielo en mis brazos, amor —le rozó la mejilla con la nariz—. Por favor, corazón mío, no te cierres a mí.

Sus palabras persuasivas la arrastraron por la pendiente del deseo. Era algo más que lujuria, algo más que un deseo carnal. Anne podría haber sido capaz de detenerse, de no entregarse, si él no hubiera hundido la boca en su cuello y mordido su piel para luego lamerla de forma lenta y sensual. El movimiento de sus dientes le provocó un agudo pero leve dolor que más tarde se convirtió en una ola de placer. Anne perdió el control y se derritió en su regazo.

Cedric lanzó un gruñido grave cuando ella se entregó a sus brazos y se estremeció ante sus besos. Extendió una mano hacia el lado vacío del diván, calculando la distancia existente, y luego inclinó lentamente a Anne para que se tumbara debajo de él. Cedric deslizó sus faldas hacia arriba, acumulándolas alrededor de sus caderas. Luego le tocó las rodillas y las separó suavemente. Ella debería haber oprimido los muslos, pero terminó echando la cabeza hacia atrás a la vez que permitía que sus rodillas cayeran.

Él le acarició el interior del muslo y luego levantó y flexionó su pierna. Ella se movió con él, comprendiendo que tenía que abrirse para darle espacio a las reducidas caderas de Cedric. Entonces, Anne dejó caer la otra pierna sobre el borde del sofá, proporcionándole un amplio espacio para que descendiera entre sus muslos.

La intimidad de esta posición era insoportable. Sus senos subían y bajaban al ritmo de sus suaves y rápidos jadeos. Atrapada bajo él, estaba a su merced y no le molestaba tanto como debería. Le pareció natural que sus manos cayeran sobre los hombros de Cedric y se deslizaran a través de la ajustada chaqueta, desprendiéndola de su cuerpo. Él se quitó el abrigo y éste cayó al suelo. No pudo encontrar en sí misma la forma de preocuparse por la posibilidad de que realmente pudieran... Anne se sonrojó un poco, incapaz de pensar siquiera en las palabras.

Aquí mismo, en la biblioteca...

CEDRIC INCLINÓ LA CABEZA Y SUS LABIOS BUSCARON CUALQUIER parte de Anne que pudiera alcanzar. Ella jadeó cuando se acercó a la suave curva de sus pechos y los besó. Estaba ansioso por explorar el interior del corpiño, por degustar las puntas perladas de aquellos pezones. Pero se recordó que debía ir más despacio: no se acostaría con su futura esposa en la biblioteca de la casa de su amigo... bueno, al menos no con una mujer como Anne. Ella se merecía algo mucho mejor para su primera vez.

No quería apresurar su encuentro sexual, no cuando sabía que la lastimaría. Pero podía darle una muestra de lo que estaba por venir. Cedric empujó con fuerza sus caderas contra las de ella, rozando la seda de su ropa interior con su erección. Anne se arqueó en el diván con un gemido de sorpresa, apretándose contra él.

Los labios de Cedric volvieron a ascender por su garganta

hacia su boca para morderle el labio inferior hasta que ella gimoteó. Parecía completamente ajena a los pequeños sonidos que estaba emitiendo. La mujer lasciva que llevaba dentro tenía el control absoluto, y no solo de ella. Cada sonido, cada movimiento de su cuerpo destrozaba la cordura de Cedric. Y entonces ella habló…

—¿Las… las yeguas árabes están aquí en Londres? —Anne se quedó sin aliento y Cedric se frotó con más fuerza contra ella, queriendo su silencio excepto por los gritos de placer. Pero evitó sonreír cuando ella se esforzó por repetir su pregunta. Sin duda, su mujer adoraba a los caballos.

—No. Están en Brighton —le acarició el cuello con la nariz antes de morderlo con fuerza y sin previo aviso, como un león reteniendo a su hembra para el apareamiento. Anne jadeó sorprendida y sus dedos se clavaron en los hombros de Cedric, arañándolo, no para liberarse sino para mantenerlo pegado a su cuerpo. Cedric se sintió preparado para rugir. Había encontrado su punto débil, ese cuello suave y delicioso. Todas las mujeres tenían una zona secreta que las volvía locas, las dejaba sin sentido. Los hombres tenían menos áreas de ese tipo, obviamente, pero como libertino, Cedric había aprendido desde muy temprano que encontrar el punto de placer de una mujer era la clave del éxito, tanto para el disfrute de ella como para el suyo propio. Habiendo encontrado el de Anne, él no tendría piedad.

—¿Brighton? ¿Por qué Brighton?

Maldita sea, ¿la mujer todavía tiene suficiente cordura para hablar? Llevo demasiado tiempo sin practicar. Cedric hundió sus dientes en la piel entre su cuello y su hombro, deslizó sus manos a lo largo de sus costados y luego por debajo de sus faldas para coger su trasero. Tiró de ella hacia él mientras se sacudía ferozmente contra su cuerpo. Anne se agitó y se estremeció con violentos escalofríos, murmurando una exclamación sobresaltada que él no pudo oír por el rugido de la sangre en sus oídos. Maldita sea, la mujer sería su perdición con su sensualidad natural.

Nunca es suficiente, nunca tendré suficiente de ella.

Cedric atrapó sus labios, invadiendo los sedosos rincones de su boca, buscando su tímida lengua.

Cada toque, cada caricia, cada deliciosa sensación y sabor era todo lo que podía encontrar dentro de su oscuridad, pero era glorioso. Anne era gloriosa. Experimentar una pasión como ésta, con ella, era diferente a todo lo que Cedric había esperado. ¿Cómo era posible que esto estuviera siendo mejor que aquello que sus fantasías más oscuras habían prometido?

Nunca es suficiente... Cedric se tensó con su propia necesidad de correrse mientras Anne alcanzaba el clímax debajo de él. Atrapada entre sus brazos, ella se estremeció con las secuelas del momento y luego enterró la cara en su cuello. El gesto íntimo, la comunicación silenciosa, le calentó todo el cuerpo con algo que no tenía nada que ver con el placer físico que acababa de experimentar.

El aliento caliente de Anne, el cual salía en pequeños jadeos, no hizo más que aumentar el dolor en su ingle. No disfrutaría de su propio placer, no esta noche. Pero esto era un avance. Había logrado la hazaña de complacerla de verdad, algo que ningún hombre antes de él había logrado. Estaba seguro. Había una primitiva sensación de satisfacción al saber que él era el primero en ese sentido.

Cedric se apartó de ella.

—¿Estás bien, corazón mío? —sintió que ella empezaba a alejarse, pero la cogió por la cintura y la acercó a él mientras ambos se incorporaban.

—No lo sé. ¿Es así...? ¿Siempre es así...? —Anne parecía incapaz de encontrar las palabras adecuadas. Él solo podía imaginar la confusión que debía sentir ante su primer clímax. *La petite mort* podía ser aterradora, pero también excitante para una joven que no sabía qué esperar, o eso le habían dicho a Cedric.

—Si se hace bien, entonces sí. Y creo que sé lo que hago cuando se trata de este tipo de cosas —deseaba haber podido ver su cara. Era lo que más le gustaba cuando estaba en la cama con una mujer. Había algo increíble en la forma en que el rostro de una mujer se iluminaba de éxtasis y alegría cuando se corría en sus brazos.

Nunca veré esa alegría en el rostro de Anne.

—¿Y si alguien nos hubiera encontrado? —preguntó ella, con el cuerpo tenso dentro de su débil agarre.

—No lo hicieron. Y aunque lo hubieran hecho, estamos comprometidos y en una semana seremos marido y mujer y eso ya no importará. Además, nadie bajo este techo nos juzgaría —Cedric deslizó los nudillos por su mejilla. Anne se apartó de su toque.

Aquella pequeña acción desgarró corazón. ¿Siempre se alejaría de él? No podía casarse con una mujer que se resistiera a él en todo momento. Quería, no, *necesitaba* a alguien que no huyera su contacto. Cedric dejó caer su mano con un fuerte suspiro y le soltó la cintura.

—Deberías irte. Deseo estar solo.

Anne no se movió.

—Por favor, déjame —alzó la voz.

—¿Por qué? —su sorpresa sonó genuina.

—Anne, para. Agradezco tu atención debida, pero nunca quisiste estar aquí conmigo. Solo vuelve con los demás. No me gustaría disgustarte más con mis acercamientos —Cedric se levantó del sofá y se puso de espaldas hacia el lugar donde creía que ella estaba. Todavía estaba excitado y le enfurecía desearla tanto incluso cuando se sentía muy alterado. Deseaba desesperadamente acostarse con una mujer que detestaba su propio toque, y el tacto era el único sentido en el que más confiaba ahora. La ironía era casi graciosa. Casi. Su única ventaja era utilizar la inexperiencia de Anne en la pasión para abrumarla.

—No me das asco, Lord Sheridan —insistió Anne.

Cedric resopló.

—Parece que no puedes escapar de mí lo suficientemente rápido cada vez que te suelto.

—Simplemente no puedo soportar la idea de tener intimidad antes de nuestra boda. Quiero obedecer las reglas, aunque sé que ya has superado ese punto durante tus... experiencias.

—¿Reglas? Ya hemos roto la mayoría de las reglas. Otra más no debería molestarte, Anne. Por eso sé que no me deseas. Cuando dos personas se desean mutuamente, les cuesta esperar. No se ponen rígidos en los brazos del otro ni se apartan de una caricia devota.

Cedric frunció el ceño, considerando sus opciones. No era demasiado tarde para cancelar la ceremonia. Tenían unos días para terminar con los preparativos de la boda.

—Voy a cancelar esto, señorita Chessley —ya no sentía el deseo de pronunciar su nombre de pila. Antes le encantaba que su nombre fuera una sílaba suave, tan fácil de susurrar como el jadeo de un enamorado tras un momento de felicidad. Ahora le producía dolor.

—¿Cancelarlo? —la voz de Anne se elevó bruscamente.

—Sí. No deseo agobiarte con un marido que no deseas, y no me encadenaré a una esposa que detesta mi contacto.

—¿De verdad crees que te aborrezco? ¡Mírame! —Anne lo hizo girar violentamente para que la mirara.

—No *puedo* mirarte. Seguro que no lo has olvidado.

—¡No lo he hecho, porque no me dejas! Me lo echas en cara constantemente, y a tus amigos también, recordándonos lo inútil que crees que te has vuelto. No deseo casarme con un hombre que ha reconstruido su vida en torno a la lástima. ¡Es exasperante, Cedric! —Anne le clavó un dedo en el pecho. Él no pudo evitar sonreír ampliamente ante su furia.

—¿Qué puede parecerte tan gracioso? —espetó.

—Me has llamado Cedr... —Anne tiró de la cabeza de Cedric y la bajó, aferrándose a su boca con fiereza. Lo embistió con su lengua y con una poderosa avidez marcada por el ritmo de sus labios.

Cuando por fin lo soltó, volvió a golpearlo con fuerza en el pecho.

—¡*Nunca* pienses que no te deseo! Y si se te *ocurre* cancelar, le diré a todo Mayfair que me has comprometido y no tendrás más remedio que casarte conmigo. Si es necesario, ¡Emily hará que Godric te arrastre a St. George por los pies!

Giró sobre sus talones y se marchó, dejando al aturdido vizconde sonriendo como un muchacho.

¡Ella me desea!

CAPÍTULO 7

Capítulo Ocho

La Casa Blanca; es decir, el burdel de la Plaza Soho, bullía con los sonidos de los adinerados y los elegantes que buscaban su placer. Era una noche para la perversidad y el desenfreno. Los jóvenes que habían estado atrapados en los bailes, las fiestas y entre las multitudes de los salones Almack desde el comienzo de la temporada en enero, por fin podían escaparse a lugares de menor reputación y divertirse libremente como no podían hacerlo con las damas idóneas bajo la atenta mirada de sus madres.

Incluso algunas damas que habían parido los herederos requeridos por sus maridos, aprovechaban la noche para escabullirse de sus fríos lechos matrimoniales junto con algunas viudas intrépidas esparcidas por las habitaciones costosamente amuebladas del lugar de placer más famoso de Londres.

Samir Al Zahrani salió de la Sala de los Esqueletos, una de las zonas temáticas más macabras del edificio. Tenía el alma ennegrecida por la codicia. Los ingleses le proporcionaban un mercado perfecto para llevar a cabo su negocio, tanto legal como de otra índole, con discreción y de forma casi anónima.

Incluso su padre, uno de los emisarios de visita en Londres, desconocía el alcance de los negocios de Samir. Voluntariamente ciego, era quizás el término más preciso. Su padre era un hombre de honor y habría intentado detenerlo, pero Samir sabía que su padre era un viejo tonto que no aceptaba la oportunidad cuando se le presentaba. Mientras que el negocio de su padre sufría dificultades, el de Samir prosperaba, y pronto superaría a su padre tanto en riqueza como en influencia.

Recorrió la casa, admirando el conjunto de espejos y los demás accesorios inusuales de la mansión que embelesaban y cautivaban a sus pudientes invitados. Su cartera estaba repleta de monedas y billetes obtenidos de su última venta de mujeres exóticas para abastecer la casa. ¿No había esclavos en Inglaterra? Oficialmente, tal vez. Pero los que pensaban como él tenían sus peculiares maneras de evitar esos ideales ingenuos y el escrutinio no deseado.

El nuevo inventario estaba en constante demanda en los lugares de placer más lujosos. Los hombres ricos no querían acostarse con mujeres de mediana edad cansadas y desgastadas. Ahí es donde entraba él. Samir Al Zahrani viajaba por el mundo comprando y a veces robando mujeres raras y exóticas, y ocasionalmente hombres, para venderlos a los clientes que más pagaban. Como los operadores de la Casa Blanca.

Pero el negocio de Samir tenía poco que ver con su presencia actual en Inglaterra. Había perdido un par de sus activos más preciados aquí un año atrás. Dos yeguas engendradas por el famoso caballo de carrera árabe de su padre, al que los ingleses llamaban Firestorm.

Samir había sido engañado en una partida de cartas por un maldito inglés, Sheridan, quien pagaría por su arrogancia y sus artimañas. Samir había jurado matar al vizconde y recuperar sus yeguas. Pero la venganza llevaría tiempo, así que Samir había curado su orgullo herido durante un tiempo en Francia antes de volver.

Había considerado la posibilidad de contratar a unas cuantas escorias locales para asesinar al Vizconde Sheridan y hacer que pareciera un robo. Sus propios guardias privados podrían haber manejado algo así, pero esto requería más cuidado. Lo último que necesitaba era que la muerte de Sheridan fuera rastreada hasta él o su país. Eso sería malo para el negocio. Esta noche, dejó a sus guardias en casa y se aventuró solo por las calles.

Cuando salía de la Plaza Soho, un carruaje pasó junto a él y se detuvo, bloqueando su camino. El débil resplandor de las farolas no parecía penetrar en la oscuridad que envolvía al vehículo negro en su camino. Samir enfureció, como un perro percibiendo una amenaza que aún no había visto. Después de todo, tal vez debería haber traído a sus guardias…

—¡Fuera de mi camino! —gruñó al conductor situado en la parte delantera del carruaje, pero éste permaneció en silencio. La puerta abrió y una mano bien cuidada se deslizó desde las tinieblas, invitando a Samir a entrar.

—Eres Al Zahrani, el mercader árabe, ¿no es así? —la voz era gruesa debido a su arrogante presunción de tener razón.

—La fortuna te favorece esta noche. Soy Al Zahrani —gruñó Samir. ¿Acaso este inglés creía que el primer hombre de piel oscura con el que se cruzaba era el que buscaba? Había sobrevivido a batallas en desiertos bajo un sol tan ardiente como para matar a cualquier hombre de este húmedo país. No le temía a un aristócrata inglés engreído.

—Tenemos un enemigo común, tú y yo —la mano volvió a invitarlo, pero Samir dudó.

—¿Y qué enemigo sería?

—El hombre que robó tus yeguas. El Vizconde Sheridan —la voz pronunció el nombre de Sheridan con tanta aversión que Samir sonrió. Al parecer, sus indagaciones habían llamado a la gente correcta.

—¿Tú también deseas la muerte de este hombre?

—Algún día. Pero primero quiero que sufra, que sea humillado, que nunca conozca la paz hasta que yo diga lo contrario —dijo la voz del carruaje—. Entra y hablaremos.

Así que había encontrado un aliado, uno peligroso, pero un aliado al fin y al cabo. *El enemigo de mi enemigo…* Samir dudó, y luego se aseguró de que su cuchilla curvada aún descansara en el forro de seda de su abrigo de estilo británico. Avanzó hacia el carruaje.

La oscuridad era casi total, pero Samir pudo distinguir la figura alta de otro hombre frente a él. Un rostro pálido con el pelo tan oscuro como para mezclarse con el lúgubre interior del carruaje, daba la impresión de ser un rostro incorpóreo contemplando a Samir.

—¿Cuánto tiempo llevas en Londres? ¿Has llegado con tu padre, Ramiz Al Zahrani? —Samir tenía la clara impresión de que este hombre sabía la respuesta a su propia pregunta. Era una prueba de honestidad.

—Cuatro días. ¿Cómo conoces a mi padre?

El hombre hizo un gesto con la mano.

—Sé bastante de él. Un caballero muy respetado, bien recibido en todos los círculos de Londres. Es un crédito para su país.

Samir no detectó ninguna falsedad en esa declaración, lo que hizo que se preguntara por qué un hombre que valoraba a su padre estaría ahora aquí hablando con él sobre asesinato y venganza.

—¿Y has estado buscando noticias de Sheridan desde que llegaste? —continuó el hombre.

—He estado ocupado vendiendo mis mercancías.

—Ese es un asunto del que tú y yo hablaremos con más detalle. Creo que tus intereses comerciales y los míos podrían encontrar un terreno en común.

Intuyó que el hombre no se refería a su parte legal.

—¿Tienes interés en mis negocios? —la risa de Samir fue fría.

—Desde luego que sí. Según tengo entendido, pretendes llevarte algunas de nuestras existencias a tu país. Las opiniones de mis fuentes varían en cuanto al por qué del asunto: algunos dicen que es por el elevado precio que alcanzarían, otros por el prestigio que eso supondría y por cómo podría influir en términos de poder e influencia. Un conocido está convencido de que hay una apuesta en juego.

Samir sonrió. El hombre no solo quería hacerle saber que tenía información, también quería que supiera que había varias personas que se la proporcionaban. Era una forma indirecta de exponer sus credenciales. ¿Un cabecilla de una red de espionaje, tal vez? Pero Samir tenía sus propios medios para informarse sobre la gente. Responder a una sola pregunta podría revelar mucho.

—¿Y *tú* qué piensas?

—El motivo es irrelevante para mí —dijo el hombre sin más—. Estoy aquí para ayudarte a abastecerte de algunos productos. Digamos, ¿el Vizconde Sheridan?

Samir contuvo la respiración. ¿Este hombre hablaba en serio?

—¿Estás sugiriendo que secuestre a un vizconde en suelo inglés? Eso sería imposible.

El inglés se rio suavemente.

—Eso es *exactamente* lo que estoy sugiriendo y, en mi experiencia, pocas cosas son imposibles, solo difíciles. Si quieres tener éxito y escapar de la ley, solo tiene que pedirlo.

—Él sigue siendo el mismo bastardo arrogante. Creo que puedo arreglármelas solo.

El inglés sacudió la cabeza. Era posible que estuviera sonriendo.

—Mucho ha cambiado desde que te fuiste. ¿Sabías que Sheridan se ha quedado ciego?

El hombre compartió esta noticia con tal deleite que a Samir no le quedó ninguna duda de que también quería a Sheridan muerto.

—¿Ciego? No lo sabía. Sin embargo, eso debería facilitar las cosas, no dificultarlas.

—Entonces no conoces a las personas que lo acompañan.

Mientras Sheridan esté en Londres, tu búsqueda de venganza será realmente imposible. Tampoco eres consciente del poco tiempo que tienes. La próxima semana se casará con una rica heredera, hija de un barón recientemente fallecido.

—¿Y qué tiene esto que ver conmigo? —preguntó Samir.

—Su novia tiene buenos sementales de raza inglesa y Sheridan pretende cruzarlos con las yeguas que te robó.

Samir apretó los puños. Sus yeguas estaban destinadas a reproducirse solo con otros árabes.

—¿Y qué es lo que propones hacer? —preguntó Samir con los dientes apretados.

—Sheridan se casará en cinco días. Tengo un hombre que trabaja en la casa de Sheridan, y he sabido que él tiene la intención de pasar la luna de miel en Brighton. Aquí es donde guarda sus caballos. Convenientemente, esto también lo mantendría lejos de aquellos que lo protegen.

—¿Y cómo entro yo en este plan tuyo?

—¿Tienes el control de un barco? —ambos sabían que se refería al barco de esclavos de Samir.

—Sí. Tengo un barco a mi disposición. El capitán tiene órdenes mías de atracar en el momento y lugar que yo le diga.

—Excelente. Este es mi plan.

Samir se inclinó hacia delante para escuchar al inglés con una sonrisa de satisfacción en los labios. El Vizconde Sheridan y su encantadora novia pronto estarían suplicando la muerte, mucho antes de que Samir les concediera tal misericordia.

Hugo Waverly vio a Samir Al Zahrani salir de su carruaje privado y seguir su camino. Un minuto después, la puerta del vehículo se abrió de nuevo y Daniel Sheffield entró, sentándose frente a Hugo.

Daniel era su mejor hombre. El más rápido, silencioso y letal de todos los espías que Hugo tenía a su cargo para el servicio de

Su Majestad. El hombre solo tenía veinticinco años, pero había estado en más misiones que cualquier espía de Inglaterra.

Daniel se quitó el sombrero.

—¿Y bien, milord? ¿Mordió el anzuelo?

Reclinándose en su asiento, Hugo levantó su bastón y golpeó el techo, indicándole a su chofer que condujera a casa. Luego dejó el bastón sobre su regazo, mirando el mango con cabeza de lobo. No era su bastón favorito, ese había sido robado tiempo atrás... por Sheridan. Él y Essex habían atacado a Hugo y robado el bastón como una especie de broma universitaria. Esos malditos. Sheridan se había atrevido a guardarlo como trofeo, una forma de burlarse de Hugo cada vez que tenía la oportunidad.

—Seguirá mis órdenes y secuestrará a Sheridan y a su novia. Zarpará de Brighton, y entonces dispondremos del poderío de la armada de Su Majestad para hundir el barco.

Daniel asintió.

—Y durante sus valientes esfuerzos por hundir un conocido barco de esclavos, matarán a Sheridan y a su esposa sin saber que ambos eran rehenes a bordo.

—Exactamente —Hugo se frotó la barbilla, pensativo. Daniel comprendía la delicada naturaleza de lidiar con Samir Al Zahrani. Su padre, Ramiz, era realmente un buen hombre, uno que se horrorizaría al descubrir que su hijo estaba dirigiendo semejante comercio delante de sus propias narices. Sin embargo, la influencia de Ramiz con el trono era lo que mantenía a su hijo a salvo de cualquier acusación real. Samir no podía ser juzgado por su participación en el comercio de esclavos, una actividad que Hugo detestaba por completo.

Así que, ¿por qué no dejar que el insensato creyera que Hugo estaba de su lado, y luego atacar cuando el hombre hubiera ejecutado las oscuras acciones de Hugo por él? Pero si Samir moría en un trágico accidente cuando su barco se hundiera tras ignorar las órdenes de detenerse y entregar su carga para una inspección... bueno... eso sería una verdadera lástima. Una sonrisa perfiló sus labios.

—Dos pájaros de un tiro. O una bala de cañón, más bien —añadió Daniel—. ¿Cuál es mi próxima misión, milord?

—Vigilar a Samir y a Sheridan. Ambos son unos tontos impulsivos. Tenemos que asegurarnos de que uno no incite al otro a actuar antes de que llegue el momento. El secuestro debe ocurrir durante su luna de miel en Brighton, no antes. Sheridan tiene demasiados amigos protegiéndolo aquí.

Daniel asintió, sin duda recordando que los dos últimos planes de Hugo se habían visto frustrados debido a este hecho.

—Organizaré la interferencia naval. El HMS *Ranger* debería estar atracando allí alrededor del momento del hundimiento del barco de Samir.

Levantando de nuevo su bastón con cabeza de lobo, Hugo golpeó el techo dos veces para detener el carruaje. Se detuvo en Curzon Street… donde Sheridan vivía. Daniel volvió a ponerse el sombrero y se deslizó fuera del vehículo como un espectro en la noche.

Si tan solo supieras la vigilancia que tienes. Cuán estrechamente estáis siendo observados todos vosotros, pícaros. Dentro de cada casa había un hombre vigilando, esperando, dándole información. Cuando el momento llegara, los hombres actuarían, eliminando a los pícaros que quedaban, uno por uno.

Ese sería el final. Ahora disfrutaría del intermedio, su único vicio en la vida dentro de una carrera que, por lo demás, era intachable a la hora de servir a su país.

Te vengaré, Peter. Pagarán por la noche en que te dejaron morir. Pagarán. Entonces podrás descansar. Y tal vez yo también pueda.

Era un juramento nacido desde las profundidades de su corazón, y lo cumpliría a como diera lugar.

CAPÍTULO 8

Capítulo Nueve

Cedric toqueteó la pila de cartas que Ashton había abandonado sobre la mesa.

—Sabes, Ash, no eres mi amigo favorito en este momento.

Ashton soltó una risita.

—Me has herido, Cedric.

Cedric resopló y escuchó el ruido de la charla femenina. Emily y Horatia estaban con Anne. Las tres damas cuchicheaban junto al pequeño fuego de la chimenea. Podía oír los crujidos de los troncos. Aunque la primavera era relativamente cálida, hoy había hecho más frío que otros días.

—¿Qué ha hecho Ash para merecer tu disgusto? —preguntó Jonathan, el nuevo de la Liga. Su pelo rubio y sus ojos verdes, por no mencionar el parecido físico con su hermano mayor Godric, lo convertían prácticamente en un Adonis. Era más reservado que los demás miembros de la Liga cuando se encontraba entre la *alta* durante las reuniones sociales. Habiendo vivido la mayor parte de su vida como sirviente, todavía se sentía inseguro de sí mismo cuando se trataba de la clase alta y de intentar actuar como uno de ellos. No había sido consciente de que era hermanastro de Godric hasta el pasado septiembre.

—El muy canalla me abandonó en casa de Anne. Yo no tenía carruaje, ni sirvientes, ni forma de llegar a casa —Cedric extendió la mano en dirección a Ashton—. Deja que encuentre tu cara para que te arranque la nariz.

Ashton se rio. Su silla rechinó mientras, sin duda, quería evitar el agarre de Cedric.

—Jonathan, sujétalo y mantenlo quieto para que pueda darle un golpe decente en la mandíbula —ordenó Cedric, pero Jonathan se limitó a reír.

—No me atrevería a interponerme entre tus puños. Podrías fallar y golpearme a mí.

—Entonces, bribón, ¿por qué me abandonaste? —habló Cedric con un tono más serio.

—Porque pensé que tú y Anne deberíais pasar un tiempo a solas. No tenía la intención de dejarte solo en su casa, pero cuando bajé a revisar nuestro carruaje, un mensajero me entregó una nota de uno de mis contactos comerciales. Supuse que Anne podría llevarte sin problemas a casa y luego a la de Godric. ¿Tuve razón?

—Por supuesto que sí. Eso es lo que me disgusta de ti. *Siempre* tienes razón. Pero vamos, ¿qué era ese asunto de negocios que te hizo huir de casa de Anne con tanta urgencia?

La voz de Ashton se apagó.

—He estado topándome con obstáculos frente a mis mercaderes habituales que compran mis servicios de transporte. Hoy he descubierto el origen de esos obstáculos.

—¿Un competidor comercial? —especuló Jonathan.

—*Siempre* es un competidor comercial cuando se trata de Ashton —intervino Lucien mientras él, Godric y Charles se unían a ellos en la estancia y acercaban las sillas a la mesa de juego lacada.

—Aunque normalmente no te afectan tanto las tácticas de tus competidores —observó Godric, pensativo.

—Sí, bueno, eso es porque hasta ahora todos mis competidores han sido hombres. Sucede que ahora se trata de una dama —declaró Ashton con una mezcla de irritación y exasperación.

—¿Una mujer? ¡Debería haberlo sabido! —Charles se rio disimuladamente como un colegial haciendo la mejor broma jamás concebida—. Mejor que no sea la hija de otro banquero. Te estás volviendo demasiado predecible, viejo amo.

—¡Eh, novato! —el agudo tono de Ashton atrajo la atención de las tres damas, quienes giraron la cabeza en dirección a los pícaros. En respuesta, ellos bajaron la cabeza y se acercaron para ocultar mejor su conversación frente a las mujeres.

—¿Quién es esta dama tan fastidiosa? —preguntó Lucien—. ¿La conozco? ¿Me he acostado con ella?

—No creo que lo hayas hecho, Lucien, lo que deja una lista muy corta de posibilidades, lo sé —el tono de Ashton estaba cargado de irónica diversión—. Es Lady Rosalind Melbourne, la viuda del difunto Lord Melbourne, un primo lejano del primer ministro.

—Rosalind Melbourne... conozco ese nombre de alguna parte —Godric reflexionó y luego se le iluminó la cara—. Rosalind es la hermana de esos tres escoceses con los que me peleé en Edimburgo hace algunos años —se carcajeó y golpeó la mesa—. Vaya bronca que se armó. Según recuerdo, la mitad de los muebles de esa taberna fueron destrozados.

—¿Esas bestias son los hermanos de Lady Melbourne? —los ojos de Charles se abrieron de par en par con asombro—. Uno de ellos realmente me asestó un golpe, y desde entonces no he dejado que vuelva a suceder.

Cedric interrumpió.

—Alto, ¿qué escoceses? Nunca he oído hablar de esto.

Jonathan se golpeó la rodilla y soltó una risita.

—Probablemente sea porque a mi hermano le dieron una paliza y sus temperamentos lo hacen parecer un maldito ángel.

¿Cómo se llamaban, Godric? —Jonathan le lanzó una sonrisa maliciosa a su hermano.

—Brock, Brodie y Aiden Kincade. Bárbaros, todos ellos. He oído que su padre falleció el año pasado. Les dejó un castillo en algún lugar de las Tierras Altas.

—¿Y qué hay de Rosalind? ¿Es una bárbara como sus hermanos? —como siempre, la atención de Lucien estaba puesta en la mujer de la historia. Era un libertino reformado, pero seguía siendo un libertino.

—Lady Melbourne es... refinada hasta cierto punto, pero también es despiadada —dijo Ashton—. Ella me está quitando negocios, y no me interesa.

—Por fin hay alguien que puede hacer enfadar a Ashton. Pensé que nada te afectaba. Nunca —comentó Cedric.

—¿Es atractiva? —preguntó Jonathan.

—Por desgracia, sí —admitió Ashton—. Pero no parece utilizarlo en su beneficio, no que yo haya visto.

—Entonces seduce a la mujer. Es viuda, ¿no? Debería ser fácil —sugirió Lucien. De repente, algo golpeó a Lucien en la nuca y rebotó en Cedric—. ¿Quién ha tirado esa almohada? —se dio la vuelta—. ¡Horatia, compórtate!

—¿Por qué habría de hacerlo si está claro que tú no lo haces? —contraatacó desde la chimenea. Era evidente que había estado escuchando toda la conversación.

—¿Por qué fue eso? —preguntó Godric.

Lucien bufó antes de volverse hacia sus amigos.

—Horatia tiende a arrojarme almohadas cuando se enfada. Imagino que podría ser peor, podría lanzar jarrones. Así que mantengo la casa bien provista de todo tipo de proyectiles blandos para apaciguar su necesidad justiciera de golpearme a voluntad.

—Te lo mereces, Lucien —dijo Horatia en voz alta—. Por sugerir la seducción de esa manera. Qué horror.

—Seguro que sí, cariño —replicó Lucien por encima del hombro. Otra almohada golpeó fuertemente a Jonathan.

—¿Por qué demonios te has agachado, Lucien? —masculló Jonathan—. Tú eres el canalla, no yo. No estoy dispuesto a recibir una paliza de tu mujer. Sabes, Cedric, creo que me agrada más tu otra hermana. Al menos ella no lanza cosas cuando se le antoja.

—¡Ja! Jonathan, nunca has visto a Audrey en los días en que no encuentra la capota adecuada —dijo Cedric—. Dios mío, la diablilla puede destrozar una casa entera intentando encontrar lo que busca —el recuerdo le produjo una sonrisa. La echaba mucho de menos. Esperaba que ella y la madre de Lucien regresaran pronto de su viaje.

Jonathan tiró la almohada por encima de su hombro y ésta cayó sobre la foxhound que estaba durmiendo la siesta, Penélope. El perro soltó un ladridito de sorpresa y luego olfateó la almohada con desconfianza.

Cedric se aclaró la garganta.

—Hablando de Audrey, pensé que debía hablar contigo, Jonathan. Le prometí que tendría un marido esperándola cuando volviera de su gira europea.

—¿Quieres... eh, decir que ella quiere casarse conmigo? —la voz de Jonathan se elevó de la forma en que la voz de un hombre solo podía hacerlo cuando se le amenazaba con el matrimonio.

—Ella mencionó cierto *interés* en ti. No tienes que aceptar, y tengo la intención de tener otros candidatos listos. Solo quiero que lo consideres en caso de que creas que podrías ser un buen marido para ella.

—Me siento halagado, por supuesto... —Jonathan se las arregló para decir—. Pero tendré que pensarlo.

—No hay prisa. Ella no volverá hasta junio —Cedric deseó haber podido ver la cara de Jonathan. Casi podía imaginarse el terror del joven. Jonathan era tan pícaro como su hermano, pero no tenía el mismo deseo de perseguir a las damas de calidad, al menos no con un sentido de permanencia en mente.

—Cedric, ¿me permites una pregunta? —habló Godric en un tono bajo para evitar ser escuchado por las damas.

—Pregunta, viejo amigo.

—¿Sabe Anne que le has dejado chupetones durante vuestra... cena privada de esta noche?

La cara de Cedric se sonrojó. Dios mío, no creyó que todo el mundo vería sus duros mordiscos de amor. Ya no se preocupaba mucho por lo que era visible y lo que no.

—¿Tanto se notan? —preguntó Cedric.

—Parece que, o bien se ha caído sobre el tenedor, o le has dado un buen par de mordiscos en el cuello —el tono de Lucien estaba lleno de maliciosa diversión—. Tu falta de visión te está convirtiendo en un seductor descuidado, Cedric. Nunca te he visto dejar a una mujer tan claramente follada.

—No la he follado... —*al menos no del todo,* corrigió en silencio.

—Entonces, ¿se cayó sobre el tenedor? —continuó Lucien.

Cedric gimió y se golpeó la frente con la palma de la mano, resignado.

—Si ella no se da cuenta de las marcas, seguro que Emily y Horatia no lo mencionarán —Godric intentó tranquilizarlo—. Bueno, probablemente.

Ashton volvió a un tema más cómodo.

—¿Así que las cosas van bien entre vosotros?

Cedric dudó, demasiado avergonzado para admitir lo desequilibrado que se sentía cerca de su futura esposa. La seducción nunca había sido un problema. Ahora, en cambio, cuestionaba cada uno de sus movimientos y se preguntaba si estaba haciendo las cosas demasiado rápido o no lo suficientemente rápido.

—No estoy seguro de que el matrimonio sea lo que ella desea. *Yo* lo deseo, por muy tonto que parezca, pero ella intenta mantener las distancias, como si temiera que la hiriera —Cedric dejó escapar su aliento en un largo suspiro—. No concibo cómo. Últimamente solo soy capaz de herirme a mí mismo.

—Puede que tema sufrir una herida en el corazón, más que en el cuerpo —sugirió Godric—. Emily se resistió a mí en parte porque creía que, si se enamoraba, yo acabaría dejando de quererla y pasaría al siguiente reto. Con cualquier otra mujer podría haberlo hecho, pero no con Emily.

—¿Una herida en el corazón? —repitió Cedric con curiosidad—. Supongo que eso explicaría su actitud precavida. ¿No hay forma de convencerla de que no la dejaría por otra mujer? Quiero decir, me he divertido como todo un libertino, pero mi vida ha cambiado y el matrimonio es un asunto serio. No entraría en ese particular compromiso tan a la ligera y con cualquier mujer.

—Nosotros lo sabemos, Cedric, pero Anne no. Debes encontrar la manera de probarte a ti mismo. Con las mujeres, las acciones son lo más importante —aconsejó Ashton—. De nada servirán un millar de encantadoras promesas frente a una que ella deseaba que cumplieras y que no cumpliste. No la convenzas con palabras, demuéstrale que ella es tuya y que tú eres suyo y que nadie se interpondrá entre vosotros.

Cedric apoyó las manos en la mesa lacada, sintiendo la fría superficie bajo sus dedos.

—¿Cómo diablos se supone que voy a hacer eso?

—Eso es lo que tendrás que averiguar por ti mismo.

—Sabes, Ashton, uno de estos días una mujer te atrapará tanto emocional como físicamente que suplicarás por *mi* consejo y yo me regodearé diciéndote que lo descubras por ti mismo —señaló Cedric con una risita maliciosa.

—No seas tonto, Ashton es demasiado sereno y racional para ser presa de las artimañas femeninas —bromeó Lucien.

Ashton se aclaró la garganta con incomodidad.

—Por supuesto. Ninguna mujer conseguirá aventajarme. Jamás.

Cedric soltó una risita.

—Ahora te has condenado a ti mismo.

ANNE escuchaba a EMILY y a HORATIA mientras compartían varias anécdotas nupciales para entretenerla.

—Godric estaba tan nervioso que me dijo que arruinó tres

pañuelos de camino a la iglesia. Su ayuda de cámara casi lloró —
Emily lanzó una mirada en dirección a su marido y se sonrojó al
ver que él también la estaba mirando. El rostro de Godric era
una imagen de amor y devoción, y la calentó por dentro.

—Lucien tuvo que soportar un sermón de una hora con su
madre antes de que lo dejara entrar en la iglesia. Al parecer, ella
había querido que el matrimonio de su primogénito fuera
normal. En lugar de eso, se casó conmigo una semana después de
haber estado a punto de morir en un duelo. Estaba muy disgus-
tada por no poder tener una ceremonia normal. Cuando Lucien
finalmente entró, Charles me dijo que Lucien estaba dispuesto a
caer de rodillas para rogarme un perdón eterno. Él no lo necesitaba, por supuesto, pero me encantó burlarme de él por eso
después de la boda —Horatia estaba aferrada a una almohada en
su regazo, un arma más para lanzar en caso de que Lucien
volviera a expresar en voz alta sus consejos de libertino. Alguien
tenía que mantener controlado al hombre reformado.

—¿Alguna de vosotras ha conocido a esa Rosalind
Melbourne? —preguntó Emily. Horatia negó con la cabeza, pero
Anne asintió.

—Es la viuda de Lord Melbourne. He oído que es una gran
mujer de negocios, pero tiende a evitar la mayoría de los eventos
sociales. Es escocesa y no siempre se siente bienvenida en los
círculos londinenses, creo. Es una lástima. Es una mujer encantadora y muy amable.

Emily se enderezó en su asiento.

—¿La has conocido personalmente, Anne? ¿Podrías organi-
zarme un encuentro con ella?

—Supongo que sí. ¿Por qué ese repentino interés en Lady
Melbourne?

Emily sonrió.

—Nunca había visto a Ashton molesto. Y una mujer capaz de
hacerle eso a un hombre como él me intriga. Ashton ciertamente
necesita molestarse.

—Ciertamente podría estar de acuerdo con eso. Incluso

cuando fue herido por ese disparo, mantuvo un inquietante nivel de civismo mientras tu marido intentaba detener su flujo de sangre. El autocontrol de Lord Lennox es antinatural.

—¿Así que me presentarás a esta Lady Melbourne? —Emily prácticamente vibraba de entusiasmo.

—Por supuesto. Creo que le gusta asistir a la ópera. Podríamos organizarnos todos para ir y, si ella está allí, te la presentaré.

—Oh, me encanta la ópera —Horatia sonrió. Sus cálidos ojos, muy parecidos a los de su hermano, se encendieron de alegría ante la perspectiva de una velada de deleite musical.

—Lady Rochester —comenzó Anne.

—Anne, por favor, llámame Horatia. Pronto seremos hermanas. No quiero que ningún título se interponga entre nosotras.

Anne se corrigió tímidamente.

—Horatia.

Como hija única, nunca había experimentado la alegría de tener hermanos. Ser reconocida abiertamente por la familia de Cedric ahora que su padre se había ido le provocaba un extraño deseo de llorar.

—¿A tu hermano también le gusta la ópera?

Anne conocía muy poco a Cedric. Es decir, conocerlo de verdad. Conocía sus actitudes, su forma de encantar a los que lo rodeaban, y lo que estaba oficialmente dictado sobre él. Se había propuesto conocerlo en su primera temporada, pero, como hombre, seguía siendo un misterio. ¿Qué color le gustaba, cuál era su platillo favorito para la cena? ¿Le gustaba la ópera? Había muchas cosas que deseaba saber, y su afán por ello la sorprendió.

—A Cedric no le interesan mucho las artes, pero la ópera parece ser la única excepción. Alquila un palco en Covent Garden —dijo Horatia—. No ha ido desde... —calló; no había necesidad de terminar la frase—. Pero creo que debería ir. La ópera tiene más que ver con la música que con las escenas y los actores.

—Eso es cierto —coincidió Emily—. Entonces, está decidido. Debemos convencer a Cedric de que asista a la ópera. Debes pedírselo, Anne.

—¿Yo? ¿Por qué yo?

—Podría sentirse halagado de que desees ser vista con él en público.

—Me voy a casar con él, no hay nada más público que eso —argumentó Anne.

—Sí, pero una noche en Covent Garden con él le hará creer que no te avergüenzas de él.

—No me avergüenzo...

—*Nosotras* lo sabemos, pero los hombres pueden ser criaturas muy volubles y sensibles, a pesar de sus bravuconadas. Muéstrale lo que sientes —animó Emily—. Las palabras tienen poco significado para los hombres. No quieren garantías verbales. Quieren besos bajo la lluvia, largos y apasionados abrazos, y tardes tranquilas y compartidas.

Horatia le sonrió con complicidad.

—Emily tiene razón, Anne. Cedric siente que es una carga para todo el mundo, pero si puedes persuadirlo para que te lleve a la ópera, se sentirá querido, deseado —incluso mientras Horatia lo decía, la mente de Anne viajó hasta la biblioteca, donde Cedric creyó que ella no lo quería. ¿Su sensación de autoestima y atractivo podría estar realmente dañada? Anne había creído hasta cierto punto que su intención era solo jugar con ella para que cayera en sus brazos, pero ahora sabía la triste verdad. Él realmente se creía repugnante, que ninguna mujer lo querría.

La cuestión a la que Anne se enfrentaba consistía en determinar si podría atraerlo a sus brazos el tiempo suficiente para reforzar su autoestima sin que su propio corazón se viera afectado. Demostrar que él era atractivo la expondría al mayor sufrimiento de su vida. ¿Era lo suficientemente fuerte como para soportar semejante destrucción de esa parte suya que había estado protegiendo todos estos años?

La última persona a la que se había atrevido a amar había muerto una semana atrás. Anne deseaba no tenerle pavor al amor, pero era aterrador. Amar a alguien por completo significaba entregarle la llave de tu alma y, por lo tanto, darle poder sobre ti. Su padre había sido la única persona a la que se había atrevido a confiarle esa llave. No la había defraudado en eso, pero su muerte había sido aún más dolorosa debido a su amor por él.

—Vamos, Anne, pregúntale —la animó Emily.

Anne miró por encima de su hombro para ver a Cedric en la mesa de juego. Rodeado de sus amigos, parecía más sano, más feliz, como si sus buenos ánimos lo hubieran revitalizado un poco. De repente, ella deseó poder hacer eso por él, hacerlo sonreír y relajarse lo suficiente como para ser él mismo y ser feliz.

Anne se levantó y se dirigió hacia los hombres, quienes seguían conversando. El suave estruendo de sus voces era como un trueno de verano después de una ligera tormenta. Era un sonido lleno de paz; bajos murmullos. Pero su presencia los detuvo.

—Lord Sheridan —comenzó, con la voz casi quebrada por la tensión. Intentó ignorar el peso de las cinco miradas masculinas. Cedric estaba justo frente a ella, con su espalda a escasos centímetros. Y su repentina proximidad le trajo recuerdos de su apasionado momento en la biblioteca. Giró la cabeza hacia ella.

—¿Qué pasa, Anne? —su tono no era irritado como ella esperaba, sino paciente. Sin pensarlo, apoyó una mano en su hombro, sintiendo el acero de los músculos bajo su palma.

—Tu hermana dice que alquilas un palco en Covent Garden.

Las cejas de Cedric se alzaron con sorpresa.

—Así es.

—Sería posible... Me gustaría ver la ópera de mañana por la noche.

—¿Deseas que te preste el palco? —había una falta de vida en su tono construida a partir de su suposición de que ella asistiría a la ópera sin él.

—No, no. Deseo que me *acompañes* —Anne le estrujó levemente el hombro, esperando que eso lo animara.

—¿De verdad?

—Por supuesto.

—¿También la cena? —sugirió Cedric, esperanzado.

—Eso sería encantador —respondió ella con toda sinceridad y fue recompensada con la sonrisa de Cedric. Él le cubrió la mano con la suya.

—Entonces considéralo hecho, querida —le devolvió el apretón y luego dejó caer la mano de nuevo sobre la mesa.

—¿Sabes que Emily y Horatia también querrán ir a la ópera? —gimió Godric.

—Deberíamos pasar la noche todos juntos —sugirió Charles con una mirada respetuosa en dirección a Anne, quien creyó ver un asentimiento de aprobación por su parte.

—¿Eso te molestaría? —le preguntó Cedric a Anne en voz baja mientras sus amigos volvían a entablar conversación sobre este nuevo acontecimiento.

—Había pensado que un tiempo a solas contigo sería mi objetivo, pero esto también es agradable —los dedos de Anne le rozaron el hombro mientras hablaba. Cada vez le gustaban más los momentos que pasaban a solas, pero estar rodeada de la Liga y sus familias también era maravilloso. Sin embargo, era mejor estar cerca de ellos en esta ocasión porque Anne y Cedric no podían estar solos, y él no podía cortejarla con sus besos. Para bien o para mal, ella estaba sucumbiendo a sus pacientes y dulces seducciones.

—No te preocupes, Anne. Incluso entre la multitud puedo encontrar formas de estar a solas contigo —y aunque ella sospechó que pretendía sonar rudo, sus palabras y su tono eran más bien encantadores, como los de un niño.

—Gracias —se inclinó para susurrarle al oído y, para su propia sorpresa, se encontró rozándole la mejilla con el más ligero de los besos. Era muy impropio besarlo delante de los demás, pero cada vez era más fácil actuar con insensatez cuando Cedric estaba cerca.

Cogiéndole la mejilla con su cálida y fuerte palma, Cedric le acarició el labio inferior con la punta del pulgar antes de volver a bajar la mano. Parecía que tenía miedo de tocarla durante demasiado tiempo.

—Deberías volver con las damas. No quisiera aburrirte con nuestra charla de negocios.

Anne resopló de la forma más femenina posible.

—Dudo mucho que estuvierais hablando de negocios. Y quiero que sepas que yo soy la que ha pasado los dos últimos años gestionando las inversiones de mi padre a través de su abogado.

—¡Eso, eso señorita Chessley! —Ashton se rio y levantó su copa de brandy hacia ella.

—Tú, pequeña... —Cedric cogió a su futura esposa por la cintura y la subió a su regazo. Anne emitió un pequeño chillido de indignación, pero también juguetón.

—Oh, cielos, será mejor que la sueltes, Cedric —advirtió Lucien con una media risa—. Horatia parece dispuesta a lanzar otra almohada.

—Muy bien —Cedric soltó a Anne, pero no sin antes darle un azote en el culo. Ella lo miró por encima del hombro solo para recordar que él no podía ver.

—Las cosas entre tú y Anne van mejor de lo que esperaba —dijo Godric con evidente alivio.

—Creo que se está acercando a mí —alardeó Cedric.

Lucien se rio disimuladamente.

—No estoy tan seguro. Creo que tu palmadita amistosa te ha hecho retroceder una semana en tu cortejo.

—Siempre existe la oportunidad de enmendar las cosas durante el viaje en carruaje a casa, supongo —Cedric suspiró dramáticamente, a lo que sus amigos se rieron.

—¿De verdad vamos todos a la ópera? —preguntó Jonathan. Había una esperanza en su tono que hizo que el corazón de Cedric se estrechara. El hecho de haber descubierto recientemente que era el hermano legítimo de un duque y no un sirviente como había sido criado, significaba que aún mantenía cierta prudencia que no había estado presente antes. Jonathan no había sido maltratado, pero tampoco había vivido la vida fastuosa de Godric. Los acontecimientos que ellos daban por sentado, él todavía los consideraba como grandes aventuras.

—Por supuesto que sí —le aseguró Godric.

—¿Qué ópera vamos a ver, por cierto? —preguntó Charles. Nunca le había gustado el teatro, pero no se perdería un evento grupal que prometía una noche llena de risas a costa de sus amigos casados.

—Creo que la ópera actual es la última obra de Gioachino Rossini, *Matilde di Shabran* —dijo Ashton.

Lucien enarcó una ceja ante el barón normalmente orientado a los negocios.

—No sabía que estuvieras al tanto de las últimas óperas.

—Todos tenemos ciertas inclinaciones.

—Por supuesto, pero la mayoría de nosotros las satisfacemos en las camas de mujeres encantadoras... eh, esposas —corrigió Lucien cuando Cedric tosió como advertencia.

—Tienes suerte de que ya te haya disparado por eso —replicó Cedric.

—Gracias por ese cortés recordatorio.

El duelo con Lucien por el honor de Horatia había sido uno de los días más oscuros para la Liga, pero Cedric tenía el mal presentimiento de que vendrían muchos más.

CAPÍTULO 9

Capítulo Diez

Durante la noche siguiente, Anne iba aferrada al brazo de Cedric mientras le permitía acompañarla a través de la multitud reunida en el vestíbulo de la Casa Real de la Ópera en Covent Garden. Los fuertes olores de los cuerpos sucios y los grupos de prostitutas con escotes pronunciados aferrándose a los hombres eran una escena desagradable, pero Covent Garden era una mezcla de clases medias y altas que no se podía evitar.

—Cielos —musitó Cedric cuando una mujer de grandes pechos tropezó con él, riendo estruendosamente. La empujó hacia un lado con su bastón de cabeza de león.

—Tiene suerte, milord, de no poder ver. La vista es muy desagradable —le aseguró Anne a su acompañante. Cedric coincidió con un gruñido y dejó que ella lo guiara en dirección a las escaleras que los llevarían a su palco.

Un hombre alto y rubio les bloqueó el paso hacia las escaleras. Ella se paralizó como un conejo en una trampa. Nunca olvidaría a ese hombre, ni a sus pálidos ojos. Con solo verlo se le heló la sangre.

Crispin Andrews.

Era el último hombre de la Tierra al que quería ver. El estómago se le revolvió e intentó recordar que debía respirar.

Aquí no. Ahora no... La mirada del hombre recorrió la multitud y se detuvo al fijarse en Anne.

—¿Qué pasa, Anne? —preguntó Cedric cuando ella le clavó las uñas en el brazo. Antes de que pudiera responder, Crispin llegó a ellos.

—Señorita Chessley, qué alegría verla. Lamento lo de su padre. Tiene mis condolencias, por supuesto —aquellos ojos fríos la estudiaron de pies a cabeza con tal familiaridad que ella pensó en vomitar allí mismo, delante de todos.

Él esperó a que ella dijera algo, a que fuera educada y respondiera. Lo que Anne quería hacer era golpearlo, plasmar en su hermoso rostro la marca del diablo para advertirles a las mujeres que se alejaran de él. Pero no pudo. Hizo uso de esa apariencia de hielo que había construido en los últimos dos años. Nunca fue para mantener alejada a la gente como Cedric, sino para protegerse de ese hombre.

Anne transformó su rostro en una máscara de cortesía.

—Gracias, señor Andrews. ¿Conoce a Lord Sheridan?

Crispin desvió la mirada hacia Cedric y una sonrisa de satisfacción levantó las comisuras de una boca que algunas damas creían que era "bonita". Anne sabía muy bien de qué era capaz esa boca, y no era nada bueno.

—Creo que nuestros caminos se han cruzado en alguna ocasión. Sin embargo, han pasado algunos años. La última vez fue en un baile, creo. Tenías por compañera a una viuda de lo más atractiva —respondió Crispin. Su tono casual contrastaba con el movimiento agresivo de sus ojos sobre el cuerpo de Anne una vez más. Esa mirada insinuante era un descarado recordatorio de que él recordaba lo que había ocurrido entre ellos. Para él había sido agradable. Para ella había sido una pesadilla.

—Debo decir que es una sorpresa verla por aquí, señorita Chessley. Pensaba que, dada la intensidad de sus sentimientos hacia su padre, querría honrar su memoria durante todo el período de luto.

Anne se estremeció ante la insinuación, sujetando su *reticule* con tanta fuerza que pensó que podría romper la tela.

Cedric la rescató con gallardía.

—Me temo que eso es culpa mía. Verá, casi le exigí a mi prometida que me acompañara a la ópera. Ella deseaba quedarse en casa a solas, pero usted conoce mi reputación. No soy muy aficionado a las obligaciones sociales como el luto.

—¿Prometida? Vaya, señorita Chessley, no tenía ni idea de que buscaría un marido después de… oh, lo siento, no debería hablar con tanta franqueza de esos asuntos —la incredulidad en la voz de Crispin hirió a Anne en lo más profundo. Era evidente que no la creía capaz de conseguir un hombre así para contraer matrimonio, no después de lo que él le había hecho. Crispin enarcó una ceja, mirándola, como si pensara que su situación era divertida. Su odio hacia esa vil criatura seguía creciendo.

—Vamos a casarnos este sábado —continuó Cedric, ajeno a la guerra silenciosa entre Crispin y Anne.

—¿De verdad? Qué… Seguro se siente muy afortunado, Lord Sheridan. Por tener la riqueza del… espíritu de Anne entre sus manos —habló Crispin en dirección a Cedric, pero sus ojos seguían clavados en el rostro de Anne—. No he visto el anuncio, en los periódicos. ¿Cuándo publicasteis las amonestaciones?

—No lo hicimos. Nos casaremos con una licencia especial —el tono de Cedric se volvió frígido, intensificado por su agresiva inclinación hacia delante. Por muy ciego que estuviera, parecía percibir la amenaza que representaba Crispin y estaba dispuesto a proteger a Anne. La rabia y el odio que sentía por Crispin disminuyeron ante la actitud protectora de Cedric. Cedric estaba acercándose a Crispin con la cabeza ligeramente inclinada, como si estuviera escuchando con atención… o tal vez cazándolo.

Crispin hizo una pausa, lanzándole una sonrisa malvada a Anne antes de continuar.

—Entonces la felicito por la próxima boda. ¿Debería felicitarla por *algo más*, señorita Chessley?

Antes de que Crispin pudiera pronunciar otra palabra, Cedric se abalanzó sobre el aristócrata y lo empujó contra la pared dorada. Su bastón presionó la garganta de Crispin como una cuchilla.

—¡Cedric, suéltalo! —suplicó ella, tirando de sus hombros. La cara de Crispin empezó a ponerse morada.

—Tenga cuidado, señor. Puede que no me molesten esos tonos difamatorios, pero es a mi futura *esposa* a la que ha insultado —terminó Cedric con un gruñido salvaje.

Anne, desesperada por evitar que Cedric dañara a Crispin y causara más problemas, rodeó a Cedric con sus brazos y tiró de él. Cedric soltó al hombre, dejándolo caer como un saco de harina. Giró entre los brazos de Anne, sujetó su muñeca y deslizó su bastón como una guadaña por las alfombras, apartando a la gente de su camino mientras ella lo guiaba por las escaleras hasta su palco de la ópera. A pesar de su prisa y su enfado, no tropezó en todo el camino. La puerta se cerró con un golpe tan fuerte que el marco tembló.

Las cortinas que rodeaban el palco aún no estaban abiertas, lo que significaba que Anne y Cedric se habían adentrado en la oscuridad. La empujó contra la pared y Anne sintió el calor de las cortinas de terciopelo en su lado izquierdo mientras el cuerpo de Cedric estaba parado frente a ella. El bastón cayó al suelo y sus manos le cogieron la cara, metiendo los dedos en su pelo. En lugar de besarla, como ella esperaba, la estrechó, apoyando la barbilla en la parte superior de su cabeza. Su respiración estaba agitada y sus ojos marrones y distantes se habían empañado con tempestades emocionales.

—Cálmame, Anne. Dime que no hay nada entre tú y Andrews. Ha dado a entender que tú y él sois más que conocidos —su súplica era ronca por la desesperación.

—Él no significa nada para mí. Es un canalla despiadado y desearía no volver a verlo. Nunca más —Anne sujetó sus muñecas, deslizando sus dedos de un lado a otro sobre su piel. Su intención no fue hablar con tanta sinceridad, simplemente se le escapó. Sus barreras parecían caerse cuando se trataba de Cedric.

—Quería matarlo. No podía ver, por supuesto, pero algo en su tono... yo quería... —la oscura confesión de Cedric la habría escandalizado, pero ella conocía a Crispin y lo despreciaba. Colocó las puntas de sus dedos sobre los labios de Cedric, haciéndole saber que no necesitaba decir otra palabra.

—Ahora estamos aquí. Tú y yo. *Juntos*. Sentémonos y disfrutemos del resto de la noche.

Las manos de Cedric sobre su rostro se tensaron, como si temiera que ella fuera a desvanecerse. La soltó y se inclinó para recuperar su bastón. Anne lo ayudó a sentarse y luego apartó las cortinas. Un silencio incómodo permaneció en el aire.

—Espero no haberte avergonzado ahí abajo —dijo él después de un largo momento, con el rostro alejado de ella.

—No lo hiciste. El señor Andrews es el último hombre en la tierra del que me preocuparía. Tus instintos eran correctos. Esta noche no ha sido civilizado y, por tanto, tu reacción tampoco tuvo que serlo.

Anne no pasó por alto el suspiro de alivio de Cedric. Ella deseó poder decirle lo que realmente sentía. El hecho de haberlo visto casi estrangular a Crispin por su honor había hecho que sus ojos se llenaran de lágrimas y su corazón se oprimiera con afecto. No quería que Cedric lastimara a nadie, pero ver sufrir al hombre que le había causado tantas noches de insomnio la había hecho sentir un poco mejor. Anne abrió la boca, queriendo decir algo más, pero al mirar hacia la galería de abajo vio a alguien que reconoció.

—Oh, ahí está Lord Lonsdale —Anne observó cómo el conde de pelo dorado perseguía a una bonita prostituta con un vestido escarlata a través de una fila de asientos vacíos. La mujer chillaba mientras huía de la persecución del lujurioso conde a la vista del público cada vez más numeroso.

—¿Acaso deseo saber qué está tramando Charles? —la voz de Cedric estaba más relajada y un poco confundida.

—Parece que está persiguiendo a una dama por la galería. Y ahí van... detrás de las cortinas verdes del escenario —ella se encontró riendo cuando Charles y su más reciente querida fueron empujados rápida y nuevamente al escenario y hacia las multitudes ruidosas en la parte inferior del teatro. En lugar de salir corriendo, simplemente puso a la mujer en su regazo y comenzó a besarla. Cielos, ese hombre era incorregible.

Anne sonrió, incapaz de reprimir la felicidad que sentía en este momento. Estar sentada con Cedric y hablar de sus amigos desde un lugar íntimo, en vez de ser la intrusa que siempre había sido.

Después de todo, puede que esto funcione entre nosotros...

CEDRIC ESCUCHÓ A LA GENTE REUNIÉNDOSE EN EL TEATRO; EL aroma de la cerveza, los cuerpos y las naranjas impregnaban sus sentidos. Podía imaginar la forma en que las velas bordeaban el escenario como luces de hadas, bailando sobre los artistas que llenarían el escenario. La gente seguiría hablando, incluso cuando las velas y las lámparas de la galería se apagaran y la orquesta cobrara vida. Cedric recordaba el disfrute sensual que suponía compartir la experiencia con una mujer hermosa.

—Anne —susurró mientras levantaba la palma de su mano izquierda.

Esperaba que ella le preguntara qué quería. Pero no dijo nada. El cálido peso de su mano, de rasgos delgados pero fuertes; y sus dedos, entrelazándose con los suyos, provocaron que los latidos del corazón de Cedric se aceleraran. ¿Era un hombre patético por disfrutar de ese simple contacto, de este momento de extraña tranquilidad? Antes, había llevado a mujeres a su palco de la ópera para seducirlas y complacerlas al ritmo de poderosas arias. ¿Por qué esos momentos ahora le parecían menos eróticos en comparación con el simple peso de la palma de la mano de Anne en la oscuridad? Cedric saboreó la anticipación, la bocanada de aire antes de la primera nota y el comienzo de la ópera.

Cedric dejó que sus ojos se cerraran, abrazando el abismo gris mientras la música lo envolvía. Se le daba bastante bien el italiano, pero era más complicado entenderlo cuando era cantado en una ópera. Intentó imaginar a los actores, la historia. Ashton le había leído el resumen de la trama ese mismo día para que estuviera preparado para esta noche.

Había un hombre frío y misógino, Corradino, que en virtud de un pacto con el padre de la joven y bella Matilde, estaba a cargo del destino de ésta. Cedric escuchó la profunda e intensa voz de Corradino mientras juraba casarse con Matilde sin haber visto aún su belleza. Como hombre que había jurado estar exento de la influencia de las mujeres, Corradino vio la gloriosa belleza de una Matilde furiosa mientras discutía con su antigua prometida, una condesa celosa.

Anne era su Matilde, la mujer testaruda y combativa que lo encendió de deseo a primera vista. Ella no lo sabía, y no tenía ni idea de lo mucho que la había deseado durante su momento de delicados sonrojos provocados por su debut dos años atrás.

Pero él no se acostaba con inocentes porque en esa época no podía soportar acostarse con una mujer que pudiera enamorarse de él. Siempre ocurría así. Cuando él rugía por su liberación y se corría dentro de una mujer inocente, ella vibraba, suspiraba y lo miraba con ojos de amor, esperando recibir una propuesta de matrimonio en un abrir y cerrar de ojos.

Pero Anne, Dios, cómo la había deseado la primera noche que la conoció. Sus ansias habían sido tan peligrosas que buscó a una encantadora y joven viuda que conocía y la atrajo a una alcoba del salón de baile principal de Almack para aliviar su dolorido cuerpo. Había reclamado a la viuda dispuesta de forma rápida y dura, con un roce de caderas y un movimiento brusco contra la pared.

Incluso después, solo había encontrado un respiro momentáneo en su deseo por Anne. Sus ojos la buscaron en el salón de baile, pero no se atrevió a hablarle, no se atrevió a reconocer lo que su cuerpo deseaba del suyo.

Entonces te deseaba. Ahora te deseo más que nunca, pensó, sin arriesgar una mirada ciega e inútil en su dirección. Se había mantenido alejado de ella, pero la adquisición de las yeguas árabes había cambiado las cosas. Le dio una razón para perseguirla, y así lo hizo.

¡Pero qué fría había sido! Con sonrisas socarronas y un cuerpo que no respondía a sus miradas encendidas ni a sus palabras sugerentes. Casi se había rendido, resignado a una vida sin esa mujer que le fascinaba como ninguna otra.

Y entonces ella acudió a él, le rogó que la rescatara. Ya no le importaba que ella necesitara su nombre y no su corazón. Reclamaría a Anne de cualquier manera posible. Incluso si solo pudiera sostener su mano en este momento, justo así.

El público rompió en aplausos y las cortinas esmeraldas cayeron, cubriendo el escenario.

—Ha sido maravilloso —admitió Anne.

—La historia me pareció de lo más cautivadora —respondió Cedric.

—¿La conoces? —en su opinión, él no estudiaba óperas, simplemente asistía a ellas.

—Hice que Ashton me leyera el resumen para tener algo que imaginar en mi mente. ¿Es Matilde tan hermosa para Corradino como parece? —preguntó Cedric, sus labios crearon la ilusión de una sonrisa.

—Sí, es muy hermosa. Creo que la reacción de Corradino es lo que resulta tan encantador. Solo la ve a ella, solo la desea a ella. Sería algo especial ser deseada de esa manera —Anne terminó con un suspiro y miró hacia el escenario ya sin los enérgicos actores.

Cedric le levantó la mano y le acarició la palma abierta con los labios, haciéndola temblar. Ella se volvió hacia él, embelesada por la imagen de su boca explorando su mano. Le lamió el centro de la palma y la punta de su lengua hizo que el lugar entre sus muslos cobrara vida, a la espera de algo que ella misma seguía rechazando. Pero cuando el sábado llegó, supo que no podía mantener a Cedric lejos de su alcoba. Y en este momento, ella no quería alejarlo.

—Deja caer las cortinas de la caja, Anne. Deja que te bese hasta perder la cordura. Necesito probar la dulce inocencia de tu boca y sentir el peso de tu cuerpo entre mis brazos —Anne estaba casi dispuesta a aceptarlo, pero la puerta de su palco se abrió. Un rayo de luz se abrió paso e iluminó el rostro irritado de Cedric.

—¡Emily!

Anne apartó su mano de la boca de Cedric mientras Emily y Godric entraban.

—Espero que no estemos interrumpiendo —se disculpó Godric al notar el ceño fruncido de desaprobación en el rostro de Cedric.

—En absoluto, Su Excelencia —le aseguró Anne.

—Maldita sea, lo hacéis —refunfuñó Cedric, aunque solo Anne pudo oírlo.

—¡Espléndido! ¿Habéis disfrutado del espectáculo? —preguntó Emily, animada con su malicia natural.

—Sí. Lord Sheridan y yo estábamos hablando de la historia.

—Y a punto de hacer la nuestra —dijo Cedric, de nuevo en voz demasiado baja como para que los demás lo oyeran.

La sonrisa de Anne creció al recordar el momento que ella y Cedric habían compartido antes de ser interrumpidos. Se había sentido como Matilde, aunque solo por unos segundos.

—Ahora, Anne, ¿ no viste antes a ese alguien que dijiste que me gustaría conocer? —el tono de Emily se suavizó.

Anne se levantó de un salto. ¡Por supuesto! La razón por la que Emily había venido a la ópera esta noche era para presentarle a Lady Rosalind Melbourne.

—Lo había olvidado —se volvió hacia Cedric—. Emily y yo nos iremos por un momento. Debemos ir a hablar con alguien.

—¿Deseas que te acompañe?

Anne sintió un nudo en el pecho ante su tono esperanzador. Si no fuera por la necesidad de Emily de conspirar y espiar, Anne habría insistido en que Cedric la acompañara.

—Quédate y hazle compañía a Godric —intervino Emily—. Prometo devolverte a tu dama antes de que te des cuenta, Cedric —aunque Cedric aún lucía decepcionado, parecía menos dolido. Emily tenía ese efecto en la gente.

—Volveré pronto —prometió Anne antes de dejar que Emily la condujera por el pasillo situado detrás de los palcos. Cuando bajaron las escaleras, no se veía evidencia alguna de la lucha entre Cedric y Crispin. Anne se preguntó vagamente adónde habría ido Crispin. Con suerte, muy, muy lejos.

Anne y Emily no deambularon por el vestíbulo comentando los últimos cotilleos, como solían hacer las mujeres en la ópera. Más bien, Emily se abrió paso entre la multitud con un brillo expectante en los ojos. Una rastreadora al acecho.

—Avísame en cuanto veas a Lady Melbourne —ordenó Emily.

Anne miró de un extremo a otro del teatro y divisó a su presa. Pero Lady Melbourne no estaba sola.

Oh, Dios...

—Bueno, la he encontrado. Pero creo que preferiría no ser molestada.

—¿Qué quieres decir? —Emily escudriñó la multitud y entonces entendió. Se cubrió la boca con las manos—. ¿Es ella? ¿La mujer a la que Ashton está acompañando a esa oscura alcoba?

—Sí —Anne no sabía si debía dejar solos a la dama y al lord, o si debía correr al rescate de Lady Melbourne. Lord Lennox tenía una expresión particularmente severa en su rostro. Anne no estaba segura de poder evaluar adecuadamente sus intenciones. ¿Podía un hombre estar enojado y a la vez intrigado por una mujer?

—Oh, cielos, supongo que no tendré la fortuna de conocerla esta noche. Debo confesar que nunca he visto a Ashton tan... —Emily no pudo encontrar la palabra correcta y agitó una mano en el aire.

—¿Confundido? —comentó Anne.

—Desconcertado. Y furioso. ¿Crees que ella necesita nuestra intervención?

Anne los observó mientras desaparecían de la vista.

—No crees que pueda dañarla físicamente, ¿verdad?

Emily soltó una risita.

—¿Ashton? Dios no, él nunca... Al menos, no físicamente —corrigió, pensativa—. Sin embargo, su negocio podría estar en peligro. Deberíamos advertirle de ello, pero no esta noche.

—Uno no puede evitar imaginar qué está pasando entre ellos —musitó Anne mucho después de que ya no pudiera ver ningún rastro de Lady Melbourne o Lord Lennox en el teatro.

¿Qué podría estar tramando el misterioso barón?

La paciencia de Ashton estaba en el límite. Con una mano en el brazo de Lady Rosalind Melbourne, había aprovechado la oportunidad para arrastrarla a la intimidad de una alcoba cercana. Temía pensar en sus acciones ahora que la tenía aquí.

Cada músculo estaba tenso, cada sentido acelerado por la emoción y, para ser sinceros, por la excitación. No tenía sentido. Estaba furioso con la dama. La ira y la excitación nunca habían sido compatibles cuando se trataba de él, así que ¿por qué quería empujar a esta mujer en particular contra una pared y follarla hasta que ella no pudiera recordar su nombre?

—Debo hablar con usted, señorita —dijo, con un tono oscuro y lleno de advertencia.

Rosalind luchó contra su agarre y, para su sorpresa, a Ashton le resultó difícil sujetarla. Con un movimiento atrevido de la cabeza, sus mechones negros cayeron sobre un hombro. Eso no ayudó al problema de su creciente deseo. Esta diablilla escocesa necesitaba un buen polvo para controlar ese espíritu salvaje. Ashton quería que cayera en su cama.

¡Maldición! Contrólate, Lennox. Es un asunto de negocios. Ahora no es el momento de dejar que la pasión te domine.

—No tenemos nada de qué hablar. Ahora suéltame —Rosalind se negó a mirarlo. Mantuvo su mentón afilado apuntando lejos de él. Su resistencia era encantadora.

¿Encantadora? ¿En qué demonios estaba pensando? Nunca le gustaba que la gente se negara a cumplir con sus exigencias. No aceptaba un no como respuesta válida. En su mundo de embarcaciones, él era tan implacable como calculador y preciso, algo que sus competidores respetaban, aunque lo aborrecieran por ello.

—Oh, querida, en eso te equivocas. Tenemos *mucho* de qué hablar —la mano libre de Ashton le cogió la barbilla y la obligó a mirarlo. Ella parpadeó sorprendida, con sus ojos brillantes en las sombras—. Has sido una chica traviesa.

Su intensa voz la hizo palidecer. ¿Asustada, tal vez? Bien. ¿Por qué la idea de pillarla así, de tenerla cautiva, le calentaba la sangre? ¿Era así como Godric se había sentido al dominar a su querida Emily? ¿Era por eso que su amigo prácticamente perdía la cabeza cuando se trataba de Emily?

No puedo sentir eso. Desde luego, no por esta mujer.

El pensamiento, por escalofriante que fuera, no pudo penetrar en su ansia depredadora de resolver el asunto entre ellos.

—No sé a qué te refieres —la vacilación en su tono le dijo todo lo que necesitaba saber.

—¿Hay alguna razón en particular por la que has estado robando mis contratos de marina mercante? ¿O te limitarás a decir que son solo negocios?

Rosalind intentó apartar la cara, pero Ashton la arrinconó en la esquina de la alcoba. Sabía que su postura invasora era depredadora, como la de un animal dispuesto a atacar. Sus preciosos ojos se abrieron de par en par e intentó retroceder, pero no pudo. La tenía atrapada contra la pared, exactamente donde la quería...

—¿Y bien? Contéstame —Ashton deslizó una mano por su cuello. Sus dedos rodearon su garganta y Rosalind sintió una punzada de miedo. Pero en lugar de estrangularla, la acarició. Ella se estremeció cuando una sensación de expectación comenzó a surgir en su cuerpo. Rosalind conocía la reputación de Ashton. Era más que capaz de comprometerla. ¿Pero aquí? ¿Él se atrevería?

Ya se habían cruzado una vez. El pasado mes de diciembre se habían enfrentado en una guerra de ofertas por una compañía naviera. Ella se la había concedido solo por saciar su curiosidad con respecto al origen de la herida en su brazo. A cambio de la verdad, ella había cedido y dejado que su oferta consiguiera la compañía.

Pero Rosalind no había accedido a renunciar a sus otros intereses. El negocio de su difunto marido era importante para ella; era su medio para seguir siendo independiente. Si Ashton pensó por un momento que ella abandonaría el negocio simplemente porque él tenía los mismos intereses, estaba muy equivocado.

—Tengo tanto derecho a perseguir esos contratos como tú —argumentó ella.

La mirada de Ashton saltó de sus ojos a sus labios.

—Si querías llamar mi atención, cariño, te aseguro que la tienes.

—No soy tu *cariño* —espetó Rosalind.

Él la presionó aún más contra la pared, apoyando su cuerpo contra el de ella con una suave risita.

—Lo serás. He doblegado a muchas mujeres a mi voluntad utilizando sus propios deseos en su contra. No serás la excepción —Ashton presionó sus caderas hacia delante, lo suficiente como para dejar claro que ella no podría librarse fácilmente.

—Son negocios, nada más —¿por qué tenía que sonar así, sin nada de aliento?

—Tonterías —utilizó esa misma voz peligrosamente agresiva contra ella. La palabra, normalmente tonta, sonaba extrañamente erótica en sus labios.

—Es verdad.

—Mentirosa.

—¡Cómo te *atreves* a llamarme mentirosa! —siseó indignada Rosalind. El canalla tuvo el descaro de sonreírle. Su temperamento escocés se encendió y el ritmo natural de su lengua se soltó—. ¡Maldito bruto! —se soltó de su agarre y le golpeó el pecho con un puño.

Ashton gruñó ante el golpe, sorprendido sin duda por su fuerza, y luego miró el puño en su pecho. Él levantó la cara para encontrarse con sus ojos y enarcó una ceja pálida en señal de desafío.

—No has hecho este 'negocio' con ninguna otra compañía. Solo la mía.

Ella respondió alzando su propia ceja oscura.

—¿Cómo lo sabes?

—Es mi trabajo saber esas cosas.

—Me has estado espiando, ¿verdad? —odiaba no poder evitar sonar como una escocesa. Quería mostrarse como la dama inglesa en la que tanto había luchado por convertirse.

—Entonces, ¿lo admites entonces? —Ashton seguía con la mano en su cuello y sus elegantes dedos acariciaban su piel, incluso mientras ella intentaba liberarse de su agarre.

—Por supuesto que no. Solo quiero saber cómo has llegado a una conclusión tan *estúpida*.

La mano de Ashton en su garganta se tensó, muy ligeramente. Una leve amenaza.

—Esta tarde, me he reunido con los otros propietarios de la compañía. Según ellos, solo yo parezco estar sufriendo los efectos de tu temperamento escocés.

Rosalind se sonrojó más por la furia que por la vergüenza. Clavó los dedos en la muñeca de gran tamaño que estaba muy cerca de su cuello e intentó apartarla. Por un momento, pareció que lo conseguiría y Ashton la miró sorprendido antes de intensificar sus esfuerzos por mantenerla en su sitio.

—¿Qué esperabas ganar con tus artimañas? —preguntó Ashton—. Estaba dispuesto a mantenerme alejado de tu camino si tú te mantenías alejada del mío. Pero aquí estás, tirando de la cola del tigre, ¿y me preguntas *por qué* estás a punto de ser mordida?

—¿Me está amenazando, Lord Lennox? —preguntó Rosalind. Seguramente él se retractaría. Seguramente la dejaría en paz ahora que él mismo había manifestado su descontento.

—En efecto, Lady Melbourne. Y me temo que no le gustará mi método de castigo.

—He oído hablar de sus trucos, Lord Lennox. No arruinará mi compañía. Mis finanzas y todos mis contratos están asegurados. Tengo pocas deudas. Su "castigo" sería una pérdida de tiempo —Rosalind estaba segura de que lo tenía dominado. No había nada que él pudiera idear para asustara en lo más mínimo.

Hasta que la besó. *Con fuerza.*

Rosalind intentó resistirse, pero, a pesar de todos sus esfuerzos, el feroz barón estaba hecho de piedra. Era como intentar mover una roca. Una roca muy atractiva, cálida y masculina…

Así que el barón quiere jugar a ese juego, ¿eh?

Rosalind combatiría el fuego con fuego. ¿Él pretendía robarle la cordura y sustituirla por la lujuria? ¿Él creía que su determinación era muy débil? Toda mujer podía esperar un comportamiento así de ofensivo por parte de un hombre. Pero, ¿él había pensado alguna vez en cómo podría reaccionar si se enfrentara a una mujer igualmente decidida?

Ella recibió sus besos, inclinándose hasta que su cuerpo

quedó alineado con el suyo. No iba a negar que esto era placentero, pero no podía permitirse pensar en eso, no ahora. ¡Había una batalla en marcha y ella iba a ganar!

Cuando Ashton introdujo un muslo entre sus piernas y empezó a subirle las faldas por las caderas, Rosalind se mordió el labio inferior. Él no estaba perdiendo el tiempo; ya estaba subiendo la apuesta. Los dedos de Ashton se clavaron en la piel desnuda de sus muslos mientras le levantaba la pierna derecha para que se ciñera alrededor de su cadera. El sabor de la sangre y el brandy en sus bocas fue un estímulo para la excitación de Rosalind.

Siempre le gustaron las cosas un poco salvajes, pero su difunto marido había sido demasiado viejo y dulce para pensar en complacer sus deseos. Muy diferente a este hombre que la estaba inmovilizando contra la pared y provocando un intenso calor en su interior con sus violentos besos y sus fuertes manos. Pero eso era una herramienta, un arma a su disposición y él no temía utilizarla.

Forzando una mano entre sus cuerpos fuertemente presionados, ella arañó su camisa y chaleco, descendiendo hasta llegar a su excitación, la cual se clavaba en su estómago. Estrujó su miembro, esperando que él gritara. En cambio, emitió un gruñido ronco mientras se frotaba contra la palma de la mano de Rosalind como un gato montés domesticado.

—Dios, lo que me haces —gimió Ashton antes de introducirle la lengua en la boca. Algo en su manera brusca de pronunciar esas palabras hizo que el cuerpo de Rosalind vibrara con intensidad. Ella capturó su boca y le devolvió el beso con la misma agresividad. La guerra continuó.

Se retorció contra él, intentando acercarse más... aliviar las ansias que estaban creciendo en su interior. Un anhelo que había creído nunca volver a sentir por ningún hombre. Había sentido cariño por el difunto Lord Melbourne, pero no amor. Y ciertamente no una lujuria como ésta. Si solo se hubieran conocido en otras circunstancias. Pero era hora de terminar con esto.

—¿Llamas a esto un castigo? —desafió Rosalind, luchando contra su deseo de sonreír. Su cuerpo agitado y tembloroso era todo lo que ella necesitaba para saber que estaba perdiendo el control de sí mismo. El prudente y equilibrado Barón Lennox estaba a punto de desatar ese lado oscuro que creía ocultar muy bien.

Ella sospechaba que ambos tenían la misma personalidad. Deseos oscuros y voraces disimulados por una conducta fría y cortés dentro de la sociedad. Y ella quería ver hasta dónde era capaz de llevarlo. Si conseguiría doblegarlo como él pretendía hacerlo con ella.

—Pequeña descarada —gruñó Ashton y la estampó contra la pared con tanta fuerza que, por un momento, Rosalind no pudo respirar. Los latidos de su corazón volvieron a acelerarse y ella cogió su nuca, atrayendo su cabeza hacia la suya para otro beso.

—¿Eso es lo mejor que tienes? —se mofó.

—¿Qué te hace pensar que has visto lo mejor de mí?

Antes de que Rosalind pudiera reaccionar, él introdujo una mano en su ropa interior de encaje y cogió su sexo. Ella jadeó con incredulidad. Era un acto de desesperación, pero uno que podría destruirla.

A pesar del violento ataque de la lengua de Ashton en su boca, los dedos entre sus piernas fueron suaves. Exploraron su creciente humedad, esparciendo su aceitosa miel. Su difunto marido nunca la había tocado así. Había reclamado su cuerpo con delicadeza, procurando no herirla, y nunca la había complacido de verdad.

En cambio, el toque de Ashton era una dulce agonía. Su juego sensual la sumergía entre las llamas de un fuego abrasador. El anhelo era intenso, incluso doloroso. Este hombre era su competidor. Era despiadado y un conocido libertino. Sin embargo, en este momento todo lo que Rosalind sentía era el placer de ser deseada, seducida y besada con un desenfreno total. Nunca había sido objeto de deseo, y este momento estaba fortaleciendo los últimos ecos de su confianza femenina.

. . .

ASHTON NO SABÍA CÓMO RESPONDER A LA ÁVIDA RECIPROCIDAD de Rosalind. Estaba acostumbrado a que ellas cedieran, sucumbieran, incluso desfallecieran, pero Rosalind, en cambio, había contraatacado con la misma ferocidad, igualando su juego. Finalmente, él había atacado el punto de mayor vulnerabilidad para ella y parecía estar dando resultados.

Deslizó un dedo dentro de la vagina de Rosalind, gimiendo de placer por la succión y la calidez. Sus paredes internas se aferraron a su dedo y Ashton apenas pudo controlarse. El solo hecho de pensar en sí mismo dentro de ella, en lugar de su dedo, lo hizo jadear.

—Tu cuerpo me quiere, Rosalind... quiere que me entierre hasta el fondo. ¿Sientes eso? —introdujo un segundo dedo dentro de ella. Rosalind gimió, echando la cabeza hacia atrás y cerrando y abriendo las manos en sus hombros, como un gato presionando firmemente con sus patas.

—Oh, así es, milord. ¿Pero crees que el tuyo no me desea también? —cogió su miembro, aumentando aún más su tamaño dentro de sus pantalones bombachos. Rosalind movió la mano y los ojos de Ashton casi quedaron en blanco con una mezcla de dolor y placer. ¿Dónde había aprendido a...?

Antes de que tuviera tiempo de comprender lo que estaba ocurriendo, la mujercita lo había agarrado por los hombros para estamparlo contra la pared. Su boca estaba sobre la suya, y ese dulce sabor explotó nuevamente en su lengua.

Debería apartarla. Estoy demasiado cerca, demasiado... ¡Oh, al diablo! Quiero volver a ser malo...

Ashton le rodeó el cuerpo con sus brazos, usando la pared detrás de él como apoyo. Con cada roce de la mano de Rosalind, él sintió que su propio cuerpo respondía; esa opresión en sus bombachos era casi insoportable.

—¿No le gustaría inmovilizarme en la cama, Lord Lennox? ¿Ver mi pelo alborotado contra la almohada? ¿Domeñar mi temperamento escocés? —masculló. Una descarga de excitación abrasadora se disparó directamente a su polla cuando Rosalind le lamió el lóbulo de la oreja. Ashton gimió sin poder evitarlo. La imagen que ella había descrito era demasiado perfecta para ignorarla. Entonces ella gimió y jadeó como si la estuviera follando, una y otra vez. Un instante más y él...

—¡Rosalind! —siseó su nombre mientras su cuerpo se ponía rígido y el placer estallaba en su interior. Su pene se sacudió debajo de él y se desplomó contra la pared.

Se miró los bombachos. *Oh, no...*

La diablilla escocesa dio un paso atrás. Primero pensó que podría estar conmocionada o arrepentida, pero no. Ella sonrió al ver su trabajo y soltó una carcajada ronca.

—Bueno, ahora, al menos mis faldas cubren mi pequeña vergüenza. Le deseo la mejor de las suertes en la suya, milord —con una sonrisa burlona, se quitó uno de sus guantes negros y lo dejó caer entre ellos.

Deshacerse de la prenda que había tocado su miembro, ¿era una especie de desafío? Sin dejar de sonreír con suficiencia, se alisó las faldas y salió de la alcoba.

Atrapado solo en la habitación para luchar contra su irritación, Ashton solo pudo mirar a Lady Melbourne mientras desaparecía entre el numeroso público que se preparaba para el segundo acto de la ópera. ¿Cómo diablos una mujer había conseguido tener ventaja sobre él? No podía salir de aquí en este estado. Tendría que esperar a que la ópera terminara y la multitud se dispersara.

Ashton golpeó la pared detrás de él con la palma de su mano e inspiró profundamente. Luego miró el guante y, con un deleite vengativo, lo cogió, guardándolo en el bolsillo de su abrigo. Ya encontraría la forma de devolvérselo cuando las circunstancias le favorecieran. Una vez que él le pusiera fin a este pequeño juego.

Mujercita descarada. Me las pagarás por esto.

CAPÍTULO 10

Capítulo Once

La pequeña tarjeta blanca apoyada en el espejo del tocador anunciaba el destino de Anne con una delicada letra.

Está usted cordialmente invitado a la Mansión Chessley
a un desayuno nupcial para celebrar el matrimonio de
Lady Anne Isabelle Chessley y
Lord Cedric Alexander Sheridan.

—¿De verdad estoy haciendo esto? —se preguntó en voz alta.

Emily estaba de pie detrás de Anne, con su hermosa figura iluminada por un vestido de dama de honor de seda azul pálido.

—Anne, estás vestida de novia esperando un carruaje que te lleve a St. George. O se trata de una elaborada broma que has ideado para escandalizar a todo Londres, o estás haciendo esto.

Anne estaba inquieta y sus manos recorrieron su vestido de

seda plateado con encaje de Honiton en el corpiño, las mangas y el dobladillo. La puerta de la habitación de Anne se abrió y Horatia se asomó al interior. Tanto ella como Emily llevaban preciosos vestidos a juego con pequeños velos de tul.

—Emily, nuestro carruaje está aquí. Cedric y los hombres han partido hacia la iglesia. Es nuestro turno —Horatia esbozó una sonrisa radiante en dirección a Anne.

—¿Tan pronto? Muy bien, estoy lista —las manos de Emily acomodaron la corona de rosas y flores anaranjadas sobre el fino velo de Anne y la aseguraron con unas horquillas. Una vez satisfecha, besó la mejilla de Anne y salió de la habitación. Sin embargo, Horatia se quedó.

—Solo quería darte las gracias, Anne.

—¿Por qué?

La hermana de Cedric juntó las manos frente a ella, con los ojos brillantes por las lágrimas no derramadas.

—Mi hermano es el mejor de los hombres. Ha tenido que criar a dos hermanas, ha llorado la pérdida de nuestros padres y ahora su vista. El mundo le ha quitado demasiado, y me temo que le queda mucho por perder. Pero contigo a su lado, no se enfrentará al mundo solo. No creo que puedas entender mi punto de vista, ya que no tienes hermanos. Cuando me casé con Lucien y Audrey fue enviada a Europa... temí por él. Estaba terriblemente solo.

—Pero ya no lo está —Anne deseó que sus ojos no estuvieran ardiendo. Se sentía tonta por querer llorar—. Puede que no sepa lo que es amar a un hermano o sufrir cuando ellos sufren, pero la soledad es algo que sí entiendo. Hoy me comprometo con tu hermano para que ninguno de los dos vuelva a estar solo. Sobreviviremos juntos —tan pronto como terminó de hablar, Horatia la estrechó en un fuerte abrazo.

—Gracias, hermana —Horatia se limpió una lágrima de la mejilla y la besó antes de salir de la alcoba. Anne respiró hondo, pero un golpe en la puerta la sobresaltó. Cogió sus faldas y abrió la puerta para encontrar al Duque de Essex.

—Disculpe, señorita, pensé que tal vez podría acompañarla a la iglesia. Cedric me ha dicho que no tiene familiares varones que la entreguen —Godric comenzó a sonrojarse, pero continuó valientemente—. Sería un honor para mí hacerlo, si así lo desea —era un lado tímido, torpe e inseguro del hombre que Anne nunca había visto. No era de extrañar que Emily estuviera perdidamente enamorada de él. Bajo ese semblante severo, había un hombre de profundas emociones.

—¿Harías esto por mí?

—Ahora eres parte del mundo de Cedric y, por lo tanto, parte del mío. Lo único que deseo es entregarte como es debido a mi amigo. Además, nadie debería ir solo a su boda —Godric le tendió el brazo. Anne lo aceptó y dejó que la acompañara hasta el carruaje.

Anne había esperado un viaje en solitario hasta St. George. Pero el encantador duque sentado frente a ella hizo del trayecto algo entretenido y mucho menos preocupante. Llegaron a la iglesia en un santiamén. Godric bajó primero y le ofreció la mano. Ella se levantó las faldas y descendió.

Delante de ella, las puertas se abrieron y en el interior vio a cientos de curiosos, así como a miembros de las familias de los amigos más cercanos de Cedric. No parecía haber ningún asiento libre.

El miedo se apoderó de Anne y se paralizó, incapaz de dar un paso más. Godric la giró hacia él.

—Anne, escúchame. Mira hacia el frente de la iglesia. Encuéntralo. Te está esperando —Godric la colocó frente a la cavernosa entrada y allí estaba él. Cedric se movió inquieto, como si sintiera sus ojos sobre él—. Míralo, solo a él. Hoy solo estáis Cedric y tú. No hay nadie más en esa iglesia. Camina hacia él y solo hacia él —Godric le estrujó la mano, y ella descubrió que estaba caminando con él por el pasillo. Sus pies se movían por sí solos, acercándola cada vez más a su destino.

Míralo sólo a él. Ella hizo exactamente eso. Ashton estaba parado junto a Cedric y se inclinó para susurrarle al oído. Dijera lo que dijera, pareció disipar las dudas en el rostro de Cedric, sustituyéndolas por una amplia sonrisa impregnada de alivio. Anne sintió que sus labios se arqueaban para reflejar los suyos.

Podemos hacer esto, se animó en silencio.

Cuanto más se acercaba, más admiraba al hombre con el que estaba a punto de casarse. Permanecía alto y orgulloso con una levita azul oscuro. El chaleco blanco se ajustaba perfectamente a su cuerpo atlético, al igual que los pantalones de color marfil claro. Incluso su pañuelo de cuello estaba perfectamente colocado con un nudo sencillo y ligero, sin las incómodas creaciones con múltiples pliegues que la mayoría de los hombres utilizaban. Era justo como él. Sin ilusiones, sin juegos. Vestía de la forma en que el mundo debería verlo, un hombre con fuerza y voluntad. No era un aristócrata vestido con delicadeza. Era simplemente Cedric y todo lo que ella había soñado en su corazón desde que era una niña.

Más tarde, Anne se maravillaría al no recordar la música, o incluso el rostro del clérigo que los unió. Su mente y su corazón únicamente estaban concentrados en la sensación de la cálida mano de Cedric unida a la suya mientras intercambiaban los votos y las alianzas.

Había algo poderoso, algo maravilloso en el hecho de saber que hoy habían hecho algo que ningún hombre podría deshacer. Después de ser proclamados marido y mujer, Cedric le dio un casto pero largo beso en la mejilla y su ternura hizo que Anne se mareara.

—¿Nos vamos, mi señora esposa? —el rostro de Cedric era burlonamente serio.

Anne se carcajeó cuando él soltó una risita maliciosa.

—Guíame, mi intrépido esposo —respondió ella y lo cogió del brazo.

Caminaron entre los interminables pasillos de asistentes con buenos deseos y curiosos hasta el carruaje de la boda. Las orquídeas y las rosas habían sido introducidas en las delicadas redecillas de los laterales, y los alazanes, de brillante pelaje, resoplaban y estampaban sus patas con impaciencia. Cedric cogió la mano de Anne para ayudarla a subir. Ella se volvió hacia él, cogiéndolo del brazo para ayudarle. Por una vez, él no rechazó la ayuda.

Apenas se sentó, Charles y Lucien vitorearon y la multitud les arrojó arroz. Cedric se rio y abrazó a Anne, protegiéndola de la lluvia de proyectiles. A continuación, él sacó una funda de terciopelo azul con monedas y las lanzó al aire. Los niños corrieron en busca de los brillantes tesoros, los cuales rodaron y tintinearon contra los escalones de piedra de la iglesia.

—Vámonos —le gritó Cedric al cochero. Los caballos se pusieron en marcha y él se acomodó en el asiento y mantuvo un brazo alrededor de la cintura de Anne—. Estoy hambriento. ¿Y tú?

—Oh, sí. Es gracioso, esta mañana no he podido comer nada. Pero ahora me muero de hambre —admitió Anne.

—Yo también tuve un ataque de pánico similar. Me comí la mitad de un bollo antes de darme cuenta de que no podría con otro bocado. Estoy tan aliviado de que todo esto haya terminado... —se detuvo, pensativo—. Dudo que eso fuera lo más romántico, ¿verdad?

Anne apoyó la cabeza en su hombro.

—Estoy de acuerdo. No lo fue. Pero debo confesar que comparto el sentimiento. Cuando Godric y yo llegamos a las puertas de la iglesia, casi salgo corriendo. ¿Te imaginas? Ver a toda esa gente mirándome...

—Sin embargo, conseguiste llegar al altar —el tono suave de Cedric no ocultaba su preocupación.

—Te vi esperándome. Después de eso, nada más importó —Anne se reprendió interiormente por decir algo tan tonto y sentimental. La hacía parecer una patética romántica. Cerró los ojos, deseando poder retirar las palabras. Cuando los abrió, la cara de Cedric estaba a escasos centímetros de la suya. Él le rodeó el rostro con sus guantes blancos y apoyó su frente en la de ella.

—Amo eso de ti.

—¿Qué? —la mirada de Anne se posó en sus sensuales labios, tan cerca de los suyos.

—Que en el fondo no eres fría. Eres un infierno, una llamarada que me consume.

—No soy un… —Cedric poseyó su boca en un beso lento y tentador. Uno que borrara todos los anteriores. Se sintió fresca y nueva; la novia ruborizada que debería haber sido años atrás. Cuando sus labios finalmente se separaron, no pudo recordar nada de su conversación—. ¿De qué estábamos hablando?

Cedric acarició sus labios con un movimiento ligero y oscilante.

—Estaré maldito si lo recuerdo —su comentario los dejó a ambos riendo.

El carruaje se detuvo en la Mansión Chessley donde se celebraría el desayuno nupcial. Durante la breve ausencia de Anne, los sirvientes habían convertido la mansión en un jardín viviente.

—Huelo flores, muchas —observó Cedric, girando la cabeza como un sabueso al detectar un olor familiar.

—Mi ama de llaves se ha superado a sí misma.

Anne y Cedric entraron en la sala matinal y encontraron la comida dispuesta. Exquisitas bandejas de plata repletas de viandas y ensalada de langosta figuraban entre los manjares. En el centro de la gran mesa, una tarta profusamente decorada esperaba a ser devorada.

—¿Estamos solos, Anne? —preguntó Cedric. Los invitados aún estaban en camino desde la iglesia, y los sirvientes se habían dispersado al ver a la pareja de recién casados entrar en la habitación.

—Lo estamos.

—Excelente. Acompáñame a la tarta —se quitó los guantes blancos y se los guardó en el bolsillo. Anne obedeció, curiosa por ver qué quería—. Ahora sumerge un dedo en el glaseado.

—¿Qué?

—Por favor —a pesar del vacío en sus ojos, la expresión de su rostro reflejaba emoción.

—Bien, aunque no sé para qué quieres que arruine nuestro tarta —Anne hundió el dedo en un lugar discreto cerca de la base, con la esperanza de que nadie se diera cuenta. Una porción de glaseado blanco cubrió su dedo.

Antes de que pudiera detenerlo, Cedric capturó su mano y se llevó el dedo a la boca, chupándolo. Ella sintió el calor de su lengua. Un gemido escapó de sus labios.

—¿Lo hago otra vez? —comentó con un tono ronco.

—No —dijo Anne, arrepintiéndose en el instante en que el rostro de Cedric perdió intensidad. No podía verla, no podía saber que ella pretendía hacer lo mismo con él. Le cogió la mano y deslizó con cuidado su dedo índice por el mismo camino que ella había recorrido, cubriéndolo con glaseado. El cuerpo de Cedric se puso rígido cuando ella se llevó su mano a la boca. Anne lamió el glaseado de su dedo, saboreando el azúcar en su piel. La combinación era verdaderamente pecaminosa. Podría acostumbrarse a un sabor tan exquisito. Y por la mirada de Cedric, intuyó que quería hacer algo más que lamerla.

—Como dije, señora esposa. Infierno.

—Creo que alguien probó esto antes que yo —musitó Charles para sí mismo mientras examinaba dos sospechosos huecos en el glaseado de su trozo de tarta nupcial.

—Solo cómetelo —dijo Cedric con brusquedad mientras usaba una cuchara en su propio trozo. La querida y dulce Anne le había llevado una cuchara, recordando su aversión a los utensilios más afilados.

—Muy bien, hombre —Charles empezó a comer la deliciosa tarta, dando un mordisco antes de volver a hablar—. No creí que tuvieras la intención de seguir adelante con esto, ¿sabes? Pero en algún momento entre el intercambio de anillos y los votos, me pareció que realmente te importa tu esposa.

—Por supuesto que me importa.

—Me refiero a que te importa *de verdad*. Creo que corres el riesgo de enamorarte de ella —*enamorarte* fue pronunciado con toda la emoción de un médico al descubrir un brote de peste.

Cedric encontró el hombro de Charles y lo empujó de forma fraternal.

—Bueno, no te entusiasmes por mí.

A su alrededor, la sala matinal Chessley estaba llena de invitados comiendo y charlando. Cedric había cumplido con su deber obligatorio de saludar a los invitados y soportar los numerosos brindis a la salud de todos antes de poder escapar de forma definitiva. Se había refugiado en un rincón apartado y Charles se había unido a él.

Charles cambió de tema.

—¿Anne y tú habéis pensado en hacer algo con la mansión?

—Todavía no he tomado una decisión. Es un lugar precioso, pero me pregunto si Anne querrá conservarlo después de perder a su padre. ¿Por qué lo preguntas?

—Bueno, ayer acompañé a Jonathan al Banco Drummond y se propuso conseguir un préstamo para comprar una casa propia. Creo que quiere establecerse y empezar una vida. Imagino que se ha cansado de andar entre las casas de Godric y Ashton.

—¿Crees que quiere empezar a sentar cabeza? ¿A su edad? —Cedric no lo había creído posible. Él y sus amigos acababan de empezar a querer sentar cabeza, y Jonathan era casi diez años menor que ellos.

—Tal vez se haya interesado seriamente por tu oferta de Audrey. Si consigue el préstamo para la semana que viene, podrá empezar a preparar un nidito encantador para una novia.

El comentario le habría provocado una furia protectora unos meses atrás, pero ahora Cedric consideraba seriamente el asunto.

—¿Te parece? Debería hablar de ello con Anne esta noche.

—¿No te interesan más las actividades que *no* implican hablar?

—Cuidado, Charles —advirtió Cedric, pero su tono era burlón.

—¿Crees entonces que os adaptaréis el uno al otro?

—Con el tiempo, sí. Pero creo que tendré que introducirla lentamente en la pasión. Es probable que se sienta abrumada. Siendo virgen, tendrá dolor y malestar la primera vez. Dios, desearía mil veces ese dolor para mí con tal de evitárselo a ella.

—Te has vuelto compasivo, Cedric —había amor en la reprimenda de Charles, y solo la más profunda de las amistades podía generarlo.

—Si lo he hecho, no permitas que vuelva a endurecer mi corazón.

—Salud por eso —elogió Charles antes de ponerse serio—. Oh, será mejor que rescates a tu esposa. Lady Dalrumple y su hermana parecen estar discutiendo con ella.

—¿Qué? Llévame, ¿quieres? —Cedric se aferró al brazo de Charles mientras ambos se abrían paso entre los invitados. Cedric supo que habían llegado a su destino porque la voz chillona de Lady Dalrumple amenazaba con destrozarle los tímpanos.

—¡*Usted!* Lord Sheridan, ha hecho una cosa muy imprudente. Le estaba *diciendo* a su esposa...

—¿Cómo dice? —Cedric le puso fin a sus chillidos.

—¿*Casarse* a una *semana* de la muerte de Lord Chessley? Es *inaudito*.

—¡Inaudito! —intervino la hermana de Lady Dalrumple.

—Siento mucho que se sienta así, Lady Dalrumple. Admito que tengo afición por marcar nuevas tendencias en la sociedad —respondió Cedric, mostrando una encantadora sonrisa—. En la próxima temporada, sin duda, esto estará de moda dentro de la alta.

—¡Qué *descaro*! —Lady Dalrumple volvió a centrar su atención en Anne—. ¿No tiene *vergüenza*, Lady Sheridan? Ha *escupido* sobre la ética de la sociedad *refinada* y no lo *toleraré*. ¡Os advierto que yo *sola* me encargaré de expulsaros por completo de la sociedad!

Cedric oyó la respiración entrecortada de Ana. Su propia

furia se elevó en una violenta tempestad. Aferrándose a los escasos hilos de control, continuó con su comportamiento cortés.

—Eso no me preocupa lo más mínimo —dijo Cedric con una sonrisa de satisfacción—. De hecho, consideraría un favor que su influencia lograra tan hercúlea tarea. Mi esposa y yo tenemos cosas mucho más entretenidas qué hacer como para asistir a bailes y galas. Ahora creo que debo sacarla de nuestra casa. No sería bueno que su reputación se viera afectada por su presencia aquí —Cedric soltó a Charles y, para su suerte, encontró el débil brazo de Lady Dalrumple.

—Venga, señora, la acompañaré hasta la puerta —dijo en voz alta. Mientras empezaba a arrastrar a la matrona que tartamudeaba, rezó para no tropezar con nada. En cuanto a la señora...

Lady Dalrumple chilló repentinamente de dolor.

—Oh, lo siento mucho. Siempre pensé que esta puerta era demasiado estrecha —la disculpa burlona de Cedric provocó una risita de Charles.

—¡Usted...ay! —la respuesta de Lady Dalrumple quedó en el aire cuando la bota de Cedric la hizo tropezar. Su mano libre encontró el pestillo de la puerta y la abrió de golpe.

—Ahh, aquí está la puerta. Que tenga un buen día, señora, y por favor no vuelva a venir. ¡Adiós! —Cedric prácticamente la empujó por la puerta mientras su hermana corría tras ella.

—¡No puede vivir sin los beneficios de la sociedad, Lord Sheridan! —gritó Lady Dalrumple.

—En realidad sí podemos, y lo haremos con mucho gusto. Ahora, si me disculpa, deseo ir a follar a mi esposa —Cedric cerró la puerta de golpe y suspiró, inclinándose contra el sólido roble para apoyarse. Entonces percibió los estímulos de la fragancia a orquídeas silvestres en el aire.

—¿Anne? —el sonido de las faldas de raso se deslizó por el suelo en su dirección. Antes de que pudiera decir una palabra, su cuerpo fue envuelto por el de ella. Enterró su rostro en su cuello y lo rodeó con sus brazos.

—¿Estás terriblemente molesto conmigo?

Cedric se sintió realmente desconcertado.

—¿Por qué demonios iba a estar molesto?

—Acudí a ti con este prematuro plan de matrimonio y ahora tienes enemigos poderosos.

—¿Enemigos poderosos? Querida, por favor. Lady Dalrumple no es más que un mosquito irritante. Zumba y molesta, pero es totalmente inofensiva. Ni siquiera estoy seguro de cómo consiguió una invitación. Sin embargo, si crees que te sientes en deuda conmigo de alguna manera, estaré encantado de darte algunas ideas sobre cómo compensarme.

—¿Por qué sospecho que esto implicará un acto sexual? —Anne se rio. Cedric se deleitó en el placer de sentir cómo su cuerpo femenino vibraba por las carcajadas. Colocó sus manos en sus caderas, manteniéndola allí contra él mientras presionaba sus labios contra su frente.

—Le ruego un beso, señora esposa.

—¿Solo uno?

—Uno largo, preferiblemente —aclaró.

—Muy bien —las manos de Anne se deslizaron por su espalda, recorriendo sus músculos y las curvas de sus omóplatos mientras se ponía de puntillas para besarlo.

Cuando sus labios se encontraron, Cedric cerró los ojos, hundiéndose más en ese gris del que nunca podría escapar. Pero cuando abrazaba a Anne, cuando la besaba así, casi sentía que podía ver. Un cosquilleo pareció invadirlo y, por un breve instante, creyó ver estrellas. Ella profundizó el beso y él se entregó de inmediato a su delicada dulzura. Por mucho que le gustara dominar sus sentidos, le gustaba más cuando ella no se limitaba a reaccionar ante él, cuando actuaba como si lo deseara de la misma manera. Sus labios se separaron con un suave chasquido y Anne suspiró distraídamente.

—¿Tenemos que volver al desayuno? —musitó Cedric contra su garganta mientras dejaba que sus besos recorrieran su piel. Se deleitó con la respuesta de su cuerpo.

—Debemos hacerlo. Sería bastante inapropiado, incluso para nosotros, que desapareciéramos de nuestro propio desayuno nupcial. Especialmente después de echar a una invitada, mosquito o no.

Cedric gimió derrotado y, de mala gana, permitió que Anne se apartara de sus brazos. La pérdida de su calor se sintió como un agujero en su pecho.

—Muy bien —Cedric cogió el brazo de Anne y regresaron a la sala matinal.

Finalmente, el último de los invitados se marchó poco después de las cuatro de la tarde. Anne y Cedric se desplomaron agotados en la recepción. A ella le picaba terriblemente la cabeza por el velo y la corona, y por fin se permitió quitárselos. Mientras sacaba las horquillas de su peinado, observó cómo Cedric se acomodaba en el sofá junto a ella.

—Eh, digo que hemos hecho un bárbaro trabajo, corazón mío. ¿Qué te parece?

—Excluyendo la situación desagradable con Lady Dalrumple, ciertamente estoy de acuerdo —se quitó la corona del pelo y la dejó en el suelo. Luego fue turno del velo y Anne dejó que el encaje flotara hasta el suelo antes de suspirar aliviada. Su peso ya no agobiaba su cabeza, y los síntomas de un desagradable dolor de cabeza se desvanecieron antes de que pudieran desarrollarse.

—¿Todo bien? —preguntó Cedric.

—Sí. Por fin me he librado de ese velo y de la corona de flores.

—Ven aquí.

—¿Por qué? —Anne estaba demasiado cansada para luchar contra él si decidía finalmente reclamarla.

—Por favor, ven aquí.

Él abrió los brazos y el gesto le pareció dulce. La hizo sentirse necesitada, y no solo en el sentido carnal. Dudó solo un momento. En cuanto se acercó lo suficiente, Cedric la agarró por la cintura y tiró de ella hacia su regazo. Él acomodó su cuerpo para recostarse a lo largo del sofá. Tiró del cuerpo de Anne para que se tumbara sobre el suyo, con la espalda pegada a su pecho. Anne apoyó las manos en los muslos de Cedric y se movió suavemente mientras sus manos varoniles se posaban en sus hombros, eliminando la tensión y masajeando las zonas de tensión.

—Deja caer la cabeza hacia atrás.

Anne obedeció con gusto y su cabeza encontró un lugar perfecto en su hombro para descansar.

—Eso se siente como el paraíso —Anne se sentía como una gata ronroneando, contenta de dejar que su amo la acariciara y masajeara eternamente.

—¿Quién iba a decir que mi mujer se dejaría seducir tan fácilmente? —Cedric soltó una risita y su cálido aliento le acarició la oreja derecha de una forma muy agradable.

Los párpados de Anne se sentían pesados.

—Hoy ha sido un día precioso, ¿verdad? —luchó por mantenerse despierta, pero no lo consiguió.

—Me siento aliviado de que no haya sido un desastre.

Ella se sumergió en el sueño, dejando que sus caricias la envolvieran con calidez.

Una vez que Anne se debilitó en sus brazos, Cedric supo que estaba completamente a su merced. En lugar de aprovecharse de ello, como habría hecho el antiguo Cedric, se sintió obligado a protegerla. Continuó con sus suaves caricias hasta que la respiración de Anne alcanzó el ritmo lento y suave del sueño. Quería quedarse allí con su cuerpo envuelto en el suyo, pero esa posición no era la ideal para su comodidad si él también deseaba descansar.

—Hora de ir a la cama —susurró, a pesar de que su novia no

podía oírlo. La apartó de él y se levantó para abrir la puerta de la recepción. Llamó a una criada para que le hiciera la cama y sacara el camisón de Anne de su baúl. Era imposible llevarla a su casa de ciudad en Curzon Street esta noche.

Durante los últimos días, Cedric había pasado mucho tiempo familiarizándose con la distribución de la Mansión Chessley. Y eso le resultó muy útil cuando cogió a Anne en brazos y comenzó un cuidadoso recorrido por el pasillo hasta su habitación. Con un poco de ayuda de la criada y un par de suaves advertencias, dejó a Anne sobre las sábanas recién lavadas.

—¿La desvisto? —comentó la criada.

—Sí, gracias. Me atrevo a decir que lo haría yo mismo, pero no quiero despertarla al intentarlo —Cedric ocupó una silla junto a la chimenea vacía y escuchó el susurro de las telas mientras la criada preparaba a Anne para dormir.

—Está lista, milord —susurró y se retiró en silencio.

Cedric buscó el camino de regreso a la cama y se quitó las botas, la levita y el chaleco. Cuando se quedó solo con los pantalones, se sintió bastante bien como para relajarse, pero sin llegar a escandalizar a Anne cuando se despertara y se encontrara con él dentro de las sábanas.

Poco a poco, se recordó a sí mismo. Deslizó a Anne bajo el edredón de la cama y se detuvo cuando se removió y susurró algo ininteligible.

—Solo descansa —le apartó el pelo de la cara y se metió en la cama con ella, envolviendo su cuerpo con el suyo. Anne se acurrucó profundamente en sus brazos y suspiró como un bebé cansado. Sentirla contra él era maravilloso, celestial. En todos sus años de perseguir y acostarse con mujeres, por fin había atrapado a la que nunca quería dejar ir.

Anne se despertó temprano por la mañana. La pálida luz del amanecer era solo una presencia gris apagada detrás de las cortinas. Aunque la cama estaba vacía, tuvo la extraña idea de que llevaba poco tiempo de esa manera. Parpadeando y bostezando delicadamente, estiró sus extremidades y se levantó.

Entonces comprendió que seguía en su propia casa, su dormitorio en la Mansión Chessley. La noche anterior, después de la larga celebración, no había llegado a la casa de ciudad de Cedric. ¿Qué había pasado? Seguramente el hombre no había querido quedarse sin su noche de bodas, ¿cierto? Anne recordaba vagamente que se había acomodado en el regazo de Cedric en la recepción para después quedarse dormida bajo su suave toque. Después de eso, su memoria se desvanecía. ¿Dónde estaba su marido?

Marido. Era una palabra tan extraña que se había introducido a la fuerza en su vocabulario cotidiano.

—¿Señora? —una joven criada asomó la cabeza en la habitación de Anne.

—Pasa, Nellie.

La criada llevaba una bandeja con té y bollos que olía de maravilla. El estómago de Anne rugió en señal de acuerdo.

—Su señoría pensó que usted tendría hambre.

—Estoy hambrienta —su estómago emitió otro ruido de impaciencia cuando Nellie dejó la bandeja sobre la cama—. Nellie, ¿mi marido sigue aquí?

—Se acaba de ir hace diez minutos. Me ha encargado que le diga que ha hecho los preparativos para partir hacia Brighton dentro de unas horas. Ya he empacado toda su mejor ropa. Su señoría ha dicho que, si necesita otra cosa, puede comprarla en Brighton más tarde.

Anne sorbió su té e intentó mantener la calma. ¿Se iban tan pronto? La idea de abandonar atrás su vida aquí, incluso para una luna de miel de un mes, era aterradora. Serían solo ella y Cedric en su finca. No era que no quisiera este tiempo de intimidad con él, pero temía que se conocieran muy poco. Por encima de todo, Anne detestaba los silencios incómodos.

—¿Ya has empacado todo? —le preguntó a Nellie, aunque ya

sabía la respuesta.

—Sí, señora. ¡Ah! Se me olvidaba, su señoría dejó esto para usted —Nellie le entregó una pequeña caja de terciopelo azul. Anne la cogió y la abrió con un poco de temor. En su interior había un hermoso granate rodeado por un anillo de pequeños diamantes. No había cadena, solo una pesada cinta de raso con un cierre metálico en la parte trasera.

—¿Qué es esto?

—Me dijo que le dijera que pensaba que a usted le gustaría usarlo cuando decidiera quitarse el anillo que le regaló. Sabe que le gusta montar a caballo y que el anillo se atascaría en sus guantes. Teme que, si eso ocurre, usted tenga la tentación de quitárselo con frecuencia hasta el punto de perderlo. ¿Desea que la ayude a ponérselo?

—Oh, sí, por favor, hazlo.

Anne se maravilló ante el llamativo color vino tinto del granate y el sutil brillo de los elegantes diamantes. Nunca le habían gustado las joyas caras, pero esta pieza, sencilla pero de gran tamaño, parecía hecha solo para ella. ¿Cómo pudo haber sabido que ella lo amaría? ¿Atesorarlo como nunca lo había hecho con otras joyas, salvo el anillo que le había regalado y que había pertenecido a su madre?

Nellie suspiró distraídamente.

—Su señoría tiene buen gusto.

—Lo tiene, ¿verdad? Ojalá supiera qué regalo darle —sabía que una caja de puros finos o unas tabaqueras grabadas no tendrían el mismo efecto. Quería regalarle algo maravilloso, algo que fuera imprescindible para él. Pero, ¿qué regalo podría estar a la altura?

Anne dedicó el resto de la mañana a ocuparse de la casa y de los sirvientes antes de partir hacia Brighton. El ama de llaves tenía las cosas bien controladas y Anne sabía que podría relajarse fácilmente durante el tiempo que ellos estuvieran fuera. Mientras ordenaba su estudio, oyó el estruendo de cascos y ruedas en el exterior. Bajó las escaleras corriendo como un cachorro, sorprendida de encontrarse ansiosa por ver a Cedric. Casi chocaron en la entrada.

—Querida, ahí estás —gruñó Cedric mientras se aferraba a ella para evitar que los dos cayeran al suelo. Con un brazo envuelto en su cintura, inclinó la cabeza con cuidado para depositar un tierno beso en su frente.

El gesto fue dulce, con matices de alguien hogareño, totalmente distinto a los besos habituales de Cedric, pero no por ello menos encantador. Anne desconocía que pudiera haber más de un tipo de beso, y ahora los quería todos, varios cientos de todos y cada uno de ellos.

Cedric sonrió ampliamente.

—Tenías prisa.

—Estaba corriendo y escuché a los caballos. Quería verte... —no pudo terminar. Los labios de Cedric reclamaron los suyos en una posesión silenciadora. Había diversión en este beso, pero también un fuego ardiendo lentamente en el fondo, como un segundo vaso de whisky con su intensa calidez.

—Siento haberme chocado contigo —masculló entre besos.

—Nunca te disculpes por una euforia infantil. Lo encuentro encantador. No quería casarme con una criatura grácil como un cisne. Quería una mujer que diera saltos por los prados y caminara por los senderos del bosque conmigo.

—Me haces parecer un sabueso fiel —reflexionó Anne con sarcasmo.

—Tonterías. Hago que los perros duerman en los establos. Tú, sin embargo, me perteneces, siempre. ¿Qué te parece? —Cedric le pellizcó el trasero y Anne le golpeó el pecho con un puño.

—Eres incorregible.

—Soy pícaro, corazón mío, será mejor que te acostumbres.

Anne permitió que Cedric la acompañara al exterior y al

carruaje en espera. Se despidió de la mansión y del único hogar que había conocido. Le esperaban horizontes desconocidos.

Maldito sea ese inglés tonto. Manejaré esto como yo quiera.

Samir Al Zahrani había seguido a distancia el carruaje de los Sheridan por el transitado camino hacia Brighton. Pero cuando el vehículo de la pareja se dirigió por rutas rurales menos pobladas hacia la finca, Samir se vio obligado a perderse de vista para que el conductor de Sheridan se descubriera que los estaban siguiendo. Utilizando la maleza natural del camino como escondite, él pudo guiar a su caballo a través del bosque en el borde del camino para evitar que lo vieran.

Cuando el carruaje por fin giró hacia el camino que llevaba a la enorme casa de campo de Rushton Steading, Samir tiró de las riendas contra el cuello de su bestia, dirigiéndola más hacia del bosque.

El inglés, Sir Hugo Waverly... Sí, Samir había hecho su propia investigación y había descubierto quién era el hombre, o al menos lo que se decía de él. Éste le había aconsejado que esperara el momento perfecto y luego sacara a Sheridan y a su novia de la casa y los llevara al puerto.

Pero Samir no tenía intención de seguir las instrucciones de Waverly. Si se llevaba a Sheridan y a su esposa de forma anticipada, podría hacer que su barco abandonara el puerto antes de tiempo. Sus hombres estaban en la ciudad, esperando instrucciones. Habría sido demasiado evidente traerlos mientras él aún estaba conociendo las tierras de su enemigo y comprobando qué tan protegido estaba Sheridan frente a los ataques.

Mirando al cielo, Samir frunció el ceño. Gruesas nubes de tormenta se estaban acumulando en el horizonte, y un viento frío empezaba a cobrar fuerza.

Clima inglés. Se mofó. Helado, húmedo y sofocante. Sería un alivio conseguir lo que había venido a buscar y partir hacia casa.

Esta noche, sufriré con este clima, pero no por mucho tiempo. Bajó de su caballo y comenzó a caminar por el bosque, reduciendo la velocidad a medida que se acercaba a la distante casa. Probablemente tendría que esperar su momento, pero haría lo necesario para recuperar sus caballos de los establos de Sheridan y, sobre todo, cobraría su venganza.

CAPÍTULO 11

Capítulo Doce

Para cuando ella y Cedric llegaron a la finca de los Sheridan, en las afueras de Brighton, Anne había desarrollado un doloroso hábito de retorcer las manos. Rushton Steading, la vasta casa ancestral de la familia Sheridan, era intimidante. La finca estaba compuesta principalmente por zonas boscosas donde oscuros grupos de árboles se apiñaban al borde del camino como centinelas silenciosos. Anne respiró con sorpresa cuando el carruaje rodeó el bosque más cercano e hizo que su nuevo mundo se abriera ante ella. La casa era una gran mansión de piedra blanca, un faro brillante en medio del tupido trasfondo esmeralda.

—¿Te gusta? —la voz de Cedric era suave contra su cuello mientras respiraba su aroma.

Anne no pudo evitar admirar el edificio de múltiples ventanas.

—Nunca he visto nada tan bonito. Puedo ver por qué te has

inclinado por la caza y la equitación, Cedric: esta tierra está hecha para esas actividades.

—Mi padre y yo pasamos muchas horas en esos bosques con rifles y sabuesos —la voz de Cedric era áspera mientras la emoción atravesaba sus palabras.

Anne frunció el ceño ante su propia insensibilidad. Hablar sobre su pasado tenía que ser doloroso; recordar a sus seres queridos que ya no estaban en este mundo, su pérdida de visión.

—¿Qué pasa, Anne? Te has puesto tensa —observó Cedric.

Solo entonces comprendió que él se había acercado a ella por detrás y la había envuelto en sus brazos. Él le ofrecía constantemente consuelo, y lo único que ella le había ofrecido era una fría indiferencia. Anne respiró profundamente antes de hablar.

—Siento haberte alejado —confesó.

Las manos de Cedric, las cuales habían estado acariciando su cintura, se detuvieron ante sus palabras.

—No tienes que disculparte conmigo por protegerte a ti misma —Cedric bajó la cabeza para acariciarle el cuello con la nariz.

—¿Estás enfadado porque no compartimos la cama anoche? —preguntó Anne, mirando sus labios carnosos.

—No seas tonta, corazón mío. Además, sí compartí tu cama, aunque solo durmiéramos y nada más.

—¡*Estuviste* allí! Pensé que tal vez había soñado que te habías quedado.

—Entonces, me estarás esperando esta noche —las manos de Cedric se deslizaron a lo largo de sus costillas, intensificando su agarre de manera posesiva. Anne se estremeció por la expectativa y su respiración se aceleró. Esta noche se entregaría a él, permitiría que él liberara sus deseos más profundos. Había esperado demasiado tiempo por esto, alguien en quien confiar. Solo rezaba para que no se pusiera furioso al descubrir que no era virgen. Ahora, más que nunca, lamentaba aquella noche con Crispin. Aunque no había tenido otra opción.

El carruaje se detuvo en los escalones de la mansión y un lacayo salió corriendo a recibirlos.

—Bienvenidos, milord, señora mía —el joven lacayo le ofreció una mano a Anne y ella bajó.

Fue cuidadosa y le dio tiempo y espacio a Cedric para salir por su cuenta, pero ella y el lacayo se mantuvieron preparados para atraparlo.

—¿Eres tú, Hartley? —preguntó Cedric al salir de la carroza.

—Sí, milord —respondió Hartley con un ligero tono irlandés, sonriendo cuando su amo le dio una palmada en el hombro.

—¿Cómo está la casa? —Cedric entrelazó su brazo con el de Anne y comenzó a subir los escalones. Su bastón golpeó las piedras.

—El señor Bodwin está contento de tenerlo en casa, por supuesto. La señora Pickwick, sin embargo, ha estado recorriendo la casa con pánico, preocupada de que Lady Sheridan no esté contenta con el estado de la casa.

—¿Yo? —jadeó Anne.

—No te preocupes, corazón mío. La jefa de las amas de llaves tiende a tener esos episodios de pánico, independientemente de las circunstancias. Encontrarás a mi mayordomo, el señor Bodwin, mucho más de tu agrado. Es un alma tranquila comparada con nuestra estimada señora Pickwick.

Anne se sintió repentinamente tímida mientras Cedric la guiaba a su nueva casa. El vestíbulo estaba lleno de sirvientes, todos en fila y listos para recibirla. Anne apenas podía distinguir todos los nombres, pero el señor Bodwin y la señora Pickwick destacaban por ser los más ancianos y experimentados.

—Milord, ¿prefiere cenar en sus aposentos o en el comedor? —preguntó la señora Pickwick.

—Mis aposentos, por favor. Asegúrese de que sirvan dos platos. Mi esposa me acompañará.

—Por supuesto, milord —la mujer parecía muy aliviada ante el anuncio de su intención de cenar arriba—. Han llegado algunas cartas de Londres con el correo de la tarde —sostuvo un paquete de cartas y las depositó en la mano extendida de Cedric.

—Ven, déjame llevarte arriba, Anne. Puedo ofrecerte un recorrido por el lugar mañana. Esta noche comeremos, descansaremos y nos instalaremos —la sonrisa en el rostro de Cedric era más bien encantadora e infantil, no maliciosa. Anne se rio en respuesta.

—No bromeabas cuando hablabas de apetitos.

—Nunca bromeo sobre los deseos de mi cuerpo.

Anne aceptó el brazo ofrecido por Cedric y dejó que la guiara por la gran escalera hasta una alcoba bellamente decorada. Sedas azules y paredes de color crema le daban a la habitación un aire suave y sensual. Los colores y el ambiente del lugar sorprendieron a Anne. Había esperado rojos intensos y madera oscura, algo que coincidiera con la pasión que había experimentado en los brazos de Cedric.

—Siéntate, cariño —la sentó en un sillón alto cerca de la chimenea, y a ella le resultó evidente la comodidad que él estaba sintiendo aquí.

—Oh, necesito un minuto para refrescarme.

—Ahh, por supuesto —Cedric hizo un gesto—. Por ahí, mi corazón.

Los pasos de Anne se alejaron y Cedric golpeó la pila de cartas con su palma. Demasiadas para que él quisiera molestarse con ellas. Después de todo, esta noche era su verdadera noche de bodas. Noche de *bodas*. Se rio entre dientes.

Soy un diablo con suerte.

Él y Anne tendrían por fin la oportunidad de explorar todas sus pasiones ocultas.

—Milord, ¿va a necesitar algo? —preguntó Thomas Pennyworth, otro lacayo, desde cerca de la puerta.

—¿Thomas? ¿Por qué no me lees algunas cartas mientras espero a mi esposa?

Mi esposa. Sonrió. Qué palabra tan maravillosa para pronunciarla ahora.

Thomas cogió la pila de cartas de Cedric, y hubo un suave crujido de papeles.

—La primera es de un tal señor Crispin Andrews.

El nombre golpeó a Cedric como un puñetazo. Estaba a punto de decirle a Thomas que quemara la carta, pero éste empezó a hablar.

—Mi querida Anne. Ha sido un placer volver a verte en el teatro. Escríbeme pronto, tenemos mucho por planear ahora que te has instalado en una posición tan cómoda. Creo que las felicitaciones pueden ser para nosotros dos. Crispin.

El corazón de Cedric se congeló. La carta no iba dirigida a él. Le costaba respirar porque el tono sugería algo… Seguramente no podía significar…

¿Querida Anne?

¿Tenemos mucho por planear?

¿A qué diablos se refería Andrews con eso?

—Thomas —intervino Cedric—. Eso es todo. Por favor, pásame las cartas.

Thomas se acercó y colocó las cartas en su mano extendida, luego se retiró a la puerta.

—Le traeré la cena, milord —las pisadas del lacayo retrocedieron, dándole tiempo a Cedric para pensar, para preocuparse.

Unos minutos después, Thomas regresó con la cena.

Cedric ya podía oler el guiso de carne, el faisán y el budín de pan en el aire.

—Gracias, Thomas —dijo antes de que el lacayo pudiera decir una palabra—. Puedes irte cuando hayas preparado la mesa —su mente seguía reflexionando sobre la carta y su significado. Anne le había jurado que despreciaba a Crispin, así que ¿por qué recibía una carta así? ¿Qué podían estar *planeando* ella y Andrews? ¿Debía preguntarle directamente a Anne? O ella le ocultaría la verdad y la negaría… si tan solo él supiera de qué se trataba.

Unas pisadas ligeras y femeninas le advirtieron de que Anne

se acercaba. Colocó la pila de cartas que Thomas le había dado en los cojines de su silla junto a la chimenea.

ANNE MIRÓ AL JOVEN LACAYO DE PIE EN LA PUERTA Y CON LOS ojos puestos en Cedric, quien estaba sentado rígidamente en su silla junto al fuego. Su expresión era extraña. El lacayo, Thomas; así lo había llamado Cedric, tenía el pelo castaño y era más o menos de la edad de Anne. Notó que ella lo estaba mirando y bajó la cabeza, sonriendo tímidamente mientras se escabullía de la habitación.

—¿Cómo eres capaz de hacer eso? ¿Distinguir entre Hartley y Thomas? —Anne sirvió dos vasos de vino tinto y le entregó uno a Cedric.

—¿Cómo hago qué?

—Saber a qué persona te estás dirigiendo cuando ésta aún no ha hablado. Podría entender que reconocieras las voces, pero Hartley no dijo ni una palabra cuando bajamos del carruaje. ¿Cómo supiste que no era Thomas?

—Ahh, bueno eso es simple. Acabo de empezar a llamarlos a todos con el nombre de Hartley. Simplifica las cosas, ya sabes — Cedric se rio, y la tensión en sus hombros pareció disiparse. Lo que antes le había estado preocupando, ahora parecía haberse suavizado un poco. Estaba imaginando cosas, nada más.

—¡Estás bromeando! —exclamó Anne.

—Lo estoy —él se carcajeó, pero había un orgullo genuino en su tono mientras se reclinaba en su silla. Anne siguió el movimiento, admirando las finas piernas que se extendían y se cruzaban en los tobillos. Cedric era simplemente hermoso de contemplar—. Con las mujeres a menudo puedo identificarlas por su aroma. Con los hombres es por su voz o por sus movimientos. Sean Hartley cojea un poco desde que un caballo le dio una patada hace un año. Puedo detectar la diferencia en su movimiento.

—Y a mí, ¿cómo me reconoces? —preguntó Anne, con el corazón paralizado mientras esperaba su respuesta.

—Acércate y te lo diré —Cedric le dirigió una mirada lasciva con tintes de burla, y ella no pudo evitar reírse. Obedeció y le permitió acomodarla en su regazo. Todavía no estaba acostumbrada a su tacto.

Cedric le acarició la parte baja de la espalda con un suave movimiento circular, como un padre reconfortando a un niño perturbado.

—¿Te doy miedo, Anne?

—No tengo miedo —era una mentira y ambos lo sabían.

—Estás sentada inmóvil, apenas respirando, como un conejo en la maleza. No quiero asustarte y que salgas corriendo —su expresión de seriedad era desgarradora.

—¿Es así como me ves realmente? —la voz de Anne tembló mientras él trazaba un intrincado patrón a lo largo de la línea de su clavícula. Su cuerpo se calentó ante una caricia tan suave.

—¿Me estás preguntando si te veo como un conejo asustado? —había cierta diversión en su tono, una agradable—. Anne, Anne, mi encantadora pero desconcertante novia. Te veo como muchas cosas, pero un conejo asustado no es una de ellas. Más bien eres un potro asustadizo que aún no se ha acostumbrado el toque de su amo.

—¿Un potro asustadizo? —Anne ahogó una carcajada. Su sentido del humor siempre había sido muy parecido al de ella. Descubrió que se estaba relajando—. Creo que me he casado con el único hombre en Inglaterra que compararía a su esposa con un caballo.

—Eso no es cierto. Muchos hombres han llamado a sus esposas "yegua de cría" —argumentó Cedric. Sus ojos vacíos se calentaron hasta alcanzar un intenso color canela.

—¿Pretendes que eso me convenza, Cedric? —Anne le cogió la cara cuando él esbozó la sonrisa más encantadora, una que la derritió por dentro.

—Me encanta que digas mi nombre —él rugió bajo y profundo como un gato montés.

—¿Ninguna de tus anteriores enamoradas te llamó Cedric?

El ceño de Cedric se frunció, como si hablar del pasado le doliera. Anne deslizó el dorso de una mano sobre su frente, queriendo disipar su preocupación. Él se inclinó hacia sus caricias y sus pestañas abanicaron sus mejillas.

—La mayoría prefería llamarme Sheridan. Sospecho que les encantaba recordar mi título. Creo que pasé todos esos años acostándome con mujeres por sus cuerpos, y ellas por mi título. Un intercambio justo, supongo. Espero que algún día, contigo... —hizo una pausa para girarse y presionar un beso en su palma derecha—. Que seamos simplemente Anne y Cedric. Sin títulos, sin distancia entre nosotros.

Anne exhaló una ferviente plegaria para que algún día él la viera así, simplemente como Anne. Acomodó la cabeza en su hombro y él la estrechó contra su pecho.

—Me he vuelto melancólico contigo, amor. Te juro que no era mi intención.

—Nunca te disculpes por ser honesto sobre ti o tu pasado. Solo quiero que haya verdad entre nosotros —pero, a pesar de sus palabras, hubo una repentina frialdad en el rostro de Cedric, una que Anne distinguía cada vez que intentaba alejarse emocionalmente de ella. Lo había hecho muchas veces, como cuando pensó que no se casaría con él, o que no le importaba.

—La verdad... sí, estoy de acuerdo.

Había una falta de vida en su voz, y a Anne se le revolvió el estómago.

—Anne, ¿cuál es la verdadera naturaleza de tu relación con Crispin Andrews?

—Cedric... —comenzó. Ahora no. Ella no quería esta conversación. Era demasiado pronto—. No te he preguntado por todas las mujeres con las que te has acostado antes de casarte conmigo.

—Nos prometimos honestidad. Por favor, no me insultes con mentiras ahora. Era evidente que vosotros teníais una historia.

A Anne se le hizo un nudo en la garganta, pero sabía que él tenía razón. Tenía que decírselo. Él se merecía la verdad.

—Fue hace dos años en Almack, la noche en que nos conocimos.

—También conociste a Crispin allí, si no recuerdo mal.

—Ya lo conocía, pero fue la primera vez que estuvimos juntos sin compañía. Las matronas me dieron permiso para el vals, y él me pidió el honor de acompañarme a la pista para mi primer baile —Anne respiró hondo ante el inquietante recuerdo de aquella noche. El deseo por un hombre mientras era abrazada por otro.

—Te vi bailar con él aquella noche —el tono de Cedric contenía una profunda cólera, una frialdad abrumadora que hizo que Anne se estremeciera.

—Yo también te *vi*. Fuiste con la señora Thornton, esa hermosa y joven viuda a la que todos los hombres cortejaban ese año —su comentario fue tan acusatorio como el de él.

—Ahh, sí. La señora Thornton. Estoy seguro de que ya sabes que me acosté con ella —su tono era cada vez más insensible, como si la estuviera provocando de alguna manera.

—No hubo ningún acto sexual. Te *vi*. La tenías inmovilizada contra la pared en la antesala del salón de baile.

Anne reprimió un jadeo cuando los dedos de Cedric se clavaron en sus caderas, impidiéndole escapar o retractarse.

—Entonces, ¿me viste? —su tono era oscuro, sarcástico, cortante—. Eres una experta en juzgar esas cosas, *Querida Anne* —su nombre se sintió muy frío en su boca, como una maldición gitana en lugar de un suave soplo de amor. Casi creyó ver cómo los ojos de Cedric se convertían en hielo mientras la miraba fijamente—. Dime, Anne, ¿dejaste que Crispin te reclamara? ¿Ese es tu pequeño y sucio secreto? ¿El que me has estado ocultando? El hombre al que supuestamente desprecias se atrevió a enviarte una carta de felicitación. Te llamó su querida Anne y dijo que tú y él tenéis mucho por planear. Dime, ¿qué estás planeando, *esposa*? —había tal crueldad en sus palabras que Anne apenas lo reconoció como el hombre con el que se había casado el día anterior.

Ella se mordió la lengua, saboreando la sangre. Cedric hizo una mueca ante su silencio.

—¡Habla, maldita sea! Dime que mis sospechas no son ciertas. ¡Que nunca pasó nada entre vosotros! —el dolor en sus ojos la llenó de un miedo y un pánico asfixiantes. De alguna manera, él había descubierto la verdad, al menos una parte. Ella tenía que decírselo, explicarle todo lo sucedido aquella noche.

—Fue el único hombre antes de ti...

—Todo este tiempo has jugado a la virgen sensible. Pero Crispin te tuvo esa noche y ahora solo me lo cuentas porque ya es demasiado tarde para remediar este desastre. Entonces, ¿ese era tu plan? Has atrapado a un hombre rico y con título en el matrimonio, y no puede escapar. Bravo. ¿Él te está esperando para beber champán en alguna acogedora posada después de que me abandones en mi peor momento?

Sin ningún tipo de advertencia, Cedric la empujó fuera de su regazo. Anne cayó al suelo con un fuerte golpe.

Ella se acercó a su rodilla, queriendo tocarlo, pero él la apartó de un manotazo. El breve contacto le dolió tanto como si le hubiera dado una bofetada.

—¡Eso no es lo que ha pasado! ¡Por favor, déjame explicarte! ¡No tuve elección! —los ojos de Anne ardían mientras la histeria apenas contenida sacudía sus sentidos.

—No es necesario explicar nada. Pensé que podía pedirte la verdad y no alterarme. Pero joder, ¡no puedo tolerar nada de esto! Usándome como fachada mientras tú y tu amante hacéis vuestros planes!

—¡No!

—Mi nombre *no* será arruinado. ¡Vete! Por el amor de Dios, ¡lárgate de aquí! —vociferó. Anne se puso en pie a trompicones, cojeando mientras su cadera lastimada palpitaba en señal de protesta.

—Tienes que entender lo de Crispin. Me obligó a... —tontamente, Anne volvió a alcanzarlo y, en el momento en que sus manos entraron en contacto con su pantorrilla, él le dio una patada, fallando por poco cuando ella se alejó con un salto.

—Vete o te *obligaré* a hacerlo.

Anne nunca había oído una amenaza más clara. Sus ojos marrones quedaron muertos y sus puños se cerraron contra sus costados. Su ira se desprendió en forma de olas, advirtiéndole a Anne de que corría peligro si se quedaba. Pero aun así, ella estaba desesperada por llegar a él a través de esa niebla de dolor creada por su traición.

—Por favor...

—Nunca he golpeado a una mujer. No me hagas rebajarme a un acto así esta noche, no cuando ya me has destrozado por completo.

Dio un paso amenazante en su dirección y Anne comenzó a temer por su vida. Se dio la vuelta y huyó, y el sonido de su vestido rompiéndose alejó al silencio que se estaba extendiendo entre ellos. Anne huyó por el pasillo y bajó las grandes escaleras de mármol hasta llegar a la puerta principal. Un confundido lacayo la abrió y ella se precipitó hacia la noche.

No pensó, solo avanzó. El aire fresco, si pudiera aspirarlo un par de veces y calmarse, pensar... Él no había dejado que le explicara, que le contara lo que Crispin había hecho. Simplemente había asumido que fue su amante.

Seguramente mañana, cuando tuviera la oportunidad de acercarse a él después de un tiempo de calma, ella podría explicarle las cosas desde el principio. Conocía a Cedric, *sabía* en su corazón que, si entendía que había sido violada, no se enfadaría con ella. Pero esta noche su orgullo lo estaba cegando a la verdad y no estaba dispuesto a escuchar.

La oscuridad de la noche había engullido la finca hasta dejar únicamente al crepúsculo en el paisaje. Unos pocos destellos de luz de luna iluminaban un camino en la oscuridad. Todo lo que Anne deseaba en ese momento era no volver a ver a otra alma viviente. No sabía cuánto tiempo había caminado, pero continuaba viendo la casa desde su posición. Hacía frío y unas gruesas nubes de tormenta cruzaban el cielo, ocultando ocasionalmente la luna.

Al llegar a los árboles, una raíz sobre la superficie atrapó la punta de su zapatilla de casa y tropezó. Extendió los brazos mientras caía al suelo. Se quedó allí, jadeando, con dolor, aturdida. Y entonces lo vio, una sombra que se asomaba desde un árbol. No era una sombra, era un *hombre*.

—Mi señora, no esperaba encontrarla como una presa tan fácil —el hombre se rio, acercándose, sus pasos casi silenciosos en el suelo del bosque.

—¿Quién eres?

—Un hombre que busca justicia. Y venganza —la luz de la luna se reflejó en sus dientes al sonreír. Había un acento en su voz, muy leve, pero que ella no reconocía.

Todos los instintos de Anne le gritaron que se moviera. Se levantó e intentó correr, pero él la agarró del brazo y la empujó de cara contra el árbol más cercano. Ella saltó hacia atrás en un intento de liberarse, desequilibrando al hombre mientras se volvía hacia él. No pudo distinguir sus rasgos en la oscuridad, salvo el brillo de su horrible y deliberada sonrisa.

—Solo había planeado observarte esta noche —dijo con una carcajada—, pero, ¿quién soy yo para resistirme a los obsequios del destino?

Ella lanzó un puñetazo, pero solo rozó su mejilla.

—¿Mi señora? —un grito en la zona hizo que el hombre se detuviera. Alguien la estaba llamando, buscándola. Casi lloró de alivio. Era el lacayo, Hartley.

—¡Por aquí! —gritó, pero la sombra de un hombre se abalanzó nuevamente sobre ella. Le bloqueó el camino de regreso a la casa, lo que le dejó pocas opciones de escapar. Corriendo rápidamente, se dirigió hacia el lago detrás de la casa.

Una mano cogió su hombro y la detuvo.

—Te tengo, pequeña perra inglesa...

Hubo un fuerte chasquido y un intenso estruendo en su

cabeza justo cuando llegaron a la cima de una colina. Por debajo de la misma, las rocas y las raíces de los árboles salpicaban el suelo. No había nada que detuviera su caída. Un suave gruñido se oyó detrás de ella y luego hubo otro golpe, seguido de estrellas formándose en sus párpados.

CAPÍTULO 12

Capítulo Trece

Sean Hartley, el lacayo, oyó el estruendo desde un piso más abajo, en el comedor, donde estaba puliendo la plata. El eco de los gritos retumbó en la mansión. No eran la clase de gritos que esperaba escuchar en una luna de miel. Era pura furia y rabia. Sean se puso en pie y se dirigió a las puertas del comedor. Vizconde o no, ningún hombre haría daño a Lady Sheridan, no si Sean podía evitarlo. Criado por una madre soltera, respetaba a las mujéres y a su vulnerabilidad frente a los temperamentos demasiado violentos de los hombres. Protegería a Lady Sheridan, incluso contra su propio amo, sin importar las consecuencias.

—¡Hartley! —gritó Lord Sheridan—. ¡Sube aquí!

Sean dejó caer la cuchara en su mano y corrió hacia las escaleras. Se cruzó con Lady Sheridan en su camino. Parecía angustiada. Se detuvo para seguirla, pero su amo volvió a gritar. Con un gruñido, dio media vuelta y continuó su camino.

Lord Sheridan estaba furioso, paseándose por su habitación

como una bestia enjaulada. No dejaba de patear la estropeada vajilla de porcelana que estaba esparcida en el suelo. Los fragmentos blancos eran como añicos de un sueño frustrado que nunca regresaría, que nunca se recuperaría.

—Milord —dijo Sean desde la puerta. Lord Sheridan se giró en su dirección.

—Prepara mi carruaje de viaje de inmediato. Ten a los caballos listos en media hora y empácame una valija. Me voy a Londres.

—Por supuesto. ¿Debo hacer que una criada empaque las cosas de Lady Sheridan? —preguntó con cuidado.

—Esa mujer no es bienvenida aquí. Mañana quiero que la regresen a Chessley Manor. Pero no digas nada al respecto. No quiero ni una sola sospecha de escándalo hasta que pueda tramitar la anulación.

Sean frunció el ceño, pero no discutió con su amo. Esperaba que el motivo del distanciamiento de la nueva pareja fuera temporal. Tal vez unos días por separado enfriarían el fuego de su discusión. Sean se escabulló de la habitación de su amo y volvió a bajar a las alcobas del servicio. Despertó al cochero, Taylor Higgins, un joven de la edad de Sean.

—¿Qué pasa, Sean? —refunfuñó Taylor, apenas despierto.

—Lord Sheridan quiere que su carruaje esté listo para salir en media hora.

—Tienes que ser una maldita broma —Taylor se arrastró fuera de la cama y se vistió, mascullando sobre los vizcondes locos.

Sean no se quedó merodeando, pues presentía cierta inquietud en su interior. Despertó al ayudante de cámara de Cedric y lo mandó a empacar una valija, y luego volvió a concentrarse en su creciente preocupación. Tenía un mal presentimiento sobre Lady Sheridan.

Las nuevas habitaciones de la vizcondesa estaban vacías. Ni siquiera se había abierto su baúl. El ceño de Sean se frunció. Al volver a bajar las escaleras, vio a un lacayo contemplando la oscuridad.

—¿Qué pasa, Henry? —le preguntó al otro lacayo.

—Es Lady Sheridan. Estaba llorando y ha salido corriendo hace un momento. No he visto por dónde ha ido, solo sé que ha desaparecido. ¿Alguien de nosotros debería ir tras ella? —Henry se mordió el labio inferior, continuando con la mirada fija en la penumbra.

—Sí. Yo iré. Quédate aquí —Sean atravesó la puerta y pasó por delante de Henry.

Llegó al bosque que había al otro lado del camino de Rushton Steading y, en ese momento, las nubes comenzaron a ocultar el rayo de luz de la luna. Apenas podía ver, pero algo lo estaba obligando a dirigirse hacia el bosque. En su mente, recordó la imagen de la cara llena de lágrimas de Lady Sheridan cuando se cruzó con él en las escaleras.

Entonces un grito penetró en la noche.

—¡Dios del cielo! —Sean se echó a correr. Su velocidad había disminuido desde el accidente, pero mantuvo un ritmo constante mientras empezaba a buscar en los bosques que rodeaban la propiedad. A lo lejos, detrás de él, oyó la agitación de los caballos y la llegada del carruaje de Sheridan, pero Sean no retrocedió. Tenía que encontrar a Lady Sheridan.

—¿Lady Sheridan? —gritó.

—¡Aquí! —el llanto a la distancia resonó en los árboles, impidiendo que la localizara.

Sean creyó ver huellas frescas en más de una ocasión, pero, dada la penumbra, no estaba seguro. Los truenos rugían sobre su cabeza como un lobo hambriento por devorar la tierra, pero los instintos de Sean le hicieron continuar. Rezó para que no lloviera; la búsqueda de su ama sería mucho más peligrosa y difícil. Algo estaba terriblemente mal, y no descansaría hasta encontrar a Lady Sheridan.

Al poco tiempo, empezó a temblar y a maldecir por el

creciente viento. No resistiría mucho más tiempo en la oscuridad.

Y fue entonces cuando la vio.

Iluminada por un relámpago momentáneo, parecía pequeña y frágil. Estaba tumbada en la orilla del lago con la ropa empapada en su totalidad.

Cuando Sean llegó hasta ella, su primer temor fue que estuviera muerta. Su rostro, demasiado aristocrático para ser considerado agradable, estaba rígido. Tenía los labios separados, como si su último aliento llevara mucho tiempo en el aire. Había sangre brotando cerca de su sien. Miró hacia la pequeña colina, divisando la gran cantidad de rocas y raíces de árboles que podrían haber provocado su herida.

Dobló las rodillas y deslizó un brazo por la espalda de Lady Sheridan y el otro por debajo de sus rodillas para alzarla en brazos. Ante el contacto cercano y repentino de su cuerpo con el suyo, ella se agitó.

—Cedric... Por favor, perdóname... —masculló suavemente antes de que su cabeza cayera sobre el hombro de Sean.

—Resista, mi señora. La voy a llevar a casa —la tranquilizó con un tono ronco. Solo rezó para que no fuera demasiado tarde.

Cedric se desplomó en la cama de la primera posada a la que llegó su carruaje a primera hora de la mañana. Estaba agotado, molesto y todo su cuerpo temblaba. ¿Cómo había cambiado todo de la felicidad a la pesadilla en cuestión de minutos? Todo por una maldita carta.

Mi mujer no me ama. Me está utilizando.

Los pensamientos no cesaban en su mente y las palabras de esa carta continuaban haciendo eco. *Querida Anne... tenemos mucho por planear...*

Anne lo había traicionado. Se había casado con él, le había dado la esperanza de una vida feliz, pero ella estaba enamorada de otro hombre. Crispin Andrews. Su reacción cuando él dijo el nombre fue suficiente para confirmarlo. Ella y Crispin eran amantes.

Ella no quería que lo supiera, por eso se asustó cuando nos encontramos con él en el teatro aquella noche. Todo tiene sentido ahora. He sido una tonto. Anne nunca habría querido a alguien como yo. Soy un hombre arruinado. La he perdido para siempre. No. Para empezar, nunca fue mía.

Él había depositado muchas esperanzas y sueños en su matrimonio, pero ahora todo había terminado. La oscuridad que lo rodeaba era tan opresiva como siempre, quizá más. Quería morir, acabar con el dolor, con la soledad. Siempre había habido algo que lo frenaba, sus hermanas, sus amigos. Pero sin Anne, se sentía vacío como un mar árido. Su dolor era profundo, vasto y sin vida. Su futuro no era mejor.

—¡Oh, Anne, cómo pudiste! —maldijo y rodó sobre su estómago, con la cara enterrada en la almohada. No obstante, se preguntó por el paradero de Anne. ¿Estaría recogiendo sus cosas y escribiendo una carta de amor a su amado? Una violenta rabia se apoderó de él.

Debería haberlo matado aquella noche en la ópera. Gruñó ante la idea de poner sus manos alrededor del cuello de Crispin por segunda vez.

El sonido de un relámpago lejano capturó la atención de Cedric. Las paredes de madera de la posada vibraron con la furia de la naturaleza. El golpeteo de la intensa lluvia representó un canto de sirena para el vizconde con el corazón roto. Cedric se levantó con dificultad y se abrió paso por el suelo hasta la ventana. El pestillo cedió ante sus manos torpes y los cristales se abrieron.

La lluvia le azotó la cara, y la punzada del frío fue una sensación bien recibida después del dolor paralizante por la pérdida de Anne. Los relámpagos sacudían la tierra a su alrededor, pero Cedric solo sentía la lluvia, solo veía la oscuridad. Permaneció allí parado, dejando que la tormenta lo atacara hasta que se calmó y pasó a ser una llovizna.

—¡Cedric! —una voz en la distancia resonó como la de un cordero balando.

Un escalofrío penetró en sus huesos.

—¿Anne?

—¡Cedric! —el grito se profundizó, se volvió más violento.

Cedric sacudió la cabeza, queriendo aclarar sus confusos pensamientos. Anne se había ido. Estaba solo. No había nadie buscándolo, queriéndolo. Fatigado, se desplomó contra el alféizar de la ventana y las rodillas se le doblaron. Un golpe, un grito, y luego unos brazos fuertes lo levantaron, ayudándolo a llegar a su cama.

—En nombre de Dios, ¿qué estás haciendo? —preguntó una voz familiar.

Cedric permaneció débil e inmóvil mientras unas manos ásperas le quitaban la ropa empapada y lo arropaban en el calor de la cama seca.

—Maldito idiota —masculló la voz.

Cedric finalmente reconoció la voz de su amigo.

—¿Ash?

—Por supuesto que soy yo. ¿Quién creías que era?

Cedric habría sonreído si hubiera tenido fuerzas. Era evidente que estaba en problemas, pues Ashton se había enfadado con él. La preocupación y el enfado de su amigo fueron un bálsamo reconfortante para su corazón herido.

—¿Qué estás haciendo, Cedric? Te vas a enfermar por estar parado así bajo la lluvia. ¿Por qué estás aquí, precisamente en este lugar? ¿Y dónde está Anne?

Cedric se estremeció ante la mención de su nombre.

—Se ha ido —fue todo lo que pudo decir.

—¿Se ha ido? —repitió Ashton.

—¿Qué haces aquí, Ash? —Cedric oyó a su amigo arrastrar los pies por la habitación. El crujido de los troncos frescos en el fuego le dieron calor al cuerpo de Cedric.

—Iba de camino a verte, en realidad.

—¿Durante mi luna de miel?

—Sí. Por desgracia, el asunto que me ha traído hasta ti es urgente.

—Siempre son negocios contigo —el tono de Cedric fue más ligero de lo que pretendía. ¿Charles tenía razón? ¿Se estaba volviendo demasiado suave?

—Hoy he tenido una tarde bastante desagradable en casa de Berkley.

—¿Y qué tiene que ver eso conmigo?

—Todo, me temo. Ten, bebe un trago —Ashton depositó una petaca en las manos de Cedric.

—¿Tan malo es?

—Sí. Bebe.

Cedric tragó el whisky y tosió antes de devolvérselo a Ashton.

—Mejor cuéntamelo rápido.

—Se trata de Anne y Crispin Andrews —Ashton sonó indeciso.

Cedric se rio amargamente.

—Demasiado tarde. Ya sé la verdad. Ella casi confesó haber tenido una aventura con él.

—¿Qué? ¿Ella realmente lo confirmó? ¿O simplemente has sacado una conclusión con esa manera tan imprudente que tienes?

Era una maldición que sus amigos lo conocieran muy bien, decidió Cedric.

—Ella recibió una carta de él, dirigida por error a mí. Una nota de felicitación llena de insinuaciones, entre otras cosas, sobre su relación. Admitió haberse acostado con él. No dijo mucho más antes de…

—¿Antes de que tú salieras furioso sin esperar una explicación? Cedric, eres uno de mis mejores amigos, pero a veces podría estrangularte por tu imprudencia —la ira de su amigo resonó en cada sílaba.

—¿Por qué tanto reproche? ¿Qué sabes tú que yo no? ¡Tengo una maldita carta que prueba su relación!

Ashton suspiró.

—Es una larga historia, pero para empezar, Anne es inocente de cualquier cosa horrible de la que la hayas acusado. Ella y Crispin no son amantes.

—¿Y cómo lo sabes?

—Por el propio Crispin, cuando admitió haberla forzado hace unos años.

—¿Qué?

—Ya me has oído, Cedric. La violó la noche que la conociste en Almack.

El suelo se hundió debajo Cedric.

No...

Sean y el señor Bodwin observaban al anciano médico evaluar el estado de Lady Sheridan. Tenía una fea herida en la cabeza y un hombro dislocado, probablemente por haberse caído de la empinada colina hasta el lago donde Sean la había encontrado. Los ojos del médico se entrecerraron y le indicó a Sean que se acercara. Le entregó al muchacho un grueso trozo de cuero.

—Pon esto entre sus dientes. Si está consciente mientras le acomodo el brazo, es probable que se muerda la lengua.

Sean abrió la boca de Lady Sheridan y le introdujo el cuero. Seguía inconsciente, todavía con esa espantosa palidez. Sean observó al señor Bodwin mientras el médico cogía el brazo de Anne, lo levantaba lentamente, lo giraba y luego lo volvía a colocar en su sitio. Los ojos de Lady Sheridan se abrieron de golpe y soltó un grito que casi hizo sangrar los oídos de Sean. La correa de cuero cayó sobre su pecho. Empezó a jadear, a buscar aire mientras sus ojos se fijaban en su brazo y luego en el doctor.

—Mil perdones, señora. Esperaba que permaneciera inconsciente para eso —el médico le colocó un cabestrillo y comenzó a sujetarlo alrededor del cuello y el hombro. Lady Sheridan, al no encontrar consuelo en la brusca manipulación del médico, dirigió su mirada hacia Sean y el señor Bodwin.

Sean no pudo evitar coger su mano ilesa entre las suyas para luego hablarle suavemente, aunque dudaba que sus palabras tuvieran algún sentido. Ella suspiró agotada mientras sus pestañas volvían a caer sobre sus mejillas de porcelana.

Mientras Sean observaba a Lady Sheridan dormir, pensó que era algo extraño —pero maravilloso—, que él supiera que moriría por protegerla y, sin embargo, solo había sido su ama durante un día.

ANNE NO ERA CONSCIENTE DE SU NUEVO PROTECTOR. ESTABA encerrada en un mundo sombrío en el que los sueños reclamaban su atención. Vio los labios crueles de Cedric y sus ojos vacíos, aparentemente sin vida, pero había dolor. La huida de su alcoba. Las manchas de las velas en los candelabros de pared. El bosque bañado por la luz de la luna, la tristeza y el dolor persistentes. La interminable, insoportable y desgarradora pena que suponía una pérdida.

Cedric. Crispin. Su horrible secreto. Le había hecho perder todo. Un estúpido error con el hombre equivocado le había arrebatado la única cosa que había llegado a importarle.

Mi corazón, mi amado. Ella lo amaba. Pero eso no era una sorpresa. Siempre lo había amado, desde la primera vez que vio su nombre en su copia de *Debrett's Peerage* cuando solo tenía diecisiete años. Entonces, él no era más que el sueño de una joven tonta. Nunca imaginó que llegaría a amarlo tanto como ahora. Lo había amado hasta el momento en que él la arrojó de su lado con furia.

Si tan solo me dejaras explicártelo... si supieras la verdad.

LONDRES, ABRIL DE 1819

Los dedos de Anne estaban clavados en el brazo de su padre mientras la conducía a la sala de baile principal de los Salones de Actos de Almack.

—Alegra esa cara, Anne. Eres una mujer inteligente y encantadora. La hija de un barón. Tienes derecho a pertenecer a la mejor sociedad —le aseguró su padre con su habitual confianza. Era grande y brusco como un oso formidable, pero en el fondo era un hombre dulce.

—Lo sé, papá. Pero, ¿y si las Damas Patrocinadoras no me dan permiso para bailar el vals esta noche? Me sentiré mortificada —confesó Anne con un susurro tembloroso mientras su padre la acompañaba por el pasillo entre la multitud apiñada.

—Ya he hablado con ellas. Tienes permiso para bailar el vals. De hecho, todas las damas parecían bastante impresionadas contigo —su padre le sonrió. Su calidez natural y su cariño naturales calmaron los temores más inmediatos de Anne.

—¿Qué haría sin ti, papá?

Él sonrió amplia y descaradamente.

—Te casarás con un hombre que ame a los caballos casi tanto como a ti y tendrás cien hermosos hijos.

Ella soltó una risita.

—¿Cien? Papá, no hay tiempo para tantos hijos. Te prometo... ¿seis o siete?

—Es un número aceptable, supongo.

Anne expresó otro temor.

—Papá, ¿y si nadie quiere bailar conmigo? —a sus dieciocho años ya era toda una mujer, pero no tenía vida más allá de la escuela de élite, hasta esta noche.

—Te preocupas demasiado, cariño —dijo el barón Chessley —. En eso eres como tu madre. Sé valiente. Haz realidad lo que quieras en la vida. Nunca te alejes de ello.

—Sé valiente —repitió las palabras con convicción.

En ese momento, la muralla de gente más cercana se separó para revelar a un grupo de hombres altos e increíblemente apuestos que estaban de pie cerca de las parejas en la pista de baile. Había cinco hombres en total, pero uno en particular fue el que despertó su interés. Estaba de espaldas a ella, pero giró la cabeza hacia un lado mientras hablaba, exhibiendo un fino perfil aristocrático. Sus anchos hombros se estrechaban hasta llegar a una cintura estilizada con unas piernas largas y finas. Anne se sonrojó al darse cuenta de que lo estaba evaluando como a un semental. Su pelo castaño tenía intensos matices de color caoba. Anne notó que sus manos estaban retorciéndose en sus faldas mientras imaginaba cómo sus dedos se metían en aquellos sedosos mechones. Ella se acercó sigilosamente, queriendo saber qué había hecho reír a aquel hombre.

—Y entonces le dije: 'No distinguirías un caballo de tiro de uno de carreras'. El maldito tonto me reclamó su honor. Le dije que él tenía una deuda de honor *conmigo* por soportar su horrible valoración de los caballos de carreras de raza inglesa.

Anne entendió una mínima parte del discurso del hombre de pelo castaño, pero era evidente que le importaban sus caballos. Añadió ese dato a una lista creciente de hechos sobre este fascinante desconocido.

—Vaya, vaya, Cedric, parece que has atraído a un conejo a tu madriguera de zorro —masculló un hombre pelirrojo mientras escudriñaba a Anne de arriba abajo con una abierta confianza que le calentó la sangre.

El hombre, Cedric, se giró para mirarla, y fue entonces cuando Anne supo que estaba completa y definitivamente perdida. La música se redujo a un suave zumbido y la luz de las velas en los bordes de la sala de actos parpadeó en la oscuridad. Toda la luz, toda la vida dejó de existir más allá de ese momento cuando Cedric se encontró con su mirada. Sus ojos marrones eran tan cálidos como la canela. Cruzó los brazos sobre el pecho, mirándola fijamente, y recorrió su figura con sus ojos penetrantes. Pareció encontrarla lo suficientemente agradable como para ofrecerle una sonrisa genuinamente encantadora.

—¿Y quién eres tú, gatita? —bromeó.

El cuerpo de Anne se encendió en llamas al sentir la sensualidad de su voz sobre ella. Ella era consciente de que estaba siendo demasiado atrevido, pero no pudo hacer nada para defenderse de la sutil inclinación de los labios del hombre cuando volvió a sonreír.

—Anne Chessley —tuvo suerte de no tartamudear.

—¿La hija del barón Chessley?

—Sí —ella continuó mirándolo, completamente embelesada.

—Es un placer, Anne, cariño —le robó su nombre de pila y lo adornó con un seductor término afectivo, como si tuviera todo el derecho del mundo a hacerlo. La sonrisa de Cedric era amplia, como la de un gato mirando un cuenco de leche. Le cogió la mano derecha y se la llevó a los labios, acariciando sus nudillos con un beso ligero pero intenso, sin dejar de mirarla.

—Soy el Vizconde Sheridan —el nombre la hizo tambalearse. *¿Éste* era el joven vizconde que había estudiado fervientemente en *Debrett's*? Aquel cuyo nombre había oído mencionar en susurros de otras jóvenes. Que besaba como los dioses y bailaba como un príncipe. Se había convencido a sí misma de que debía ser un aristócrata de pelo rubio y delicado propenso a estudiar meticulosamente en una acogedora biblioteca. Nunca había estado más equivocada. Cedric era todo vitalidad, todo masculinidad y pura seducción en estado salvaje.

—Encantada de conocerlo, milord —respondió ella, notablemente sin aliento. Los hombres que flanqueaban a Cedric intercambiaron sonrisas secretas, como si la reacción de Anne fuera algo con lo que todos estaban familiarizados.

Cedric apartó a sus amigos para aliviar su timidez.

—¿Estás disfrutando de la temporada, Anne?

—Oh, sí, milord. Es mi primera. Esta noche voy a debutar —toda su esperanza y entusiasmo por una maravillosa primera noche como debutante llenaba su rostro y su voz. Ante este anuncio, la mirada de Cedric se oscureció. De alguna manera, su respuesta lo había cambiado.

—¿De verdad? —la repentina frialdad de sus palabras la confundió. ¿Fue un error haber admitido tal cosa?

El pelirrojo le dio un codazo a Cedric para animarlo.

—Sácala a bailar. Vamos, es una dulce criatura, no hay nada de malo en bailar con ella.

Cedric le lanzó una mirada impaciente a su amigo antes de volver a centrarse en ella.

—¿Te gustaría...? —comenzó Cedric, pero el padre de Anne se unió a ellos con otro hombre a su lado.

—Anne, cariño, he traído al señor Andrews. Recuerdas... Oh, vaya, buenas noches, Lord Sheridan —su padre le sonrió calurosamente a Cedric, quien le devolvió el gesto con la misma intensidad.

—Acabo de tener el placer de conocer a su hija.

—¡Excelente! —el barón Chessley se volvió hacia el señor Andrews, un joven de pelo rubio unos años mayor que Anne—. Milord, ¿puedo presentarle al señor Crispin Andrews? Es el hijo de un socio mío.

Cedric inclinó la cabeza hacia Crispin, pero Anne ya comenzaba a sentir la decadencia de la pasión del hombre. Algo había arruinado el seductor coqueteo iniciado momentos antes.

—¿Tengo entendido que le han dado permiso para bailar el vals, señorita Chessley? Su padre dio su consentimiento para que yo tuviera el privilegio y el honor de acompañarla —el ciertamente atractivo señor Andrews ya la estaba apartando de Cedric y sus amigos. Uno de ellos se inclinó para susurrarle al oído, pero Cedric lo apartó y se alejó. Anne lo perdió de vista mientras la multitud se arremolinaba a su alrededor preparándose para el vals.

—Es una noche encantadora —comentó Crispin.

Anne sonrió. Era ilusorio esperar un momento a solas con Cedric. Crispin Andrews era un caballero perfectamente idóneo que parecía realmente interesado en ella, y sería una descortesía negarle su atención. Desgraciadamente, lo encontró educado pero bastante engreído. Era atractivo, ella lo sabía, pero ni su voz ni sus rasgos pudieron conmoverla de la misma manera que los de Cedric Sheridan.

—Sí —respondió ella, distraída al encontrar de nuevo a Cedric. Pero ahora no estaba solo. Una encantadora mujer de cabello rojo se apoyaba provocativamente en el brazo de Cedric mientras éste le susurraba en el cuello dentro de una alcoba apartada. El arrepentimiento y el dolor se batían en duelo por la supremacía mientras veía al hombre por quien suspiraba salir del salón de actos con otra mujer.

No es tuyo, se recordó a sí misma.

Pero quiero que lo sea.

—No pierda su tiempo con un hombre como Sheridan, señorita Chessley. Solo le interesan las mujeres experimentadas como la señora Thornton —el comentario de Crispin devolvió su atención a su pareja de baile.

—¿La *señora* Thornton?

—La encantadora viuda que Sheridan acaba de acompañar afuera.

El dolor la atravesó al pensarlo.

—Eh... perdón —Anne se apartó de su agarre y escapó con dificultad de la pista de baile sin ser arrollada por las parejas en pleno vals. Un demonio malvado en su mente la instó a buscar a Cedric, para ver por sí misma si estaba abrazado a otra mujer.

No debería importarme, no lo conozco realmente, pero esperaba... Tal vez Crispin exageraba, o había malinterpretado las intenciones de Cedric, y entonces ellos no eran pareja.

Anne los siguió y se encontró en una antecámara oscura, justo al lado del salón de actos principal. Había música en el aire y las melodías ahogadas eran fantasmales, inquietantes. Se oyó un susurro, un jadeo, y las cortinas del fondo de la sala se abrieron con violencia.

Anne se escondió detrás de un pequeño hueco en la esquina junto a la puerta y vio cómo la señora Thornton huía de un risueño Cedric, quien la perseguía ansiosamente. Él la agarró por la cintura y la atrajo contra su pecho. Ella suspiró cuando

Cedric le mordisqueó la oreja y sus manos subieron para coger sus pechos. Sus dedos trabajaron en los cordones, aflojando la parte delantera del vestido de la señora Thornton para liberar un pecho en su mano expectante. Sin dudarlo, Cedric empujó a la mujer contra la pared, separándole las piernas con sus muslos. Le subió las faldas, apartó las enaguas y le acarició su sexo.

El cuerpo de Anne empezó a sudar. Su vientre se contrajo. Quería estar allí, de cara a la pared, mientras Cedric estimulaba su cuerpo, no el de la señora Thornton.

—Por favor, milord, por favor. Fólleme duro —Cedric pellizcó su pezón antes de manipular torpemente la parte delantera de sus bombachos.

—Esa es mi especialidad —gruñó y tiró de las caderas de la mujer para penetrarla.

Anne observó horrorizada cómo Cedric reclamaba a la señora Thornton contra la pared. Parecía violento y sensual a la vez, como un beso suave fusionado con la sensación de un caballo a todo galope. Cuando todo terminó, los amantes se arreglaron la ropa y salieron cada uno por su lado.

Anne se derrumbó en el suelo, con el pecho agitado. No podía amar a un hombre que coqueteaba con ella y luego follaba a otra mujer a la habitación de al lado.

Si no lo amo, ¿por qué me duele tanto?

Una voz perturbó su llanto.

—Le advertí, señorita Chessley.

Crispin Andrews apareció en la puerta. Sus ojos brillaban como el mercurio.

—Él nunca la respetaría. Nunca percibiría la belleza de una mujer como usted. Pero yo sí.

Crispin se le echó encima antes de que pudiera reaccionar adecuadamente. Sus cuerpos cayeron al suelo. El grito de dolor de Anne fue ahogado por la boca del hombre. Parecía que le habían crecido seis pares de manos porque sus faldas le rodearon repentinamente la cintura y su cuerpo descendió sobre el de ella.

—¡Señor Andrews! ¡No! —Anne colocó las manos en su pecho, empujándolo sin éxito.

—Sí, tócame —la animó con brusquedad mientras se bajaba los calzoncillos y se liberaba.

—¡Alto! ¡Por favor!

—Dame unos minutos y te juro que cambiarás de opinión —Crispin forzó su boca y ella no pudo detenerlo, era demasiado fuerte. La penetró sin previo aviso y el dolor atravesó la parte inferior de su cuerpo.

El momento apenas duró más allá de unos cuantos movimientos de sus caderas. Después, Crispin se levantó a trompicones, se arregló los pantalones y se marchó, dejando a Anne desaliñada, confusa y herida. Había sangre cubriendo el interior de sus muslos. Estuvo a punto de gritar.

¿Por qué hay sangre? En lo más profundo de sus muslos, todo se sentía delicado, magullado, destrozado.

¿Crispin había herido algo en su interior? Anne intentó frenar su pánico, comparando su momento con el de la señora Thornton. La mujer pareció disfrutar de la intimidad, gritando y gimiendo. ¿Pero Anne? Solo había sentido dolor, y la constante fricción entre sus piernas que la había dejado avergonzada, asqueada y herida. No había sentido ningún placer.

Tal vez no estaba hecha para amar. Tal vez no tenía corazón para la pasión física. Este pensamiento le heló el alma. Tal vez no estaba hecha para hacer el amor...

¿Soy una mujer de hielo? se preguntó aturdida. *No, no lo soy. Pero nunca sabré lo que se siente ser amada como esa otra mujer esta noche...*

Anne se puso en pie, se arregló el vestido con dedos temblorosos y luchó contra una nueva ráfaga de lágrimas. Algo precioso se había perdido esta noche, y era algo más que la inocencia de su cuerpo. Le habían robado la inocencia de su corazón.

CAPÍTULO 13

Capítulo Catorce

A Cedric le costaba respirar.

—¿Quieres decir que la noche que la conocí fue violada?

—Según Andrews, se abalanzó sobre ella en una habitación vacía. No le dio a Anne la oportunidad de luchar o huir —a pesar de la calma en su voz, Ashton sintió rabia.

Los puños de Cedric estaban tan apretados que sus manos comenzaron a entumecerse.

—¿Cómo te has enterado de esto, Ash?

—Me vio bebiendo una copa, y él ya estaba ebrio. Exigió que lo felicitara, entre otras cosas. O no se dio cuenta de quién era yo para ti, o me confundió con otra persona. Andrews afirmó que pronto se apoderaría de tu fortuna una vez que dijera que tu primogénito era realmente suyo. Planeó chantajearlos a ambos. Dijo que sabía que Anne haría cualquier cosa para no revelarte su secreto, o, en su defecto, que pagarías por su silencio sobre el pasado de tu esposa.

—El maldito tonto me envió la carta a mí —dijo Cedric. Para empezar, su plan debió ser una treta.

Querida Anne, tenemos planes por hacer...

La reacción de Anne aquella noche ante Crispin en el teatro no había sido la de ocultar a su antiguo amante, sino la de esconderse del hombre que la había herido, violado. Robado su inocencia.

Si alguna vez lo encuentro de nuevo, ciego o no, habrá un duelo. De ser necesario, le dispararé en su negro corazón.

Cedric luchó por mantener la calma. Estaba horrorizado. Había perdido a Anne para siempre porque se había negado a escuchar su explicación. ¿Pero su cólera le habría permitido creerle, o habría sido tan tonto como el resto de la alta para creer más en la palabra de un canalla que en la suya?

La había acusado de la peor clase de traición, pero él era el único traidor.

—Cedric... ¿qué has hecho? —preguntó Ash en voz baja.

—Ella intentó decírmelo... pero no la escuché. Esa carta, leí demasiado en ella. Inventé una historia acorde con mi autocompasión y pensé lo peor de una mujer que ni por un momento había pensado en hacerme daño. Perdí los estribos y le grité que se fuera de mi casa. La alejé cuando estaba más vulnerable —un escalofrío recorrió su cuerpo—. Ash, si estoy en riesgo de ganarme un lugar en las llamas del infierno, es ciertamente por lo que hice esta noche, por encima de todos mis otros pecados.

—¿Dónde está ella ahora?

—Muy posiblemente de camino a Londres. Di instrucciones para que la llevaran a la casa de su padre por la mañana. Pensaba quedarme aquí unos días. No podía soportar la idea de permanecer en Rushton hasta que ella se fuera.

—Acabo de llegar por la ruta principal a Londres. Debido a la tormenta, no había carruajes circulando. Ella no me cruzó —Ash empezó a moverse por la habitación, recogiendo la ropa de Cedric.

—Entonces debe estar todavía en Rushton Steading.

—Bien. Vístete. Nos vamos inmediatamente. Tendremos que ir a caballo, ya que los carruajes no pueden atravesar el barro —Ash empezó a depositar la ropa en las manos de Cedric y fue a pedir un par de caballos en buen estado.

—Ash... —siseó Cedric—. Sabes que no he montado a caballo desde el accidente.

—Maldita sea, hombre. Estarás detrás de mí sobre mi caballo.

En cuestión de minutos, Cedric y Ashton estaban montando una fornida bestia bajo la lluvia torrencial. Cedric se aferraba a la cintura de Ashton; el cuerpo de su amigo era el único faro en la tormenta que los rodeaba y en la oscuridad de la que nunca podría escapar.

Ashton espoleó al caballo a un ritmo vertiginoso que seguramente agotaría a la bestia en cuestión de minutos, pero le negó a la criatura cualquier segundo de descanso. El caballo mantuvo su ritmo frenético durante casi media hora hasta que la casa de Cedric apareció en el horizonte. Él no podía verla, pero podía oler el bosque cada vez más frondoso y oír el ritmo lento de los cascos del caballo en el camino de grava que llevaba a las escaleras de la mansión.

La voz del señor Bodwin se abrió paso entre el golpeteo de la lluvia sobre la piedra.

—¡Milord! Gracias a Dios que ha regresado. Iba a enviar a un jinete, pero nadie sabía a dónde lo había llevado Taylor.

Nunca había oído el tono de Bodwin con un nivel muy alto de pánico.

—Bodwin, ¿qué ha pasado?

—Es su señoría. Ha tenido un accidente...

Cedric ya estaba subiendo los escalones, apoyándose en el brazo de Ashton, pero sus botas bañadas por la lluvia y el barro se deslizaron sobre el mármol y estuvo a punto de caer. Los brazos de Ashton lo atraparon y lo mantuvieron en pie.

—¿Dónde está? —preguntó Cedric.

—En su habitación. Sean Hartley está con ella. No la ha dejado ni un segundo, milord. La encontró herida en el lago. Dijo que había discutido con ella y que era su culpa.

—¿Mía? —tal vez había algo de verdad en eso, pero escuchar tal acusación del personal...—. Él se atrevió a decir que iba a hablar con usted. Le dije que usted no toleraría ese comportamiento en esta casa. Intenté que lo escoltaran fuera de la habitación, pero su señoría no le soltó la mano y...

—Hartley puede irse a tomar por el culo mientras busca otro amo. Ningún hombre se interpone entre mi esposa y yo —a Cedric no le importó sonar como un ogro. Todo lo que importaba era llegar con Anne.

—¿Qué pasó con ella? ¿Dijiste que la encontró junto al lago? —intervino Ashton.

—Por lo que sabemos, ella cayó desde la cima de la colina norte y aterrizó junto a la orilla del lago. Sospecho que Sean sabe la verdad.

Cedric apenas escuchaba mientras Ashton lo ayudaba a subir a toda prisa las escaleras hasta la habitación que había elegido para ella. Casi desprendiendo la puerta de su marco, irrumpió en los aposentos de Anne.

—¿Anne? —gritó. Un sólido cuerpo le bloqueó el paso.

—Ella no verá a alguien como usted, milord. Hoy no —la voz irlandesa de Sean, llena de insolencia, enfureció a Cedric.

—Apártate de mi camino, Sean —intentó empujarlo, pero el maldito hombre se mantuvo firme como una maldita montaña.

—No, milord. Puede despedirme si quiere, pero no me iré. Y usted no va a entrar.

Ashton intentó calmar las cosas.

—¿Por qué no llevamos esta discusión a otro lado, para no molestar a la dama?

—No voy a dejarla —declararon Sean y Cedric al mismo tiempo.

—Bien. Nos quedamos aquí. Pero no más gritos —Ashton

adoptó su tono habitualmente diplomático—. Ahora, señor Hartley, su lealtad es encomiable, pero esta es la esposa de Lord Sheridan. Dejará que la vea.

Cedric sintió que Sean se apartaba con renuencia.

—También nos han dicho que usted es quien mejor puede explicar la tragedia de Anne.

—Es cierto —contestó Sean con un tono distante.

—Por favor —añadió Cedric su propia súplica malhumorada.

—Ella bajó corriendo las escaleras, pasando por delante de mí después de que *usted* le gritara y me llamara a buscar. Cuando salí de su habitación y desperté a su chófer, Henry me dijo que ella se había ido. Tardé mucho en encontrarla. Corrió hacia el bosque y tropezó. Se dislocó el hombro y se golpeó la cabeza contra un árbol. Apenas se aferraba a la vida cuando la encontré. La cargué en mis brazos hasta la casa y el señor Bodwin llamó al médico.

Cedric se arrodilló junto a la cama de Anne y sus manos la buscaron a ciegas. Cuando sus dedos entraron en contacto con un cabestrillo, se estremeció.

—Anne, estoy aquí, amor, despierta —sus palabras fueron inútiles, ya que su mujer no se movió.

Le acarició la mano y giró la cabeza para volver a hablar.

—¿Qué le ha pasado? ¿Por qué no se despierta?

—El médico le dio algo para el dolor y para ayudarla a dormir —explicó Sean.

—¿Qué dijo el médico? —preguntó Ashton.

—Dijo que se le había dislocado el hombro, pero fue puesto en su lugar y sanará con el tiempo. Lo que le preocupaba era la lesión en la cabeza. Ella ha estado perdiendo y recuperando la conciencia, y él teme que pueda haber sufrido daños en el cerebro.

—¿Qué daños? —la voz de Cedric era apenas audible. Se sentía como un muchacho de nuevo, perdiendo a sus padres, soportando la prueba de convertirse en el hombre de su casa a expensas de lo que más amaba.

—No ha respondido a nuestras preguntas cada vez que tiene

sus momentos de lucidez. El médico cree que ha sufrido problemas de memoria.

No ha respondido. Las palabras eran tan devastadoras como una cuchillada en el cuello. Cedric se movió para sentarse en la cama, volviéndose hacia su lacayo.

—¿La podemos mover?

—¿Señor?

—¿Puedo tenerla en mis brazos?

—No creo que se lo merezca, dado el trato que le ha dado —respondió Sean.

—¡Escucha! —siseó Cedric—. Siempre me has agradado, Hartley, pero si sigues desafiándome no solo te despediré. Me encargaré de que no tengas referencias ni esperanzas de empleo en el futuro. ¿Ha quedado claro? —la ira de Cedric era inusual y rara. Nunca había amenazado a un sirviente. Siempre había ayudado a los que no tenían los mismos privilegios que él.

Tal vez fue porque en este momento Hartley estaba siendo el hombre que Cedric no era. El hombre que Cedric debería haber sido desde el principio. Leal. Valiente. Que confiara en ella. El hombre que había hecho desaparecer a Anne no había sido ninguna de esas cosas.

—Oh, lo entiendo, milord. Pero la vida y el bienestar de la dama me importan más que su maldito orgullo inglés, o sus referencias —espetó el lacayo.

Ashton, como siempre, supo cuándo intervenir.

—Hartley, puedo asegurarte que nadie lastimará a Anne. Ha habido un grave malentendido. Una carta llena de mentiras y calumnias fue enviada y, por desgracia, su amo tuvo motivos para creer en ella. Lord Sheridan ahora sabe la verdad del asunto y cree en la inocencia de Anne. Ella está a salvo con él, y no puedes imaginar su sentimiento de culpa, al que no estás ayudando en este momento. Ahora, ¿la podemos mover?

Sean todavía parecía reacio.

—Sí.

Cedric estrechó a Anne entre sus brazos y enterró la cara en su pelo. Su aroma a orquídea era tenue, como si reflejara la decadente fuerza vital de Anne. Le susurró suaves palabras de amor y súplicas para que lo perdonara, con la esperanza de convencerla para que luchara por su vida.

—Por favor, corazón mío, aférrate a la vida. *Por favor* —las profundidades de su miserable desesperación provocaron una crudeza en su voz que nunca había experimentado. Una parte de él esperaba que ella se moviera, que se agitara y abriera los ojos. Pero cuando Anne continuó inmóvil en su abrazo, su último rayo de esperanza se desvaneció.

Sollozos inmensos y desgarradores le rasparon la garganta y le quemaron los pulmones. Nunca había sentido una pena tan grande como ésta. Ni siquiera la pérdida de sus padres había significado un sufrimiento así de intenso. Esta vez se lo había buscado él mismo.

Cedric necesitaba tiempo para llorar, para afrontar la pérdida de su última esperanza.

Calidez. Suavidad reparadora en un oscuro refugio de seguridad. Ríos de un dulce calor bañaron su piel. Unos pinchazos de súbita frescura perturbaron el cobijo de ese oscuro calor. Varios puntos de presión calmaron el escozor de esas zonas gélidas. Un continuo ruido sordo en la distancia estimuló sus sentidos. Ella quería volver a sumergirse en la oscuridad, pero algo en esos sonidos la perturbaba, la alteraba. Una luz blanca y cegadora le quemó la cara, los ojos, provocando de nuevo una sensación corporal.

¿Qué ha pasado? La voz de su mente habló; era familiar, pero ningún nombre surgió de la penumbra de su terrible letargo. Los sonidos profundos que habían estado acariciando sus oídos se detuvieron. Luchó por hablar con el creador de las palabras... sí.

Alguien le había estado hablando. Ahora ella luchaba por crear sus propias palabras.

—Ayuda…

Esperaba que la otra persona pudiera entender su petición. Algo cálido y firme rozó su boca y luego sus párpados, incitándola a responder. Un líquido frío se deslizó entre sus labios, llenando su boca y aliviando un malestar que no sabía que tenía.

—Bebe. Buena chica —las palabras ahora tenían un significado. Una acción, una muestra de cariño. Por alguna razón, tuvo ganas de sonreír, pero el esfuerzo requerido era demasiado grande—. Por favor, abre los ojos. Permíteme ver una vez más el cielo —las palabras le produjeron cantidades iguales de calor y dolor.

Debo intentarlo. Otra lucha, menos esfuerzo para hablar. Sus ojos se abrieron, revelando un mundo borroso. Mientras sacudía sus pesadas pestañas, las cosas finalmente se enfocaron.

Una multitud de hombres rodeaba su cama. Un anciano serio estudiaba todos sus movimientos. Un joven lacayo estaba de pie junto a la pared a su derecha. Tenía una expresión de cautela en su bello rostro, así como una extraña intensidad. Un hombre alto de pelo rubio cenizo apoyaba un hombro en el pilar izquierdo de su cama. Iba elegantemente vestido y su mirada azul brillante era fascinante, pero ni siquiera él consiguió retener su atención frente al hombre que estaba acuclillado a su lado de la cama. Este hombre significaba algo más. Mucho más.

Algo le oprimió el pecho cuando estudió sus fuertes rasgos aristocráticos; una apariencia culta de un caballero mezclada con la despreocupación de un hombre capaz de conseguir cualquiera de sus deseos con solo levantar una ceja. Era tan hermoso que resultaba doloroso. Pero no se atrevió a apartar la mirada, sobre todo cuando notó que tenía un defecto, o más bien una carencia.

Había un extraño vacío en las profundidades marrones de sus ojos. Un destello de dolor la atravesó cuando los miró, como bosques de una tierra antigua. ¿Un recuerdo? Sabía que el hombre que ahora sostenía su mano con firmeza era muy diferente al dueño de esos ojos marrones como la canela en aquel único recuerdo.

—Anne, cariño, ¿cómo te sientes? —el hombre ciego habló, con una voz suave que vibraba de preocupación. Su rostro mostraba mucho dolor, y ella se preguntó si era él quien debía estar en cama.

—¿Quién eres? —ella debería saber la respuesta. Estaba dando vueltas por su cabeza. Su pregunta hizo que la habitación se sumiera en un caos silencioso construido con pasos arrastrados, pesados suspiros y miradas furtivas.

El anciano se acercó de nuevo a ella.

—Temía que esto sucediera.

Los demás hombres esperaron en silencio mientras él hacía una serie de preguntas de las que ella conocía vagamente las respuestas. ¿Qué año era? ¿En qué país estaba? Todo ello surgió de forma natural, pero ¿quién era ella? y ¿quiénes eran los hombres que la rodeaban? no tuvieron la misma suerte.

—Bueno, debo decir que me sorprende la forma en que está sobrellevando su condición —dijo el anciano médico—. La mayoría de las mujeres en su lugar estarían aterrorizadas, creo.

—No le veo sentido a eso —replicó Anne—. Simplemente dígame qué debo hacer para mejorar.

El anciano sonrió y asintió, explicándole las acciones más adecuadas para su caso, muchas de ellas relacionadas con el descanso. Finalmente, cuando el médico y el lacayo se marcharon y el rubio accedió a acompañarlos a la salida, ella percibió una repentina inquietud por quedarse a solas con el ciego, quien seguía aferrado a su mano.

—Qué buena pareja hacemos —habló tan bajo que ella apenas lo oyó.

—¿Quién eres? —repitió.

—Soy Cedric Sheridan, Vizconde Sheridan. Y lo más importante, soy tu marido.

—¿Marido? —la palabra se sentía extraña en su lengua—. ¿Cuánto tiempo llevamos casados?

—No mucho, unos días.

—Oh —el alivio que la invadió fue inmenso.

—Entonces, ¿no te gusto? —su tono irónico la hizo estremecerse. Esa no había sido la intención de Anne.

—No es eso. Me preocupaba que lleváramos un tiempo casados y que todos mis recuerdos sobre ti hubieran desaparecido.

—Nos conocemos desde hace años, Anne.

—Anne. ¿Es ese mi nombre? —un esbozo de memoria aleteó a través de una ventana vacía en su mente. *Anne, cariño.* Alguien la había llamado así alguna vez, estaba segura.

—Eres Anne Chessley, hija del difunto Barón Chessley.

—Difunto... ¿Ya no vive? —su voz tembló.

—Murió hace poco más de una semana.

Algo dentro de ella se rompió. Un muro de fortaleza al que todavía se aferraba sin saberlo. Un padre que ni siquiera recordaba estaba muerto.

—¿Lo he echado de menos? —sus ojos se llenaron de lágrimas al pensar en el desconocido que ya no estaba en su vida.

El vizconde estaba allí para ella, asegurándola en sus brazos como si hubiera sido creada a partir del mismo cuerpo que lo moldeó a él. La sensación dolorosamente perfecta de estar arropada entre sus brazos era aterradora. No sabía nada de sí misma, excepto que siempre había sido fuerte. Pero en los brazos de ese hombre se sentía vulnerable. Los últimos vestigios de su fuerza habían desaparecido y ella era incapaz de apartarse, de poner distancia entre ellos.

Cuando las lágrimas empezaron a empapar su chaleco, se encontró mascullando una disculpa en el espacio entre su cuello y su hombro. Unos labios, cálidos y reconfortantes, tocaron la parte superior de su cabeza mientras él la silenciaba y mecía su cuerpo con movimientos lentos. Sus hombros tensos se relajaron a medida que una ráfaga de cansancio, más emocional que físico, se apoderaba de ella.

—Ojalá pudiera recordarte —respiró ella contra su cuello.

—Creo que me odiarías si pudieras recordar, Anne. Es mi culpa que te haya pasado esto. Si no fuera por mi naturaleza insensible y mi frágil orgullo, estarías a salvo y estaríamos disfrutando de los placeres de una pareja recién casada. En cambio... —el vizconde parecía confundido sobre si debía estar enfadado o decepcionado consigo mismo.

Ella le acarició la mejilla, queriendo devolverle la calidez que él le había proporcionado. Pero se apartó, como si su toque lo hubiera quemado.

—¡No lo hagas! No merezco tu consuelo.

Anne sintió una repentina y feroz necesidad de protegerlo y le rodeó firmemente el cuello con su brazo sano, estrechándose contra él. Su cabestrillo le resultaba incómodo, pero este abrazo era muy importante para ella. Necesitaba desesperadamente seguir unida a él, aunque él intentara alejarla.

—Ofrecer amor y consuelo nunca se trata de si el receptor lo merece o no.

—¿Amor? —los ojos de Cedric se abrieron de par en par, sorprendidos—. ¿Me amas?

Anne frunció el ceño al considerarlo.

—Debo haberlo hecho. No puedo imaginar haberme casado con alguien sin amor —estaba convencida de ello. El amor era vital para el matrimonio, al menos para ella.

—¿Cómo puedes saber eso si ni siquiera puedes recordar tu nombre? —su escepticismo la afectó más de lo que ella esperaba.

—Supongo que solo lo sé, así como sé que no me gustan los huevos encurtidos o el salmón. Es instintivo, demasiado profundo como para sacarlo de mi mente —amarlo se sentía de esa manera, muy profundo, tallado en la esencia de su alma—. ¿Me amas? —las palabras salieron de su boca antes de que tuviera la oportunidad de pensar.

Su marido, el extraño conocido, se limitó a esbozar una encantadora sonrisa.

—¿Y bien? ¿Lo haces?

—¿Y si mejor te cuento una historia, Anne? Hace dos años, un hombre estaba en un baile con sus amigos más cercanos. Sabía que tenía todo lo que creía que podía desear de la vida: dinero, propiedades, títulos, verdaderos amigos. Pero había un vacío en su interior, vasto como el mar y atormentado por los vientos del sufrimiento y la soledad. Él se reía de aquellos que decían amar, o estar enamorados. Pero en realidad estaba celoso de ellos. Aquella noche, rodeado de bailarines, una joven se le acercó. En contra de toda cortesía, de toda decencia, ella procedió a mirarlo embobada como un pollito recién salido del cascarón.

—No me digas que soy ese pollito —interrumpió ella con una sonrisa tentativa pero burlona.

Cedric la ignoró y continuó hablando.

—Cuando el hombre se dio la vuelta y la vio, todo el mundo pareció desaparecer por completo. La misma chispa de la vida ardió como una llama dentro de su cuerpo ante la fuerza de la presencia de la joven. Respondió como lo haría cualquier hombre ante semejante belleza e inocencia. Coqueteó con ella, le prometió pasión con su mirada. Pero cuando descubrió su verdadera inocencia, temió estropearla con su compañía. Se obligó a retroceder, a volverse frío, distante. Pero sus amigos lo animaron a intentar conquistarla, por muy indigno que fuera. Un baile era todo lo que este hombre quería, todo lo que podía esperar merecer. Un vals y podría marcharse con el recuerdo de su cuerpo en sus brazos, un recuerdo que podría alimentarlo durante el resto de su solitaria vida.

—¿Y bailaron? —Anne estaba embelesada con sus palabras. Las emociones dentro de ella se agitaban mientras los recuerdos luchaban valientemente para llegar a la luz de su mente consciente.

—No. Otro se la arrebató. El hombre reaccionó mal. La ira y los celos se desataron en su interior. Encontró otra mujer, alguien fácil de complacer y agradable. Hizo suya a esa mujer, aunque por poco tiempo, y no a la que anhelaba. Fue un error del que se arrepentiría para siempre. Pero la mujer que realmente le importaba le dio otra oportunidad. Ella lo *salvó*.

Anne se estremeció cuando episodios del pasado, imágenes y sensaciones la invadieron. Una belleza riendo mientras le exigía un amor violento al extraño conocido, y la destrucción de su propia inocencia a manos de otro hombre. Dolor, celos, desesperación. Ella apenas podía respirar.

—Te he disgustado y lo lamento mucho —Cedric se puso pálido. Anne no creyó que su propia reacción pudiera afectarlo de esa manera.

—No. Me alegra que me lo hayas dicho —ella apartó los brazos de su cuello y su cuerpo se hundió en señal de derrota. Ahora, había verdad entre ellos, un obstáculo insuperable que la dejó inmóvil.

—¿Quieres que te deje sola para que descanses?

Anne nunca había sentido una confusión tan grande. ¿Cómo podía querer arrastrarlo de nuevo a sus brazos y exigirle que la abrazara eternamente, y al mismo tiempo no querer verlo nunca más? Esas emociones encontradas no tenían sentido y solo servían para destruir el alivio temporal de su cabeza herida.

—Sí. Creo que sería mejor que te fueras… por ahora.

Ella lo observó alejarse de su cuerpo con una fría indiferencia. Pero su corazón volvió a palpitar cuando él la acomodó sobre la montaña de almohadas y la arropó con las sábanas hasta la barbilla, como si fuera una niña preciosa a la que solamente quería cuidar.

—Solo descansa. Si necesitas algo, esta cuerda junto a la cama llamará a los sirvientes.

¿Y si te necesito?

—Buenas noches, Cedric. —su nombre en sus labios pareció brindarle algo de paz, pero la garganta se le cerró igualmente mientras luchaba contra las ganas de llorar.

—Buenas noches, Anne, cariño —su respuesta pareció tan

natural, tan acertada, que Anne tuvo que luchar contra el repentino deseo de decirle que volviera a ella. Dejar que Cedric Sheridan saliera por la puerta de su habitación resultó muy difícil, lo más difícil para ella hasta el momento.

La soledad de su habitación la estaba castigando, pero la necesitaba. Había mucho en qué pensar, mucho por entender sobre ella misma y su marido antes de poder averiguar qué hacer con el futuro, *su futuro juntos... si es que lo tenían.*

CAPÍTULO 14

Capítulo Quince

A la mañana siguiente, Cedric se desplomó en su silla durante el desayuno. Apenas había dormido la noche anterior. La pena y el remordimiento lo habían golpeado incesantemente, provocando un dolor de cabeza bastante desagradable. Éste, a su vez, pintó puntitos de luz en su visión sin visión, como si se estuviera burlando de él además de infligirle dolor. El suave chasquido de la puerta del comedor le avisó que ya no estaba solo.

—¿Qué me dices de anoche? —preguntó Ashton con voz suave.

Cedric casi sonrió. En el momento en que se quedó ciego, la gente a menudo le levantaba la voz, como si su oído hubiera sido destruido en lugar de su vista. Sin embargo, el sentido que más había mejorado después del accidente era el oído, por un margen bastante amplio. Ahora oía incluso los sonidos más pequeños y débiles; el bajo zumbido de un abejorro mientras se estrellaba contra la ventana del comedor detrás de él; los crujidos de la vieja mansión, cada chirrido de la madera y de la piedra como los suspiros cansados de un anciano. Sin ningún tipo de estímulo visual, Cedric veía el mundo de una manera diferente, nueva.

—Terrible —dijo Cedric, respondiendo a la pregunta de su amigo—. Ella no recordaba a su padre, o el poco tiempo que lleva muerto. Cuando se lo mencioné, se echó a llorar como si acabara de ocurrir. Luego afirmó que, si se casó conmigo, entonces debió amarme, y yo no pude decirle lo mismo. Le conté la verdad sobre lo que pasó la noche en que nos conocimos. Después de eso, me echó —las manos de Cedric buscaron a tientas su té de la mañana, y maldijo cuando lo derramó.

—Ah. Parece que te involucraste, entonces. De manera bastante profunda —Ashton apoyó una mano suave en el hombro de Cedric, manteniéndolo en su silla para que no pudiera levantarse—. Te traeré otra taza.

—Gracias —refunfuñó—. ¿Has dormido bien?

—Muy bien, considerando todo. Tengo unos asuntos en Londres.

—¿Te importaría explicarte, Ash?

—No tiene ninguna importancia real. Simplemente estoy teniendo problemas con Lady Melbourne.

—¿Todavía? —Cedric no podía creer que su amigo hubiera fracasado en su intento de lidiar con ella, a diferencia de sus otros rivales. Ya debería haber sido neutralizada.

—Le advertí que no se entrometiera más, pero parece que tiene la intención de rebelarse contra mi orden de mantenerse al margen de mis asuntos. Nunca he conocido a una mujer más despiadada. Si no estuviera tan furioso, tendría que admitir que casi la admiro por desafiarme.

—Imagínatelo. Existe una mujer en este mundo que no cae rendida ante el famoso encanto de Lennox ni se somete a tus exigencias —Cedric pretendió que la última parte fuera solo una broma, pero la taza de té de Ashton traqueteó bruscamente.

—¿Qué has oído?

Cedric estaba desconcertado por su tono. ¿Cuál era su problema?

—Nada. Solo que es raro el hombre que no se da por vencido cuando se trata de ti, y más rara aún la mujer.

—Lo dices como si ella fuera tan rara como un unicornio.

—Más rara. Deberías casarte con ella antes de que vuelva a la tierra de los cuentos de hadas.

—De ninguna manera —el tono de Ashton era demasiado frío. Cedric suspiró al darse cuenta de que su viejo amigo estaba ocultando sus verdaderas emociones.

—¿Por qué no? —Cedric se sentía infeliz y, en esos momentos, era propenso a fastidiar a su amigo hasta conseguir alterarlo también. Desgracia compartida, menos sentida.

—No puedo casarme con una mujer en quien no puedo confiar para que obedezca. Mi esposa debe estar dispuesta a aceptar cualquier curso de acción que yo considere mejor. Sin esa confianza, los imperios y las dinastías se derrumban. Al igual que los negocios. Además, Lady Melbourne parece deleitarse en provocarme.

Cedric jugó con su copa sobre la mesa.

—No pareces haber aprendido nada después de secuestrar a Emily el año pasado.

Ashton resopló indignado.

—No sé a qué te refieres.

—Todas las mujeres tienden a hacer su voluntad, y a menudo son nuestras intromisiones las que empeoran las cosas. Si Godric le hubiera declarado antes su amor a Emily, podría haber estado más segura aquella noche en mi casa. En cambio, se pelearon y fue secuestrada delante de nuestras narices. Y si yo hubiera dejado que Anne se explicara… —las palabras oscurecieron aún más el ánimo de Cedric, hasta el punto de no poder terminar su propio pensamiento.

La única respuesta de Ashton fue un gruñido mientras se sentaba junto a Cedric.

—¿Has visto a Anne esta mañana?

—No la he visto. Pensaba llevarle el desayuno. El médico aconsejó que estuviera bajo supervisión constante. Si su memoria comienza a regresar, podría ser doloroso.

—¿Puedo darte un consejo? —preguntó cuidadosamente Ashton.

—Supongo.

—Aprovecha este tiempo con ella, así como ella lo está haciendo contigo. Cortéjala como es debido. Que este sea el cortejo que ninguno de vosotros tuvo. Si su memoria vuelve, puede que el pasado no influya mucho en su opinión sobre ti.

—¿Cortejar a mi esposa? Qué idea más novedosa —Cedric sonrió con ironía—. Espero que sea posible, por el bien de ambos.

—La pasión siempre es posible cuando dos corazones están dispuestos.

—¿Siempre? ¿Y con Lady Melbourne? —los labios de Cedric se torcieron mientras seguía burlándose de su amigo.

—Ella es, como dices, de la tierra de los cuentos de hadas, así que no está sujeta a las leyes de nuestra realidad —respondió Ashton.

—¿Piensas quedarte en Rushton Steading con nosotros, o tienes asuntos *entre manos*? —Cedric acompañó la frase *entre manos* con un gesto de unas curvas femeninas.

Ashton gruñó ante la broma de Cedric.

—No me gustaría abusar de la hospitalidad, Cedric. Si deseas que me vaya, solo dilo.

Cedric se sentó más erguido en su silla, eliminando toda forma de burla.

—Ese no es mi deseo. Agradecería tu compañía. De hecho, me ayudarías a mantener la cordura mientras mi mundo se desmorona a mi alrededor.

Lo dijo en serio. En ese mismo momento, todo su entorno parecía estar a punto de derrumbarse y le aterraba la idea de estar solo cuando eso ocurriera.

—Entonces me quedo —la voz de Ashton estaba llena de auténtica calidez, producto de años de profundo afecto.

Cedric pudo volver a respirar, siempre y cuando Ashton se quedara aquí y lo mantuviera cuerdo.

—Excelente. Si el clima lo permite, podríamos pescar en el lago hoy —Cedric esperaba que Ashton aceptara. Necesitaba pasar un tiempo en el exterior, pero no podía hacerlo solo, a menos que quisiera acabar ahogado en el fondo del lago. Sería fácil llevar a un lacayo con él, pero no era lo mismo. Nada podía sustituir el consuelo vigorizante de un amigo íntimo a su lado en un bote balanceándose suavemente con los palos suspendidos sobre el agua.

—Eso me gustaría —admitió Ashton—. Mi mente necesita ciertamente despejarse después de lo de Lady Melbourne. Me ha puesto de mal humor.

—¿Nos encontramos en el salón principal en media hora?

—Eso te daría tiempo para ocuparte del desayuno de Anne.

—Sí, debo asegurarme de que no le falte nada —Cedric aprovecharía la excusa para verla, aunque el sentimiento no fuera mutuo.

Los dos hombres se separaron al salir del comedor. Cedric subió las escaleras principales, agradecido de estar de nuevo en casa. Su cuerpo conocía esta casa tan bien como a sí mismo. Esa incomodidad que a menudo sentía en Londres, donde había más gente, más peligros para un hombre que no podía ver, no existía aquí en esta casa. Además, cada vez estaba más seguro de su cuerpo y de sus movimientos y era mucho menos torpe. Conocía la ubicación de las escaleras y de cada habitación que frecuentaba. Rushton Steading era un lugar seguro.

Llevaba años sin pasar más que unos pocos días aquí. La última década había estado llena de mujeres, carreras de caballos y otras actividades similares que eran propias de los libertinos, todo ello en Londres, por supuesto. Abandonar Rushton durante todo este tiempo también le había dejado un vacío en su interior.

La sensación fría de la barandilla de la escalera bajo su mano le despertó gratos recuerdos de cuando se deslizaba por ella de niño.

Dios, cómo había echado de menos este lugar. Era su *hogar*. Rushton Steading siempre había sido su hogar. Horatia y Audrey habían subido estas escaleras con sus cuerdas principales. Él había corrido por los terrenos recogiendo ranas y renacuajos para torturar a sus tutores.

Los pasillos aún desprendían el aroma fantasmal del perfume de su madre. Cedric esperaba oír en cualquier momento la estruendosa risa de su padre desde la biblioteca. Había sido bendecido por tener unos padres unos padres unidos por el amor y que habían amado profundamente a sus hijos. No había nada más maravilloso, más especial, que el amor de un padre por su hijo y viceversa. Y Cedric había amado a sus padres con todo su corazón.

Nunca olvidaba que había tenido más suerte que sus hermanas. Ninguna de ellas había conocido realmente a sus padres con la misma profundidad que él. Eran niñas cuando sus padres fallecieron en un accidente de carruaje. Horatia también había resultado herida. Hasta el día de hoy, ella no hablaba de ello y Cedric no la presionaba para que lo hiciera.

Le resultaba difícil olvidar lo afortunado que era. Su amigo Godric no había tenido tanta suerte. Su madre falleció en el parto y su pérdida provocó en el padre de Godric periodos oscuros llenos de rabia despiadada. Comparado con el sufrimiento de Godric, Cedric había vivido un verdadero cuento de hadas. Era lo que quería con Anne. Tener una vida juntos construida sobre el amor y la confianza.

Seguramente, ¿no es demasiado tarde para nosotros?

Las manos de Cedric se cerraron en torno al pomo de la puerta de la habitación de Anne. Empezó a girarlo, pero la puerta se abrió súbitamente. Tropezó al precipitarse hacia delante y cayó de manera inesperada. Esperaba dolor. Siempre llegaba después de la caída. Pero no hubo dolor. Solo un cuerpo suave y firme amortiguando su caída. Un repentino jadeo llenó sus oídos cuando un cuerpo se sacudió debajo de él y la familiar fragancia a orquídeas estalló a su alrededor en una embriagadora descarga.

—¡Anne! —Cedric luchó por bajarse de ella, aterrorizado por la posibilidad de haberla aplastado. Pero los forcejeos de Anne no hicieron más que estrechar sus cuerpos. Cedric intentó desesperadamente frenar su repentina excitación, pero los sonidos que ella emitía y sus contorsiones no lo ayudaron en absoluto.

—Anne, cariño, por favor, deja de hacer eso... No veo dónde... Estoy intentando... —masculló Cedric exasperado hasta que ella se inmovilizó debajo de él. Reprimiendo un gemido mientras su cuerpo respondía con entusiasmo a esta nueva posición, él intentó concentrarse. La presión de sus pechos contra el suyo y la cadencia de sus jadeos no le ayudaron en lo más mínimo mientras intentaba recuperar su autocontrol.

Debo ser un maldito canalla por desearla de esta manera. Sin embargo, no podía negarlo. Cedric quería reclamarla allí mismo, en el maldito suelo, incluso después de todo lo que había pasado en las últimas semanas.

Las siguientes palabras de Anne lo pillaron completamente desprevenido.

—Lo recuerdo, tú llamándome *Anne, cariño* —fue apenas un susurro, pero él estaba seguro de lo que había oído. Anne le puso las manos sobre los hombros. Cedric deseó poder ver su rostro, pero su recuerdo sobre ello era lo único que le quedaba.

—Me gustaba que me llamaras así —la timidez de su confesión era encantadora.

—Maldita sea —dijo para sí mismo.

Después de eso, no hubo forma de huir de su deseo. Cedric bajó la cabeza y se encontró con sus labios. Las manos de Anne temblaron contra su cuello antes de posarse en su espalda. El placer lo recorrió cuando ella clavó los dedos en sus omóplatos, acercándolo más. Él quería más, quería saborearla toda, pero el temblor de los labios de Anne y la vacilación de su toque comenzaron a tensarse. Su dolorosa necesidad de tenerla provocó que se diera cuenta de lo que estaba pasando. No podía tenerla, todavía no.

—¿Qué pasa? —el cálido aliento de Anne abanicó su garganta.

—Parece que hemos avanzando dos pasos y retrocedido uno —recuperó su buen juicio, como si se tratara de soldados dispersos en un ejército derrotado. Magullado por la batalla y el cansancio, su mente reaccionó débilmente y se bajó de ella.

—Lo siento, Cedric. No me resistiría a ti si quisieras ejercer tus derechos matrimoniales. Estoy dispuesta a cumplir con mi deber —Cedric la ayudó a ponerse en pie y le cogió la cara.

—¿Deber? Si no recuerdas otra cosa de mí, recuerda esto. Te deseo desesperadamente, te anhelo como mis pulmones al aire. Pero *nunca* aceptaré lo que no me des voluntariamente.

—Pero acabo de decir que...

Cedric la silenció con un dedo en los labios.

—No ofreciste resistencia. Quiero pasión mutua, deseo mutuo.

Le dio un ligero beso en la frente y se apartó.

—He dispuesto que te suban el desayuno. Ash y yo nos iremos pronto.

—¿Se irán?

Cedric se sobresaltó cuando las manos de Anne sujetaron su chaleco, aferrándose a él.

—No iremos muy lejos. El lago está cerca y pescaremos durante algunas horas.

—¿Pescar? Oh, creía que me ibas a dejar sola aquí.

El alivio en su voz lo reconfortó.

—Nunca te abandonaría, cariño. Te quiero demasiado como para hacerte eso —Cedric sostuvo sus caderas más cerca de él, permitiéndole sentir su todavía palpitante erección. Supuso que fue un poco malvado disfrutar de su jadeo sorprendido, pero lo hizo.

—Pensé que podía controlarme. Pero no puedo esperar más

tiempo. Pronto nos uniremos como marido y mujer. Pero quiero que lo desees tanto como yo —hizo una pausa cuando ella se puso rígida—. No temas. Me aseguraré de que me desees.

Le acarició la comisura de la boca con un último beso. Cuando se inclinó ávidamente hacia él, se apartó y la dejó sola.

CAPÍTULO 15

Capítulo Dieciséis

Anne se llevó una mano a los labios. El sabor y el contacto de la boca de Cedric aún eran placenteros. Se debatía entre correr tras él o huir lejos. Aunque no podía recordar al hombre, ni a ella misma, estaba segura de que lo deseaba. Su cuerpo se encendía en llamas cada vez que la tocaba y besaba, incluso cuando hablaba. Todas las acciones de Cedric hacia ella reflejaban esa unión primitiva de cuerpos y almas. ¿Sería tan malo ceder a sus propios deseos? Después de todo, eran marido y mujer.

Podía ceder, pero se propuso no dejar que él percibiera esa intención. Todavía no. Anne tenía su orgullo como cualquier otra persona, y la historia de Cedric había suscitado algunas preguntas que necesitaba responder primero. Sin embargo, le fascinaba la idea de que Cedric la dominara por completo con aquella dulce pero excitante pasión.

—¿Mi señora? —una voz irrumpió en sus pensamientos. Era

el joven lacayo, Sean Hartley. Esperaba pacientemente en el umbral de la puerta.

—Pasa, Hartley. Me han dicho que me salvaste. Quería ofrecerte mi gratitud.

Hartley se sonrojó y bajó la mirada al suelo.

—No ha sido nada, mi señora. Me alegro de que se esté recuperando.

—Parece que no tengo recuerdos, solo pequeños episodios. No obstante, me siento mucho mejor. Solo me duele un poco el hombro.

Hartley pareció ligeramente preocupado por sus palabras, frunciendo las cejas. Entonces empezó a registrar los bolsillos del pantalón antes de sacar algo. Era un hermoso granate rodeado de pequeños diamantes. En lugar de estar sujeto a una cadena, se enhebraba en una cinta de raso negro.

—Tuve que quitárselo cuando el médico le revisó el hombro. Quería devolvérselo en persona, dado lo que significa para usted.

Anne se acercó. La curiosidad y el desconcierto la invadieron al ver la preciosa gema.

—¿Qué es?

—Me han dicho que fue su regalo de bodas de parte de su señoría.

—¿Un collar? —eso despertó un anhelo en su interior. El granate rojo capturó la luz y los reflejos del rubí danzaron en la pared detrás de ella.

—Me enteré por su dama de compañía que su señoría creyó que, al cabalgar, usted se llegaría a quitar el anillo que él le regaló para que no estropeara sus guantes. Él deseaba que tuviera esto como reemplazo.

Anne experimentó un breve recuerdo, angustiada por querer corresponder a semejante consideración. ¿Acaso ella también le había dado un hermoso regalo? Sintiéndose incómoda, intuyó que no lo había hecho, y ese pensamiento la llenó de vergüenza. Un hombre como Cedric se merecía algo maravilloso. Durante su recuperación, se dedicaría a ello.

—Hartley, ¿serías tan amable de ayudarme a ponérmelo?

Hartley aseguró el cierre en los extremos de la cinta y el granate cayó sobre su clavícula, como si siempre le hubiera pertenecido a ella.

—¿Brighton está muy lejos de aquí?

—A una media hora en carruaje —Hartley mantuvo la cabeza inclinada en señal de respeto, con los ojos fijos en el suelo.

—No es necesario que bajes la mirada al hablar conmigo, Hartley —su voz era suave mientras intentaba sacarlo de su decidida timidez.

—Es mi señora y la Vizcondesa Sheridan —su tono sugería que eso era todo lo que importaba.

Anne frunció el ceño con leve irritación. No quería que sus sirvientes se negaran a encontrarse con su mirada.

—¿Y haces lo que tu señora te ordena?

—Siempre.

—Entonces, cada vez que te dirijas a mí, me gustaría que me miraras a los ojos. ¿Está claro? —Anne puso las manos en las caderas y esperó.

—Sí, mi señora —Hartley la miró. Su tímido sonrojo lo hacía totalmente encantador. Anne estaba segura de que era un pícaro en potencia, (si es que alguna vez hubo uno).

—Ahora, sobre Brighton. Me gustaría ir. ¿Podrías llamar al carruaje por mí?

La expresión de Hartley se volvió seria y firme.

—Me han dado órdenes de mantenerla aquí en la finca. El médico no desea que se aleje de la casa en caso de que recupere la memoria. Podría dolerle.

—¿El médico? —Anne suspiró—. ¿Se me permite hacer algo?

—Lo siento. El doctor y su señoría solo están preocupados por su bienestar —la mirada abatida de Sean la hizo arrepentirse de su respuesta un tanto petulante.

—Aparentemente, no les importa mi felicidad —masculló Anne—. ¿Lord Sheridan estará fuera mucho tiempo?

—No estoy seguro. No ha salido al lago desde el accidente —respondió Hartley.

—¿Qué le ha pasado? ¿Yo lo conocía antes de...? —Anne no pudo soportar terminar.

—No me corresponde decirlo, mi señora.

Un misterio más sobre mi vida, pensó Anne. Intentó recordar, cerrando los ojos y concentrándose en Cedric y en sus vacíos ojos marrones. Pero no ocurrió nada, salvo unas punzadas de dolor justo detrás de sus sienes.

—¿El lago queda muy lejos? ¿En el que está pescando mi marido?

—A unos cuatrocientos metros —el entusiasmo de Hartley mostraba su alivio por el cambio de tema.

—Entonces llévame allí de inmediato.

Hartley parpadeó sorprendido.

—¿Desea pescar?

—Cielos, no. Pero me gustaría nadar —su brazo seguía en el cabestrillo, pero había intentado moverlo esta mañana y el dolor se redujo sorprendentemente. Un poco de ejercicio no muy intenso podría ayudarla a recuperarse, siempre y cuando lo hiciera con cuidado.

Anne ahogó una carcajada ante los balbuceos insistentes de Hartley mientras le pedía que la guiara. Él avanzó rápidamente, sabiendo, como cualquier hombre en su posición, que ella no renunciaría a su misión. Anne lo alcanzó en el pasillo y caminó a su lado, sin parecerse en absoluto a la criatura elegante y educada que sabía que necesitaba ser. Su padre siempre le había dicho que actuara con determinación, aunque no tuviera ningún propósito.

El repentino recuerdo le cortó la respiración. *Su padre.* Ese breve recuerdo penetró en su corazón. Se mordió el labio. Era como si sus recuerdos sobre el hombre estuvieran escondidos detrás de un fino velo de gasa que le permitía distinguir formas borrosas, sin llegar a visualizarlas del todo.

No debo presionarme. Debería tomármelo con calma. Exhaló y se concentró en los pocos recuerdos que la asaltaban; los de su padre, la forma en que le ofrecía consejos con copas de brandy caliente por la noche frente al fuego de su salón. La forma en que Cedric la llamaba *Anne, cariño.* Y sus besos. Esos quemaban las barreras de su mente. Un hombre con esas actitudes hacia ella no era un extraño; por eso confiaba en él cada vez que le contaba algo de su pasado. Había confiado en él entonces, y seguiría haciéndolo. Su propio cuerpo no le mentiría, ella lo sabía.

Fue fácil desprenderse de su tristeza una vez que se encontraron en el exterior. El día era soleado y no había rastros de la tormenta de la noche anterior. Era un día perfecto de abril, con árboles frondosos por sus copas de color esmeralda y flores silvestres que formaban un vibrante tapiz multicolor en los campos que conducían al lago.

A lo lejos, en el agua, Anne pudo distinguir la forma distante de un pequeño bote de pesca. Era una mancha marrón sobre las oscuras aguas del lago. Anne sabía que hoy habría buena pesca. La lluvia siempre agitaba las aguas y las enturbiaba de una forma increíble, justo el tipo de entorno que los peces preferían, al igual que los pescadores. Los anzuelos podrían lanzarse con señuelos brillantes y el cieno turbio del fondo del lago empañaría la visión de los peces, facilitando que la criatura confundiera un señuelo con una presa.

Por una vez, Anne agradeció la ceguera de su marido. Él no podría verla cuando se despojara de la ropa y se sumergiera en el lago. Aunque no recordaba muchas cosas sobre Cedric, tenía el presentimiento de que se pondría furioso con sus acciones por una multitud de razones.

—Hartley, por favor, gírate. Te llamaré si te necesito.

—Sí, mi señora —Hartley se dio la vuelta y se dirigió a la zona de sombra más cercana para esperar.

Una vez que estuvo convencida de que el joven lacayo no se daría la vuelta, comenzó a desabrochar los botones de su vestido y a quitarse las zapatillas de casa. Colocó su ropa en un montículo de hierba seca a varios metros de la orilla del lago y dejó caer el cabestrillo sobre ella. Vestida solo con su camisola, se dirigió hacia el agua.

CEDRIC SUJETABA LIGERAMENTE LA CAÑA DE PESCAR CON UNA mano y con la otra trazaba patrones lentos en la superficie del agua. Pequeños peces se acercaban a investigar, mordisqueando esperanzados las puntas de sus dedos. La fuerte tormenta había agitado el agua y los peces eran audaces en sus movimientos.

—Echo de menos esto, ¿sabes? —admitió Cedric a su amigo.

Ashton soltó una suave risita.

—¿Qué?

—Esto —Cedric agitó una mano en el aire, señalando el mundo que los rodeaba—. Echo de menos pasar tiempo contigo, y con los demás. Hace años que no hacemos algo así.

—Ha pasado mucho tiempo, ¿verdad? —había un tono melancólico en la voz de Ashton, cierta tristeza que hizo que el corazón de Cedric se encogiera—. Parece que en el día en que los cinco forjamos nuestro vínculo, nuestras antiguas vidas también murieron. La infancia terminó y tuvimos que avanzar para convertirnos en los hombres que somos.

—No todos avanzamos ese día —Cedric no pudo evitar recordar la vida perdida aquella noche que salvaron a Charles de morir ahogado.

La voz de Ashton adquirió un tono serio.

—No, no todos nosotros.

Cedric suspiró, coincidiendo con él. Ashton siempre había sido el único entre ellos que veía la verdad, incluso las verdades más oscuras de todos ellos.

—Estaba pensando en lo extraño que es que ninguno de nosotros haya estado satisfaciendo nuestros caprichos habituales. Bueno, todos excepto Charles, por supuesto.

—¿A qué te refieres? —Cedric se sentó un poco más erguido.

—Por ejemplo, Godric. Normalmente estaría metido en

problemas con alguna amante arrogante. Lucien estaría en el Jardín Midnight haciendo Dios sabe qué. Y tú estarías en Tattersall o en las carreras, apostando en caballos a todas horas del día.

Cedric no tardó en percibir el sentido de la conversación.

—Y tú estarías viviendo en tu oficina con los ojos fijos en tus cifras de inversión todo el día.

—Exactamente. Sin embargo, aquí estamos, tú y yo, disfrutando de un día de pesca. Es como si volviéramos a ser chicos, o más bien estamos recuperando la esencia de nuestros días de juventud —la voz de Ashton era ronca por la emoción—. Perdóname, Cedric. Estoy diciendo tonterías.

—No. Tienes razón. Las cosas están cambiando. No podemos retroceder para ser los hombres que fuimos, o los chicos. Entonces, ¿dónde nos deja eso? El único camino es hacia adelante, pero ¿qué hay más delante? —Cedric expresó la pregunta que sabía que estaba atormentando el corazón de Ashton.

—En efecto.

—Yo, por mi parte, culpo a Emily. Esa pequeña bribona nos ha metido a todos en este lío. Por supuesto, también tengo que darle las gracias. Si no fuera por la dulce Em, no tendría a Anne —la idea de un mundo sin Anne le produjo un escalofrío.

—Yo también encuentro esto muy divertido. Secuestrarla fue la cosa más tonta y, sin embargo, la más sabia que hemos hecho. No me atrevo a pensar con quién estaría Godric hoy sin ella, o Lucien en realidad. Se estaba volviendo más oscuro, ya sabes, en sus deseos. Estaba empezando a preocuparme —la confesión de Ashton sorprendió a Cedric.

—¿Qué? No tenía ni idea de que él...

—Oh, sí. Se estaba volviendo más y más aficionado al poliamor. Ya no encontraba satisfacción en los juegos sexuales. Los hombres como él pueden consumirse, y sin amor para alimentar su pasión, se desvanecen. El amor de Horatia le salvó el alma. Creo que nunca se cansará de ella. Un amor como el suyo no se desvanece.

—Más le vale —refunfuñó Cedric. La idea de que su mejor amigo dejara a su hermana para acostarse con otras mujeres le dejó un sabor amargo en la boca. No quería pensar que Lucien fuera capaz de ello, pero conocía al hombre muy bien. Pero hasta ahora, su hermana y su amigo parecían perdidos el uno en el otro, y con el bebé en camino, Cedric sentía que el mundo para ellos estaba mejorando.

—Oh, cielos… —la voz de Ashton fue aguda por la sorpresa.

—¿Qué? —Cedric se incorporó tan bruscamente que el bote se sacudió y el agua fría se deslizó por los bordes, empapando sus espinillas—. ¿Qué pasa, Ash?

—Debes prometer que no te vas a enfadar.

Cedric gruñó por lo bajo en su garganta.

—Ash…

—Es tu mujer.

El corazón de Cedric dio un vuelco y el pánico se apoderó de él.

—¿Qué pasa con ella?

—Está nadando en la otra orilla del lago.

—¿Nadando? —repitió, mientras su cerebro intentaba decidir si aquello era malo o bueno.

—Solo lleva su camisola. Dudo mucho que el médico quiera que se vuelva a lesionar el hombro —Ashton añadió este último comentario como una divertida ocurrencia tardía.

Cedric buscó a tientas un remo y lo puso en el regazo de Ashton.

—¡Rema! ¡Ahora! —vociferó.

CAPÍTULO 16

Capítulo Diecisiete

Vestida solo con su camisola, Anne se dirigió al agua. Se sentía un tanto perversa por llevar poca ropa, pero ahora podía hacer esto, en virtud del matrimonio. Y quería hacerlo. Su marido era el único que podía impedirle hacer su voluntad, y él estaba muy lejos, al otro lado del lago. La idea casi la hizo reír. Sin duda, él se pondría furioso. Pero la idea, más que asustarla, la divertía.

Hacía tiempo que no se permitía esa conducta impropia de nadar en ropa interior. Aunque no recordaba mucho de su pasado, no podía negar la sensación de libertad que el agua le producía mientras rozaba sus piernas desnudas. Al sumergirse en el frío lago, un recuerdo apareció.

Jugando en las aguas poco profundas de un lago similar, un hombre mayor la observaba con una sonrisa indulgente en su amable rostro. Ella reía, una risa de niña, feliz de jugar mientras su padre permanecía cerca.

Por un momento, el dolor al ver la cara de ese hombre fue profundo.

Papá. ¿Había muerto solo una semana antes de que ella se precipitara al altar? ¿Qué la había motivado a hacer tal cosa? ¿Por qué se había casado con Cedric? Y, sobre todo, ¿por qué Cedric había aceptado? Sin duda, el escándalo sería lo más comentado en la *alta* durante la siguiente década. Anne se llevó una mano al estómago, queriendo aliviar el creciente temor.

Volviendo a concentrarse en su deseo de nadar, avanzó de puntillas hasta que el agua le cubrió la cintura. El frío del agua contrastaba con el calor del aire. A este ritmo, Anne tardaría una eternidad en mojarse por completo. No había otra opción que sumergirse. Lo hizo y jadeó ante el frío del agua.

Pronto el agua fría se sintió bien contra la sensación de ardor en su hombro en proceso de curación. Usó su brazo bueno para avanzar un poco más y agitó las piernas. Este era su elemento, el placer físico de conocer su propio cuerpo y entender su funcionamiento.

Estiró las extremidades, sintiendo cómo los músculos se tensaban y trabajaban; se sentía muy bien. Anne no era una mujer delgada. Era curvilínea, con un poco de fuerza natural que solía hacer que las pruebas de vestidos resultaran fastidiosas cuando la modista mascullaba sobre cómo su cuerpo sobresalía en los lugares equivocados. Su cuerpo no era percibido como bello, no según los estándares de la *alta*, pero hacía tiempo que había dejado de preocuparse por esas cosas. De eso estaba segura.

Anne se adentró nadando en el lago, olvidándose momentáneamente de vigilar el bote de pesca de Cedric. Solo después de sumergirse un par de veces más, notó que el bote había llegado a la orilla y que un vizconde con el ceño fruncido estaba de pie en la orilla mirándola furiosamente.

Cedric golpeó su zapato contra la hierba empapada, creando un extraño sonido de chapoteo. Anne reprimió una risita al leer la expresión de su mirada apagada. Le estaba prometiendo un castigo por su tonta imprudencia. Más atrás, Lord Lennox conversaba con Hartley, ambos de espaldas a ella. Anne se quedó lo más quieta posible, utilizando las piernas y el brazo bueno para mantenerse en el agua.

—Sé que estás ahí, Anne. Sal de inmediato. No deberías arriesgarte, no con tu hombro —acompañó su comentario con un gesto de su dedo índice contra el suelo cerca de sus pies, como para obligarla a obedecer como un spaniel.

—No saldré —respondió ella, intentando no reírse de su repentina necesidad de comportarse como una niña traviesa.

—No puedo verte y los demás no están mirando.

—No —se negó rotundamente. La fuerza de sus puños le indicó que, una vez que estuviera a su alcance, ella tendría problemas; no estaba segura de qué tipo de problemas, pero dudaba que le hiciera daño.

—Ve tras ella, Cedric —gritó Ashton por encima de su hombro.

Anne jadeó ante el atrevimiento de su sugerencia. Estaba casi desnuda. La idea de que Cedric la sorprendiera nadando solo con su camisola era excitante y un poco aterradora.

—Por favor, Anne. No he nadado desde que perdí la vista.

—¿Desde cuándo se necesita ver para nadar? —la confesión de Cedric consiguió calmarla un poco, así que intentó burlarse de él. Ella tenía miedo y él también, aunque sus temores fueran diferentes.

—Por favor, no me obligues a sacarte. Será desagradable para los dos.

—Cedric, espera —Anne anhelaba conectar con él, descubrir las razones que la habían llevado a casarse con él—. ¿Por qué no te acercas a la orilla y me acompañas un momento? Si no lo haces, podría verme tentada a quedarme aquí. ¿Te gustaría eso, marido? —*Confía en mí*, lo animó.

—No.

Ahora él era el que se estaba negando a cooperar. La situación en la que se encontraban era muy divertida.

—¿Planeas esconderte en un caparazón el resto de tu vida,

marido? Métete al agua hasta la cintura para que te acostumbres a ella.

—Ella tiene un punto, Cedric —intervino Ashton.

—Puedes volver con Hartley a la mansión —dijo Cedric, con la voz un poco ronca.

—Muy bien. Ven a buscarme esta noche —Ashton se dio la vuelta y se alejó con el lacayo.

—¿De verdad vas a hacerme entrar para seguirte? —Cedric se arrodilló para quitarse las botas y arremangarse los pantalones.

—Definitivamente.

Los ojos de Anne se fijaron en las musculosas pantorrillas de Cedric mientras empezaba a entrar cautelosamente en el agua. Se metió hasta las rodillas antes de detenerse e inclinar la cabeza, como si buscara alguna señal de su presencia. Anne tuvo la repentina sensación de que la estaba cazando. Contuvo la respiración y se alejó más, pero un pez asustado salpicó agua junto a su hombro. Cedric se abalanzó sobre ella y se precipitó al agua. Su grito de alarma la sobresaltó. Nadó hacia él y lo cogió por la cintura mientras él se agitaba presa del pánico.

—Baja los pies. No hay mucha profundidad —lo animó.

—Lo sé —se puso de pie repentinamente y sujetó su cuerpo, atrayéndola hacia él. Como un cazador victorioso, sonrió y echó los brazos alrededor de su espalda, abrazándola.

Cedric se relajó. Parpadeaba rápidamente y el agua fluía con fuerza por su cara mientras se aferraba a Anne. Cuando su respiración empezó a ralentizarse, inclinó la cabeza y apoyó el mentón en la parte superior de su cabeza.

—Me vas a matar, Anne —masculló. El calor del aliento de Cedric contra su sien le provocó escalofríos.

Temblando, ella le acarició la mejilla, observando cómo sus vacíos ojos marrones se fijaban en algo lejano. El inmenso abismo en ellos era bellísimo, como un héroe trágico de una ópera. Él la llamaba, le rogaba que lo llenara de amor y luz.

—¿Por qué confío en ti? —susurró—. Debería aterrorizarme

por recordar muy poco de mi vida, pero los pensamientos sobre ti alivian mis temores. ¿Por qué?

Cedric guardó silencio por un momento. Sus grandes manos se extendieron por su espalda, haciéndola sentir pequeña de una manera que nunca antes había experimentado.

—Desde el momento en que te conocí, me cautivaste. Eras inteligente, pero también dulce e inocente. Luego esa inocencia te fue arrebatada y te mantuviste fuerte y sola. Me vi reflejado en ti, un espíritu afín. Sobrellevamos nuestras cargas y luchamos por mantener felices y seguros a nuestros seres queridos. Era inevitable que te quisiera, que te deseara como lo hago.

Cepilló su pelo mojado, apartándolo de sus ojos.

—¿Cómo fue nuestra boda?

Él esbozó una sonrisa de niño.

—Perfecta, y tú la novia más hermosa que ha tenido St. George.

—¿Los halagos de un ciego? —bromeó—. Me pregunto si puedo confiar en ellos.

—Sabía cómo te verías, y luego te tuve en mis brazos, tu aroma, tu toque. Eras perfecta. Los dos éramos felices.

—¿Lo éramos?

—Discutimos hace unos días. Me fui y tú huiste en la noche. Por eso resultaste herida —Cedric le masajeó el hombro y suspiró.

Anne presionó su cuerpo contra el suyo, adaptándose a él. Cedric gimió.

—¿No podemos olvidar todo eso? ¿No podemos empezar de nuevo?

—Querida, estoy haciendo todo lo posible para no follarte en este momento. Sería injusto para ti en tu condición actual. No quiero que me recuerdes como un monstruo —las valientes y honorables palabras de Cedric perdieron un poco de fuerza ante la insistente presión de su excitación contra la cadera de Anne bajo el agua.

—¿Hemos hecho el amor? —quería que él dijera que sí. Eso

explicaría el reconocimiento de su cuerpo sobre el suyo y su deseo cada vez que él la tocaba.

—Nos hemos acercado. En la biblioteca de la casa de Godric.

Un episodio de recuerdos la invadió. *Un sofá, dos cuerpos unidos, unos dientes hundiéndose en su cuello mientras ella alcanzaba el clímax alrededor de los dedos de Cedric.* Anne se estremeció en sus brazos.

—Creo que lo recuerdo, o al menos mi cuerpo lo recuerda —no dejaba de sorprenderle lo fácil que resultaba abrirse y sincerarse con él.

Cedric respondió con una risa melosa.

—Eso espero, diablilla. Ha sido toda una experiencia para los dos. Nunca había sentido tanto placer al ver a una mujer correrse en mis brazos.

Anne agradeció que él no pudiera ver su sonrojo. A pesar del calor inicial de su cuerpo, el agua fría empezaba a penetrar en su piel. Las manos de Cedric recorrieron sus brazos mientras intentaba calentarla.

—Creo que ya hemos nadado bastante por hoy. ¿Nos vamos? —en realidad no fue una pregunta, sino una orden formulada educadamente. Pero a ella no le importó, porque cada vez tenía más frío.

—Sí, entremos —Anne lo guio fuera del agua e hizo que se detuviera junto a su pila de ropa. Él se puso las botas y esperó pacientemente mientras ella se colocaba el vestido, ignorando la incomodidad de su piel húmeda contra la tela. Una vez que se puso las zapatillas de casa y se ajustó el collar de granate al cuello, ella le cogió la mano. Regresaron caminando a la casa dentro de un agradable silencio hasta que el chillido del ama de llaves penetró en el aire.

—¡Nunca en todos mis años! —la anciana hizo una pausa para clavarle a Cedric el bastón que había dejado en la mansión—. ¿Nadar sin alguien que os vigile? ¿Y con ropa, precisamente?

Anne esperó a que Cedric reprendiera a la mujer por su trato, pero el vizconde se limitó a sonreír.

—Estamos bien. Envía a alguien a encender el fuego de mi habitación y trae algo de comer en una hora.

El ama de llaves bufó y se marchó. Cedric envolvió un brazo en la cintura de Anne, acercándola a su lado y besando la parte superior de su cabeza. Los gestos burlones y cariñosos que él hacía de manera frecuente y espontánea hacían que ella se derritiera por dentro. ¿Era amor, o algo parecido? Esperaba, con todo su corazón, que lo fuera. En este nuevo mundo donde se encontraba muy sola y con recuerdos borrosos, la idea de ser amada era su oasis en el desierto.

—Puedo sentir que estás pensando en algo. ¿Qué pasa? —preguntó Cedric mientras subían las escaleras.

Anne se mordió el labio, debatiendo qué decirle.

Cedric le acarició la cintura.

—Anda, cariño, habla conmigo.

—Quiero ser feliz, y siento que tal vez lo seremos. ¿Crees que soy muy tonta?

—¿Por esperar felicidad? Nunca, mi corazón, nunca.

—¿Cómo es que siempre me haces eso? —susurró ella, con la voz temblorosa por las emociones que temía exteriorizar.

El rostro de Cedric mostró preocupación.

—¿Hacer qué?

—Hacerme sentir fuerte, incluso cuando me siento más débil que nunca.

Las esquinas de sus ojos se arrugaron en finas líneas mientras sonreía.

—Somos almas gemelas. Tú haces que vuelva a estar completo. Cuando estoy contigo, Anne, la oscuridad de mis ojos deja de penetrar en mi alma.

Los propios ojos de Anne ardieron repentinamente con lágrimas. Qué tragedia para él saber que la vida que amaba había cambiado para siempre. Dejaría de hacer muchas cosas. La idea de que ella pudiera ayudarlo era poderosa, maravillosa.

Cedric la condujo a su habitación. Estaba a oscuras. Las

cortinas cerradas sobre la ventana hicieron que Anne presintiera la llegada de la noche y la salida del mediodía.

La noche. Una hora muy íntima del día. No pudo evitar imaginar que él podría finalmente llevarla a la cama, a pesar de su insistencia de no hacerlo hasta que ella estuviera mejor. Tiró de una cuerda y una criada apareció inmediatamente. Sus ojos se abrieron de par en par al ver las ropas empapadas de su amo y su ama.

—Molly, ¿serías tan amable de traer el camisón de Anne y hacer que un lacayo prepare un baño aquí en mi recámara?

Anne se sonrojó mientras Cedric la empujaba hacia su vestidor. Una gran bañera de metal la estaba esperando detrás de un biombo. Era lo suficientemente grande para dos personas.

—Espera aquí —Cedric pasó al otro lado del biombo para cambiarse de ropa.

A través de la escasa luz, Anne solo podía oír el crujido de la tela, el susurro de ésta sobre la piel. Le empezó a doler el cuerpo. Un solo vistazo, se prometió, y se asomó por el borde del biombo. De espaldas a ellas, Cedric se había despojado de toda la ropa y rebuscaba entre una colección de camisas limpias mientras su pulgar e índice frotaban la tela. Parecía estar midiendo la calidad de las texturas.

Sin embargo, Anne no podía dejar de mirar sus caderas y sus nalgas. Sus músculos esculpidos parecían duros y estilizados. Tuvo el repentino deseo de clavar los dedos en ellos, de instarlo a reclamar su cuerpo ahora mismo. ¡Y al diablo con la espera! Ella emitió un sonido involuntario cuando él se giró, revelando el resto de él. Su parte masculina estaba allí frente a sus ojos. Anne tragó con fuerza. Era increíblemente grande. *Demasiado* grande.

Sus muslos se contrajeron. *Nunca me entraría.*

—¿Todo bien, cariño? —anunció, sin saber que lo estaba viendo.

Anne se escondió detrás del biombo y respondió.

—Sí, solo tenía frío —una mentira descarada. Su cuerpo estaba ardiendo, listo para calentar todo el lago.

Más crujidos suaves, el sonido de unos pies descalzos y entonces Cedric apareció por el biombo con una camisa suelta y unos pantalones ajustados. Anne notó con fascinación que sus pies eran grandes y hermosos. Nunca pensó que los pies pudieran ser bonitos, pero los de él lo eran. Los pies de un hombre atlético. Se acercó a ella y le besó la frente.

Anne se sintió abrumada. Este hombre bello y seductor era todo suyo. ¿Cómo había llegado a merecerlo?

—Un baño caliente y una comida reconfortante te vendrán bien. ¿Cómo está tu hombro? Quiero que el médico venga a ponerte un nuevo cabestrillo en cuanto termines aquí.

—Me duele un poco, pero lo demás está bien. El médico colocó bien el hombro.

—Gracias al cielo por eso —Cedric suspiró contra su mejilla antes de besarla ligeramente.

Unos minutos más tarde, Anne se quitó la ropa y se metió en la bañera humeante. Cedric permaneció cerca y, aunque no podía verla, ella se sentía expuesta y vulnerable.

—¿Te sientes mejor? —preguntó Cedric mientras se arrodillaba junto a la bañera. Sus manos recorrieron el borde exterior, moviéndose lentamente hacia la parte superior de su cuerpo, como si intentara encontrarla.

—Inmensamente —Anne se frotó el cuello dolorido. A veces le dolía, probablemente por el accidente. En cuanto cerró los ojos, las manos de Cedric descendieron sobre sus hombros desde atrás. Estuvo a punto de protestar, pero él la hizo callar y comenzó un relajante masaje. La intimidad del momento le resultó cegadoramente familiar. Un golpe de memoria; encaje blanco y un aroma a rosas y a flores de naranja, y las manos sanadoras de Cedric.

—Eres maravilloso en eso —dijo ella somnolienta. Él le alivió un nudo en el hombro y respondió con una risa ronca antes de besarle el cuello.

—¿Estás cansada?

—Un poco —admitió, metiendo un puño en su boca mientras bostezaba—. Pero apenas ha caído la tarde. Aún no puedo dormir.

—Quiero que duermas, Anne. Necesitas descansar para recuperarte. ¿Le digo a Hartley que te traiga un somnífero? —empezó a levantarse, pero ella lo detuvo con una mano en el brazo.

Anne se sentó, exponiéndose a su mirada ciega. El agua cayó por los lados de la bañera.

—No.

—Tranquila, tranquila. No te forzaría a hacerlo. Soy mejor que eso.

Anne sintió que su comentario provenía de una experiencia pasada, pero no podía recordar los detalles.

—¿Puedo sugerir otro método? —Cedric esbozó una amplia sonrisa mientras sus manos en los hombros de Anne se deslizaban a través de sus pechos mojados hasta sus pezones erectos.

Ella jadeó, sorprendida por su atrevimiento. La empujó hacia abajo y la estrechó contra él para que se recostara en la bañera. Le besó la garganta, mordiendo el punto sensible debajo de su oreja, lo que le produjo una ráfaga de escalofríos placenteros.

—¿Esto es aceptable, Anne? —susurró mientras acariciaba y cogía sus pechos. Ella asintió y suspiró cuando una de sus manos se deslizó por sus costillas y bajó por su vientre hasta la zona entre sus piernas. La sensación de sus manos en su cuerpo; su delicado masaje; cómo la acariciaba y mimaba, encendiendo su piel con cada roce, era sencillamente erótica. Cada parte de ella estaba en sintonía con su toque, como las teclas de un piano calentadas por las manos del intérprete, listas para crear música.

Su voz era sedosa como una tela de araña y evanescente como la medianoche mientras él seguía presionando, penetrando en sus pliegues con un dedo suave.

—¿Y esto? ¿Puedo tocarte aquí? —nunca imaginó que querría que un hombre la tocara ahí, que entrara en su cuerpo, incluso con sus dedos. Pero con Cedric no era suficiente. Quería conectar con él de todas las formas posibles.

La estaba provocando con caricias y movimientos rápidos, saliendo y luego entrando. Su dedo era grande y el cuerpo de Anne lo abrazó con fuerza, y cuando ella cerró inconscientemente sus músculos internos en torno a él, Cedric le respondió con un gruñido salvaje y ronco. El sonido vibró en su cuerpo y ella arqueó las caderas, intentando empujar el dedo más adentro.

—Sí, tócame, *por favor* —su desesperación y apetito por él la carcomían hasta los huesos.

—Deja que te bese, Anne, cariño. Entrégate a mí —su voz era irresistible. Cada palabra la hacía querer aceptar todas sus exigencias.

Cedric se apoderó de sus labios con provocación y seducción. Su lengua se introdujo en su interior al mismo tiempo que deslizaba dos dedos dentro de ella, llenándola. Anne se arqueó en la bañera y el agua cayó por los lados. Cedric profundizó el beso, sus dedos aumentaron su ritmo constante y Anne movió las caderas, intentando satisfacer la necesidad de algo que no podía vocalizar. Cuando el pulgar de Cedric pasó por su clítoris, ella gimió de placer. Él repitió la acción, todavía empujando los dedos y, en cuestión de segundos, ella comenzó a jadear y sus nudillos palidecieron mientras se aferraba al borde de la bañera.

—Todavía no, corazón mío, quiero excitarte como es debido.

Cedric retrocedió en sus movimientos y reanudó sus pausadas caricias.

Ella capturó una de sus muñecas y la obligó a bajar entre sus piernas.

—Por favor, Cedric. Te necesito.

—¿Me necesitas? —la sorpresa se apoderó de su tono y a Anne le dolió pensar que tal vez no creía en ella.

—Más que nada.

Cedric gimió como si sus palabras lo hubieran desatado. Capturó su boca y comenzó a acariciarla de nuevo. El cuerpo de Anne volvió a esa conciencia y ansia de intenso placer. Enseguida, se deshizo ante sus caricias, y las réplicas de placer la hicieron sentir débil y pesada como una montaña de piedras inamovibles. Su áspero aliento contra su oreja le informó que él se había excitado tanto como ella. Estaban conectando paso a paso.

Podemos hacerlo. Podemos hacer que este matrimonio funcione y podemos ser felices juntos.

Ella debía hacerlo funcionar. La idea de perder a Cedric, o de renunciar a él, era imposible.

CAPÍTULO 17

Capítulo Dieciocho

Cedric besó la frente de Anne, enorgulleciéndose de haber debilitado la determinación de su mujer. Se sentía como un conquistador del pasado que había reclamado y saciado a su mujer. A su vez, él mismo se había negado a saciarse, pero experimentó un maravilloso calor en su interior al sentirla correrse en sus brazos. Era mucho menos reservada que antes. Tuvo que luchar contra las olas de lujuria que exigían que la reclamara por completo.

Le robó otro beso en los labios.

—Me encanta cuando te derrites contra mí de esa manera —le mordió el labio inferior, sintiéndose juguetón y a la vez relajado. Anne respondió con un suspiro fatigado y se deslizó más abajo en la bañera, sin duda demasiado agotada para mantenerse erguida.

—Creo que es hora de que te saquemos de ahí, amor.

—¿Tan pronto?

Cedric la levantó para ponerla de pie y comenzó a secarla. Anne ni siquiera simuló una protesta. Se tomó su tiempo, secando cada centímetro susceptible a ser lamido. Cuando la llevó a su cama, la ayudó a ponerse el camisón y a colocar el cabestrillo en el brazo. El agotamiento se apoderó de Anne y no opuso resistencia cuando él la metió en su cama. Le acarició el pelo para cepillarlo y la acompañó entre las sábanas, arropándola a su lado.

—Anne, cariño —dijo, y por milésima vez deseó poder verla. ¿Ella bajaría la guardia al dormir?

Anne se acurrucó contra él, con las manos metidas y pegadas a sus costillas, con la cabeza apoyada en el espacio entre su brazo y su pecho. Ahora, Cedric se sentía pleno, y no podía creerlo. No podía creer lo mucho que le gustaba tener cerca a esta mujer, con su aroma familiar a su alrededor, sabiendo que era suya ahora y siempre.

Cedric dormitó durante la siguiente media hora hasta que Hartley llegó con sopa y té. Reacio a separarse de Anne, se levantó de la cama y la despertó con una serie de besos.

—La comida está aquí, y tengo cosas pendientes. Si me necesitas, envía a Hartley a buscarme.

Anne rodó sobre su espalda, cogiendo su cara con una mano y robándole un último beso. Su iniciativa lo dejó sin aliento. Lo único que deseaba era volver a tumbarla en la cama y hacerle el amor hasta que ninguno de los dos pudiera caminar.

—¿Puedo ir a Brighton dentro de unos días?

Cedric frunció el ceño.

—Solo si te sientes en condiciones de hacerlo. Hartley debe ir contigo. No quiero que estés sola y sin protección.

—¿Sin protección? ¿Hay alguna razón por la que deba preocuparme?

Cedric sintió que Anne se incorporaba y sujetaba sus brazos.

—Puede que no sea nada, pero ¿recuerdas las últimas Navidades cuando perdí la vista?

—Lo siento, no lo recuerdo.

—Bueno, el accidente no fue tanto un accidente, sino un atentado contra mi vida y la de mi hermana. El año pasado, Ashton recibió una herida de bala y creemos que todo está conectado. Sin duda, él nos ha estado vigilando a todos, pero desde tu accidente, me preocupa que puedas sentirse débil durante un tiempo. Si él se da cuenta, podría aprovecharse de esa debilidad de alguna manera.

—¿Pero quién querría matarte?

Cedric se rio, pero no había humor en ello.

—Muchos hombres quieren matarme, pero pocos lo intentarían. Y solo un hombre ha jurado matarme a mí y a los demás miembros de la Liga. Hugo Waverly.

—¿Sir Hugo Waverly? Conozco ese nombre. De alguna manera lo conozco.

Las manos de Cedric se cerraron en puños.

—Sí. Juró vernos a todos muertos, y su atentado contra la vida de Horatia también provocó mi ceguera.

—¿Cómo?

—Un incendio fue provocado en la cabaña del jardinero y, mientras me rescataban, una viga cayó sobre mí. El impacto me dejó ciego y me convirtió en esta criatura torpe que no deja de tropezarse.

—Oh, Cedric —la voz de Anne era excesivamente suave. Se estremeció cuando las manos de Anne le rodearon el cuello, pero se relajó cuando ella empezó a besarle la mandíbula y las mejillas. Le rodeó la cintura y la estrechó brevemente contra él antes de soltarla.

—¿Me prometes que te llevarás a Hartley siempre que salgas de esta casa? Incluso en mi tierra puede que no estés a salvo. El asesino a sueldo de Waverly secuestró a Horatia en su propia alcoba —casi había perdido a su mejor amigo y a su hermana por ese monstruo. No perdería a Anne también. Incluso ahora se cuestionaba si las heridas de Anne habían sido realmente por una caída accidental, o si algo mucho más siniestro había ocurrido.

Ella le acarició el pecho con una mano delicada.

—Te lo prometo. No soy tonta. Y no quiero que te preocupes por mí. Nunca.

—Gracias al cielo por eso. Parece que la mayoría de las mujeres de mi vida se empeñan en sacarme canas antes de los cuarenta—entrelazó su mano con la de ella y se la llevó a la boca para darle un beso—. Realmente debo irme. Descansa un poco, corazón mío.

Cedric dejó a Anne y fue a buscar a Ashton. Encontró a su amigo en la biblioteca después de preguntarle a un lacayo que pasaba por allí.

—¿Ash? —Cedric entró en la biblioteca, escuchando el familiar crujido de un periódico al ser doblado. Ashton era un hombre de costumbres.

—En el sofá.

Cedric recorrió la habitación, evitando sillas y estanterías para encontrar a su amigo.

—¿Cómo está tu mujer? —preguntó Ashton. Su tono habitualmente serio ahora estaba impregnado con una pizca de burla.

Cedric esbozó una amplia sonrisa en contra de su voluntad.

—Descansando después de un baño —después de un orgasmo así de potente, Anne necesitaría descansar unas horas.

—Me alegro de oírlo. Me preocupaba que os hubierais peleado después del lago.

—Tonterías. Estoy ciego. Ella ha perdido la memoria. Es prácticamente imposible encontrar un motivo decente para discutir.

—Bien, bien —Ash sonaba extrañamente distraído. Cedric ladeó la cabeza, reflexionando sobre el tono de su amigo. Había algo raro y le molestaba no poder leer la cara de Ashton como solía hacerlo.

—Nunca has sido de los que ocultan sus preocupaciones, Ash. Por favor, ¿qué es lo que te preocupa tanto?

—Es sobre Waverly.

—¿Hugo? —pensar que acababa de advertir a Anne sobre el hombre.

—¿Hay algún otro Waverly que nos cause tanto dolor?

—Bueno, ¿qué pasa con él? —Cedric dio unas palmaditas hasta que encontró una silla con respaldo frente al sofá—. No has recibido noticias sobre él, ¿verdad?

—No, pero deberíamos hacer algo al respecto. El ataque contra ti y Lucien en Navidad, y la bala que me atravesó el brazo no fueron accidentes.

—Por supuesto, pero no podemos probar que Waverly fue el autor intelectual —le recordó Cedric.

—Creo que el gato ahogado en la casa de Charles fue una señal muy evidente, ¿no crees?

Cedric frunció el ceño. En efecto, aquello había aclarado las cosas, no solo relativas al responsable, sino a los motivos de sus acciones. La intención de Hugo era la destrucción, pero su motivación consistía en la venganza. Al parecer, los pecados del pasado de la Liga finalmente estaban empezando a atormentarlos.

—Lo sé, lo sé. Pero nadie externo a la Liga lo entendería —Cedric se desplomó en su silla, como si el peso de décadas de preocupación hubiera caído sobre sus hombros—. Por culpa de este hombre, acabo de advertir a Anne que no deje la residencia sin vigilancia. ¿Qué aconsejas que hagamos, aparte de estar atentos?

—Ese es el problema. No tengo la menor idea.

Ashton era un estratega como Cedric, y era inquietante no tener ni idea de cómo manejar una situación.

—He estado preocupado en los últimos días y la implicación de Waverly en estos ataques ha estado muy oculta, por lo que he tenido poco qué hacer en cuanto a pruebas. Uno no puede acudir a un magistrado solo con sus instintos y vagas conexiones. Para empeorar las cosas, Waverly ha vuelto a dejar Londres. Creo que se está preparando para lo que sea que haya planeado después.

—Si tan solo supiéramos a quién de nosotros planea atacar —Cedric dejó escapar un suspiro exasperado.

—Por desgracia, no hay forma de saberlo. Siempre creí que

Charles sería su verdadero objetivo, pero parece que quiere acabar con todos nosotros.

—¿Por lo que le pasó a Peter? Ese pecado no es solo nuestro.

—No, pero él nos considera responsables.

—¿Qué diablos le pasa a ese hombre que no puede dejar de lado sus rencores? —masculló Cedric.

—Sabes que es más que eso. Todo está relacionado con los padres de Charles y Hugo. He oído que había problemas entre ellos. Nuestra interferencia en favor de Charles nos puso en la mira de Hugo. Y perder a Peter en el río solo le dio más motivos para eliminarnos —Ashton se removió en su silla como si estuviera inquieto.

—No cambiaría ni un segundo de aquella noche. Me zambulliría de nuevo tras Charles.

—Yo también lo haría. Pero desearía... —se produjo un largo momento de silencio y tensión mientras ambos hombres eran atormentados por los oscuros recuerdos de cómo habían salvado a uno y perdido a otro.

—¿Cómo está Charles? —en los últimos meses, Cedric no había pasado mucho tiempo con él. El hombre era demasiado aficionado a gastar bromas con la esperanza de relajar el estado de ánimo de Cedric, algo que casi nunca funcionaba.

Ashton suspiró.

—Todavía tiene las pesadillas, pero ha estado mejor últimamente. Pero eso no impide que me preocupe por él.

—¿Crees que puedes curarlo de sus pesadillas?

—No. Al menos, no en un futuro próximo. Y en este momento estoy demasiado ocupado intentando lidiar con Lady Melbourne.

—De nuevo volvemos a Lady Melbourne. La noche de la ópera, Anne me dijo que desapareciste con ella en una oscura alcoba —Cedric disfrutó del balbuceo conmocionado de su amigo generalmente sereno—. ¿Y qué *hiciste* con Lady Melbourne en dicha alcoba, mmm?

—Yo… nosotros… es decir… —Ashton, siempre tan elocuente al hablar, se quedó sin palabras.

—Oh, claro. Estoy seguro de que tú y ella disfrutaron de… lo que sea que fuera —Cedric no pudo evitar la amplia sonrisa que se extendió por su rostro.

Ashton recuperó el control y habló con propiedad.

—Estaba negociando con ella.

—¿Negociando? ¿Así es como lo llaman hoy en día? —Cedric luchaba contra todas las ganas de echarse a reír.

—Pensé que un poco de persuasión física era el camino más sabio —argumentó Ashton, su voz mostraba cierta falta de aliento. Si Cedric no lo conociera, juraría que el hombre estaba avergonzado por algo—. Es un poco más… agresiva de lo que pensaba. Tengo que encontrar la manera de evitar que sus tonterías destruyan mis compañías navieras. Quizá sea necesario recurrir a medidas extremas.

Cedric se puso un poco serio.

—De todos nosotros, tú siempre fuiste el seductor por excelencia.

Era verdad. Ashton, el único de los cinco miembros originales de la Liga que nunca había perdido el control, que nunca se había dejado dominar por sus pasiones. Como consecuencia de sus calculadoras seducciones, había dejado innumerables víctimas. Casi todas sus conquistas habían estado relacionadas con sus éxitos en el mundo de los negocios. Una noche se acostaba con una cantante de ópera que era amante del dueño de un astillero. A la noche siguiente, inmovilizaba a la hija de un banquero contra la pared de un salón de actos, convenciéndola de que revelara los secretos de su padre. Ashton podía ser completamente despiadado.

—Sí, bueno, un leopardo no puede cambiar sus manchas —susurró Ashton.

Cedric cruzó los brazos sobre el pecho.

—¿Estás tan seguro? Godric y Lucien han demostrado que ese dicho es falso.

Ashton guardó un largo silencio.

—Algunos hombres están destinados a ser afortunados. No me considero uno de ellos.

—Al diablo con el destino, Ash. Crea tu propia suerte. Míranos a mí y a Anne. Contra todo pronóstico, estamos luchando para alcanzar la felicidad. ¿Quién dice que tú no puedes hacer lo mismo?

Ashton dejó escapar una fuerte y divertida carcajada.

—El matrimonio te sienta bien, Cedric. De verdad que sí. Ahora, vete. Encuentra a esa esposa tuya y dale a Lucien algo de competencia en cuanto a engendrar herederos.

Fue el turno de Cedric de reír.

—Solo tú podrías expresar eso de forma tan ofensiva como para hacerme parecer un semental de primera —Cedric se puso en pie, cogió su bastón y se dirigió a la puerta. Era hora de ir a su estudio y hacer que su administrador lo ayudara con unas cartas. Luego, una vez que terminara sus asuntos, buscaría a su esposa y renunciaría a su autocontrol. Quería hacer el amor con ella, sin importar si se acordaba de él; quería amarla, seducirla para que ella lo amara. Si eso lo convertía en un villano, que así fuera. Después de todo, era un pícaro.

LA DONCELLA DE ANNE TERMINÓ DE CERRAR SU VESTIDO DE día en tonos dorados y colocó unos cuantos pasadores más en el peinado de rizos en lo alto de su cabeza.

—Listo, mi señora. Todo luce precioso.

—Gracias, Becca.

—¿Necesita algo más? —preguntó la mujer, con la cabeza cubierta por una gorra e inclinada respetuosamente.

—En realidad, me preguntaba si podrías acompañarme a la biblioteca. Esperaré allí hasta la cena.

Becca hizo una reverencia y condujo a Anne por las escaleras hasta la biblioteca.

La habitación era preciosa. Las sillas y mesas doradas estaban repletas de libros, pero éstos estaban llenos de polvo. Se percibía la presencia de alguien, como si hubiera estado aquí alguna vez en el pasado, mucho tiempo atrás. Alguien a quien le gustaba leer. Anne el libro pesado más cercano y lo giró. Las letras doradas leían *Historia de la Monarquía Inglesa*. Anne sabía que Cedric nunca había abierto ese libro, y tampoco lo había hecho con ninguno de los otros. No le gustaba leer, ni siquiera antes del accidente.

Esta tranquila escena que brillaba bajo el sol de la tarde parecía un monumento en memoria de alguien fallecido años atrás. ¿Los padres de Cedric podrían haber estado sentados en estas mismas sillas, pasando las páginas con interés? A Anne se le hizo un nudo en la garganta mientras pensaba en Cedric dejando los libros afuera. ¿Había sido incapaz de guardarlos? ¿Quería sentir que sus padres podían volver en cualquier momento? ¿O simplemente nunca venía a esta habitación y los sirvientes no se atrevían a guardarlos?

—Si busca algo para leer, Lady Sheridan, ¿puedo sugerirle esto?

Anne se volvió para encontrarse cara a cara con el alto Lord Lennox de cabellos pálidos. Ella cogió el pequeño volumen presentado.

—¿*Lady Briana y el Vizconde Afligido*? —¿el título era su forma de comunicarse con ella?

—Cedric es uno de los mejores hombres que he conocido —dijo Lord Lennox.

Anne se sintió fascinada por la luz de sus intensos ojos azules. De repente, visualizó a Ashton con el pecho desnudo y una herida con sangre en el hombro; sus facciones marcadas por las líneas de un dolor insoportable. La cabeza de Anne dio vueltas y se tambaleó. Ashton la agarró por la cintura, estabilizándola.

—¿Está todo bien, Lady Sheridan?

—Te he visto... cubierto de sangre. ¿Por qué te vi sangrando?

—ella se aferró a su chaleco para apoyarse mientras luchaba contra una ola de náuseas.

Ashton la miró con curiosidad.

—¿Me has visto cubierto de sangre?

—Sí... Tenías el pecho desnudo, y tu hombro estaba... herido —añadió ella con un rubor de vergüenza. Nunca debió admitir haberlo visto semidesnudo.

—Es un recuerdo y nada más, Lady Sheridan —la tranquilizó Ashton—. El pasado diciembre viniste a visitar a tu amiga, Emily Parr, ahora Duquesa de Essex. Creo que Cedric te dijo que me habían disparado el año pasado. Godric estaba revisando mi hombro y tú entraste y nos viste. Lamento que el recuerdo te haya molestado.

Anne parpadeó sorprendida mientras el recuerdo se intensificaba y todo regresaba hasta ese día en particular. Recordó a Emily, su buena amiga. Godric, el inquietante y apuesto Duque de Essex. Ya no eran títulos vacíos. Eran amigos que ella recordaba. Si tan solo el resto regresara a ella. El corazón acelerado de Anne se calmó y sus hombros se desplomaron en señal de alivio.

—Gracias a Dios. Me preocupaba estar sufriendo visiones —ella se pasó una mano por la frente.

—¿Recuerdas algo más?

Anne sacudió la cabeza.

—Todo está borroso. Ojalá pudiera recordar.

—¿Recuerdas la noche en que conociste a Cedric en los Salones Almack?

Anne empezó a negar con la cabeza, pero Ashton le cogió la barbilla e hizo que lo mirara.

—*Haz un esfuerzo.* Yo estuve allí. Había un vals en marcha. Cedric se volvió hacia ti... —la suave locución de Ashton la atravesó, buscando espacios oscuros en su mente y salpicándolos con recuerdos brillantes.

—Él me sonrió y sentí...

Ashton se concentró mucho más en ella.

—Imagínatelo allí, girándose para verte por primera vez. La mirada que te dirigió. La sonrisa. ¿Qué sentiste?

Ella se rindió ante sus ojos y expresó lo que su corazón recordaba, a pesar de que su mente insistía en que el recuerdo había desaparecido.

—Sentí que todo lo que siempre consideré como cierto había dejado de serlo. Que mi existencia comenzaba en la curva de su sonrisa, y que el primer aliento de mis pulmones nació del brillo de sus ojos. Mi corazón era suyo.

Ashton le soltó la barbilla y apoyó la palma de una mano en su mejilla. Le acarició el pómulo con sus nudillos de forma reconfortante y dulce. Fue entonces cuando Anne se dio cuenta de que había lágrimas cayendo por sus mejillas y que él las estaba limpiando.

—No quería hacerla llorar, Lady Sheridan.

Anne resolló y se limpió la cara con el borde de la mano.

—Ahora lo recuerdo —algo en la insistencia de Ashton para que ella pensara en aquella noche le provocó una serie de recuerdo: su padre, Cedric, Emily. Gran parte de su identidad había regresado, y su cabeza palpitaba con el dolor de todo ello.

—¿Te sientes mal? —preguntó Ashton con cierta preocupación.

—Solo necesito un poco de aire fresco —Anne pasó con dificultad por delante de él para escapar de la biblioteca y de la avalancha de recuerdos. Pero escapar de sus emociones era imposible. Se detuvo para no chocar con su marido, quien acababa de aparecer en la esquina a pocos metros de la biblioteca.

—Ahí estás, corazón mío. Reconocería ese aroma en cualquier parte.

Anne se lanzó contra él, abrazándolo por la cintura. Enterró la cara en su pecho, absorbiendo su olor, el aroma a cuero, establos y sándalo.

—¿Te pasa algo? ¿Has estado llorando?

—Recuerdo la noche en que nos conocimos —respondió ella.

—Dios santo… No me extraña que estés llorando. Lo siento mucho. Desearía poder eliminar esos recuerdos. Cuando Andrews te hizo daño, e incluso desearía borrarme a mí y a esa otra mujer —la sostuvo cerca, rodeándola con sus brazos.

—Cedric, por favor, escúchame. No he recordado esas cosas. Estaba recordando lo que sentí al verte por primera vez. Lo mucho que me importabas…

—¿Te importaba? ¿En tiempo pasado? —sus manos se pusieron un poco rígidas.

—Todavía me importas.

—¿Y eso te hizo llorar?

Anne se abrazó más a él.

—Sí y no.

Cedric rio y su pecho fue sacudido. La sensación del rostro de Anne era deliciosa, reconfortante.

—Tiene que ser una cosa o la otra. ¿Cuál es?

—Cedric, nada es tan sencillo cuando se trata del amor.

El agarre de Cedric cesó, pero la acercó más, sosteniéndola con mucha más delicadeza.

—¿Amarme te hace llorar?

—De una manera maravillosa —ella intentó bromear, pero su voz seguía temblando por la emoción—. Pero no debes dejar que eso alimente tu prepotencia.

—Bueno, ambos sabemos que está bien nutrida —presionó sus caderas contra las de ella, lo suficiente para que Anne sintiera el bulto en sus pantalones.

—*Esposo* —se le escapó una risa. Ella adoraba su inclinación natural a ser juguetón. Siempre la ponía de buen humor.

—Bueno, sécate los ojos, amor. He decidido pasar el día contigo. ¿Qué te gustaría hacer?

—¿Podríamos pasarlo en los establos?

—¿Para qué demonios?

Anne reprimió una risita ante la expresión perturbada de su rostro.

—Quiero que me enseñes por fin tus yeguas árabes.

—Por supuesto. Tu memoria debe estar volviendo si recuerdas esa obsesión. Y yo que pensaba tenerte a solas en una pila de heno y salirme con la mía —Cedric le acarició el cuello con la nariz.

—Tal vez lo hagas.

CAPÍTULO 18

Capítulo Diecinueve

El cielo volvía a estar cargado de nubes negras, cuyos extremos descendían lo suficiente como para tocar el lejano horizonte. Anne contempló el ominoso espectáculo mientras la penumbra de la inminente tormenta caía sobre ella y Cedric. El aire estaba impregnado con el intenso aroma de las flores tardías y de la lluvia que estaba por llegar. Una brisa cálida la envolvió y le produjo un cosquilleo en la piel. Los establos se encontraban más adelante, y el aroma húmedo del heno y el cuero pulido le recordó un momento del pasado que aún estaba algo borroso.

Cedric balanceaba su bastón con cabeza de león de un lado a otro sobre el camino de grava mientras caminaban hacia la amplia entrada de doble puerta de los establos.

—¿Cuántos caballos tienes?

Él esbozó una sonrisa indulgente.

—Quieres decir, ¿cuántos tenemos tú y yo? Ahora también

son tuyos. Y tenemos catorce, incluyendo mis cuatro grises moteados para mis carruajes privados.

—¿Y los árabes? ¿Cómo se llaman? —la mano de Anne se tensó alrededor de su brazo cuando llegaron a las puertas del establo.

Cedric se detuvo y deslizó el bastón por el umbral para determinar si el acceso estaba libre. Entonces, la empujó suavemente al interior.

—Su padre era el famoso Firestorm. Las dos yeguas que tengo se llaman Corazón de Invierno y Llama de Otoño. Las he llamado Corazón y Llama.

Anne contuvo la respiración, emocionada, mientras Cedric contaba los establos, golpeando ligeramente la puerta de cada uno de ellos con su bastón. Los rostros de los caballos, curiosos, emergieron de los recintos de madera.

Cedric apoyó el bastón en la puerta de un establo en particular.

—Ahh, esta debe ser Corazón de Invierno.

Una yegua blanca como la nieve asomó la cabeza y su nariz rozó la palma de Cedric, quien se estremeció ante el repentino contacto. Luego se relajó cuando la yegua le mordisqueó los dedos.

Anne miró dentro del establo para apreciar mejor a la yegua.

—No puedo creerlo. Es de color blanco puro. Ni siquiera una pizca de gris —nunca había visto una criatura tan magnífica. La raza de Corazón de Invierno era insólita. No era de extrañar que el comerciante árabe hubiera amenazado la vida de Cedric. Perder esos dos caballos debió costarle el alma.

—Oh, Cedric, es hermosa —Anne pasó una mano por el cuello de Corazón. Los grandes ojos del caballo eran lagunas de ónix que reflejaban su rostro. Con un resoplido impaciente y un fuerte pisotón, Corazón se movió y golpeó el hombro de Cedric. Con una amplia sonrisa, rebuscó en su bolsillo y sacó un terrón de azúcar. Corazón lo cogió con delicadeza de la palma de su mano y lo masticó de una muy femenina. Anne nunca había algo así. Ahogó una risita.

Cedric la oyó y bufó.

—Corazón es mi dama bien educada. Llama, en cambio… —señaló un compartimento dos puertas más adelante, donde una impresionante yegua castaña rojiza los observaba con las orejas levantadas en su dirección.

—Llama es mi diablilla. Todo fuego y espíritu.

Anne parpadeó cuando un recuerdo fugaz cruzó por su mente. La voz de Cedric llamándola "diablilla" y refiriéndose a ella como un "infierno". Un rubor recorrió sus mejillas. Anne se centró en la segunda yegua, riendo cuando Llame mordió el brazo de Cedric para alcanzar los terrones de azúcar escondidos.

Anne escuchó con gran fascinación cómo Cedric le contaba historias de su juventud. Su amor por sus padres, sus hermanas y sus caballos era evidente por su tono y las expresiones de alegría en su rostro. Hacía meses que no lo veía así de animado. ¿Cómo era posible que ella recordara la oscuridad de su corazón antes de ahora? Ella no lo sabía. Pero sabía que este hombre, este hombre feliz, era al que había amado, al que todavía amaba. Se había casado con este Cedric. El corazón de Anne se encogió cuando la miró, casi como si pudiera verla.

Desearía poder darte mi vista. Ojalá yo estuviera sufriendo.

—Bueno, ¿vamos? —Cedric buscó su bastón justo en el momento en que un relámpago rompió el silencio. Un instante después, una fuerte lluvia cayó sobre los establos. —. Tal vez debamos esperar —sugirió.

—Solo es lluvia.

Cedric la sujetó con más fuerza.

—Donde hay truenos hay relámpagos, y no quiero correr ese riesgo, no con tus heridas.

—Muy bien. ¿Qué vamos a hacer?

—Hay un espacio vacío al fondo. Podemos esperar allí hasta que pase la tormenta.

Cedric la guio de regreso por la hilera de compartimentos.

Cedric y ella estarían solos en un compartimento cálido y lleno de heno. Muchas cosas podrían pasar antes del final de la tormenta.

Cedric llamó a uno de los mozos de cuadra y el hombre sacó varias mantas limpias antes de desaparecer en el cuarto trasero y cerrar la puerta con firmeza. Anne vio cómo Cedric dejaba el bastón y extendía las mantas sobre el lecho de heno limpio.

—Ven y siéntate —su tono era reconfortante, una tentación que ella no pudo rechazar.

Una vez que Anne se sentó cómodamente en el centro de las grandes mantas de lana, él se acomodó a su lado.

Cedric deslizó una mano sobre la manta, apartando la mirada de ella.

—Antes odiaba venir aquí. Después del accidente. Me recordaba lo mucho que había perdido. Es curioso tener por fin un deseo en tu corazón y no poder disfrutarlo. Nunca.

A Anne se le hizo un nudo en la garganta al ver la expresión de desconcierto en su rostro.

—Pero venir aquí contigo... —él hizo una pausa, buscando su mano y luego entrelazando sus dedos—. Hizo que la pérdida que supone montar a caballo fuera menos dolorosa.

—¿A qué te refieres?

Cedric se pasó una mano por el pelo.

—Estar contigo... es como volver a ver el mundo cuando pensaba que estaría atrapado en la oscuridad para siempre. Hoy no he tenido que cabalgar para sentirme feliz. El simple hecho de estar aquí, tocarlos y hablar con ellos, me ha hecho sentir una alegría que había creído perdida para siempre. Te lo debo a ti, Anne. Te lo debo todo. Nombra el deseo de tu corazón y me encargaré de que lo consigas. Es lo menos que puedo hacer ahora que me has devuelto un fragmento de mi vida.

Cedric se llevó la mano de Anne a los labios y besó sus nudillos y su palma mientras esperaba su respuesta.

—Solo te quiero a ti. Todo de ti —ella no tenía ni idea de dónde venía semejante atrevimiento, pero el momento había llegado. Esperar solo amenazaría sus posibilidades de ser feliz. Anne le besó la mano, queriendo que él sintiera la profundidad de su amor.

Los ojos vacíos de Cedric parecieron oscurecerse. Sus labios se separaron y soltó sus manos con suavidad, un gesto de cautela.

—Anne, me queda poco autocontrol. No lo pongas a prueba. No quiero obligarte a hacer nada.

—No te estoy poniendo a prueba. Mis palabras son ciertas. ¿No lo sabes? Te quiero a *ti* —Anne sostuvo la mano de Cedric en su pecho, esperando que entendiera lo que ella quería decir.

Él la sorprendió al apartarse y ponerse de pie. Se dirigió a la puerta del compartimento, buscando el pomo y tirando de él para cerrarla. Luego respiró entrecortadamente y se volvió hacia ella. La intimidad de aquel momento, los dos aislados del resto del mundo, cautivó a Anne por su solemnidad. Estaban juntos al borde de un acantilado y la más mínima brisa podía hacerlos caer.

—¿Confías en mí? —le preguntó. En su mirada hubo un destello, una luz que ella no había visto desde antes de que se quedara ciego.

—Con cada aliento. Con toda mi alma.

Cedric se apoyó en la puerta del compartimento. Ella había olvidado la confianza y el poder que él solía tener antes de perder la vista. Él había sido una fuerza de la naturaleza, un torbellino de pasión. Ahora era una tormenta apagada, una lluvia tranquila, y ella seguía perdidamente enamorada de él.

—¿Has visto alguna vez a alguien entrenar a un caballo castrado?

—Sí... —Anne recordaba al mozo de cuadra de su padre pasando varias horas en un compartimento solitario mientras acariciaba cada centímetro del cuerpo del caballo para que éste se familiarizara con su toque y su manejo.

Cedric avanzó, con una pincelada de su gracia y confianza reflejada en sus fuertes pasos. Si caía sobre algo, no podría hacerse daño. No había nada peligroso al interior del lugar. Aquí, Cedric era dueño de su entorno y lo sabía.

—Al experimentar el consuelo y el placer del toque del mozo de cuadra, el castrado aprende a confiar en él, y el mozo es capaz de ensillarlo y montarlo.

La boca de Cedric fascinó tanto a Anne que, al principio, no se dio cuenta de que se había movido hasta que lo vio arrodillado a sus pies. Sus dedos buscaron los cordones de sus zapatillas de casa, desatándolos. Ella no lo detuvo. Para su sorpresa, levantó el pie para permitirle quitárselas.

—Verás, los caballos son como las personas. Hay que ganarse su confianza —su otra zapatilla se unió a la primera en el suelo a unos metros de distancia.

—¿Alguna vez has domesticado a un caballo castrado? —le preguntó Anne. Su cuerpo se estremeció mientras Cedric se movía para sentarse detrás de ella. Sus dedos recorrieron lentamente los complicados patrones en la espalda de su vestido. Su respiración se agitó con cada suave tirón mientras él liberaba la prenda y desataba cada uno de los cordones.

—He domado a uno. Cuando se hizo mayor resultó ser mi mejor caballo de carreras. La mayoría de los hombres piensan que domar a un caballo significa doblegar su espíritu.

—¿Pero tú no piensas eso? —Anne cerró los ojos, disfrutando del recorrido de las manos de Cedric por sus hombros mientras le quitaba el vestido del cuerpo. Ella se levantó para liberar su cuerpo de la ahora incómoda tela de muselina.

—Domar a una criatura no consiste en suprimir su carácter salvaje. Domar es aprovechar el espíritu para que la criatura pueda alcanzar todo su potencial.

Anne contuvo la respiración, esperando que él empezara a quitarle la camisola, pero no. En cambio, Cedric se colocó frente a ella y deslizó una mano por su pantorrilla hasta encontrar los lazos de su liga en la parte exterior del muslo. Fascinada por la destreza y la delicadeza de sus manos, Anne se relajó contra el lecho de heno, contenta de dejar que la desnudara. Afuera, el sonido de la lluvia contra la madera marcaba un ritmo constante. Su corazón alcanzó el mismo compás mientras se entregaba a la lenta seducción de Cedric.

Cedric le quitó la segunda media y sus manos regresaron a sus piernas desnudas. Las separó, limitándose a acariciar el interior de sus muslos. Sus palmas arañaron suavemente su sensible piel, volviéndola increíblemente consciente de su fuerza y rudeza.

—No tienes ni idea de las sensaciones que provocas en mí. Tu piel es suave, como el satén. Nunca creí que la belleza pudiera residir únicamente en el acto de tocarte —su ronroneo ronco hizo que sus piernas temblaran. Su reacción pareció complacerlo. Nunca nadie la había tocado así, como si fuera preciosa, delicada y atractiva.

Cedric prosiguió con su exploración, y sus manos se abrieron paso a través de sus enaguas. Ella se removió inquieta, incómoda con su deseo cada vez mayor.

—Tranquila, querida.

Anne luchó por mantener la calma mientras Cedric levantaba sus faldas y las colocaba en su cintura. Una ola de pánico surgió en su interior cuando sus dedos acariciaron sus caderas desnudas. Estaba expuesta. No la podía ver, pero sí la podía tocar.

—Alguien podría vernos —sus palabras no tenían la intención de disuadir, solo de advertir.

—Nadie lo hará. Mis mozos de cuadra saben cuándo mantenerse alejados.

—¿Entonces saben que estamos...?

Cedric se inclinó hacia delante y besó su boca, haciéndola callar. Cuando sus labios se movieron sobre los de ella, Anne olvidó sus preocupaciones y se derritió ante aquel calor aterciopelado. Gimió en señal de protesta cuando se apartó de ella, pero solo fue para poder quitarle la camisola.

Antes de que pudiera detenerlo, Cedric se colocó encima de ella, deslizando una pierna entre las suyas para presionar el sensible y palpitante punto entre sus muslos. Él sofocó su gemido de sorpresa con otro beso. Estaba completamente desnuda y vulnerable debajo de él y, sin embargo, Cedric seguía completamente vestido. Había algo pecaminoso en todo esto, pero Anne no pudo encontrar fuerzas suficientes para inmutarse.

La suave tela de su chaleco y la áspera textura de sus pantalones excitaron sus sentidos y propagaron un calor por todo su cuerpo. Las manos de Cedric estaban por todas partes, guiándose por sus caderas, recorriendo posesivamente su culo, explorando el oscuro triángulo de rizos entre sus piernas y acariciando sus pesados pechos. Las constantes caricias y golpecitos la estaban domando, justo lo que él había querido hacer.

—Desearía poder verte, Anne. Me rompe por dentro no poder hacerlo —la voz de Cedric era ronca y poco firme mientras le depositaba besos en la frente.

Anne le acarició la garganta con la nariz mientras empezaba a deslizarle el abrigo por los hombros.

—Tú me ves. Siempre lo has hecho. Yo soy la que ha estado ciega.

Cedric se estremeció.

—Todo este tiempo has estado justo frente a mí, y no podía verte. Pero ahora eres *mía*.

Ella sonrió y le mordisqueó la oreja.

—Soy tuya.

Cedric gimió y su boca se encontró con su pecho. Lamió su pezón antes de llevárselo a la boca. Anne se arqueó, desesperada por el placer que le estaba dando.

Todo con Cedric se sentía puro, vibrante. Cada lamida, cada mordida en su piel la hacía jadear de placer. Le dolían muchas zonas de su cuerpo, y estaban calientes. Anne estaba deseando cosas que no podía entender.

—Por favor, Cedric, te necesito.

—Todavía no, amor, deseo hacer muchas cosas —trazó un camino de besos más allá de su ombligo y la saboreó entre las piernas antes de que ella pudiera comprender lo que estaba haciendo. Anne levantó la cabeza y lo vio allí, deleitándose con ella. Sus anchos hombros la mantenían abierta y vulnerable.

—Oh, Dios —gimió. Sus suaves labios le quemaban la piel, provocando que ella se retorciera sin poder evitarlo.

—Tienes un sabor divino. A canela y leche —el recorrió su centro con la lengua, y Anne no pudo evitar el grito que brotó de su garganta cuando un placer devastador se apoderó de ella. Cedric le rodeó los muslos con sus brazos y los levantó para colocar las rodillas de Anne sobre sus hombros, ya que el nuevo ángulo le ofrecía un mejor acceso.

Le metió la lengua hasta el fondo, como muestra de la poderosa posesión que estaba por llegar. Cuando Anne pensó que no podría aguantar ni un segundo más, él la devoró toda y succionó con fuerza.

Ella perdió todo su control en un arrebato de placer y pánico. Cuando gritó su nombre, todo lo demás desapareció. El mundo pareció caer debajo de ella. Un éxtasis puro y pecaminoso la consumió, uno sin precedentes. En ese único instante, fue envuelta por algo más que la pasión. Una magia erótica desplegó un hechizo en torno a ella mientras las sensaciones se apoderaban de sus sentidos. De repente, se aferró a su control como si se tratara de las riendas de un semental y, poco después, comenzó a volar. Fue absorbida por una ola estruendosa mientras ella descendía sobre su propio cuerpo.

Vagamente fue consciente de que Cedric se estaba despojando de su ropa. Anne luchó débilmente por incorporarse, pero él se colocó sobre ella, con su boca perversa, salvaje y hambrienta besando un camino abrasador desde su estómago hasta su boca. Apoyó la palma de la mano en el pecho de Cedric, sintiendo cómo los músculos se tensaban y se movían, revelando el frenético latido de su corazón. Nunca había estado tan cerca de nadie, ni física ni emocionalmente. Sentir ese latido acelerado, salvaje como el suyo, parecía unirlos, forjar un vínculo inquebrantable entre ellos.

—Tócame. Tócame por todas partes —la animó con un suave gruñido y se acomodó entre sus piernas. Ella pasó las manos por su espalda, sus brazos y su abdomen, memorizando los contornos de sus músculos y la fuerza de su cuerpo frente a su toque.

La presión masiva e insistente de su excitación la acarició, y la deliciosa fricción le nublaba la vista. Anne le rodeó el cuello con los brazos, olvidando momentáneamente el molesto dolor de su hombro. Lo único que importaba era dejar que Cedric la penetrara. Quería que él llenara su vacío, ese vacío que la había hecho sufrir durante mucho tiempo.

Sus manos sujetaron sus caderas y sus ojos se entrecerraron mientras se apartaba de ella.

—Dime que puedes aceptarme, Anne. Por favor —la intensa necesidad en su voz la hizo removerse inquieta, instándolo a que la llenara.

—Sí, estoy lista. Rápido —apenas soltó la súplica, Cedric la penetró. Compartieron un gemido cuando él volvió a empujar para finalmente sentirse envuelto por ella.

—Estás tan apretada, corazón mío, te sientes... ¡Dios, si supieras! —siseó Cedric y comenzó a mecerse contra ella. Sus movimientos eran reverentes, de admiración, tan opuestos a los del hombre desesperado que la había embestido momentos antes.

—¿Por qué has frenado? —jadeó Anne.

—¿Crees que soy un hombre impaciente? —Cedric se rio y bajó la cabeza a su pecho, succionando un pezón sensible.

—Pero necesito que... —la voz de Anne se apagó cuando él mordió juguetonamente el tenso pezón.

La sensación de una piel deslizándose sobre otra piel brillante se fundió con el rítmico crujido de sus cuerpos sobre el heno cubierto de mantas. La pesada lana de las mantas creaba una excitante sensación contra su espalda y sus nalgas mientras Cedric la penetraba con embestidas poco profundas y maliciosas. Estaba frustrada, y una creciente ola de necesidad bullía en su interior. Cedric deslizó una mano entre sus cuerpos y su pulgar encontró su endurecido clítoris. Lo rodeó, lo frotó hasta que Anne empezó a agitarse. Era la sensación más extraña; los golpes lentos y poco profundos de su pene mezclados con los rápidos movimientos sobre su clítoris.

—Córrete para mí, cariño —respiró contra sus labios.

Anne se corrió con una rápida ola de placer y se derritió debajo de él, pero Cedric no le dio tiempo para recuperarse. Se apartó de ella, ignoró su grito de decepción y la instó a girar sobre su estómago. Ella se apoyó en el lecho de heno, sosteniendo su cuerpo sobre su antebrazo bueno y permitiendo que Cedric levantara sus caderas.

—¿Qué estás haciendo? —estaba medio sorprendida y medio fascinada mientras él acariciaba cada centímetro de su cuerpo desde atrás. El calor de sus palmas deslizándose sobre su piel la hizo estremecerse, y su necesidad de él volvió a despertarse.

—Voy a montarte. Reclamarte justo así —trazó un camino desde la parte baja de su espalda hasta su cuello. Cogió posesivamente su sexo, presionando el borde de la palma de su mano contra ella. Una presión exquisita. Anne reaccionó por puro instinto, empujando su trasero hacia atrás, buscándolo, necesitándolo dentro de ella. Había llegado al orgasmo solo unos momentos antes y ya lo estaba deseando de nuevo—. He soñado con esto, tú y yo juntos —su voz era suave y oscura, como una noche de invierno sin estrellas.

Pero Anne llevaba mucho tiempo sin poder hablar. Se limitó a jadear cuando Cedric sujetó sus caderas y se dirigió a su húmeda entrada. La penetró con una potente embestida. Ella arqueó la espalda, conmocionada, cuando él pareció penetrar lo suficiente como para tocar su vientre. El éxtasis la recorrió mientras se entregaba a él.

CEDRIC MALDIJO Y SE APARTÓ ANTES DE VOLVER A PENETRARLA. Las caderas de Cedric chocaron contra sus nalgas. Nunca le habían interesado las mujeres esbeltas, sino que prefería a las de su tamaño. Anne era una compañera perfecta: su cuerpo musculoso, de trazos elegantes y pronunciadas curvas, era lo más erótico que había sentido debajo de él. La energía de Anne se encontró con la suya y él se sintió aliviado y excitado. Había temido molestarla por reclamarla de esta manera, pero ahora era incapaz de arrepentirse de sus actos.

Tenerla por fin de la forma que había deseado durante años, era demasiado, el placer era demasiado intenso. Cada instinto gritaba con una intención salvaje para atarla a él para siempre. Ahora la había hecho suya, en la medida en que cualquier hombre podía poseer a una mujer. Los hombres se engañaban a sí mismos creyendo que controlaban al sexo débil, ya sea en la cama o en el matrimonio. Pero la verdad era que no podían dominar a una mujer más que al viento. Y Anne era ciertamente una fuerza tormentosa que él nunca había deseado domar, solo abrazar su intensidad.

—¡Más! —el jadeo desesperado de Anne casi lo hizo sonreír, pero apenas pudo controlarse.

Necesitó toda su concentración para llevarla al borde del éxtasis antes de permitir su propia liberación. Ralentizó el ritmo y se dejó caer sobre ella, cubriéndole la espalda con el pecho. Sus brazos rodearon sus hombros y sus dedos se entrelazaron con los de ella mientras reanudaba sus salvajes embestidas desde atrás.

Anne echó la cabeza hacia atrás, con sus cabellos oscuros cayendo a un lado de su cara, dejando su cuello vulnerable. Cedric buscó su punto débil con los dientes y lo mordió. Eso fue todo lo que necesitó. Ella se cerró en torno a su miembro mientras lanzaba un grito desenfrenado de excitación sensual, atrayéndolo más profundamente, como si quisiera mantenerlo dentro de ella. El clímax de Cedric se desató junto con un grito ronco de sus propios labios.

Anne se desplomó sobre su estómago debajo de él. Demasiado débil, permaneció encima de ella, incapaz de apartarse durante unos momentos. Cuando por fin lo consiguió, ella se acurrucó contra él. Respiró profundamente varias veces, sorprendido por el milagro que había experimentado.

Durante unos breves segundos, juró haber visto a Anne con sus curvas al descubierto.

Tonterías. ¿Cómo podía ser posible? Su imaginación debió apoderarse de él, difuminando los límites entre la fantasía y la realidad. Las sensaciones y el éxtasis derivados de hacer el amor con ella eran distintos a los experimentados con cualquier otra mujer.

—¿Te he hecho daño? —su voz era suave, pero su respiración seguía acelerada.

—No… creo que disfruté de la rudeza.

La conocía lo suficientemente bien como para oír el rubor en su tono. Adoraba absolutamente que ella pudiera admitir lo que le gustaba de su forma de hacer el amor. Era una buena señal de que su relación, la confianza entre ellos, estaba sanando.

—No era mi intención dejarme llevar —admitió—. Culpo al entorno. Los sonidos y los olores de aquí hacen que un hombre olvide que no es una bestia. Te juro que no pretendía tratarte como a una yegua de cría.

Se quedó completamente desconcertado cuando su comentario fue recibido por una risita de niña, muy distinta a la de Anne, o al menos a la Anne que él creía conocer. ¿Acaso todavía había una jovencita dentro de ella, y sus gélidos muros se estaban desvaneciendo lo suficiente como para que algún día se mostrara suave y dulce con él?

Las manos de Anne se posaron en su pecho y sus dedos trazaron patrones invisibles.

—Si es así como tratas a las yeguas de cría, entonces, por supuesto, vengamos a los establos más a menudo —hizo una pausa, repentinamente reflexiva—. Supongo que estoy demostrando ser la peor clase de esposa. Me estoy comportando más bien como una amante. Debería reprenderte y yacer inerte la próxima vez, ¿no es así?

—¡No te atrevas! —la respuesta de Cedric fue mitad en broma, mitad en serio—. Me encanta tu comportamiento descarado. Que tu esposa se comporte como una descocada en tu cama es algo muy satisfactorio —él se llevó una de sus manos a la boca y depositó pequeños besos en sus nudillos.

—¿Descocada? —Anne fingió un grito indignado—. Si tuviera una fusta, golpearía ese bonito trasero tuyo —una vez más, él pudo oír el atisbo de una risa apenas perceptible.

Cedric tiró de su cuerpo sobre el suyo y le cogió el culo, estrujando una nalga.

—Si hablamos de castigos, mi encantadora esposa, entonces será un placer azotarte cuando sea necesario —golpeó su trasero y supo, por el siseo que se le escapó, que habría un nuevo estallido de calor entre sus piernas.

—¡Cómo te atreves! —lo reprendió, pero él le levantó las caderas y la penetró con su recién excitada erección.

Los pechos de Anne se frotaron contra él, y el chirrido de sus duros pezones era una sensación pecaminosamente deliciosa. Ella arqueó la espalda y su cuerpo se movió en vertical contra el suyo. Cedric utilizó las manos en sus caderas para guiarla hacia el ángulo y el ritmo adecuados. Una vez que Anne alcanzó un lento vaivén, él buscó sus pechos. Le acarició los pezones y los pellizcó hasta que su cuerpo se estremeció. Cedric sabía que ella estaba a punto de correrse de nuevo. Su monta terminó en una deliciosa cacofonía de gritos mezclados y fuertes gruñidos. Su mujer se desplomó sobre su pecho, con sus cuerpos aún unidos. El peso de Anne sobre él era extrañamente relajante, un recordatorio físico de que ya no estaba solo.

—Eso fue... eso fue tan... —las palabras de Anne recorrieron su pecho y ascendieron por su cuello hasta sus oídos en un patrón lleno de cosquillas.

—Hermoso. Perfecto. Increíble —replicó—. No me malinterpretes, Anne, cariño, pero espero que hayamos hecho un bebé.

—¿El futuro Vizconde Sheridan concebido en los establos? Incluso para ti eso es demasiado escandaloso.

—Tonterías, Cristo nació en un pesebre, ¿no es así? Nuestra situación no es muy diferente.

—Dudo mucho que un hijo nuestro tenga altos valores morales. Será un demonio, seguro. Daré a luz a un pequeño pagano con tendencias malvadas.

—Y tú y yo mimaremos al niño, ¿no? —se rio, encantado con la idea de que un pequeño se adueñara de sus corazones.

—Entonces rezaré para que nuestro primer hijo sea una niña. Así tendrá mis cualidades y, por tanto, será más sensata y manejable —el cálido aliento de Anne abanicó su cuello mientras le besaba la garganta.

Cedric soltó una risita.

—¿Manejable? —el humor lo invadió mientras acariciaba la espalda de Anne. "Has conocido a mis hermanas, ¿verdad? Las mujeres Sheridan son famosas por su incapacidad para ser manejadas. Si llego a tener una hija, estará más mimada que cualquier niño que tengamos. Audrey puede decirte que soy terrible para decirles que no.

—¿Así que yo impondré reglas mientras tú les das dulces a escondidas? Muy bien, me las arreglaré para tener únicamente niños.

De nuevo, Anne reía y Cedric estuvo tentado de azotarla solo por la pasión que eso despertaría, pero incluso él estaba demasiado cansado. Solo quería tumbarse en su improvisada cama y abrazar a su querida y preciosa esposa.

Pronto Anne se durmió, con su respiración constante contra él. Algo insoportablemente dulce. Cedric apartó su cuerpo saciado del suyo y se inclinó sobre ella para cubrirlos con las mantas. La tormenta continuaba, como si las nubes y la lluvia estuvieran decididas a mantenerlos en los establos. Nunca en su vida, Cedric había estado agradecido por la lluvia. Hasta ahora.

CAPÍTULO 19

Capítulo Veinte

Oscuridad gélida y mordaz. Tinieblas asfixiantes, sofocantes. Sin aire.

Charles no podía respirar. Las sogas le cortaban las muñecas y los tobillos, inmovilizándolo. Forcejeando, sentía un ardor en los pulmones, pues el aire no entraba en él. Iba a morir en el río, ahogado, consumido por la oscuridad eterna...

—¡Ayuda! —el grito ronco desgarró su garganta—. ¡Ayúdenme, por favor! —el grito se convirtió en un gimoteo frenético mientras el agua llenaba sus pulmones.

De repente, una mano le tocó la cara.

—Tranquilo, milord. Está a salvo. Despierte —una voz lo calmó con un susurro cerca de su oído. El cuerpo de Charles sufrió un espasmo y el sudor se acumuló en su frente y empapó su ropa—. Respire hondo, milord. Es solo un sueño. Debe despertar ahora.

Inspiró otra vez y luego exhaló lentamente. El aire, no el agua, llenó sus pulmones. La pesadilla se evaporó en la oscuridad.

Estaba a salvo.

—Gracias —dijo a quienquiera que hubiera estado allí. Su cuerpo se debilitó cuando el cansancio volvió a reclamarlo.

Se quedó dormido durante unas horas más antes de tener fuerzas para levantarse. No estaba solo. Tom Linley estaba tumbado en un sillón cerca de la cama de Charles, profundamente dormido. Su rostro estaba tenso por la preocupación y Charles sintió dolor en su corazón por el joven.

El muchacho era una buena compañía y un chico fuerte que no temía hacer lo correcto, incluso cuando era el camino más difícil de elegir. Charles respetaba a un hombre así. Había sido un refrescante cambio de aire que el muchacho lo acompañara por la ciudad, y dado que su lista de amigos solteros era cada vez más corta, también resultó ser algo muy bien recibido.

Tom había tenido una vida dura, perdiendo a su madre y criando a su hermana pequeña por su cuenta. Charles había encontrado al muchacho trabajando en Berkley y lo había convencido de que abandonara su empleo allí para trabajar con él. Sin embargo, la mirada de su ama de llaves cuando llevó a casa a Katherine, la hermanita de Tom, había sido bastante divertida.

—¿Un bebé? ¿Aquí? Milord... —la regordeta mujer había comenzado a protestar, pero la pequeña Katherine emitió un efusivo llanto y la mujer resopló y cogió a la niña—. Déjala aquí, tengo algo de leche que puedo calentar para la pequeña.

A Linley y a su hermana se les proporcionó una habitación debajo de las escaleras y, de inmediato, los criados parecieron cogerles cariño.

Charles tuvo que admitir que tener un bebé cerca era... interesante. No se había dado cuenta de lo mucho que echaba de menos estar rodeado —a veces—, de niños. Había ayudado a criar a su propia hermana, Ella, diez años menor que él. A pesar de su aversión personal al matrimonio y a las esposas, no tenía inconvenientes con los niños o los bebés.

El único problema con el bebé bajo su techo era que las criadas, a quienes a menudo les robaba un beso o dos cuando le apetecía y si ellas le devolvían la sonrisa, habían cambiado. Ahora se apresuraban a ir a la habitación de la niña para callarla si lloraba, en lugar de correr hacia él si les movía un dedo.

Una razón más para que Linley y él visitaran los lugares habituales de Charles en busca de placer.

Sentado en la cama, Charles apartó las sábanas y deslizó los pies sobre el costado. Todavía estaba medio vestido con sus pantalones y su camisa blanca de lino.

Maldita sea, otra madrugada con exceso de bebida. Si bebía poco, no dormía en absoluto. Si bebía mucho, sus sueños lo transportaban inevitablemente a esas aguas oscuras, a los actos más oscuros y a los amigos perdidos.

Se pasó los dedos por el pelo, suspiró y echó la cabeza hacia atrás, luchando por despertarse. Los latidos de su corazón terminaron por calmarse después de que los últimos fragmentos de su sueño cayeran como hojas de té en el fondo de una taza.

Miró por encima del hombro, sorprendido de no haber perturbado al muchacho en la silla. Charles había tenido la intención de contratar al muchacho como ayuda de cámara, pero el chico había demostrado ser indispensable como compañía en la ciudad. Un maestro en el arte de vestir; seleccionaba cosas que el propio Charles habría elegido, ya que su sentido de la moda era muy similar en términos de calidad.

Charles se planteó qué hacer el resto de la noche. No podía volver a dormir. Para empezar, no debería haber dormido a mediodía, pero después de la sesión de copas de la tarde en el club, había acabado en la cama alrededor de las cuatro.

Avery Russell, uno de los hermanos menores de Lucien, lo había invitado al Dandy Club por la noche, y no simplemente para beber y jugar. Avery era un espía. Era un secreto bien guardado sobre la familia de Lucien. Solo a la Liga se le habían permitido más detalles que los más básicos sobre su línea de trabajo.

En más de una ocasión, Charles había participado en una de las misiones de Avery para obtener información, sobre todo cuando se requería sobornar a una persona con la bebida, el juego o las mujeres para hacerla hablar. Como había explicado Avery un día, Charles no era el tipo de hombre del que se sospecharía una implicación en el espionaje y, por lo tanto, era la persona perfecta para hacer el interrogatorio.

Incluso la hermana menor de Cedric, Audrey, lo había ayudado en alguna ocasión a interrogar a las esposas o amantes de determinados objetivos mientras bebían el té. La pequeña bribona tenía un don para hacerse amiga de cualquier mujer y hacerla hablar, especialmente cuando se trataba de sus maridos o amantes. Probablemente se enteraba de más cotilleos que *La Gaceta del Monóculo de Cristal.*

Charles se acercó a la mesilla y se echó agua en la cara desde una pequeña palangana de porcelana para despertarse. Luego colocó sobre la cama un pantalón, una camisa, un chaleco y un gabán. Una vez vestido, sacudió el hombro de Linley para despertarlo.

—Venga, muchacho, nos vamos al Dandy Club.

Linley se frotó los ojos con los puños, parpadeando con cansancio.

—¿Qué hora es?

—Un poco más de las ocho —Charles tiró de los bordes de su abrigo, alisándolo—. Creo que esta noche deberíamos ir a buscarte una mujer. Sin duda, ya eres lo suficientemente mayor.

—¡Milord! —el joven emitió un sonido de asfixia—. Mi trabajo es acompañarlo, no unirme a sus placeres.

Charles lo miró de frente y apoyó las palmas de las manos sobre los hombros de Linley.

—No aceptaré más objeciones. Pienso acostarme con varias mujeres esta noche, y no lo haré solo —el destello de pánico en los ojos del chico le produjo una perversa satisfacción. El chico le recordaba a varios de sus amigos de la universidad, especialmente a Peter...

La idea amenazaba con oscurecer su estado de ánimo, así que se reanimó al añadir más entusiasmo.

—Necesitas una mujer, muchacho. Ya es hora, sobre todo si

quieres seguir mi ritmo. Te doy pleno permiso para perseguir faldas mientras estemos por la ciudad.

Linley se quedó boquiabierto, pero no pronunció ninguna otra palabra de protesta.

Charles se dirigió a la puerta, deseoso de que comenzara su noche de juerga.

—Coge tu abrigo y vámonos.

El Dandy Club era un garito de juego bien conocido por los oficiales y los soldados del ejército que rondaban sus salones buscando placeres y emociones que aliviaran los recuerdos del campo de batalla. Charles se sentía como en casa entre sus almas torturadas. Él mismo lidiaba con sus propios horrores y pesadillas. Las lámparas de aceite bañaban las habitaciones con un intenso color dorado, dejando al descubierto las escenas de desenfreno y juego. Charles escudriñó la multitud, buscando caras conocidas. A su lado, Linley hacía lo mismo, con las cejas fruncidas por la consternación.

¡Era un muchacho muy ingenuo!

—¡Milord! Qué agradable sorpresa —una encantadora mujer con un vestido de satén rojo se acercó. Su abundante pelo oscuro caía enredado por su cuello como si alguien acabara de agitarlo.

—Señora Hollingberry, ¿cómo está? —besó con ligereza y lentitud el interior de su muñeca, haciendo que los ojos marrones de la señora Hollingberry brillaran.

—¿Está usted aquí solo, milord? —ella se aferró a su brazo antes de que él pudiera responder, y no escatimó una mirada a Linley, quien los seguía.

—No puedo estar solo si estoy contigo —Charles se rio, disfrutando de la idea de inclinar a la lujuriosa viuda sobre la superficie más cercana.

El agarre en su brazo se intensificó.

—¿Y le *gustaría* estar conmigo?

Charles liberó su brazo y lo colocó alrededor de la cintura de la viuda, atrayéndola contra su costado para poder inclinarse y susurrarle al oído.

—Sería mi mayor deseo —hizo una pausa, escuchando su respiración entrecortada—, hacerte gritar de placer —no le pasó desapercibida la repentina elevación de sus pechos mientras se tensaban contra el ajustado corpiño.

—Buscaré una habitación para nosotros —la ansiosa viuda lo apartó de las mesas de juego y lo condujo a un pasillo que llevaba a una sala de billar vacía—. Dígale a su muchacho que espere afuera, a menos que quiera mirar —la señora Hollingberry acarició la erección de Charles, aplicando la cantidad justa de presión.

El deseo lo inundó. Instinto básico y puro; nada más que una necesidad de follar y acabar, pero aun así se sentía atraído por ella. Sabía que Godric y Lucien no sentían lo mismo; habían hablado a menudo de las diferencias entre acostarse con una mujer a la que amaban y con aquellas mujeres del pasado. Pero Charles temía ese tipo de emociones. Era mejor encontrar satisfacción con mujeres como la señora Hollingberry que correr el riesgo de enamorarse.

—Ten, muchacho, búscate una mujer —Charles le arrojó un pesado monedero a Linley, luego arrastró a la risueña viuda a la habitación privada y azotó la puerta.

En cuanto se quedó a solas con la señora Hollingberry, se acercó a ella. La mujer soltó un chillido de placer cuando él la atrapó y la levantó para dejarla en la cama. Fue fácil subirle las faldas por la cintura. Él extendió las palmas de las manos por sus piernas. La piel de sus muslos era suave. La viuda se retorció más cerca de él, rodeándole la cintura con sus piernas y alcanzando la parte delantera de sus pantalones.

—¿Cómo lo quieres? ¿Duro y rápido?

—Oh, sí —aceptó ella, acariciando su erección, ahora liberada, con sus finas manos—. Eres bueno en eso.

Él gimió ante su toque firme y experto y se acercó más. Pronto, estuvo envuelto en ella, empujando profundamente en su cuerpo. Pero no era lo mismo. Él encontró su satisfacción, al igual que ella, pero fue... *superficial.* Un destello de lujuria momentánea que se extinguió rápidamente.

Salió de ella y se arregló la ropa antes de ayudar a la dama con la suya. Ella le dedicó una sonrisa burlona mientras le acariciaba el pecho. Seguía sentada en el borde de la cama, apoyada ligeramente sobre una mano.

—Siempre ha sido un buen compañero de cama, milord.

—Intuyo que hay algo más en tu afirmación —Charles apretó los dientes y la miró fijamente.

La señora Hollingberry le respondió con una mirada firme. Sus finas facciones, normalmente muy atractivas, parecían más calculadoras esta noche, pero no de una manera que le preocupara. Más bien estaba desconcertado. Por lo general, cuando se acostaba con una mujer como ella, éstas no eran capaces de pensar, y mucho menos de mirarlo de esa manera.

—Esta noche me pareciste distante.

—Supongo que sí —admitió. Su mente se había alejado bastante del momento de placer.

—¿Y qué podría consumir la mente del Conde de Lonsdale y volverlo melancólico? —los ojos de la señora Hollingberry brillaban mientras seguía estudiándolo con abierta curiosidad. Su repentino escrutinio incomodó a Charles. ¿Por qué esto le resultaba familiar?

—Estoy seguro de que no tengo ni idea —respondió con una risita irónica. Sin embargo, no era la verdad. Durante los últimos meses, había estado navegando como un barco a la deriva en el mar, llevado por los vientos. Pero ahora no tenía timón. Indefenso y a merced de los aires de cambio. Si tan solo pudiera encontrar algún sentido de control o dirección, no se sentiría tan malditamente débil.

—Bueno, esto fue divertido, querida, pero tengo el extraño impulso de beber hasta caer debajo de la mesa más cercana —abrió la puerta de golpe y se encontró con Linley mirándolo fijamente.

—¿Hemos terminado, milord? —la disposición de Linley era fría y profesional, y totalmente distinta a la suya.

—Bueno, sí.

—Muy bien, lo estaré esperando en el carruaje —se alejó por el pasillo y, en un instante, desapareció entre la multitud.

—¿Qué coño le pasa? —era la primera vez que Linley mostraba alguna señal de mal genio.

—¿Tal vez la mujer a la que se acercó lo despreció? —dijo la señora Hollingberry, uniéndose a Charles en la puerta y observando a la multitud—. Es una pena. Si hubiera esperado, podría haberle dado una oportunidad. Es un chico apuesto.

—Creo que realmente necesito ese trago. Buenas noches, señora Hollingberry.

Charles le besó la mano y se dirigió directamente a la mesa de juego más cercana, donde llamó a un sirviente para pedirle unas bebidas.

Tal vez la viuda tenía razón. Charles hacía que la seducción pareciera fácil, e incluso con una bolsa llena de monedas a su disposición, se necesitaba cierto encanto y cuidado para cortejar a una mujer en este lugar. Imaginó que dicho rechazo tampoco fue manejado con tacto.

Pobre muchacho. Charles ni siquiera había pensado en aconsejarlo primero. Con razón le urgía salir de aquí.

CAPÍTULO 20

Capítulo Veintiuno

Para cuando Charles terminó ebrio debajo de una mesa de juego, ya habían pasado dos horas.

—Parece que necesitas una mano, Lonsdale —James Fordyce, el Conde de Pembroke, metió la mano por debajo de la mesa y le ofreció ayuda. Charles la aceptó y se dejó levantar. Sus ojos se movieron en círculos y él parpadeó rápidamente, intentando enfocar el rostro del hombre—. ¿Listo para ir a casa, Lonsdale?

—Supongo que sí. Maldita sea, qué noche.

Pembroke deslizó un brazo alrededor de la cintura de Charles y lo sostuvo mientras salía a llamar a un coche de caballos de alquiler para que lo llevara a casa. Linley emergió de las sombras de un callejón cercano y se unió a Pembroke para ayudarlo con Charles, sosteniéndolo desde su costado izquierdo.

—Ahí estás, muchacho —saludó Charles al chico.

El ceño fruncido de desaprobación de Linley lo invadió mientras el chico hablaba con Pembroke.

—¿Cuánto ha bebido?

El amigo de Charles se carcajeó.

—Lo suficiente como para nadar hasta Francia, imagino, pero se pondrá bien por la mañana.

—Sabes, Pembroke, eres una especie de… buen compañero —masculló Charles.

Pembroke se rio.

—Gracias, Lonsdale. Tú tampoco estás tan mal.

—No, eso es mentira, soy un maldito tonto y un cobarde — Charles arrastró las palabras cuando tropezó con un adoquín desnivelado. Pembroke lo levantó un poco y el estómago de Charles se revolvió violentamente, pero Linley ayudó a cogerlo antes de que cayera de cara al suelo.

Pembroke paró a un coche de alquiler y ayudó a Linley a meter a Charles dentro, dándole al conductor su dirección y un puñado de monedas. Cuando el vehículo avanzó, Charles se desplomó en el asiento, luchando contra una ola de náuseas.

—No tardaremos mucho en llegar a casa, milord. Entonces podrá dormir la mona.

A Charles no le sorprendió que Linley supiera exactamente lo mal que sentía. El muchacho tenía un talento para percibir las sensaciones de su amo. Esperaba que el muchacho no se hubiera sentido demasiado avergonzado ante lo ocurrido en el club. Su intención nunca fue molestar al chico.

Cuando el coche de alquiler se detuvo frente a su casa de ciudad, Charles estaba apenas consciente. El chofer lo arrastró hasta la puerta mientras mascullaba sobre los ebrios patanes.

—Milord, ¿puede caminar? —la voz de Linley se abrió paso entre la fuerte confusión de la ebriedad de Charles.

—Ah —hizo una mueca de dolor cuando intentó colocar un pie delante del otro y el mundo comenzó a girar a su alrededor—. Linley, sé un buen chico y haz que el suelo deje de moverse, ¿quieres?

Creyó escuchar una pequeña risa de su sirviente antes de que le contestara cortésmente.

—Por supuesto, milord, no debería ser muy difícil lograrlo.

Las piernas de Charles cedieron en el último escalón de la escalera y se hundió en el suelo, riéndose un poco.

—Milord, ¿cuánto ha bebido?

—Solo un poc… puoco… Más que suficiente, supongo. Llévame a la zona del servicio. Hay una habitación libre. Dormiré allí.

Linley dudó pero finalmente lo ayudó a ponerse en pie de nuevo, llevándolo a las habitaciones del servicio. La vista de Charles se fue nublando hasta que fue empujado suavemente hacia una estrecha cama.

—Siento lo de esta noche, Tom. Te enseñaré todo lo que necesitas saber para tu próximo cortejo con una dama. Por mi honor —se llevó una mano al corazón, pero Linley bufó.

—Es un necio insensato —murmuró Linley—. En ese estado y sin que yo le cubra la espalda, conseguirá que lo maten.

—Tienes razón —Charles se rio mientras se desplomaba en la cama—. No se es demasiado cuidadoso. Hay peligro en cada esquina, muchacho. Prometo enseñarte a boxear a primera hora del día.

—No necesito lecciones, milord. Apuesto a que sé pelear mejor que usted.

Eso casi despertó a Charles para carcajearse.

—¡Ja! Me enseñaron los mejores pugil… pugli… boxeadores de Londres.

—Sí. Y eres un verdadero infierno en el ring. Pero hay una diferencia entre luchar por deporte y luchar para sobrevivir, milord. Ahora, descanse un poco.

El muchacho siguió mascullando sobre las estupideces de Charles mientras la oscuridad y el sueño lo reclamaban.

Jonathan St. Laurent acarició las dos hojas dobladas de una carta y la gota de cera derretida que había deshecho. Las instrucciones de Ashton estaban escritas en un código que la Liga había inventado años atrás y que solo llegó a conocer cuando Godric le pidió que se uniera a ellos el pasado septiembre.

Un honor que nunca olvidaría. Durante muchos años, había observado a su hermanastro y a los demás lores desde la distancia. Ahora era uno de ellos, ya no un ayuda de cámara, tampoco un sirviente menor ni un hijo nacido fuera del matrimonio, sino un verdadero hijo legítimo de un duque, aunque su madre hubiera sido la dama de compañía de la duquesa. Su padre se había casado legalmente con la madre de Jonathan, aunque en secreto, después de que la madre de Godric muriera en el parto junto con un hermano que Godric nunca llegaría a conocer.

Conocer su derecho de nacimiento había cambiado a Jonathan. Muchos jóvenes de su edad habrían exigido su herencia y pasado todo su tiempo apostando y divirtiéndose, viviendo la vida al máximo. No fue su caso. En un principio, sintió tentación... pero esos deseos se desvanecieron rápidamente. Había demasiado en juego. Emily Parr, la esposa de Godric, había estado en grave peligro. La Liga se había unido para salvarla. Jonathan se había sumado y, por lo tanto, su estúpida necesidad de actuar con su nuevo dinero y poder había desaparecido casi de la noche a la mañana. En su lugar, el deseo de proteger a sus seres queridos se convirtió en su prioridad.

Así fue como acabó en la puerta de un pub cercano al muelle llamado el Ojo del Diablo, a cargo una misión secreta para Ashton. El barón tenía presencia en casi todos los negocios importantes de Londres, pero los principales estaban relacionados con las embarcaciones. Las líneas Lennox eran una poderosa flota de barcos mercantes que Ashton había ampliado recientemente con la adquisición del negocio de un competidor. La carta de Ashton había mencionado una posible actividad relacionada con Hugo Waverly en un barco atracado llamado *Doncella Bonita*. Jonathan debía vigilar a cualquier marinero que llegara a tierra y escuchar sus conversaciones.

La carta de Ashton había mencionado que Waverly fue visto visitando esta embarcación, de la que se rumoreaba que estaba relacionado con el comercio clandestino de esclavos. Teniendo en cuenta lo que la Liga le había contado sobre este hombre, esto parecía el tipo de asunto deshonroso en el que se vería involucrado.

La puerta de la taberna se abrió de golpe y tres patanes ebrios vestidos de marineros entraron a trompicones, riendo y empujándose unos a otros. Jonathan se escondió entre las sombras y robó una taza de la bandeja de una camarera que pasaba por allí. En lugar de reprenderlo, ella se detuvo y sus labios formaron un mohín en forma de beso. Una invitación. Una que él habría aceptado gustoso antes de la última Navidad. Pero no, todavía tenía el sabor de cierta jovencita en los labios. Una dama que había dejado muy claro su interés por él.

—Termino mi turno en una hora —dijo la sirvienta, luciendo esperanzada.

—Qué lástima, no puedo. Pero me halaga, porque eres encantadora —capturó su mano libre y la besó, deslizándole una moneda por la bebida que había cogido.

¡Maldita sea! Se moría por acostarse con una mujer, pero después del imprudente comportamiento de Audrey Sheridan hacia él, no podía imaginar a ninguna otra. Si deseaba que una dama como Audrey fuera su esposa, no podía seguir persiguiendo faldas en las tabernas. Lo único que había aprendido de su hermano y de Lucien en los últimos meses, era que la lealtad a las esposas no solo se esperaba, sino que se deseaba.

Charles seguía insistiendo en que era demasiado joven para anhelar lo que Godric y Emily tenían, pero ésa era la realidad de Jonathan. Audrey, la pequeña y enérgica muchacha, era un viento cálido y salvaje en un día frío. Era más fácil domar a los vientos. Pero quería estar con Audrey para disfrutar de la salvaje travesía que ella sin duda le daría.

Jonathan volvió a centrar su atención en los marineros. *Doncella Bonita* era el último barco en llegar al puerto y estos tres hombres parecían dispuestos a hundirse en sus copas. El olor penetrante del mar estaba adherido a sus ropas. Se acercó sigilosamente, siguiéndolos mientras se acomodaban en los taburetes junto a la barra.

—Entonces dije: '¿Qué vas a hacer en Brighton? Allí no hay nada más que calzones apretados y ninguna muchachita para visitar —dijo el viejo marinero con una voz natural para contar historias. Los hombres que estaban a su lado se rieron a carcajadas.

—¿Y él qué te dijo? —preguntó uno de los otros hombres mientras se quitaba la gorra de lana gris y se limpiaba la cara sudada.

El hombre golpeó su taza contra el mostrador, derramando su oscuro contenido por los lados y sobre la madera desgastada.

—Dice: 'No es asunto tuyo, pero me han contratado para traer a un caballero inglés y a su nueva esposa y allí estarán'.

—¿Qué dices? —el hombre de la derecha parpadeó—. No habla en serio, ¿verdad? No te refieres a...

—¿Más... *carga*? —terminó el tercer hombre.

—Sí.

El de la gorra gris negó con la cabeza.

—Eso es más problema de lo que nos pagan.

El viejo rechinó los dientes.

—¿Está loco? Tenemos poca tripulación y la mitad de los que vendrán esta noche son novatos.

—Dice que nos pagarán el doble por las molestias.

Los tres hombres compartieron miradas significativas antes de bajar la cabeza juntos y comenzar a susurrar. No hubo mención de Waverly, pero algo en los tres hombres lo inquietó.

No podía haberlos escuchado mal, ¿verdad? ¿Carga? Supuso que podría tratarse simplemente de algún tipo de jerga para referirse a los pasajeros, pero sus tonos y actitudes sugerían otra cosa. ¿Su capitán estaba planeando capturar a un caballero inglés y a su esposa? Eso no era bueno. No podía quedarse de brazos cruzados. Y si había una conexión con Waverley, siempre existía la posibilidad de que esto afectara a la Liga.

Esta iba a ser una larga noche. Salpicó un poco de cerveza en su ropa y se desarregló la corbata y el abrigo, luego se acercó a trompicones y se sentó junto a los marineros, pidiendo más cerveza. Tras llamar la atención, les dedicó una sonrisa amistosa.

—Hola, hola —asintió con la cabeza y señaló a la camarera—. Una chiquilla encantadora, ¿eh?

—Lo es —aceptó el narrador.

—Una encantadora ronda de pintas para mis encantadores nuevos amigos —Jonathan le guiñó un ojo a la camarera y luego se inclinó hacia el trío de forma conspirativa—. Brindemos por las encantadoras damas, ¿eh? No pude evitar escuchar que se dirigen a *Doncella Bonita*. Acabo de pagar mi billete para el barco. Me complace invitaros unas cuantas rondas, caballeros, porque compartiréis el viaje conmigo.

Eso pareció animar a los hombres. Después de varias rondas, los marineros comenzaron a derramar algo más que sus ales, y lo que decían era tan interesante como inútil.

Él llamó la atención de la sirvienta.

—Cariño, tengo que dejarte una nota para que la entregues —depositando unas monedas en la mano de la chica, esperó a que ella volviera con un trozo de pergamino y una pluma. Mientras los marineros entonaban una canción lasciva, Jonathan garabateó un mensaje. Luego entregó la carta a la criada y le susurró la dirección. Después siguió a los marineros, quienes ahora se dirigían a los muelles.

Jonathan suspiró. *No volveré a casa esta noche. Ni a mi propia cama.*

GODRIC ESTRECHÓ A EMILY EN SUS BRAZOS, BESANDO SUS siempre deliciosos labios.

—¿Y la cena? —se las arregló para preguntar.

—Al diablo con la cena, tengo lo que quiero, cariño —la aprisionó contra el sofá del salón, deslizando una mano por su pierna mientras le subía las faldas hasta la cintura. A la luz de las velas, ella estaba bella, bellísima.

Su rostro se sonrojó mientras jadeaba, y aquellos ojos violetas que él adoraba brillaron. Emily era tan hermosa que a veces dolía mirarla. Su pecho le dolía y a la vez se volvía suave y cálido alrededor de su corazón.

—Te quiero, Godric —respiró ella contra sus labios. Cada vez que decía esas palabras, lo deshacía. Él gimió y deslizó la mano hacia su entrepierna.

Un ansioso golpecito en la puerta hizo que ambos se levantaran con brusquedad y miraran hacia la entrada del salón.

—Mis disculpas —un lacayo estaba allí, incapaz de ocultar su rubor—. Acaban de entregar esto. Es del señor St. Laurent. El mensajero dijo que era urgente.

Godric bajó las faldas de Emily, saltó fuera del sofá y cogió la carta del lacayo.

—Gracias, Nelson.

El hombre desapareció por el pasillo en dirección a las habitaciones del servicio. Godric rompió el sello de cera, extendió la hoja de pergamino y leyó la nota.

—¿Qué es? —Emily se inclinó sobre el respaldo del sofá, apoyando los brazos mientras lo examinaba.

El corazón de Godric latía con un miedo cada vez mayor.

—Jonathan está a bordo de un barco vinculado a Waverly que se dirige a Brighton. Solo Dios sabe cómo lo ha conseguido. Es probable que llegue allí en unos días. Tengo que ir a Brighton inmediatamente —no quería asustar a Emily. Con el bebé dentro de ella, se sentía más protector que nunca.

—Godric —advirtió Emily en un tono firme. No estaba dispuesta a aceptar ningún argumento—. No me estás contando todo, ¿verdad?

—Parece que Jonathan se enteró de un complot de unos marineros que han sido contratados para secuestrar a alguien...

posiblemente a Cedric y a Anne. Debo avisarles. Necesito ir a por Charles e irme —se dio la vuelta para marcharse, pero Emily lo había rodeado con sus brazos por detrás.

—Iré contigo.

Él la miró por encima del hombro.

—Em. Va a ser peligroso.

—Ya hemos sobrevivido al peligro —le recordó.

—Y casi te perdí, ¿lo has olvidado? Yo no lo he hecho —odiaba lo ronca que se había vuelto su voz, pero los recuerdos de Emily en una cama, apenas respirando, lo ahogaban y aterrorizaban.

—Esto es diferente, Godric. Yo no soy la que está en peligro —insistió ella—. Anne es mi amiga en la misma medida que Cedric es el tuyo.

—Sí, pero ahora nosotros somos tres. No quiero preocuparme por nuestro bebé —se giró y colocó una mano sobre su vientre aún plano. Todos los sueños que había enterrado estaban contenidos en esta mujer de convicciones férreas. No la perdería a ella ni al bebé. Ahora comprendía en mayor medida los motivos que habían provocado la ira violenta y la melancolía de su padre después de perder a su amada esposa. Godric sabía que estaría perdido sin Emily.

—Estaré a salvo —Emily se tocó el estómago—. El bebé y yo estaremos a salvo.

Godric se sintió tentado a discutir, pero no había tiempo.

—Si vienes, harás lo que te diga, por tu seguridad y la del bebé.

—Por supuesto —Emily se levantó las faldas y subió corriendo las escaleras, llamando a Libba, su dama de compañía. Godric llamó a un lacayo para que acercara su carruaje y a un mozo para que preparara los caballos. Tendrían que ponerse en contacto con Charles y Lucien y partir de inmediato hacia Brighton—. ¿Listo? —gritó Emily al bajar las escaleras. Llevaba un par de bombachos y una camisa y un abrigo holgados.

—¿Qué llevas puesto?

—¿Qué tiene de malo? —Emily giró, mirándose a sí misma.

Él le hizo un gesto con la mano.

—Llevas ropa de hombre.

—Oh, eso, sí. Mucho más adecuada para una aventura, ¿no crees?

—¿Aventura? —Godric gimió molesto, pero no había tiempo para discutir.

—En efecto. Vamos.

La cogió del brazo y la ayudó a subir al carruaje que los esperaba. Godric rezó para que no llegaran demasiado tarde.

¿Solo habían pasado dos semanas desde que Anne se había casado con Cedric? ¿ ¿Cómo era posible que hubiera conocido semejante felicidad en tan poco tiempo? La vida con Cedric había adquirido un ritmo perfecto. Hacían muchas cosas juntos: cenar, jugar, hacer el amor. Terminaban sus largas conversaciones envueltos en los brazos del otro, olvidando incluso de qué habían estado hablando. Los días ofrecían nuevos descubrimientos mientras exploraban sus cuerpos y sus almas. Era casi inconcebible creer que ella pudiera ser así de feliz.

Anne estaba tumbada en la cama de Cedric. *La cama de ambos.* Había dejado de dormir en su propia habitación. Observó el desastre que habían hecho en el dormitorio. Había ropa colgando de todas las superficies. Soltó una risita. Fueron demasiado entusiastas en su última sesión de sexo. Cedric estaba tumbado sobre su estómago, desnudo y despreocupado. Tenía los ojos cerrados, un brazo metido bajo la almohada y el otro envuelto en la cintura de Anne.

—¿De qué te ríes? —su voz estaba llena de sueño.

—De nosotros. Me temo que tu ayuda de cámara se afligirá por nuestro nuevo desorden.

—Unas cuantas camisas y pantalones arrugados no afligirán al hombre. Se alegra de verme feliz.

Anne apoyó una de sus palmas sobre el brazo de Cedric en su cintura.

—¿Y antes del accidente eras infeliz?

El suspiro de Cedric lo dijo todo.

—Un poco. Desde que mis padres murieron… ha sido duro. Estaba muy unido a ellos. Había mucho amor en nuestra casa. El matrimonio de mis padres estaba basado en el amor. Perder la vida que tenían… —Cedric fue incapaz de continuar.

—No tenemos que hablar de esto.

Cedric miró en su dirección.

—No. Necesito hacerlo. Por eso me afectas, Anne. Lo que siento por ti, es lo que mi padre sentía por mi madre. Los matrimonios basados en el amor son raros en nuestro mundo. Lo que quiero decir es que tú eres mía, Anne. Mi complemento. Te necesito, completamente, para siempre.

Cedric se incorporó en la cama y la acercó, de modo que sus caderas se tocaron y él pudo rodearla con sus brazos.

—Quiero hijos, muchos. Quiero que dentro de unos años nos sentemos a beber el té de la tarde, rodeados de risas y nietos. Quiero estar contigo cuando seamos viejos, cuando la vida nos haya dado por fin un momento de paz. Estas últimas semanas han sido un regalo —le acarició la espalda; las caricias entre ellos estaban llenas de cariño. Anne no pudo resistirse a inclinarse hacia él para darle un beso. Cedric se acercó al mismo tiempo que ella y la abrazó. Sus bocas se encontraron, tocándose ligeramente, y luego el beso se profundizó y prolongó. Anne se sintió débil. Con una risa ahogada, ella se dejó caer cuando él la empujó contra la cama para acomodarse en el interior de sus caderas.

Anne le acarició la mejilla con la nariz, y el roce de su ligera barba contra su piel la estremeció.

—Creo que te quiero más que antes. ¿Es posible? Es como volver a enamorarme de ti.

Cedric le besó la comisura de los labios, incitándola a sonreír.

—Podría pasar el resto de mi vida así, despertando y enamorándome de ti.

Anne levantó las caderas, animándolo a entrar en ella. Cedric se apoderó de su boca y se deslizó dentro de su acogedor calor. Con cada suave embestida, parecían fundirse aún más hasta alcanzar un ritmo perfecto. Primero fue una criatura solitaria y luego empezó a formar parte de algo más grande, algo misterioso que no podía explicar. Todos sus sueños imposibles parecían repentinamente alcanzables. Con Cedric a su lado, Anne podía hacer cualquier cosa.

Su cálida boca se posó sobre su pecho y sus dientes mordieron su pezón palpitante, haciéndola empujar fuertemente sus caderas contra las de él. Lo que había empezado como algo dulce y sensual, ahora era brutal y salvaje. Anne necesitaba tenerlo enterrado dentro de ella, sentirlo llegar a su alma. Cuando su ritmo se volvió demasiado rápido, Cedric lo redujo y Anne agitó violentamente la cabeza, desesperada por liberarse.

—¡Por favor, Cedric! —casi lloró, necesitando llegar al clímax.

Él jadeaba y luchaba contra su propia liberación mientras gemía contra su cuello.

—Me has arruinado para cualquier otra mujer, Anne. Soy tuyo, siempre.

Sus palabras provocaron un estallido de estrellas y luz dentro del núcleo de su ser. No pudo soportar la explosión de placer y amor mientras su orgasmo la recorría. El ronco grito de liberación de Cedric se suavizó cuando se corrió dentro de Anne. Esta vez fue ella quien deseó que hubieran creado una vida. Era justo que ese amor, esa alegría, provocara un milagro. Un hijo en sus vidas.

Cedric se bajó de ella y la arropó contra él, tirando de las sábanas por encima de sus cuerpos.

—Te quiero, Anne —le besó la punta de la nariz y suspiró.

—Y yo a ti —no necesitaron más palabras.

ANNE SE DETUVO FRENTE A UNA TIENDA DE CONFECCIÓN EN LA calle Steine, no muy lejos de la biblioteca Donaldson. A su alrededor, había gente con ropas coloridas por todas partes. Los escaparates decoraban los extremos de las calles y las personas se desplazaban en masa. Muchos acudían a Brighton para visitar el mar, otros para recorrer las pintorescas calles en sus carruajes y hacer una exhibición social. Para Anne, todo aquello era divertido y extrañamente encantador de ver.

—¿Qué te parece si me compro unos vestidos nuevos?

Cedric sonrió.

—Solo si son de colores vivos.

Gracias a Dios que no nos quedamos en Londres. Mi falta de un atuendo de luto adecuado escandalizaría a todo el mundo. Anne miró más de cerca a través de la ventana, estudiando los reflejos de las telas y los estilos.

—Bueno, si quieres entrar, yo esperaré aquí.

Antes de que Anne pudiera responder, Ashton se unió a ellos afuera de la tienda.

—Cedric, voy a Donaldson por si quieres acompañarme.

Anne sonrió, aliviada por la consideración de Ashton. No le gustaba que Cedric se quedara solo cuando salían de casa. No estaba familiarizado con las calles y podía confundirse con facilidad, herirse o perderse; ser atacado por los ladrones e incluso ser atropellado por un carruaje. Esos temores eran casi interminables, y difíciles de apartar de su mente.

—Deberías ir, Cedric. Mantén a Lord Lennox alejado de los problemas. Te veré en la biblioteca —Anne se puso de puntillas y le depositó un ligero beso en la mejilla.

—¿Estás segura?

—Bastante segura.

Anne se volvió hacia la tienda cuando los dos hombres se marcharon.

—Disculpe. No quiero ser presuntuosa, pero ¿es usted la Vizcondesa Sheridan? —una señora con mucho pecho, un rostro alegre y cabello oscuro le sonrió.

Anne parpadeó.

—Lo soy.

—Perdone mi atrevimiento. Soy Lady Pickering, esposa de Sir Edward Pickering. Vivimos no muy lejos de usted y su marido. He querido enviarle una carta para invitaros a cenar con nosotros esta noche. Me disculpo por el aviso tardío, pero no he podido resistirme ahora que me he encontrado con usted.

—Es un placer, Lady Pickering. Me avergüenza no haber pensado en escribirle yo misma. Cedric me ha hablado mucho de vosotros. Mi marido y yo estaríamos encantados de asistir a su cena.

—¡Maravilloso! Edward estará encantado —Lady Pickering se unió a ella en el escaparate—. Son encantadores, ¿verdad? La modista de aquí es mucho mejor que aquellas en Londres. ¿Va a entrar? Me encantaría acompañarla. Yo también necesito algunos vestidos —los ojos de Lady Pickering recorrieron el escaparate de finas telas y elegantes sombreros.

Había algo en la mujer que le resultaba cálido, incluso maternal, algo en lo que Anne tenía poca experiencia pero que siempre había anhelado.

—Si así lo desea —dijo Anne—. Me vendría muy bien la compañía.

Lady Pickering aplaudió con sus manos enguantadas.

—¡Espléndido! ¿Vamos?

Anne siguió a la mujer hasta la tienda y la modista y su ayudante las recibieron en la puerta. Se turnaron para que las midieran y luego se les proporcionaron algunas ilustraciones de varios estilos para que los consideraran.

—¿Puedo ser sincera con usted? —el tono de Lady Pickering era cauteloso mientras se sentaban una al lado de la otra en un sofá y hojeaban las láminas de moda.

Anne miró a la mujer, un poco preocupada, pero asintió.

—He oído lo que ha sucedido con su padre, y vuestro matrimonio solo una semana después de su fallecimiento —Lady

Pickering jugó con un lazo azul en su manga mientras hablaba—. No estoy nada segura de cómo decir esto.

A Anne se le revolvió el estómago.

—Por favor, Lady Pickering, diga lo que piensa.

Sus mejillas se tiñeron de rojo.

—Bueno, Lady Sheridan, la anterior, era una querida, querida amiga mía. Cuando murió, se me rompió el corazón. Nos hicimos amigas durante nuestra juventud, y nuestros maridos también eran muy cercanos. Perderlos fue devastador, no solo para Edward y para mí, sino para todos los que los conocían. La familia Sheridan es muy respetada y querida. El chico... perdóneme —se aclaró la garganta—. Al Vizconde Sheridan también lo aprecio mucho, como un hijo en muchos sentidos. Puede que sea un poco pícaro, pero es un buen hombre y merece una esposa que lo ame.

Anne suspiró aliviada. Extendiendo la mano, cubrió la de Lady Pickering con la suya.

—Amo con locura a mi marido. A pesar del comienzo poco ortodoxo de nuestra unión, lo amo cada día con mayor intensidad, con respecto a lo que creía posible.

Lady Pickering sonrió, aunque su gesto estaba marcado por la tristeza.

—Eso era todo lo que quería saber. Ahora, sobre la cena, ¿qué preferiría su señoría comer? Con gusto modificaré el menú, ya que sospecho que algunos alimentos deben ser difíciles para él.

Anne se sorprendió ante la astucia de la mujer. Había muchos alimentos que complicaban las comidas de Cedric, pero Lady Pickering era lo suficientemente considerada como para darse cuenta de ello. Eso solo hizo que Anne la adorara todavía más.

—Es preferible cualquier cosa que se pueda comer fácilmente con cuchara —respondió, aunque, a decir verdad, últimamente le resultaba más fácil manejar un cuchillo y un tenedor.

—Eso no debería ser muy difícil —Lady Pickering devolvió las láminas a la modista, haciendo un gesto de interés por algunos de los estilos. Anne hizo lo mismo.

Después de una hora, las damas habían encargado varios vestidos excelentes. Anne no quería dejar a Lady Pickering, quien estaba mirando detenidamente unos sombreros expuestos en un escaparate de la sombrerería de al lado, pero sintió que era el momento de reunirse con Cedric.

—Lady Pickering, odio tener que irme, pero debo encontrar a mi marido.

La mujer se rio.

—Por supuesto, querida. Adelante. La cena es a las ocho.

—¡Gracias! —Anne se despidió de ella y cruzó la concurrida calle en dirección a la Biblioteca Donaldson.

Samir Al Zahrani estaba sobre su caballo, trotando por una de las principales calles de Brighton. Masculló una serie de maldiciones por su mala suerte de estos últimos días.

Había descubierto dónde estaban guardados sus preciados caballos, junto a unos viejos caballos ingleses de inferior calidad. Pero no podía recuperarlos él solo. También había perdido la oportunidad de capturar a la esposa de Sheridan en el bosque junto al lago. Y, después de eso, la casa se había llenado de sirvientes.

Pero hoy era el primer día que la pareja abandonaba el santuario y se adentraba en Brighton, y él había percibido una nueva oportunidad. Su barco llegaría pronto y, entonces, podría abandonar esta miserable isla. Pero primero tenía que conseguir lo que había venido a buscar.

Tontos ingleses y su orgullo, pensando que no podrían ser atacados en una ciudad llena de gente. No sabían nada...

Sheridan y su acompañante de pelo rubio claro se habían separado de la esposa de Sheridan, dejándola vulnerable. Expuesta.

Si logro matarla, dejaré inestable a Sheridan.

Esperó. Finalmente, Lady Sheridan salió de la tienda de confección y se despidió de una matrona de edad avanzada antes de cruzar la calle. Samir clavó los talones en los costados de su caballo y la bestia se sacudió hacia adelante...

Un semental negro se abalanzó sobre Anne desde un lado mientras cruzaba la calle. El caballo se encabritó y ella gritó, cayendo al suelo.

El caballo se calmó y el jinete, un hombre apuesto de piel aceitunada, pelo oscuro y ojos negros, se deslizó de la silla para ayudarla a ponerse en pie.

—Mil disculpas. Ha cruzado tan rápido delante de mí que no la he visto —su mirada recorrió todo su cuerpo—. Espero que no esté herida.

Nerviosa y dolorida por la caída, Anne se apresuró a negar con la cabeza.

—No, no, estoy bien. Gracias —intentó liberarse de su agarre en la cintura—. Por favor, señor, déjeme ir.

Por un momento, temió que él no tuviera esa intención. Pero su caída había atraído la atención de varias personas que también se acercaron para comprobar si estaba herida.

Él dejó caer sus manos.

—De nuevo, mis disculpas. Hace tiempo que no estoy en presencia de una mujer encantadora. He descuidado mis modales —ahora, el brillo de sus ojos la hizo sentir incómoda.

—Discúlpeme —lo rodeó rápidamente y volvió a la calle. Era de mala educación, lo sabía, pero algo en él... no quería quedarse. Se obligó a alejar sus malos pensamientos con un encogimiento de hombros, convenciéndose a sí misma de que eso era una tontería.

La biblioteca de Donaldson era un edificio revestido de madera, recién pintado de blanco. Una gran veranda permitía ver parte de la biblioteca. Había un grupo de señoras reunidas como pájaros de colores brillantes en una pequeña bandada, cotilleando al pie de la veranda. Anne las evitó. Sin duda, su parloteo provocaría futuros problemas en los dos populares salones de Brighton, el Castle Inn y el Old Ship Inn.

Gracias a Dios, Cedric ya no era aficionado a los bailes. No obstante, Anne deseaba haber bailado con él, solo una vez. Había perdido su primera oportunidad y, durante los años que llevaba conociéndolo, nunca habían tenido la oportunidad de recuperar ese momento.

Entró en las amplias salas de la Biblioteca Donaldson, intentando no pensar en el deseo de bailar una tonta cuadrilla o un vals con su marido. Aunque Cedric cada día tenía más confianza en sus pasos, ella sabía que le preocupaba caerse o pisotearla en una reunión pública. La *alta* podía ser un grupo cruel cuando creía que podía aprovecharse de alguien débil. Un torrente de emociones la atravesó. Tristeza, decepción. Un anhelo insignificante y, sin embargo, su misma condición de inalcanzable solo la hacía desearlo más.

Los estantes de la biblioteca estaban llenos. Los lomos reflejaban la luz que entraba por las ventanas. Se detuvo en una mesa de lectura cercana y apoyó las palmas de las manos en la superficie de madera brillante para calmar su respiración. Unas cuantas jóvenes pasaron con libros en los brazos, susurrando entre sonrisitas.

—¿Has visto a ese señor? ¿El ciego? —habló la más alta de las dos.

Cada músculo del cuerpo de Anne se tensó. Tenían que estar hablando de Cedric. ¿Cuáles eran las probabilidades de que hubiera otro ciego en una biblioteca de Brighton? ¿Se iban a reír de él? *Si lo hacéis, os juro que...* Su marido ya había sufrido bastante y no merecía soportar más burlas por su condición.

La otra mujer se sonrojó y bajó la cabeza, con su capota ocultando su rostro.

—Qué hombre tan apuesto.

—¿Verdad? Y su amigo, el caballero de pelo rubio... —ella suspiró melancólicamente—. Pero no podía pedir que me presentaran a un desconocido. Qué pena —las damas desaparecieron detrás de una hilera de estanterías.

Anne se relajó, se controló y se apresuró a recorrer el camino por donde las damas habían llegado. Encontró a su marido y a su amigo sentados en un par de sillas junto a una mesa de lectura. Cedric estaba inclinado hacia delante, con los antebrazos apoyados en las rodillas mientras hablaba con Ashton. Cuando ella apareció, Ashton la miró y luego se volvió hacia Cedric. Cedric siguió hablando, sin darse cuenta de que ella se acercaba por detrás de él.

—Es un mundo nuevo, Ash. Créeme, el matrimonio es sorprendentemente maravilloso. ¿Estás seguro de que no quieres intentarlo?

Los labios de Ashton se movieron mientras se llevaba un dedo a los labios para indicarle a Anne que guardara silencio. Ella se detuvo a unos metros de distancia, conteniendo la respiración.

—¿Y qué tiene de maravilloso, exactamente? Admito que estoy bastante intrigada por tu nuevo afán —Ashton le lanzó un guiño y ella luchó por contener una risita.

Cedric se reclinó en su silla, entrelazando los dedos detrás de su cabeza.

—No hay nada mejor que tener a la criatura más hermosa en tu cama cuando te plazca. Mucho mejor que una amante. Y estoy seguro de que mi esposa estaría de acuerdo; tener acceso a mí en todo momento es una ventaja de la esclavitud en pareja.

El tono petulante de Cedric provocó una reacción en Anne que fue mitad diversión, mitad exasperación.

—¿No está de acuerdo, señora esposa? —Cedric soltó una risita y giró la cabeza en su dirección.

—¡Oh! Hombre despiadado —Anne se rio y se precipitó hacia él, dándole un golpe en el hombro con una mano enguantada. Cuando él la acercó a su silla y la subió a su regazo, ella chilló sorprendida—. Ya sabías que yo estaba aquí, ¿verdad?

Cedric asintió, con esa sonrisa juguetona que la hacía derretirse. Anne adoraba la forma en que él desataba esa sonrisa sobre ella sin contenerse.

—Tu aroma, ¿recuerdas? —le acarició la mejilla con la nariz—. Te delata.

Durante un largo momento, se entregó a su abrazo, amando la sensación de sus brazos en su cuerpo mientras la acercaban a él.

Una anciana con una capota cubierta de plumas de avestruz marchitas jadeó cuando rodeó una estantería y vio a Anne en el regazo de Cedric mientras la abrazaba.

—Esto es una *biblioteca* —dijo, claramente escandalizada.

—Disculpe, señora —respondió Cedric con cortesía—. Pero mi mujer y yo necesitamos algo de intimidad. Váyase a la mierda.

La anciana se enfureció y golpeó la parte superior de su sombrilla contra el suelo de madera.

—¡Cómo se atreve, señorrr! —espetó y se marchó.

—Oh, cielos —dijo Ashton, riendo—. Era Lady Beach, ya sabes. Una de las conocidas de Prinny.

Cedric resopló y abrazó con más fuerza a Anne.

—Al diablo con Lady Beach. Quiero abrazar a mi mujer.

Anne miró a su alrededor, asegurándose de que nadie más los estuviera observando antes de besar la mejilla de Cedric. Todavía no se había cansado de esa deliciosa capacidad de tocarlo, de besarlo, cuando quisiera. El hombre había tenido razón sobre los beneficios del matrimonio.

—¿Cómo estuvo tu búsqueda de vestidos, amor?

—Bien, gracias. Lady Pickering estaba allí. Estamos invitados a cenar esta noche en su casa. ¿Te parece bien? Es un encanto. No quería rechazarla.

—Lady Pickering —reflexionó Cedric—. Una segunda madre, supongo. Siempre intentando engordarme.

Anne se puso seria.

—Sí, bueno, ella tiene razón. Has adelgazado, esposo. No me gusta. Si tengo que convertirme en una esposa entrometida y molesta para cuidarte, lo haré.

—Si decirme que coma más es tu idea de ser molesta, entonces te adoro aún más —Cedric empezó a mordisquearle la oreja y Anne se estremeció. El deseo la atravesó como un rayo.

—Bueno, me voy para que vosotros dos os entretengáis un poco en Donaldson —dijo Ashton—. Uno de mis barcos acaba de llegar al puerto y necesito ir a verlo. ¿Nos vemos en casa después de la cena de esta noche?

Anne se incorporó.

—Estoy segura de que a Lady Pickering le encantaría que fueras.

Ashton agitó una mano.

—Es una mujer maravillosa, pero me temo que debo ocuparme de los negocios y puede que me lleve más tiempo del esperado. Saluda a Lady Pickering de mi parte.

Mientras Ashton se marchaba, algo dentro de ella suspiró un poco. Lord Lennox era un enigma. Siempre parecía estar solo, excepto cuando estaba con los otros miembros de la Liga.

—¿Qué pasa, Anne? Te oigo pensar —Cedric la sacudió un poco entre sus brazos para llamar su atención.

—Estoy preocupada por Lord Lennox. Por momentos parece muy solitario, muy concentrado en su trabajo.

Los ojos inexpresivos de Cedric no revelaron ninguna emoción, pero su sonrisa se marchitó un poco.

—Ash es un hombre complicado. Ya sabes lo que dicen por ahí, las apariencias engañan.

—¿Lo conoces de toda la vida? —Anne tenía que admitir que la Liga de Pícaros siempre la había fascinado. Cinco nobles ricos y poderosos que evitaban las formalidades de la sociedad y hacían de los vicios sus amantes. Era un tema que ella debería haber evitado analizar, pero no pudo resistirse. Sin embargo, pensó que el conocimiento que tenía de sus pasados y relaciones se basaba más en los rumores y en *La Gaceta del Monóculo de Cristal* que en la verdad.

—Nos conocimos en Cambridge. Lo había visto por los terrenos del Magdalene College, pero no nos habían presentado formalmente. Él y Lucien eran amigos, y Godric y yo éramos amigos. Éramos dos dúos separados, si eso tiene sentido —se rio.

—¿Y Charles? ¿Cómo os conocisteis y dónde?

La expresión de Cedric se apagó y Anne no lo presionó.

—Hubo una noche, a finales del otoño, en la que Godric y yo volvíamos a nuestras habitaciones a escondidas. Vimos que alguien se ahogaba en el río y que un amigo nuestro, Peter Wellsley, intentaba salvarlo. Otros dos hombres, que luego supe que eran Ashton y Lucien, se unieron a Godric y a mí mientras nos lanzábamos al río para salvar al hombre que se ahogaba, Charles, y ayudar a Peter. Charles había sido atado de pies y manos, y Peter me ayudó a liberarlo. Salvamos a Charles, pero Peter... no lo logró. Permaneció demasiado tiempo bajo el agua intentando sostener a Charles. Fue una importante pérdida para todos nosotros. Peter era uno de los amigos más queridos de Charles, y uno que el resto de nosotros conocía bien. Después de esa noche, los cinco nos volvimos inseparables. El dolor es capaz de crear vínculos.

Anne comenzó a encajar las pequeñas piezas del rompecabezas.

—¿Charles es la pieza que os mantiene unidos?

Por un momento, Cedric no dijo nada, como si las cosas no pudieran resumirse simplemente así.

—Al principio. Pero, con el paso del tiempo, cada uno de nosotros ha ido forjando vínculos estrechos con los demás. No hay nada como conocer a un hombre que ha atravesado el infierno y ha vuelto junto a ti para solidificar un vínculo.

Las mejillas de Cedric estaban un poco rojizas por la vergüenza, pero ella lo amaba por ello. Amaba la forma en que amaba a sus amigos. No muchos hombres, o mujeres, podían presumir de un vínculo así de fuerte.

—¿Y el señor St. Laurent? ¿El hermano de Godric?

—¿Jonathan? —Cedric se rio—. Es una grata incorporación a nuestro grupo. Eso me recuerda —su tono se volvió serio—, Anne, ¿qué te parecería vender la casa de tu padre en Londres?

Jonathan está interesado en establecerse y está considerando cortejar a Audrey, según Ashton. Le di mi bendición y pensé que podríamos ayudarlo un poco —Cedric hizo una pausa y respiró hondo antes de continuar—. Pensé que, si estabas de acuerdo, podríamos vendérsela a Jonathan. Me encantaría ver esa casa llena de amor y de niños, pero si deseas conservarla, lo haremos. La elección es tuya.

Los ojos de Anne ardían. Su padre… En las últimas semanas, ella había sido tan feliz que casi lo había olvidado. Y le conmovió que Cedric le preguntara sobre sus deseos. Una vez casados, todas sus propiedades acabaron en manos de Cedric también. Él podría haber vendido la casa sin preguntarle, pero no lo hizo.

Era una idea tentadora, quedarse con la casa. Pero era mejor dejarla ir. Si era para Jonathan y tal vez para Audrey, ellos visitarían la casa con bastante frecuencia y sería tal y como Cedric había dicho: estaría llena de amor y de niños.

—Si el Sr. St. Laurent está interesado, entonces deberíamos hacerlo. Confiaré en ti para que te ocupes de los trámites.

—Excelente. Puedo hacer que Ashton le escriba una carta y, si está dispuesto a ello, podemos hacer que mi abogado redacte el papeleo.

—Gracias —lo dijo en serio. Para demostrárselo, se inclinó hacia él, le rodeó el cuello con los brazos y lo besó intensamente, a pesar de la naturaleza pública del lugar en el que se encontraban. Él gimió ante la agresividad de su beso y se lo devolvió, pero no tardó en apartarlos.

—Desearía que pudiéramos continuar con esto, corazón mío, pero Lady Beach no será nuestra última espectadora inoportuna si no volvemos a casa de inmediato. Algún bribón con iniciativa podría empezar a vender entradas.

Anne no pudo evitar una risita mientras se bajaba de su regazo.

—Entonces, desde ya, marido, llama a un carruaje.

—Tus deseos son órdenes —sus labios formaron esa sonrisa que había conquistado su corazón desde la primera vez que lo vio. Solo que esta vez era aún más brillante porque estaba llena de amor. Por un momento, experimentó un miedo inesperado.

¿Y si lo perdiera ahora? Mi corazón está fuertemente vinculado al suyo. Si él se fuera, yo también lo haría. Si cualquier otra mujer le hubiera dicho a Anne que se había sentido de esa manera por un hombre, Anne habría pensado que estaba siendo melodramática, pero ahora lo entendía. La unión perfecta entre dos corazones no podía romperse fácilmente.

Ella entrelazó sus brazos mientras salían de la biblioteca Donaldson. Tragando con fuerza, intentó pensar en otra cosa. La cena de esta noche. Sería maravillosa y divertida. Sí, la cena. Todo iría bien. Si tan solo algo dentro de ella dejara de preocuparse por la posibilidad de perder a Cedric para siempre.

CAPÍTULO 21

Capítulo Veintidós

Bueno, no ha sido un completo desastre, ¿verdad? —Cedric se rio mientras ascendía a su carruaje y se sentaba frente a Anne.

Ella esbozó una amplia sonrisa.

—No, no lo fue. Lo has hecho de maravilla —ella sostenía algo en sus brazos, algo que Cedric no podía ver. Era una sorpresa para él, una que a ella y a Lady Pickering les hacía mucha ilusión. Se las habían arreglado para llevarlo a escondidas hasta el carruaje sin levantar las sospechas de Cedric.

—¿Por qué no viene a sentarse a mi lado, señora esposa? —sugirió él con una ceja levantada, con esa manera tan descarada que tenía.

Anne necesitó todo su autocontrol para no soltar una risita. Llevaba mucho tiempo sin regalarle algo a un ser querido. Su corazón latió más rápido cuando finalmente habló.

—Muy bien —se unió a él en su lado del carruaje cerrado y dejó que la acercara a su lado. Cuando se inclinó hacia ella, se congeló, con las fosas nasales encendidas. Sus ojos se abrieron de par en par y luego se estrecharon.

—Huelo… —hizo una pausa, olfateó, y luego sus manos se deslizaron desde su cintura hasta los brazos de Anne. Cuando encontró el bulto que ella sostenía contra su pecho, se puso rígido—. Anne, ¿estás… eso es un *perro*? —él inclinó la cabeza hacia un lado. El profundo estruendo de su voz despertó a la criatura. El cachorro en sus brazos se estiró, bostezó y lamió los dedos de Cedric, los cuales habían rozado su nariz húmeda.

—El King Charles spaniel favorito de Lady Pickering tuvo una camada hace dos meses. Pensó que nos gustaría tener uno. Dijo que a tu madre le encantaban los King Charles spaniel —Anne rezó para que no se molestara. Cedric le había dado demasiado y ella quería darle algo a cambio. Él no podía ir de caza y un perro grande no habría sido feliz en la casa. Un spaniel más pequeño era perfecto. El perro sería un compañero para Cedric, uno que pudiera seguirlo y mantenerlo de buen humor.

—¿Sabías que le he comprado un perro a Emily? —los labios de Cedric dibujaron una sonrisa apenas perceptible.

—Pues… eh… sí. Recuerdo que me habló de su foxhound, Penélope —hizo una pausa—. Te juro que mis intenciones son totalmente diferentes.

La intensa risa de Cedric la reconfortó.

—Si me regalas un perro para evitar que huya de ti, lo tomaría como un cumplido, cariño. Ahora, muéstrame al pequeño bribón —abrió las manos y Anne le entregó el bulto somnoliento. Se había despertado durante la conversación y ahora se retorcía en los brazos de Cedric. Verlo abrazar al cachorro blanco y canela contra su pecho llenó a Anne de amor.

—El último spaniel de mi madre antes de su muerte era un tipo enérgico. Se llamaba Forrest. Siempre me agradó ese pequeñín. ¿Qué dices, amor? ¿Parece un Forrest? —Cedric le acarició las orejas al perro con una sonrisa juguetona. Aunque no podía velo, era evidente que ya estaba cautivado por el cachorro.

—Sí, parece un Forrest —se cubrió la boca con una mano

enguantada. Ser así de feliz… no podía creerlo. Dondequiera que su padre estuviera, esperaba que pudiera ver que ella estaba bien, que había encontrado su lugar en el mundo al lado de este hombre.

—Cuando lleguemos a casa, este pequeñín irá a una cesta a dormir y usted, señora esposa, se ocupará de sus deberes en nuestra cama.

El descaro de semejantes palabras la habría enfurecido si las hubiera dicho cualquier otro hombre, pero cuando venían de Cedric, encendían su sangre y excitaban su cuerpo.

—Si yo me ocupo de mis deberes, tú debes ocuparte de los tuyos —no pudo resistirse a burlarse de él.

Su sonrisa de libertino hizo que su pulso se acelerara. El carruaje se detuvo, y cuando el lacayo abrió las puertas, Anne sonrió al reconocer a Sean Hartley.

—¿Sean? ¿Eres tú? —Cedric le entregó al perro—. Coge al pequeño Forrest y ponlo en una cesta dentro de tu habitación. Me haré cargo de él por la mañana. Mi esposa y yo estaremos ocupados el resto de la noche.

—Por supuesto, milord —Sean cogió al perro con una sonrisa y le acarició las orejas. Dirigió una rápida mirada a Anne y ella le devolvió una inclinación de cabeza, animándolo a hacer lo que se le había pedido.

Cuando ella y Cedric entraron en la casa, notaron que había pocos sirvientes, como si percibieran la necesidad de intimidad de su señor y su señora.

—Llévame al salón —ordenó Cedric.

Anne deslizó su mano sobre la suya y lo guio. Él utilizó su bastón para recorrer las alfombras. Ella empujó la puerta, revelando una suntuosa decoración de estilo Tudor y un afelpado sofá rojo frente a una chimenea de mármol negro. Las vigas de madera, intrincadamente talladas, se curvaban en formas acanaladas sobre los techos con molduras. Cortinas de damasco rojo cubrían los altos ventanales, y la luz de la luna atravesaba las finas hendiduras de las cortinas casi cerradas. A pesar de que no había fuego, la habitación resultaba acogedora, por muy oscura que estuviera.

Cedric comenzó a guiarla, como si conociera de memoria la ubicación de los muebles de la habitación. Se detuvo frente al sofá y giró su rostro lejos de él.

—Está oscuro, ¿verdad? —preguntó. Su tono era suave, bajo y peligrosamente seductor.

Anne tragó saliva antes de responder.

—Sí, bastante oscuro.

—Bien. Quiero que cierres los ojos. Voy a hacerte el amor y quiero que lo sientas como yo, con sensaciones y sonidos, pero sin verlo.

—Pero...

—Cierra los ojos —su profunda orden inundó su vientre con un calor agradable—. Tú y yo compartiremos la oscuridad juntos. Siéntela, abrázala —deslizó una mano alrededor de su cintura para cubrir su estómago. Su gran y poderoso agarre era firme y posesivo, y el pesado y cálido aliento contra su oreja estaba lleno de carnalidad prohibida—. Levanta la pierna izquierda y apoya el pie en el cojín del sofá —masculló antes de besarle la oreja y mordisquearle el lóbulo.

Anne, sumida en su seductor hechizo, se apoyó en su cuerpo mientras levantaba la pierna. Tuvo que subirse las faldas hasta las rodillas para hacerlo, lo que pareció ser exactamente lo que su marido deseaba.

La palma de la mano de Cedric permaneció en su estómago, sosteniéndola contra él, mientras su otra mano se posaba en su rodilla. Luego comenzó a moverse por encima de sus medias para, finalmente, subirle la faldas hasta la cintura. Él acarició el interior expuesto de su muslo izquierdo y, gracias a su pierna levantada, accedió fácilmente a ella. A Anne le costó mantener los ojos cerrados mientras la tocaba. Allí, en la oscuridad, estaban juntos, y todos los sentidos se agudizaban.

—Respira conmigo —los dedos de Cedric habían llegado al

espacio entre sus muslos. Apartó la ropa interior y acarició los labios húmedos de su sexo.

Anne respiró, sintiendo las respiraciones de Cedric detrás de ella. Uno de sus dedos se deslizó entre sus lubricados pliegues y la penetró. Sus caderas se sacudieron contra la mano de Cedric y gimió eróticamente.

—Mantén las faldas levantadas —susurró él. Las manos de Anne, las cuales habían sido bastante inútiles, se aferraron a la combinación hecha de crepé blanco y *sarsnet*. Las cintas negras de la parte inferior de la falda crujieron cuando ella hundió los dedos en la seda.

—Cedric —masculló mientras él seguía introduciendo ese único dedo en ella, jugando con su cuerpo como si se deleitara ante su poder de torturarla de placer.

Él balanceó sus caderas contra ella desde atrás.

—¿Qué sientes? —la dura presión de su excitación se clavó en la parte baja de su espalda.

—A ti —gimió.

Su profunda risa la hizo estremecerse alrededor de su dedo burlón y estimulante.

—Aparte de mí, diablilla. ¿Qué más sientes?

Ella se concentró en respirar mientras su cuerpo empezaba a vibrar hacia el clímax.

—Mi sangre está bombeando, con fuerza. Puedo sentir los latidos de mi corazón en todas partes —confesó—. Y mi respiración, no es suficiente. Te necesito.

Cedric mordisqueó su cuello y deslizó un segundo dedo dentro de ella, curvando las puntas de sus dedos y rozando algún punto secreto en lo más profundo de ella que hizo que las estrellas brotaran detrás de sus párpados cerrados.

—Déjate llevar, cariño. Estoy aquí para atraparte —la empujó hacia la explosión de su liberación, y ella ni siquiera pudo gritar.

Apenas la había tocado, pero esta vez parecía estar conectada a él a un nivel que no había creído posible. Sus ojos seguían cerrados y todo lo que percibía eran sensaciones. Las ásperas puntas de los dedos de Cedric, el cálido aliento en su cuello, el sólido cuerpo que la inmovilizaba contra él. El rugido de la sangre en sus oídos mientras su clímax se prolongaba. Él sentía esto cuando se corrían juntos. Pura sensación. Quería expresar muchas cosas, pero no encontraba las palabras. Sus ojos se abrieron de golpe.

Él retiró los dedos de su cuerpo y los deslizó entre sus labios, chupándolos. Los muslos de Anne se estremecieron de anhelo mientras observaba con fascinación los labios de Cedric alrededor de sus propios dedos.

—Es su turno, milord —dejó caer sus faldas y se volvió hacia él.

Con una risita, él negó con la cabeza.

—Hay algo más que tenía en mente, desde que nos conocimos —cogió su bastón y le tendió el brazo. Ella lo siguió mientras caminaban por la casa hacia el salón de baile. Anne lo había vislumbrado durante una breve excursión días atrás, pero nunca había esperado venir aquí con Cedric.

—Esposo, ¿qué estás tramando? —la emoción revoloteó en su interior al ver cómo los rayos de la luna atravesaban las altas ventanas e iluminaban la habitación. El suelo brillaba de forma sugerente, como si la estuviera invitando a bailar sobre él.

Cedric se detuvo en el centro de la habitación y la hizo girar hacia él. Dejó el bastón en el suelo y lo deslizó varios metros, alejándolo. Luego se enderezó y extendió los brazos.

—Creo que me debes un vals, corazón mío —la sonrisa de Cedric provocó lágrimas en sus ojos.

¿Cómo había adivinado el deseo secreto de Anne? No importaba que no estuvieran en un animado salón de actos lleno de sus amigos. No, lo que importaba era que ella estaba aquí, ahora mismo, con el hombre que amaba, y que por fin iban a tener su baile.

Si le pidiera bailar toda la noche, ella lo haría. Caminó hacia él, guio una de sus manos hasta su cintura y juntó la otra mano con la suya. Entonces, Cedric la acercó lo suficiente como para que sus cuerpos se rozaran.

—No tenemos música —susurró Anne, estudiando su mirada concentrada.

—No la necesitamos —empezó a tararear, notas suaves *a capela*. Luego, como si estuviera más confiado, las cantó con voz clara y sonora. Cantaba como un ángel. Ella nunca habría imaginado eso de él. Sonriendo encantada, lo siguió cuando él empezó a moverse. Danzaron juntos con tal facilidad que incluso a ella le sorprendió. Sin nadie más en la habitación, él podía guiarla sin esfuerzo y ella podía seguirlo.

Porque confío en él. Incluso después de lo que Crispin le había hecho aquella noche en casa de Almack, ella no había renunciado a creer en lo más profundo de su ser que Cedric era su destino. A pesar de lo rota que la había hecho sentir la violación de Crispin, Cedric había borrado ese dolor. Como una pieza de cerámica que había visto una vez en Japón, destrozada y luego unida de nuevo con brillante barniz de resina en polvo de oro o plata. *Kintsugi*, lo llamaba su padre. El acto de arreglar algo, dejando que las grietas simbolizaran algo que era más fuerte por haber sido reparado. El oro iluminaba las partes unidas en lugar de ocultarlas.

Lo que había ocurrido con Crispin ya no la definía. Seguir adelante con su vida, con el amor, con Cedric, eran sus uniones de oro que mantenían sus piezas pegadas, convirtiéndola de nuevo en un todo. No era simplemente otra mujer dañada. Era Anne Chessley, una mujer que amaba a los caballos, la naturaleza y a su marido. Él la dejaba ser ella misma; sin embargo, compartían todas sus alegrías y, ahora, todos sus penas.

Y hemos sobrevivido a ellas, encontrando de nuevo nuestra alegría juntos. Porque nos apoyamos el uno en el otro. Somos compañeros, iguales. Los pensamientos revoloteaban en su cabeza incluso mientras giraban por el salón de baile. Era la clase de matrimonio que su padre había deseado para ella, y aunque él ya no estaba, ella sabía que lo habría aprobado.

—¿Estás bien, mi amor? Acabo de sentir que te estremecías

—la mano de Cedric en su cintura, muy cálida a través de la tela de su vestido, se tensó un poco mientras seguían bailando.

—Sí, oh sí. Llevo años queriendo hacer esto contigo —admitió Anne. La oscuridad y su ceguera ocultaron su rubor, pero no se sentía avergonzada por la verdad.

—¿Quizás deberíamos bailar todas las noches antes de acostarnos? —él le guiñó un ojo y ella se rio.

—No te discutiría eso —Anne estrujó su mano, y Cedric la hizo girar en torno a él antes de volver a tirar de ella en su dirección. Se rio encantada.

—Hagamos un baile el mes que viene. Invitemos a todos nuestros amigos. Podemos bailar toda la noche, cariño.

—¡Una idea maravillosa! Podríamos dejar que Audrey lo organice cuando vuelva de Francia. Tal vez ella y Jonathan podrían planearlo juntos.

Su marido se rio.

—¿Estás haciendo de casamentera, corazón mío?

Anne levantó la barbilla.

—Tú mismo has dicho que Jonathan está considerando cortejarla. Creo que sería una excelente manera de que pasaran más tiempo juntos.

—Entonces está decidido —aceptó él, y la estrechó entre sus brazos.

—Esto ya no es un vals —susurró ella contra su oído—. Ya no hay música.

—No, pero es algo mucho mejor, ¿no te parece? —él le acarició la mejilla con la nariz y luego le besó la sien.

Anne volvió a estremecerse, pero esta vez por el deseo renovado.

—Cedric, ¿por qué no subimos a la cama? Tengo una repentina necesidad de que vuelvas a cumplir tus deberes conmigo.

—Sí... —pero algo había cambiado. La sonrisa traviesa de Cedric se desvaneció y todo su cuerpo se puso rígido. Sus manos en las caderas de Anne se hundieron con fuerza—. Anne, ¿le dijiste a los sirvientes que dejaran una ventana abierta? —sus palabras fueron tan suaves que ella casi no lo escuchó. Pero Anne sintió una leve brisa respirando contra su nuca.

—No. No lo hice —empezó a girar hacia la ventana, pero un sonido la congeló en su sitio.

Alguien estaba aplaudiendo.

—Qué espectáculo tan encantador has montado, Sheridan —una voz fría atravesó la penumbra del salón de baile.

—¿Quién está ahí? —preguntó Cedric, arrastrando a Anne detrás de él, colocando su cuerpo entre ella y la dirección de la que provenía la voz.

Un suave silbido llenó el aire, retumbando contra los suelos de madera. Sonó como una espada desenvainada. Su padre tenía una espada por haber sido oficial en las Fuerzas Armadas. Cuando ella era una niña, le había permitido sacarla de la vaina una vez.

—Ha pasado mucho tiempo, Lord Sheridan —una voz intensa y acentuada llegó desde las sombras junto a la ventana abierta.

—No… —la pronunciación de esa única palabra por parte de Cedric hizo que la sangre de Anne se convirtiera en hielo.

—Oh, sí —el hombre dio un paso adelante. En el tenue resplandor de la luz de la luna, ella pudo ver el brillo de sus blancos dientes. Algo le resultaba familiar, pero no podía recordar por qué.

El cuerpo de Cedric comenzó a tensarse. Entonces, empezó a dirigirlos hacia la puerta situada a medio camino entre ellos y el hombre de la espada.

—Anne, escúchame con atención. Busca a Hartley y escapa de la casa. ¿De acuerdo? ¡Vete, ahora!

Cedric la empujó hacia la puerta. Después de eso, todo sucedió demasiado rápido. Se tambaleó hacia la puerta justo cuando el hombre con la espada se acercaba a ellos. Cuando llegó a la puerta, Cedric se había colocado entre ella y el intruso. Su pie tocó su bastón con cabeza de león, y lo cogió.

—¡Cedric! —gritó Anne cuando el hombre se abalanzó sobre

ella. Cedric blandió el bastón como si fuera una espada. El hombre se agachó, pero no fue lo suficientemente rápido y Cedric lo golpeó en el hombro.

—¡Anne, vete! —el gruñido de Cedric la sacó de su pánico paralizante. Tenía que encontrar a Sean. Buscar ayuda. Entró en el vestíbulo y chocó con un cuerpo alto y sólido.

Sean la agarró por el hombro, estabilizándola.

—¿Mi señora? ¿Qué...?

—Encuentra a Ashton. ¡Necesitamos ayuda! ¡Hay un hombre atacando a Cedric! —ella no podía pensar más allá de eso.

Sean estaba a punto de correr hacia el salón de baile, pero varios hombres salieron de una habitación adyacente, hombres que no podían ser sus sirvientes. Llevaban ropas harapientas, además de pistolas o cuchillos.

—¡Mi señora, vuelva a entrar, no es seguro! —Sean la empujó hacia el interior del salón de baile mientras se giraba para enfrentarse a los hombres en movimiento. Ella observó aterrorizada cómo él los atacaba con los puños en alto. Un hombre cayó al suelo de un solo golpe. A continuación, Sean cogió el brazo de otro y se lo rompió, haciendo que soltara su arma. El matón chilló, lo lanzó al matón contra uno de sus compañeros y cogió la cuchilla que se le había caído. El hombre sabía luchar, pero no podía evitar a todos los hombres, no para siempre.

—¡Hartley, detrás de ti! —gritó Anne desde la puerta del salón de baile, advirtiéndole justo antes de que una pistola se disparara. Hartley se había dejado caer un instante antes del disparo, por lo que la bala se hundió en la pared con un crujido. Saltó hacia delante y clavó el cuchillo en el atacante antes de que éste pudiera sacar una segunda pistola.

—¡Entre, mi señora! —gritó Hartley mientras dos hombres lo embestían y un tercero lo esquivaba para correr hacia ella. Cerró de golpe la puerta del salón, empujando la pesada madera para mantenerla cerrada.

Antes de que pudiera recuperarse, fue sujetada por la espalda con una espada presionada contra su costado como advertencia para que se quedara quieta.

—No se mueva, Lady Sheridan, o lo lamentará.

—¿Anne? —la voz de Cedric se escuchaba lejos, en la distancia.

El hombre había ignorado a Cedric e ido directamente a por ella. La cogió por la nuca y la arrastró frente a él. Otros dos hombres aparecieron a través de una ventana abierta.

Anne intentó advertirle sobre la presencia de los hombres a sus espaldas, pero el hombre que la sujetaba le estrujó la garganta. Ella le clavó las puntas de los dedos en la mano, luchando por respirar mientras los invasores forcejeaban con Cedric para tirarlo al suelo. Él no era capaz de defenderse, lanzando golpes violentos contra los enemigos que no podía ver.

—No se resista, Lord Sheridan. Tengo una espada en el corazón de su esposa. Sería muy fácil deslizarla entre sus costillas.

Cedric dejó de luchar y se tumbó boca abajo en el suelo. Los hombres le inmovilizaron los brazos y las piernas.

—Atadle —vociferó el hombre que sujetaba a Anne. Dos hombres utilizaron una soga que habían traído consigo.

Una vez atado, Cedric fue puesto en pie. Sus ojos inexpresivos se volvieron hacia Anne, pero ella seguía sin poder emitir ningún sonido. La asfixiante presión sobre su tráquea era insoportable.

—Llevadlos al carruaje, y rápido. Matad a cualquiera que os vea. Debemos volver al puerto a tiempo para la marea de la mañana

Entonces, el hombre la soltó, solo para golpearla en la nuca. Anne quedó inconsciente.

CAPÍTULO 22

Capítulo Veintitrés

O*scuridad. Maldito sea este negro eterno.*

Cedric colgaba de una viga en el interior de un barco. Al menos, esa era su mejor suposición. Las sogas en sus muñecas irritaban su piel mientras se extendían por encima de su cabeza. Quienquiera que lo hubiera colgado le había dado suficiente libertad para tener un punto de apoyo en el suelo, lo cual era bueno porque el barco no dejaba de cabecear e inclinarse.

El olor salado del agua de mar y de la madera vieja inundaba su nariz. Intentó pensar con claridad. Lo último que recordaba era haber sido atacado en su propio salón de baile por Samir Al Zahrani, cuya voz reconocería en cualquier lugar. Luego fue derribado por varios de sus hombres. Luego perdió el conocimiento.

¿Dónde estaba Anne? La llamó por su nombre, con la voz ronca y la garganta seca.

—Ah. ¿Por fin se ha despertado, Lord Sheridan? —la fría voz de Samir se mofó desde algún lugar frente a él.

Cedric tiró de las cuerdas que lo ataban.

—¿Dónde está mi esposa?

Samir se rio. Se oyó un poco más cerca.

—Está entreteniendo a mis hombres. Las damas de piel clara alcanzan un alto precio, y ella necesita practicar para satisfacer a varios hombres. La dejé gritando como la puta inglesa que es.

Cedric sacudió sus muñecas y la viga sobre él crujió ligeramente.

—¡Maldito bastardo, te voy a matar! —el rugido vibró por todo su cuerpo.

—Silencio, o haré que los hombres la bajen para que tú mismo oigas sus gritos. Lástima que no puedas ver. La visión de su cuerpo destrozado podría haberte cegado.

Cedric se enfureció mientras arañaba inútilmente la cuerda.

De repente, algo afilado se le clavó en las costillas.

—Una vez dijiste que tenías una larga fila de hombres delante de mí esperando para matarte, Lord Sheridan. Pero nunca he sido de los que esperan su turno. Además, te debo un destino peor que la muerte. Imagino muchas cosas, pero estoy dispuesto a conformarme con mi promesa original: recuperar mis yeguas y tu vida como eunuco. Le daré unas horas para prepararse, Lord Sheridan. Tal vez mueras, si tienes suerte —Samir se carcajeó tenebrosamente mientras deslizaba el filo de la espada por el cuerpo de Cedric y se detenía justo por encima de su ingle. No lo lastimó, pero la intención era clara.

—Ahora, quédate callado y tal vez le ahorre a tu mujer unas horas de atención con mis hombres.

El corazón de Cedric se marchitó por dentro. *Oh, Dios, Anne, cariño...*

Una desesperación sin precedentes lo abrumó. Amarlo se había convertido en una sentencia de muerte para Anne. Para los dos. Ambos habían encontrado la felicidad solo para que les fuera arrebatada. Perder la vista no era nada en comparación con la devastadora verdad de lo que supondría para él perder a Anne. Dejó de forcejear con sus ataduras, derrotado. No había esperanza. No podía hacer nada para salvarla.

—Tienes suerte de que mis yeguas estuvieran bien cuidadas —continuó Samir—. Podría concederte la muerte antes de lo previsto, como forma de expresar mi gratitud.

—¿Todo esto es por los malditos caballos? ¿Los has robado también?

—Pronto. Están retenidos en Brighton, esperando ser puestos en un buque de transporte más digno para volver a mi país. Este navío funciona bien cuando se trata de carga humana, pero, como ambos sabemos, mis yeguas se merecen algo mucho mejor.

Un repiqueteo con botas anunció que alguien nuevo se había unido a ellos.

—Me uniré a mis hombres arriba, Lord Sheridan, para tener una oportunidad con su esposa. Si me complace, podría quedármela. Mientras esté ocupado con ella, no quisiera que te sintieras solo. Resulta que este hombre también está familiarizado con tus costumbres traicioneras, ya que una vez estuviste íntimamente relacionado con su hermana, una dama de compañía de Lady Poncenby. Se ha ofrecido para darte una buena paliza —la risa de Samir hizo que Cedric se tensara. Colgaba como un trozo de carne, incapaz de defenderse.

No pudo prepararse para el golpe en el estómago. Se quedó sin aliento y gruñó mientras el dolor se extendía por todo su cuerpo. Otro golpe contundente en el pecho y resolló.

—Disfrute de su estancia a bordo de mi nave, Lord Sheridan. Creo que solo tardaremos tres semanas en volver a casa —Samir se rio una vez más, y luego sus botas en las escaleras eventualmente desaparecieron.

—Le juro que nunca le he tocado un pelo a la criada de Poncenby —había una buena posibilidad de que esto fuera cierto. Si tan solo pudiera recordar si la madre de Freddy

Poncenby realmente tenía una dama de compañía de aspecto atractivo o no.

—Cállate, Cedric —siseó una voz—. Espera hasta que me asegure de que él se ha ido.

Tardó un segundo en reconocerla.

—¿Jonathan?

—Siento haberte golpeado. Tuve que hacer que pareciera creíble.

—¿Cómo diablos terminaste en la nave de Al Zahrani?

Las manos de Jonathan rozaron las suyas. Se oyó un chirrido cuando las ataduras de sus muñecas fueron cortadas. Se desplomó en el suelo, con las piernas débiles por haber estado colgado demasiado tiempo.

—Escuché a unos marineros en Londres hablar de un plan para secuestrar a alguien en Brighton. Temí que se tratara de ti. No hubo tiempo de avisarte, así que encontré la forma de subir al barco.

—¡Maldito seas! ¡Gracias! —Cedric se sintió tan aliviado que estuvo a punto de reírse, pero no tenía tiempo. Se puso en pie con dificultad—. Tenemos que encontrar a Anne.

—No te preocupes. La encontraremos. Tienes que tranquilizarte y ser prudente.

Cedric frunció el ceño.

—¿Cuántos hay en esta nave? —las probabilidades estaban en su contra. Se hallaban en el océano, en un barco con Al Zahrani y su tripulación.

Jonathan debió entender la pregunta tácita.

—Demasiados para nosotros. Envié un mensaje a Godric antes de salir del puerto, pero no sé si el mensaje le llegó a tiempo, o qué podría hacer por nosotros ahora que estamos en el mar.

—Maldita sea —gruñó Cedric—. ¿Dónde diablos está Ashton y esa flota de la que siempre habla?

Un grito lejano por encima de sus cabezas los silenció.

—¡Barco a babor!

—¿Qué? —dijeron al mismo tiempo. Habían oído el grito, pero aún así estaba demasiado asustado para ilusionarse.

—Jonathan, necesito tu ayuda. Debemos encontrar el polvorín. Guíame hasta allá y luego encontraremos a Anne.

Tenía un plan. Solo tenía que funcionar. Se negaba a aceptar cualquier otro resultado.

ASHTON CABALGÓ HASTA RUSHTON STEADING, observando la falta de vida dentro de la casa. Ningún mozo de cuadra se apresuró a salir para recibirlo. Los vellos de la nuca se le erizaron mientras se deslizaba de la silla de montar y se apresuraba a atar las riendas de su caballo en un poste de hierro junto a la puerta.

—¿Cedric? —gritó, subiendo los escalones principales.

La puerta principal estaba entreabierta. Ashton intentó empujarla para abrirla, pero solo se movió unos centímetros. Golpeó la puerta con el hombro y finalmente cedió. Cuando pudo entrar, se paralizó al ver sangre el en suelo que conducía al cuerpo de un hombre joven, el cuerpo que había estado colocado contra la puerta que acababa de forzar. Sean Hartley, el lacayo, yacía medio muerto en el suelo junto a la puerta. A su alrededor, había dos cadáveres masculinos que Ashton no reconoció. Sus ropas ásperas y las armas que aún tenían en sus manos los identificaban como hombres peligrosos.

—Milord —las palabras de Sean se escaparon en una respiración áspera.

Ashton se quitó el sombrero y apretó el puño con rabia mientras intentaba calmar al hombre más joven. Había sido apuñalado y no le quedaba mucho tiempo en este mundo.

—¿Puedes hablar, muchacho? ¿Dime qué ha pasado? ¿Dónde están los otros sirvientes? —en una casa tan grande, deberían estar por todas partes cumpliendo con sus obligaciones.

—Es el... jeque —el rostro pálido de Sean se arrugó de dolor—. El personal huyó a la finca Pickering... a buscar ayuda... a salvo, creo... pero no saben... —su cuerpo tembló y sus ojos se cerraron brevemente.

—¿No saben qué? ¿Dónde están Lord y Lady Sheridan? —habló Ashton, sorprendido de que su voz fuera firme. Con la rabia que le quemaba por dentro, apenas podía pensar con claridad.

—Secuestrados... barco en el puerto. *Doncella Bonita*, escuché a uno de los hombres decirlo mientras se marchaban —dijo Sean. Ashton presionó una mano sobre las heridas del joven, pero había perdido demasiada sangre. Aun así, tenía que intentarlo—. Lo siento —los ojos del muchacho comenzaron a apagarse.

—Lo hiciste bien, muy bien, muchacho —Ashton intentó pensar qué decirle al moribundo.

—Sí —suspiró el joven, y su cabeza cayó. No tardaría mucho en morir.

Ashton se levantó con dificultad y un fuerte estruendo en el exterior llamó su atención. Apartó a Sean de la puerta con manos temblorosas.

—¿Pero qué demonios? —la voz de Lucien atravesó la bruma de rabia que nublaba la mente de Ashton.

Ashton vio a Godric, Lucien y Charles en la puerta, mirándolos a él y a Sean con sorpresa.

—Es Al Zahrani. Se ha llevado a Anne y a Cedric a un barco llamado *Doncella Bonita*. Si tenemos suerte, seguro que siguen atracados en Brighton. Debemos irnos.

Emily y Horatia siguieron a sus maridos al interior. Emily jadeó y Horatia se cubrió la boca al ver al lacayo moribundo.

—¿Quién es? —preguntó Horatia.

—Se llama Sean, y luchó con valentía —dijo Ashton. Sus malditas manos cubiertas de sangre no dejaban de temblar—. Los sirvientes han huido. Tenemos que ir tras Cedric y Anne.

Charles se acercó a Ashton y le ofreció un pañuelo para limpiar la sangre de sus manos. Ashton aceptó el silencioso ofrecimiento, incapaz de volver a mirar a Sean. El muchacho no merecía morir. Su lealtad a Lady Sheridan había hecho que lo mataran.

—Emily —habló Godric—. Tú y Horatia atended a Sean. Ponedlo cómodo si podéis —Ashton no pasó por alto la significativa mirada entre Godric y su esposa.

—Por supuesto —Emily cogió la mano de Horatia y corrieron a buscar los suministros necesarios.

En cuanto se fueron, solo quedaron los tres hombres en el gran salón.

Otra muerte inocente. Otra víctima por culpa de los enemigos que ellos habían hecho a lo largo de los años. ¿Alguna vez se detendría?

Godric se dirigió a la puerta.

—Traeré nuevos caballos de los establos.

Charles se arrodilló junto a Sean, quien lo miraba impotente, y suspiró.

—Lo siento mucho —dijo, cogiendo la mano del hombre. Sean parecía tener problemas para mantenerse consciente—. Escúchame, Sean. *Escúchame.* Los encontraremos. Los salvaremos. Y cuando lo hagamos, será gracias a tus acciones de hoy. Has hecho un gran trabajo.

Emily y Horatia regresaron con lo necesario para atender los últimos momentos de Sean. Charles dio un paso atrás y miró a Ashton. Sus ojos grises eran como oscuras nubes de tormenta. Era raro ver ese lado de Charles; el lado del hombre que casi se había ahogado, en lugar del bromista despreocupado al que se habían acostumbrado. El miedo y la rabia brillaban en sus ojos, la única parte de él que delataba su frágil control. Desde el inicio de su amistad, Ashton nunca pasaba por alto estos pequeños detalles.

—Tengo los barcos más rápidos, y uno de ellos está ahora mismo en Brighton, listo para zarpar. Si el barco de Al Zahrani no está en el muelle, lo rastrearemos hasta el fin del mundo si es necesario.

Charles se levantó y tensó la mandíbula.

—¿Y cuando lo encontremos?

El cuerpo de Ashton parecía preparado para atacar, como un tigre.

—Entonces lo mataremos.

—ME SORPRENDE QUE NO ME RECUERDE, LADY SHERIDAN — Samir Al Zahrani se sentó en la única silla del amplio camarote.

Anne estaba sentada en un rincón junto a la estrecha cama, observándolo como lo haría con una serpiente venenosa. Se aferraba a los jirones de su vestido para cubrir su ropa interior. La habían sometido con brusquedad, le habían destrozado el vestido, pero hasta ahora nadie la había tocado más allá de arrastrarla a esta cabina.

—¿Recordarte? Por supuesto que sí. Casi me atropellas en Brighton hace unos días —le había sorprendido despertarse en el camarote y verlo.

Samir negó con la cabeza, reclinándose en su silla. Unos ojos oscuros como el ónix pulido, sin ninguna calidez, la miraban fijamente.

—No. Nos conocimos antes de eso.

Anne registró frenéticamente su memoria, intentando recordar a qué se refería.

—Intenté robarte en tu finca, pero no funcionó. Te he golpeado lo suficientemente fuerte como para que te hayas olvidado de mí. Si hubiera tenido la oportunidad, te habría secuestrado entonces y habría disfrutado sabiendo que a Sheridan le habían robado la novia. Pero la espera ha resultado mucho mejor. Os tengo a los dos, y el castigo será más satisfactorio de lo que podría haber imaginado.

Anne cerró los ojos, intentando recordar esa horrible noche en la que había caído por aquella colina hasta la orilla rocosa del lago de Cedric, herida por un golpe en la cabeza. Ella creía que había tropezado y se había golpeado la cabeza. Pero había sido él.

Abriendo los ojos, levantó la mirada para encontrarse con la de él. Sabía qué clase de hombre era por la historia de Cedric, un traficante de esclavos. Anne había vivido toda su vida reprimiendo sus emociones, y ahora estaba dispuesta a desatarlas sobre esa criatura desalmada que no merecía la vida que le habían dado.

A Samir no le extrañó su cambio de actitud.

—Siempre creí que las buenas damas inglesas se criaban con suavidad. Demasiado dulces y débiles. Sin embargo, hay fuego en tus ojos —se rio suavemente y aplaudió—. Me encantará destrozarte. Y será aún más gratificante hacerlo delante de tu marido.

Anne necesitó todo su autocontrol para no atacarlo. No ganaría en una lucha directa. La sorpresa era su única aliada. La cuestión era cómo lograr una distracción para que la sorpresa estuviera disponible para ella.

—Tú eres el hombre al que venció en las cartas. El comerciante de *esclavos*. Una bestia entre los hombres —la historia que le habían contado en casa de Emily parecía muy vieja. Habían pasado muchas cosas desde entonces. Muchas cosas habían cambiado.

Samir se puso de pie y la golpeó en el rostro. El dolor estalló en el punto de contacto de la palma de su mano. Anne retrocedió sobre la cama, esperando que él volviera a atacarla. Se pasó una mano por la boca y percibió el sabor ácido de la sangre. Samir se alejó de ella y luego se volvió. Sus ojos eran como dos carbones en llamas.

—Me estás poniendo a prueba, intentando provocarme para que te mate. No funcionará. Quiero disfrutar esto —su sonrisa la atravesó por completo—. Quiero disfrutarte.

El sabor de la sangre permaneció en su boca, una señal de la tortura que sabía que estaba por venir en caso de que no pudiera ganar tiempo.

—No sabes mucho sobre mi marido, ¿verdad? De hacerlo, no estarías tan seguro ahora mismo. Estarías mirando por esa ventana, preocupado.

Eso llamó la atención de Samir, pero no dijo nada.

—Mi marido es miembro de la Liga de Pícaros.

Samir parecía un poco confundido.

—¿Pícaros? ¿Eso no significa que son criminales?

—Significa que no siguen las reglas. Dudo que hayas oído hablar de ellos. De ser así, sabrías con qué clase de hombre estás tratando.

Los labios de su captor se movieron, divertidos.

—¿Y qué clase es esa?

—Un hombre que, sin duda, ya se ha liberado de tu prisión y está eliminando a la tripulación del barco uno por uno —ella se esforzó por ponerse en pie, todavía sujetando su vestido mientras se enfrentaba a él con valentía.

—¿Tu marido ciego? ¿ Tropezando por el barco, manoseando las puertas porque no encuentra el pomo? Eso no me asusta — Samir se dirigió hacia ella con una mano levantada. Anne adoptó una pose desafiante que solo una dama inglesa podía lograr.

—Debería estar muy asustado porque mi marido nunca está solo. En este momento vienen otros cinco. Y tienen barcos y hombres. Harán cualquier cosa para salvarnos. Perseguirnos por todo el mundo si es necesario. Puedes correr a casa y esconderte en el agujero más profundo que encuentres, pero *no* escaparás de la Liga —Anne se sorprendió ante la bravata que había logrado mostrar, incluso sabiendo que no era verdad. Tuvieron una oportunidad mientras estuvieron en Inglaterra, pero en el mar no había esperanza de rescate.

Samir echó la cabeza hacia atrás y se carcajeó.

—Oh, qué divertida es, Lady Sheridan. Bromea, por supuesto. No la encontrarán, y para cuando termine con usted y esa inmundicia que llama marido, me suplicará una muerte que no le concederé —levantó la mano para asestar otro golpe.

Así que este va a ser mi final. Defendiendo el honor de Cedric y la Liga. Supuso que había cosas peores en la vida que morir protegiendo a sus seres queridos.

Samir fue detenido en seco por un grito desde el exterior.

—¡Barco a babor! —el grito se repitió unas cuantas veces más, cada vez más cerca del camarote en el que Anne y Samir se encontraban. Un desaliñado tripulante irrumpió en la habitación, deslizándose hasta detenerse.

—¿Qué está pasando afuera?

El marinero entrecerró los ojos y se disculpó.

—Un barco, señor. El capitán dice que se está acercando a nosotros y que se quede en el camarote por si nos disparan.

¿Un barco? Anne tenía demasiado miedo como para albergar esperanzas. No era posible que Ashton hubiera podido alcanzarlos, y mucho menos encontrarlos. Samir la sujetó y la empujó a las manos del marinero.

—Átala a la cama —ordenó Samir antes de salir furioso de la habitación.

El hombre giró a Anne con la intención de obligarla a tumbarse en la cama como le había ordenado, pero ella dejó caer al suelo su vestido roto y levantó sus enaguas lo suficiente como para darle un rodillazo en las bolas.

El hombre cayó al suelo con un gemido lastimoso.

Anne le asestó un segundo golpe mientras estaba en el suelo y luego saltó por encima de su cuerpo tendido y entró en el estrecho pasillo del barco. Los marineros corrían a sus puestos, otros gritaban órdenes para preparar los cañones. Nadie le prestó atención mientras esquivaba el caos de la cubierta. A lo lejos, un barco se acercaba rápidamente y pronto estaría sobre ellos.

¿Alguien iba a ayudarlos? ¿Cómo podría encontrar a Cedric y escapar?

Cedric, ¿dónde estás? El miedo la atravesó mientras corría hacia las cubiertas inferiores. Tenía que encontrarlo.

CAPÍTULO 23

Capítulo Veinticuatro

Cedric estaba apoyado en un gran barril de madera sujeto con aros de cobre. Su nariz percibió el fino y acre aroma de la pólvora: azufre, salitre y carbón finamente pulverizado. Una combinación mortal cuando se introducía en el cañón de un barco.

—Jonathan, tengo una idea.

—¿Qué?

—Este cañón está lleno de pólvora —Cedric golpeó sus nudillos contra la madera.

—¿Este plan tuyo va a hacer que nos maten?

Cedric dudó antes de responder.

—Siempre hay una posibilidad.

Jonathan resopló.

—Intentemos encontrar la ruta de salida de esta nave que nos deje a todos respirando. Ahora, ¿cuál es tu plan?

—Debe haber un cuarto de luz cerca. Preparamos una carga, la encendemos en el momento adecuado y escapamos —Cedric sabía que el plan era arriesgado, pero escapar no era suficiente. Tenían que destruir esta nave. Pero primero tenían que encontrar a Anne.

—A ver si entiendo, ¿quieres incendiar el polvorín? —Jonathan se acercó y sus botas resonaron en el suelo. Por encima de ellos, los marineros se dirigían a sus puestos de combate.

—Sí. No tendríamos mucho tiempo después de incendiar la habitación. Tenemos que encontrar a Anne y una forma de salir de este barco, pero todo será inútil si la nave sigue en marcha.

Jonathan se rio, pero se oyó nervioso y preocupado.

—¿Todos tus planes son así de descabellados?

Cedric puso los ojos en blanco.

—¿Tienes uno mejor?

—Muy bien —Jonathan suspiró—. Quédate aquí mientras encuentro el cuarto de luz.

Cedric tropezó, buscando una herramienta para abrir el barril de pólvora. Sus manos dieron con una herramienta, algo que parecía un atizador. Volvió al barril de pólvora y abrió la tapa. La madera crujió en señal de protesta, pero finalmente cedió.

Unas pisadas fueron el único aviso para que Cedric supiera que lo habían descubierto. Se movió hacia la derecha cuando algo le cortó el pecho. Dolió muchísimo, pero no fue muy profundo.

—¿Otra vez haciendo trampa? —siseó Samir—. Simplemente no puedes aceptar cuando te ganan —Cedric volvió a moverse. Las palabras de Samir resultaron ser una advertencia muy valiosa para sus acciones. Pero no podía esquivar al hombre para siempre. Necesitaba capturar las manos de Samir. Entonces tendría una oportunidad de luchar.

—¿Necesitas una espada para derribarme? ¿Qué, no tienes suficiente fe en tus habilidades de lucha para enfrentarte a un ciego? —había una pequeña posibilidad de manipular al hombre, pero merecía la pena intentarlo.

Samir gruñó.

—¿No crees que puedo matarte con mis propias manos?

—Tú eres el que tiene prisa por atravesarme con una cuchilla,

Al Zahrani. ¿No quieres disfrutar de la satisfacción de estrangularme hasta la muerte? ¿Qué clase de justicia vas a conseguir con una espada? —Cedric levantó las manos con los puños ligeramente cerrados por si necesitaba sujetar a su oponente en lugar de lanzarle un puñetazo.

Samir bufó.

—Tienes razón. Quiero estrangularte lentamente, hacerte sentir cada minuto agónico de tu muerte. Una muerte lenta para un hombre tramposo —respondió Samir con suficiencia. El sonido de una espada cayendo al suelo resonó a unos metros de distancia.

En el momento en que la espada fue desechada, Samir lo embistió. Golpearon el barril abierto detrás de él. Cedric siseó de dolor cuando Samir le golpeó repetidamente el vientre.

Rugiendo, Cedric echó la cabeza hacia atrás y luego la impulsó hacia delante. El chasquido de su cráneo contra el de Samir los aturdió momentáneamente a ambos, pero el hombre se recuperó lo suficientemente rápido como para ponerse en pie. Cedric se levantó y embistió a Samir, tirándolos a ambos al suelo. El dolor le atravesó la cabeza y por un segundo creyó ver la sombra borrosa del hombre que yacía cerca de él.

Cedric no dudó y golpeó a Samir en la mandíbula. Un golpe certero, como pocos. Era la ventaja que necesitaba. Gateando, buscó la espada. Cuando la cuchilla le arañó la mano, maldijo antes de poder sujetar la empuñadura.

Oyó chirridos detrás de él mientras Samir luchaba por levantarse.

—¡Cerdo inglés! —gritó Samir.

Cedric cayó de espaldas con la espada levantada justo cuando Samir aterrizó sobre él. La espada encontró cierta resistencia al clavarse en las costillas de Samir. El hombre gruñó y se desplomó sobre Cedric.

—Tú... has hecho trampa... —jadeó Samir, furioso.

—En efecto —empujó el cuerpo de Samir para quitárselo de

encima—. Como aquella noche jugando al whist. No juego limpio con los esclavistas.

Cedric se apoyó en uno de los barriles. Le ardía el pecho y le dolía la cabeza. La niebla gris que rodeaba sus ojos parecía oscilar con rayas blancas y negras, como sombras fugaces, como el reflejo de lo que solía ver.

Samir tosió. El sonido ya era un gorjeo repulsivo.

—Bastardo... tramposo.

—Prefiero *pícaro* —dijo Cedric. La respiración en agonía de su enemigo cesó por fin.

Justo entonces, como la voz de un fantasma entre el ruido de la tripulación, la voz de Anne resonó en el pasillo.

—¿Cedric?

Se movió en dirección al sonido.

—¿Anne? ¿Dónde estás?

—¡Cedric! Gracias a Dios.

El sonido de sus zapatillas de casa fue música para sus oídos. Abrió los brazos y ella lo abrazó.

Anne jadeó.

—¡Estás sangrando!

—Me recuerda al día en que me propusiste matrimonio —comentó entre risitas alegres.

—¡Oh! ¡Cedric! —ella se tensó en sus brazos—. ¿Al Zahrani está...?

—Está muerto. Sí. Te lo explicaré más tarde. Debemos irnos de inmediato —la sostuvo en sus brazos, pero dejó que lo guiara hacia el estrecho corredor—. ¡Jonathan!

—¡Estoy aquí! Apartaos —advirtió Jonathan.

Un calor brotó cerca del pecho de Cedric, quien rodeó instintivamente a Anne con su cuerpo mientras retrocedían. Por un momento, creyó ver una cortina de luz, como si vislumbrara un fuego a través de un bosque frondoso. Destellos, sombras, pero nada más. ¿Estaba viendo el resplandor de un farol? Tenía demasiado miedo como para ilusionarse.

—Jonathan, ¿qué estás haciendo? —preguntó Anne, tensándose entre los brazos de Cedric.

—Bueno, corazón mío, vamos a volar la nave.

—*¿Qué?*

—No hay otra forma de escapar con vida —replicó Cedric—. Estos hombres dispararán contra ese barco y ellos se verán obligados a contraatacar. No queremos estar a bordo cuando las balas de cañón comiencen a atravesar las paredes a nuestro alrededor. Tienes que confiar en mí.

—Sí, confío en ti —a pesar del atisbo de pánico en la voz de Anne, se mostraba firme.

—Jonathan iniciará el fuego y luego correremos hacia la cubierta. Si podemos llegar a una falúa, la cogeremos, pero puede que no haya tiempo. Si te digo que saltes, salta por la borda. ¿De acuerdo?

Cogió una de las manos de Cedric entre las suyas.

—Promete que te quedarás conmigo.

—Lo haré —juró él, sujetando su mano con fuerza.

Jonathan intervino.

—Bien. Estoy listo para encender esto. Adelantaos vosotros, yo os alcanzaré en cubierta.

Cedric se armó de valor.

—Ten cuidado, Jonathan. Audrey nunca me perdonará si se entera que permití que estallaras en pedazos —quería bromear con el joven, pero también sabía que Jonathan entendería que, entre todas las cosas, él no tenía el tiempo o las palabras adecuadas.

—Os alcanzaré cuando esté hecho —respondió Jonathan.

Cedric se volvió hacia Anne.

—Guíame a la cubierta, señora esposa. Es hora de escapar.

Anne y Cedric subieron a toda prisa el tramo de escaleras y salieron a la cubierta principal. Él movió la cabeza como si escuchara a la tripulación a su alrededor.

—¿Qué está pasando, Anne? Sé mis ojos.

Los hombres corrían a sus posiciones y gritaban órdenes e informes.

—Es un gran velero, señor. ¡Nunca lo venceremos!

—No hay señales de bandera ordenando que nos retiremos —gritó otro—. ¡Los cañones están preparados!

Anne oyó el rugido de quien supuso que era el capitán:

—¡Virar a babor! ¡Cargad los cañones! ¡Cargad las balas encadenadas! ¡Apuntad a sus mástiles!

Era un caos.

—¿Qué tan cerca está el otro barco? —Cedric la tiró hacia la barandilla y, con cuidado pero de manera ágil, se abrieron paso a través del laberinto de cuerdas y del equipamiento del barco en la cubierta.

—A media milla de distancia. Podría haber otro detrás de ese —Anne entrecerró los ojos ante la luz brillante, intentando evaluar la distancia entre ellos y el barco. Por suerte, ninguno de los tripulantes hizo más que mirarlos con irritación mientras pasaban a toda prisa.

—¡No tenemos suficientes balas encadenadas, señor!

—¡Cargad los cañones restantes con racimos de metralla! —ordenó el capitán.

—¡Apuntad a las cubiertas! —añadió un guardiamarina.

—¡Apuntad a eso! ¡Apunten a las velas! ¡Tenemos que frenarlo!

Le aterrorizaba que ella y Cedric fueran arrastrados por alguien al casco del barco, pero estaban mucho más preocupados por el balandro frente a ellos. Cuando Anne se concentró en los barcos en la distancia, pudo distinguir dos banderas. La bandera británica ondeaba en ambas naves. El barco más grande y cercano también llevaba la bandera de la Marina Real en la parte trasera. El barco que iba justo detrás estaba reduciendo la distancia, y ella vio más claramente la bandera de ese barco.

Cedric rodeó la cintura de Anne con un brazo, manteniéndola cerca mientras se movían.

—¿Reconoces alguna de las banderas?

—En el primero hay una bandera británica y otra de la marina. El segundo tiene una bandera azul oscuro con una flor blanca —era difícil distinguir las formas en la distancia con todo el viento.

Cedric se rio.

—¡Oh, buen Dios, nos ha encontrado! —y entonces lanzó un fuerte chillido de alegría y besó a Anne en los labios.

—¿Quién nos ha encontrado? —ella no tenía ni idea de qué estaba hablando.

—¡Ash! Esa es la bandera de su compañía. ¡Debe ser uno de sus barcos! Ha traído a la maldita marina con él, ¡ese bribón astuto!

Antes de que Anne pudiera decir algo, vio a Jonathan dirigirse a la cubierta, gritando:

—¡Saltad! ¡No tenemos tiempo!

Jonathan corrió por la cubierta, saltando sobre un par de marineros inclinados en torno a un cañón que se disponían a cargar.

—¡Fuego en el polvorín! —vociferó.

Ese único grito y la amenazante espiral de humo negro procedente del interior de la cubierta hicieron que los marineros se dispersaran como ratas.

—¿Y la falúa? —preguntó Anne.

—¡No hay tiempo! —Cedric miró a su alrededor y maldijo en voz baja. Creyó distinguir algunas sombras, pero aunque fuera algo más que una ilusión, no era suficiente para navegar con su ayuda—. ¿Hay alguna parte de la cubierta sin barandilla?

Anne miró a su alrededor.

—Sí.

—¿Tenemos vía libre para correr hacia ella?

—Sí. Está a unos cinco metros —ella tragó con fuerza—. ¿De verdad vamos a saltar? —parecían otros seis metros hasta el océano.

Cedric le cogió la cara con su mano libre.

—Sí. Salta lejos del barco, lo más lejos que puedas. Impúlsate la superficie una vez que estés en el agua y aléjate todo lo que puedas. No me sueltes la mano... si nos separamos, puede que yo no llegue a la superficie —la mirada desesperada de Cedric desgarró su ya magullado corazón.

—No te soltaré —juró ella.

—¡Entonces corre! —él la impulsó hacia adelante y Anne lo guio mientras corrían por la cubierta. Jonathan se encontró con ellos a medio camino y gritó mientras se lanzaba por encima de la barandilla.

Anne gritó, incapaz de contener el pánico al sentir un vacío en el estómago mientras ella y Cedric caían. El agua oscura los recibió y, con un fuerte golpe, ella se estrelló contra la superficie y luego se hundió. El agua helada la engulló. El impacto del agua fría casi la hizo gritar. Se aferraba ligeramente a la mano de Cedric. Se quitó de una patada las enaguas que la hundían.

Una fuerte vibración sacudió el mundo a su alrededor. Mirando hacia arriba a través del agua, franjas borrosas de color rojo y naranja consumían el cielo. Se impulsó hasta que salió finalmente a la superficie. Humo blanco cubría la zona justo por encima del agua, y pedazos en llamas del casco de la nave estaban dispersos a su alrededor. Un momento después, Cedric salió a la superficie con un doloroso jadeo. Se acercó a él y cogió su mano.

—¡Cedric!

—¡Anne! ¿Qué...? —el grito de Cedric fue silenciado por una poderosa colisión.

Restos de madera en llamas la quemaron cuando parte de los escombros del barco cayeron sobre su marido. Ella gritó, y entonces su mano, la que estaba fuertemente unida a la de él, empezó a caer cuando la cabeza de Cedric desapareció bajo las olas. El peso de su cuerpo hundiéndose era muy fuerte, y ella ya no podía sostenerlo.

—¡Cedric! ¡No!

Anne se sumergió en el agua, con los ojos irritados mientras lo buscaba. El agua estaba llena de escombros. Nadó hasta que sus pulmones ardieron y la obligaron a volver a la superficie.

Un trozo de madera lo suficientemente grande como para sujetarse a él, flotaba cerca de ella. Moviendo los brazos y las piernas hasta el objeto, la cogió y descansó unos instantes antes de volver a sumergirse para buscar a Cedric.

No lo dejaré... No puedo dejarlo...

Pero él no estaba allí. No podía verlo. Cuando salió la superficie por tercera vez, su cuerpo se había puesto rígido por el frío y no tenía suficiente fuerza para volver a entrar. El cuerpo de un marinero pasó flotando y Anne se estremeció cuando la tocó. Apenas podía ver a través de la nube blanca resultante de la explosión de pólvora.

Le dolía todo el cuerpo. Se aferró a aquel trozo de madera con la mejilla pegada a la superficie rugosa, apartando las lágrimas. Fue inútil. Lloró en silencio.

Había perdido a los dos únicos hombres que había amado. Su padre y ahora su marido. Demasiado aturdida para moverse, permitió que el mar devorara su corazón y lo hundiera en sus profundidades. Dondequiera que Cedric estuviera ahora, el corazón y el alma de Anne iban con él.

Una falúa atravesó el humo y unos gritos lejanos la llamaron. La balandra de la marina emergió del humo y, a poca distancia de ella, la embarcación de Ashton se acercó. Los hombres se gritaban unos a otros desde las cubiertas, señalando en su dirección y preparando una falúa.

Anne no podía respirar, y mucho menos contestarles. Su mente se había apagado, incapaz de procesar lo que estaba viendo. Los rostros, marcados con franjas de hollín, la miraron cuando la falúa se aproximó.

—¡Está viva! —gritó alguien.

Unas manos descendieron, la apartaron con fuerza de la madera flotante y la subieron a la embarcación.

—Anne, mírame —le ordenó una voz suave pero firme. Abrió los ojos y vio a un hombre de pelo dorado que suspiraba con visible alivio. Carlos. El nombre llegó lentamente a través del dolor. Otro rostro, uno tan húmedo como el de ella, Jonathan, estaba inclinado junto a Charles.

—¿Dónde está Cedric?

Con los labios temblorosos, miró hacia los restos. Sentía la garganta como si estuviera tragando fragmentos de cristal. Cada barrera protectora que había construido, fue destruida por la explosión. Ya no podía contener su dolor, la rabia por su pérdida. El único hombre que la había amado por la mujer que era, se había ido.

Ahora todo había terminado. Se había quedado ciega, no en sus ojos, sino en su corazón. Había perdido a Cedric para siempre. Charles se quitó el abrigo y se lo puso sobre los hombros, pero ella apenas se dio cuenta.

—Él se ha ido —susurró.

El barco se quedó en silencio. Sus miradas se dirigieron al mar, el cual había reclamado la vida del hombre que habían venido a salvar. El recuerdo de un viejo poema que su padre solía recitar llegó inesperadamente.

Y el océano reclamó a su amante,
Las olas lo envolvieron en un interminable abismo azul,
No lamentes a este rey de los mares, a este príncipe de las mareas...

CAPÍTULO 24

Capítulo Veinticinco

olor... oscuridad insoportable... estrellas... azul...

La cabeza de Cedric palpitaba mientras luchaba por alejarse de eso que lo estaba arrastrando cada vez más hacia las vastas profundidades del mar. Sus fuerzas se agotaban rápidamente y sus pulmones estallarían si no conseguía salir a la superficie. Su camisa se rasgó y la atadura que lo había enganchado al pecio desapareció. Luchó como si nada en su vida hubiera importado, hasta ahora.

Todo lo que podía ver era el rostro de Anne, y su deseo de vivir. Su deseo de verla mirándolo con amor y asombro infinito. Una nueva fuerza inundó sus extremidades. El agua aguijoneaba sus ojos, los quemaba como si fueran atizadores calientes, pero siguió nadando hacia ese punto de luz brillante que sabía que tenía que ser la superficie.

Cuando su cabeza salió del agua, aspiró con fuerza y desesperación. Un impactante tono blanco le iluminó los ojos y parpadeó, levantando una mano mientras se movía en el agua. Miró a su alrededor… *miró*… mientras aparecían formas grises en la niebla.

—¿Pero qué demonios? —trozos de madera golpearon sus hombros mientras respiraba el espeso humo. Eso era lo que hacía que las cosas fueran grises. No su ceguera, sino el humo de la pólvora y los restos en llamas.

¡Él podía ver! No muy bien, pero ¡por Dios que podía ver! Empezó a reírse, pero se ahogó al respirar el humo.

Vio varias falúas a la deriva entre los restos del barco. En la más cercana a él había varias personas, todas de espaldas a él. Una mujer estaba en el centro y su cabello oscuro empapado le llegaba a la cintura.

¡Anne! Estaba viva. Sin fuerzas aún para gritar, empezó a nadar hacia el barco antes de que lo abandonara. Al acercarse reconoció a Godric, Ashton, Charles, Lucien, incluso a Jonathan a bordo. Justo detrás de ellos, dos barcos, el HMS *Ranger* y el buque mercante de Ashton, el *Lirio Negro*, flotaban alrededor de los restos de *Doncella Bonita*. Toda la Liga y Anne estaban en ese barco, todos contemplando en silencio algo que él no podía ver.

Sintió pánico. ¿Qué había ocurrido? Tenía que ser algo horrible; si había dejado sin palabras a sus amigos y a su esposa, era algo que no él podría soportar. Cuando llegó a la falúa, nadó hasta la orilla. Se aferró al borde de la embarcación y examinó los restos flotantes, intentando divisar aquello que había devastado a sus amigos.

La cara de Anne estaba llena de lágrimas, y Charles le rodeaba los hombros con un brazo reconfortante. Cedric obligó a su mirada a volver al barco en ruinas.

Deben pensar que estoy muerto…

Fue Jonathan, el más cercano a él, quien giró lentamente la cabeza y lo vio aferrado a la parte lateral del barco.

—¡Cedric! —su grito alarmado hizo que todos saltaran.

Jonathan se precipitó hacia Cedric. Agotado, Cedric se aferró a los brazos del joven y se dejó arrastrar hacia el interior.

Apenas se incorporó, Anne se lanzó sobre él, sollozando

incoherentemente. Cayeron juntos, formando un desastre húmedo.

Ashton se limpió los ojos y se aclaró la garganta.

—Pensamos que te habíamos perdido —dijo con la voz entrecortada. Todos parecían muy tensos, devastados.

La confesión de lo mucho que era amado, no solo por Anne, sino también por sus amigos, conmovió su corazón.

—Hace falta algo más que una cabaña en llamas, ladrones de caballos, esclavistas piráticos y un barco en llamas para matarme, ¿eh? —bromeó, intentando aliviar el dolor de todos.

Charles soltó una risita.

—Cierto. Debí haber sabido que eso no podría contigo.

Cedric miró a Anne, quien lo miraba fijamente con esa mirada que esperaba ver algún día. Un asombro infinito en sus ojos, y amor, mucho amor, que el simple hecho de verlo ahora le daba alas suficientes para volar.

—Corazón mío —susurró, sintiéndose repentinamente tímido, tan malditamente tímido con su propia esposa. Era como si estuviera mirando a una desconocida. Se había acostumbrado demasiado a su toque, a su sabor, a su olor. Verla, *verla* por fin después de demasiado tiempo en la oscuridad…

Anne levantó una mano y le pasó el dorso de los dedos por las mejillas.

—No llores —le rogó—. Por favor, no lo hagas. Si lo haces, no podré parar.

—Al diablo con eso —enterró su cara en su cuello, estrechando sus cuerpos, aferrándose a ella. Su corazón, su amor, su otra mitad. Estaban vivos y a salvo—. Puedo verte —repetía mientras lloraba. Nunca en toda su vida habría algo tan hermoso como su amada Anne y sus amigos más queridos. Los últimos cinco meses habían sido una horrible pesadilla.

Pero por fin he despertado. Rozó sus labios con los de Anne, saboreando el mar y sus lágrimas.

Se juró que, a partir de ese momento, ella no volvería a llorar más que de alegría.

ASHTON ESTABA PARADO EN LA CUBIERTA DE *LIRIO NEGRO*, CON su capitán, Ellis Bristow, a su lado.

—Estuvo cerca, Lord Lennox. Por poco no logramos contactar con el Ranger a tiempo —el capitán, con su sombrero bajo un brazo, observaba las olas ondulantes. Sus ojos penetrantes no pasaban por alto nada.

—Lo sé —Ashton contuvo la respiración un momento, intentando borrar los pensamientos de lo que podría haber sucedido si no hubieran llegado a *Doncella Bonita* cuando lo hicieron.

En el puerto, descubrieron la dirección que había seguido el barco de los esclavistas y, en la carrera por alcanzarlo, no tardaron en enterarse de que un barco de la marina también iba en su persecución. Sin embargo, la alegría por tener un aliado se convirtió en terror cuando su hombre desde el puesto de vigía avisó que el *Ranger* no estaba ordenando a *Doncella* que se detuviera, sino que estaba preparando sus cañones.

El capitán Bristow consiguió desesperadamente que su propio mensaje se emitiera, advirtiendo al buque de la marina que había rehenes ingleses a bordo de su objetivo.

El capitán del *Ranger* los había oído y ordenado a su tripulación que se preparara para el asalto pero, momentos después, *Doncella* ardió en llamas a pesar de no haber recibido ningún cañonazo.

Ver el barco arder y los cuerpos flotando entre los restos de la nave, prácticamente había matado a Ashton. Temió que Cedric, Anne y Jonathan estuvieran entre los muertos.

Miró desde la cubierta superior de *Lirio* para ver a Anne y a Cedric dirigiéndose a los camarotes de abajo. El brazo de Cedric estaba envuelto en el hombro de Anne, y ella se aferraba a él como si temiera perderlo de vista. Cedric se detuvo justo debajo de Ashton y levantó la mirada, asintiendo con la cabeza en señal de silenciosa gratitud por la llegada de *Lirio*.

Los milagros ocurren. Después de todo lo que se había perdido a lo largo de los años, a veces el mundo devolvía cosas. Como la vista de Cedric.

Ashton no era de los que depositaban su confianza en la fe, pero no podía negar la buena suerte de hoy. Aun así, temía por el futuro inmediato.

Cuando había hablado con el capitán del *Ranger*, se había enterado de que le habían dado órdenes de navegar hasta Brighton para encontrar y hundir a *Doncella Bonita* sin tener piedad de los prisioneros. Le habían dicho que era un barco negrero, pero que en ese momento no llevaba carga humana.

Las órdenes se habían dado a través de la cadena de mando adecuada, pero Ashton estaba convencido de que estaba jugando una gran partida de ajedrez. Una con un tablero que abarcaba todo el país y que, de alguna manera, incluso con esto, Hugo Waverly era su oponente.

—Ash —Lucien subió las escaleras hasta la cubierta y se dirigió al capitán Bristow con un movimiento de cabeza. Bristow les ofreció un poco de privacidad y se marchó para hablar con uno de sus tenientes.

—¿Cómo está Cedric? —preguntó Ashton.

—Bien. Mejor que bien. Ha recuperado la vista y parece que no puede dejar de sonreírle a su mujer. Ese tonto.

Ashton percibió un tono lleno de afecto en esas dos últimas palabras. La Navidad pasada había sido una época oscura tanto para Cedric como para Lucien. Pero habían capeado el temporal y habían salido más fuertes que antes.

—Horatia me habría matado si nuestro bebé hubiera perdido a su tío.

Perder a Cedric los habría devastado a todos.

—¿Y Jonathan? ¿Cómo está el muchacho?

Miraron hacia la cubierta inferior, donde la espalda de Jonathan estaba apoyada en uno de los mástiles, con su pelo rubio ondeando al viento. Había arriesgado mucho para llegar a Cedric y salvarlo, mucho más de lo que Ashton le había pedido.

Y eso lo había convertido realmente en uno de los miembros de la Liga de los Pícaros.

—Está un poco distante. Intuyo que se siente perdido, incluso después de tantos meses adaptándose a su nueva posición. Necesita a alguien que lo conecte con algo, que lo mantenga con ánimo. Dale una esposa para perseguir y dominar, y se acomodará y será feliz. Creo que es hora de que Cedric traiga a Audrey a casa.

Ashton se rio, aliviando la tensión que sentía.

—Nunca pensé que tú sugerirías que una esposa era buena para un hombre.

Lucien dirigió su mirada cómplice hacia Ashton.

—Una buena esposa es buena para *todo* hombre. Deberías recordarlo la próxima vez que dejes que una muchacha escocesa te domine en un rincón del teatro.

Ashton palideció, haciendo que Lucien se riera.

—No eres el único con ojos y oídos, Ash. El personal de la Ópera ve más de lo que creemos. Te sugiero que busques *otra* forma de lidiar con Lady Melbourne antes de que arruine tus negocios —con nada más que una sonrisa de suficiencia, Lucien dejó a Ashton en la barandilla, pálido como una bandera blanca de rendición.

Sin embargo, tenía razón. Ashton tenía que encargarse de Lady Melbourne antes de que hiciera exactamente eso. Arruinar sus intereses comerciales.

CEDRIC ESTABA RECLINADO EN EL SOFÁ DE SU SALÓN, CON LOS brazos cruzados detrás de la cabeza mientras un cachorro blanco y marrón arrastraba una de sus botas por la alfombra. El pequeño Forrest gruñía y rugía, y sus dientes de cachorro, parecidos a una daga, creaban pequeños cortes en el cuero. A Cedric no le importaba. La vida era perfecta, con marcas de dientes de cachorro y todo.

Habían pasado dos semanas desde su rescate en las aguas de Brighton, y había recuperado totalmente la vista. Sufrió dolores de cabeza los primeros días, pero una vez que la hinchazón del golpe en la cabeza disminuyó, también lo hizo el dolor.

La puerta del estudio se abrió y Anne y Audrey aparecieron volando como un par de palomas. Anne estaba deslumbrante con su vestido en tonos rojos y rosas adornado con flores silvestres bordadas en el dobladillo y en las mangas al estilo Van Dyke. Sus marcadas caderas acentuaban su diminuta cintura, sobre todo cuando ponía las manos sobre ellas, como ahora, mientras fruncía el ceño.

—Cedric, no debes dejar que te muerda las botas. Lo estás malcriando —ella se abalanzó sobre Forrest. El King Charles spaniel se congeló, como hacía siempre que Anne frustraba sus travesuras. Después de que ella cogiera la bota, el hechizo se rompió y el perro corrió desesperado hacia sus tobillos, mordiéndolos juguetonamente. Antes de que pudiera dañar su falda, tropezó con sus propias patas y rodó sobre su espalda, sacando su lengua rosa.

Audrey soltó una risita.

—Es un poco pícaro, ¿verdad? —Cedric no pudo evitar sonreírle de oreja a oreja. Había vuelto a casa de Europa antes de tiempo, solo dos semanas después del incidente con el barco de Al Zahrani. Era como si hubiera sabido que él la necesitaba, porque ella y Lady Rochester habían llegado antes de que alguien de la Liga se pusiera en contacto con ellas.

—Forrest es un bribón, gatita, no un pícaro —aclaró Cedric mientras se levantaba del sofá.

A pesar de la presencia de Audrey en la habitación, su esposa se acercó a él y le rodeó el cuello con los brazos, besando sus labios con fuerza.

—¿Cómo estás? —preguntó Anne.

Él le devolvió el beso durante un largo momento antes de responder.

—Como una mejor versión de mí mismo —dijo, y luego sonrió—. Una versión *mucho* mejor.

Anne frunció los labios.

—Mientras sigas siendo perverso en uno o dos aspectos, no me podré quejar —su risa hizo que su cuerpo vibrara de deseo. Verla sonreír era una maravilla. Ella no tenía ni idea de cuánto había echado de menos su sonrisa.

—¿Estás listo para ver a Sean? Necesita otra reprimenda por intentar abandonar su cama.

—Por supuesto. Me siento un poco tentado a atar al hombre para mantenerlo allí. Maldito tonto.

Ashton y los demás creyeron que Sean Hartley había muerto cuando abandonaron Rushton Steading. Sin embargo, mientras Emily y Horatia atendían lo que creían que eran sus últimos momentos, el hombre se había aferrado obstinadamente a la vida. Después de curar sus heridas y ponerlo cómodo, fueron a buscar al médico del pueblo, quien, una vez más, había obrado un milagro.

Siguiendo a Anne por las escaleras, Cedric entró en la habitación de invitados. Sean estaba pálido, pero sus ojos estaban nítidos y atentos. Una de las sirvientas de la planta baja lo estaba alimentando con un caldo caliente. La mujer se puso en pie de un salto e hizo una reverencia cuando Cedric entró, con la mirada en el suelo y las mejillas teñidas de rojo.

Cedric levantó una mano.

—Por favor, no permitas que mi presencia te interrumpa. Quédate.

La criada regresó a la silla junto a la cama y reanudó su tarea. Cedric se apoyó en uno de los postes de la cama a los pies de la misma y frunció el ceño ante el joven obstinado.

—Escucha, Hartley. Mi mujer dice que estás haciendo todo lo posible por salir de la cama antes de lo debido.

Sean comenzó a protestar.

—No discutas conmigo, muchacho. No ganarás. Nunca terminé oficialmente tu empleo aquí, y que me condenen si me obligas a hacerlo ahora. Es mi *orden* como amo de esta casa que te quedes donde estás y dejes que las encantadoras damas atiendan todas tus necesidades durante el tiempo que el médico crea que debes permanecer en la cama. ¿Entendido? —la criada se sonrojó ante eso.

Con un movimiento de cabeza, Sean se recostó en las almohadas de la cama. Cedric miró a las mujeres.

—Me gustaría estar unos minutos a solas con él.

Anne y la criada salieron en silencio de la alcoba. Cedric ocupó la silla vacía junto a la cama.

—Estoy en deuda contigo, Hartley. Nos defendiste con más valentía y fidelidad que cualquier soldado. Y nos salvaste la vida a ambos al contarle a Ashton lo que había sucedido. Esas son deudas que nunca podré pagar.

Cedric se puso de pie y se aseguró de que Sean lo estuviera escuchando.

—Se avecinan tiempos oscuros para mí, para Anne y para la Liga. Necesitaremos a un buen hombre como tú de nuestro lado. Confío en que te recuperarás pronto.

Sean tragó y asintió.

—Por supuesto.

—Bien. Ahora, si yo fuera tú, dejaría que esa linda criada me atendiera todo el tiempo posible. Creo que le gustas —le guiñó un ojo a Sean y luego salió de la habitación, riéndose de se expresión de desconcierto. Anne y la criada estaban afuera.

—Ve a atenderlo —dijo. La criada entró. Una vez que él y Anne se quedaron solos, atrajo a su esposa hacia sus brazos, bajándola, como en un baile, y la besó intensamente.

Ella se tocó los labios inflamados por el beso mientras sus pestañas oscuras se sacudían.

—¿Por qué fue eso?

Él le levantó la barbilla para que ella pudiera ver su expresión.

—He tardado demasiado en reconocer la alegría que tenía justo al alcance de mi mano —recordó el himno favorito de su madre y supo que ella lo aprobaría—. Estaba ciego, pero ahora veo.

Los ojos de Anne brillaron.

—¿Y qué ves?

—Una larga y maravillosa vida contigo, corazón mío.

Inclinó la cabeza y la besó, liberando todos los recuerdos oscuros teñidos de dolor. Todo lo que quedaba era un sentimiento de amor por Anne que lo consumía todo, y la posibilidad de tener todo lo que había deseado en la vida.

Y todo empezó con un beso apasionado como base para construir sus vidas.

Daniel Sheffield golpeó con los nudillos la puerta del estudio de Hugo Waverly.

—Adelante.

Daniel abrió la puerta de un codazo y entró. No iba a dar buenas noticias, y esperaba que una actitud de calma ayudara a disminuir la rabia de su amo.

Habían tenido un plan perfecto. No debería haber salido mal. Una vez que su hombre en Brighton envió la noticia de que el barco de Al Zahrani había atracado y que él estaba movilizándose, Waverly informó a la Marina Real y envió al HMS *Ranger* con órdenes de hundir el barco, como mensaje a los traficantes de esclavos que operaban en aguas inglesas. No se tomarían prisioneros bajo ninguna circunstancia.

Lo que Daniel no había esperado, y Waverly tampoco, fue la oportuna intromisión de Lord Lennox.

—¿Y bien? ¿Está hecho? —Waverly levantó la mirada de su escritorio cubierto de papeles, la mayoría de ellos con sellos de la realeza.

—No. El HMS *Ranger* fue interceptado por el barco de Lord Lennox, quien les informó de que había ciudadanos británicos cautivos en el barco.

—¿Lennox? —Hugo arrugó la hoja de papel en su mano.

—Sí, señor. Alguien provocó un incendio a bordo del barco de Al Zahrani y éste se hundió. Ahora está en el fondo del mar, como usted esperaba, pero Sheridan y su esposa sobrevivieron —Daniel mantuvo una mano apoyada en el pestillo de la puerta, por si tenía que salir apresuradamente.

Waverly se reclinó en su silla y frunció el ceño.

—Ese hombre es como un maldito gato con nueve vidas.

Daniel esperó a que la furia se desatara en los ojos de Waverly, o que el hombre gritara o lanzara algo. Esas muestras de mal genio ya habían ocurrido en el pasado.

—Sin embargo, el *Ranger* recuperó esto flotando entre los restos —reveló el objeto que había estado ocultando detrás de su espalda. Un bastón con una cabeza de león de plata.

Cuando se lo tendió a Waverly, la expresión macabra del hombre se convirtió en una severa sonrisa.

—Muy bien —se rio—. Por fin tengo lo que es mío.

Daniel retrocedió hasta la puerta del estudio de Waverly.

—He estado en la Casa Blanca en el Soho y me he ocupado del asunto de los individuos que Al Zahrani vendió.

Waverly juntó los dedos.

—¿Y dejaste claro que aquí no aceptamos ese tipo de comercio?

—Sí. Intentaron alegar que las mujeres eran simplemente *empleadas* de la casa. Me aseguré de que entendieran lo equivocados que estaban. De momento, ya no comprarán nada de eso. Pero supe que una mujer fue subastada antes de mi llegada.

—¿Solo una? Te felicito por tu rapidez.

—Creo que le interesará aún más saber quién la compró —esta era la única buena noticia que tenía Daniel—. Lawrence Russell.

Por primera vez en mucho tiempo, Waverly sonrió.

—Bueno, eso es ciertamente interesante. ¿Un Russell comprando una esclava? Investígalo, pero no actúes. Creo que es una carta que nos guardaremos hasta que llegue el momento de jugarla.

Waverly miró por la ventana hacia el fondo del jardín de su casa de ciudad. Lady Waverly estaba sentada en el jardín con otra mujer, charlando ociosamente mientras una enfermera sostenía la mano de un niño pequeño. El muchacho caminaba con sus piernas regordetas, sujetando los dedos de su enfermera mientras recorrían el camino de grava del jardín. El hijo de Waverly, Heath, apenas tenía un año.

Tenía el pelo oscuro de su padre, pero los delicados rasgos de su madre, lo que probablemente lo convertiría en un apuesto muchacho algún día. Daniel se estremeció cuando se dio cuenta de que Waverly lo miraba a él y no al niño.

—Olvida a Sheridan por ahora. Los asuntos marítimos de Lennox se han vuelto cada vez más inoportunos. ¿Qué está tramando ahora? ¿Qué tiene que informar nuestro hombre infiltrado?

Daniel se puso en guardia y volvió a centrarse en Waverly.

—Dice que Lennox está discutiendo con Lady Melbourne. Parece que ella se está entrometiendo en sus negocios con las compañías navieras. Ella está comprando contratos a sus espaldas y, en general, está destrozando el imperio cuidadosamente estructurado de Lennox.

Waverly volvió a sonreír.

—Excelente. ¿Lady Melbourne? No he tenido el placer de conocerla. Quiero que averigües todo lo que puedas sobre esta mujer. Si puede ser manipulada para destruir a Lennox, quiero saber cómo. Los enemigos de la Liga son bien recibidos como mis aliados.

—Sí, señor —Daniel se detuvo justo al lado de la puerta cuando Waverly volvió a hablar.

—Tráeme las piezas de ajedrez, Sheffield, y pondré a Lennox en un jaque mate del que no podrá escapar.

· · ·

¡GRACIAS POR LEER *UNA PROPUESTA ESCANDALOSA*! LA historia de Ashton es la siguiente en *Rivales Infames*, donde él y una enérgica viuda escocesa se convierten en rivales de negocios y se enamoran. ¡Pasa la página para leer el primer capítulo ahora!

378

RIVALES INFAMES
CAPÍTULO UNO

Regla 8 de la Liga: *Como la independencia de un hombre está inextricablemente ligada a su riqueza, es vital que no se permita a ninguna mujer entrometerse en ella, por muy bellos que sean sus ojos.*

Extracto de *La Gaceta del Monóculo de Cristal*, 29 de mayo de 1821, la columna de Lady Society:

Lady Society desafía a Lord Lennox. Ella no puede evitar pensar que él le teme a cierta dama que está en competencia directa con él.

Vamos, Lord Lennox, ¿qué lo retiene con tanto miedo y angustia para no dejarse ver con ella en público? En el baile de Lady Jacintha, usted salió por piernas cuando la astuta dama pisó la pista de baile.

No puede esconderse para siempre detrás de su flota de barcos, ni pedirle apoyo a sus amigos. La Liga de los Pícaros está sucumbiendo rápidamente a los encantos de Eros y adquiriendo esposas. ¿Quizás saben algo que usted prefiere ignorar? Para un hombre de tal intelecto y perspicacia, seguramente no puede dejarlo así.

Lo desafío, mi frío y sereno barón, a que pase una noche con la dama y se comporte lo mejor posible. Las campanas de boda, me atrevo a decir, sonarán poco después.

—¿QUIERE QUE HAGA QUÉ, MILORD?

Ashton Lennox miró fijamente al canoso banquero sentado frente a él en las oficinas del Banco Drummond. Sabía que lo que le estaba pidiendo era atrevido y posiblemente ilegal. Sin embargo, era necesario vengarse de ciertos individuos en su esfera de los negocios. Eso no significaba que sus exigencias no asustaran a cualquier banquero con sentido común.

—Es tan simple como he dicho, señor Reed. Quiero que le niegue a Lady Melbourne el crédito si acude a usted en busca de un préstamo —mientras hablaba, dejó que sus palabras salieran con esa voz fría y firme que no admitía discusiones, y terminó pasando las puntas de los dedos por sus pantalones, alisándolos. A los treinta y tres años, Ashton había aprendido a hacer que los hombres cumplieran sus órdenes con una mirada fría y un tono imperioso. Los que se cruzaban con él o se atrevían a ir en contra de sus deseos, solían acabar sufriendo un golpe en sus posiciones financieras.

—Pero, milord —dijo el señor Reed, con los ojos tan abiertos como los platillos de una taza de té—, ella siempre ha sido una clienta valiosa aquí...

—No lo dudo, pero usted y yo tenemos un acuerdo, ¿no es así? —a pesar de su tono, no era una pregunta. Ashton se encontró con la mirada ahora asustada de Reed—. Fui yo, como recordará, quien lo ayudó a seleccionar los fondos consolidados para invertir el año pasado. Pudo comprar una mansión en Sussex con los beneficios que obtuvo, ¿no es así? Creo que le gustaría conservar mi ayuda en asuntos futuros.

La garganta del viejo banquero agitó y logró asentir temblorosamente.

—Estoy agradecido, por supuesto, pero con respecto a la dama en cuestión, ella es... —le costó encontrar las palabras.

—¿Problemática? —respondió Ashton, y se le escapó un gruñido mientras su fría conducta amenazaba con derrumbarse cada vez que pensaba en *ella*.

Lady Rosalind Melbourne era más que problemática. Como propietaria de Melbourne, Shelly & Company, había pasado los últimos meses robando pujas en las líneas navieras y comprando otras empresas al ofrecer ofertas inferiores a la de Ashton.

La mujer era una amenaza. Él había hecho todo lo que un hombre razonable podría hacer, ofreciéndole comprar sus participaciones e intentando ocuparse de sus propios negocios, pero ella había frustrado todos sus esfuerzos, o mejor dicho, todos sus esfuerzos *legales*. Si se tratara de un hombre, él habría admirado sus tácticas, la forma en que lo aventajaba y lo superaba en astucia en todo momento.

Pero no era un hombre, era una mujer, una fuerza femenina irresistible, hermosa y *exasperante*, con un ardiente temperamento escocés que hacía que Ashton perdiera el control.

La situación no era aceptable. El control era su principal arma y su primera línea de defensa. Donde otros hombres perdían sus cuerpos por las pasiones, sus mentes por las obsesiones y sus corazones por el amor, él siempre se mantenía en control.

Excepto cuando se trataba de Rosalind. Si no fuera una mujer, la habría desafiado hacía tiempo y habría resuelto sus diferencias en un campo al amanecer. Tardó un momento en volver a centrarse en el asunto en cuestión.

—¿Tenemos un acuerdo, señor Reed? ¿Hará lo que le he pedido?

Ashton se levantó de su silla y se alzó sobre el banquero.

Tragando con fuerza, el hombre de mayor edad asintió.

—Lo tenemos, Lord Lennox. Lady Melbourne verá denegadas sus solicitudes de crédito hasta que usted me indique lo contrario.

Ashton inclinó la cabeza en señal de aprobación y salió del despacho de Reed. Se alisó el pañuelo de cuello y cogió su sombrero del perchero en la esquina exterior de la oficina. Una vez en la entrada de Drummond, llamó a un coche de caballos de alquiler.

—¿Adónde, señor? —le preguntó el conductor.

—Al Club Berkley —Ashton subió al carruaje y se reclinó con un suspiro.

—Muy bien, milord.

Después de esta mañana, una tarde en Berkley era exactamente lo que necesitaba. No le gustaba utilizar y disfrutar de unas medidas tan drásticas, pero había mucho más en juego, no solo el orgullo profesional. Las empresas de Lady Melbourne estaban siendo utilizadas por el único hombre en Inglaterra que preocupaba a Ashton lo suficiente como para quitarle el sueño por la noche.

Sir Hugo Waverly había sido visto visitando a los capitanes de los barcos de Lady Melbourne, y sus hombres, o los hombres que Ashton sospechaba que trabajaban para Waverly, cada vez figuraban con más frecuencia en sus listas de pasajeros. Sospechaba que Waverly estaba utilizando de alguna manera las compañías de Rosalind. El plan de Waverly era incierto, pero Ashton creía que no era nada bueno.

Había una guerra secreta, una que no se libraba con pistolas o espadas, sino con ojos y palabras; y no en terrenos abiertos, sino en las sombras. Hugo había declarado esta guerra tiempo atrás, y Ashton había estado armando una defensa en su propia forma silenciosa. Lo mejor para la Liga era asumir el control de la situación, lo cual, por el momento, significaba controlar las empresas de Lady Melbourne para poder analizar sus actividades comerciales y ver cómo Waverly podía estar vinculado a ellas.

Esta mañana, Ashton había visitado cinco bancos de la ciudad y había conseguido que cada uno de ellos le prometiera que Lady Melbourne no podría obtener créditos. De ese modo, cuando los amigos de Ashton solicitaran sus pagarés en cada banco, ella no tendría los medios para pagarlos.

Eso la aplastaría. Al menos temporalmente. La mujer no

estaría derrotada por mucho tiempo; Ashton no era tan tonto como para creer que podría arruinarla. Pero un golpe temporal a sus ingresos y a su autosuficiencia sería suficiente para subyugarla.

Lady Melbourne subyugada. Un pensamiento delicioso, sin duda. *Te poseeré, Rosalind.*

Sin poder evitarlo, pensó en la noche en que la sorprendió a solas en un rincón del teatro. La intención había sido hablar con ella, convencerla de que dejara en paz a sus compañías, pero entonces la había tocado y ese plan se había esfumado, permitiéndole la entrada a algo más primitivo.

Él había intentado utilizar la respuesta de su cuerpo frente al suyo en su contra, llevándola al borde de la pasión para luego dejarla sufrir sin parar como reprimenda por sus tácticas empresariales poco ortodoxas. Había sido un capricho tonto, pero, en ese momento, Ashton no había podido evitarlo.

Eso tampoco había funcionado.

En cambio, ella había cambiado las cosas y él se había derrumbado con el firme contacto de sus manos. El recuerdo de ver cómo ella dejaba caer un delicado guante blanco a sus pies, como si fuera una invitación a un duelo, todavía lo ponía duro. Un duelo de ingenio disputado a través de la seducción... Esa era su manera de jugar. Y ahora había conocido a una mujer que jugaba tan perversamente como él.

Movimientos y contraataques, como una partida de ajedrez. Era imposible negar la admiración que sentía por ella, pero estaba decidido a no dejarla ganar.

El carruaje se detuvo frente a la elegante casa de ciudad que había sido la sede del Club Berkley durante más de cincuenta años. Berkley no había sido el único club de caballeros para el que Ashton había conseguido una invitación, aunque sí la única que había aceptado. Le había servido para esos momentos en los que quería escapar de las discusiones comerciales, de las cuestiones políticas y de otras cosas por las que la mayoría de los clubes eran famosos. Berkley era estrictamente un club para hombres que deseaban escapar del torbellino de la vida en Londres.

El club era también el único lugar donde él y sus amigos más cercanos —la Liga de Pícaros, el apodo de los diarios—, podían instalarse cómodamente, lejos de la prensa sensacionalista y de los cotilleos de esa maldita Lady Society. Sus artículos en *La Gaceta del Monóculo de Cristal* parecían empeñados en sacar a la luz sus secretos para diversión de la élite londinense. Ella era la causante de la fama de su apodo en los últimos años.

Ashton no dudaría en admitir que el título de la Liga siempre había sido una descripción adecuada de los cinco miembros originales: Godric, Lucien, Cedric, Charles y él mismo. Con la incorporación del recién descubierto hermano menor de Godric, Jonathan, ahora eran seis.

A lo largo de los años, algunas de sus actividades habían sido despiadadas, insensibles e incluso peligrosas. Pero las cosas estaban cambiando. Los oscuros recuerdos del pasado estaban siendo enterrados por otros nuevos, mejores. Al menos en algunos aspectos. Estaban sentando cabeza, algo que Ashton nunca había creído posible.

Todo comenzó cuando Godric secuestró a una joven para vengarse y luego se enamoró de ella. Ahora, como fichas de dominó de marfil, todos estaban cayendo uno a uno por mujeres sin las que no podían vivir. Lucien, uno de los pícaros más escandalosos, se había enamorado de la hermana de Cedric, Horatia. Y justo el mes pasado, Cedric había sorprendido a todos al proponerle matrimonio a Anne Chessley, la heredera.

Ashton se había dado cuenta —con cierta alarma—, que la Liga ahora estaba dividida a partes iguales entre los hombres libres y los encadenados al matrimonio. Sus charlas vespertinas en el club habían dejado de abordar temas de seducciones y conquistas para centrarse en los próximos alumbramientos.

Si no tenemos cuidado, la Liga pasará de ser una fuerza poderosa a un hazmerreír. El poder que hemos conseguido podría desaparecer y nuestros enemigos trabajarían juntos para intentar destruirnos de nuevo.

Ese pensamiento hizo que se le helara la sangre. El último año lo había pasado sorteando uno que otro incidente mortal. En la medida en que la Liga se dejara dividir por las esposas y los hijos, Waverly tendría más posibilidades de perjudicar a los más queridos de la Liga.

No era que no deseara lo mejor para sus amigos. Estaban felizmente, locamente enamorados de sus esposas. Pero el poder que todos habían conseguido con esfuerzo desde su salida de la universidad, podría desmoronarse. Nuevos gigantes surgirían del polvo de su caída y también nuevos enemigos. Ashton no descansaría hasta asegurar el bienestar de todos.

Hasta entonces, dormía con un ojo abierto, y ese deber le afectaba cada día más. Como el mayor de los miembros, se sentía obligado a ser el protector de la Liga.

El carruaje se detuvo en la entrada del club.

—Club Berkley —anunció el chofer.

—Gracias —Ashton descendió y le pagó al hombre antes de subir las escaleras. Un joven finamente vestido con el uniforme de Berkley le abrió la puerta. Ashton le entregó su abrigo y su sombrero.

—¿Busca a alguien en particular, milord?

Ashton tiró de su chaleco.

—Essex, Rochester o Sheridan —esperó a ver si el muchacho reconocía alguno de los títulos.

El rostro del lacayo se iluminó con una expresión casi reverente.

—Por supuesto. Están bebiendo en el Salón Bombay. ¿Conoce el camino, milord?

—Sí, gracias —recorrió el club, pasando por mesas y sillas con hombres bebiendo, hablando y disfrutando tranquilamente de un respiro de las exigencias de la sociedad. Los cálidos sillones eran acogedores junto a los fuegos que ardían en las chimeneas, y el aroma de la comida y el brandy acariciaba su nariz. Berkley era como un segundo hogar.

El Salón Bombay tenía una decoración con temática india y

estaba situado en un piso superior. La puerta ya estaba entreabierta, y el sonido de unas voces familiares en el interior lo reconfortó. Permitía que pocas cosas le importaran profundamente, pero la Liga, aparte de su familia, era lo más importante en su vida.

Lo primero que Ashton oyó al empujar la puerta fue la risa alegre de Cedric Sheridan.

—Ash estará furioso. Lady Society lo está desafiando —el vizconde estaba reclinado en su silla, sosteniendo un ejemplar del *Monóculo de Cristal*, y sonreía.

—¿Otra vez? —preguntaron los demás.

—Menos mal que quien escribe esa columna permanece en el anonimato. Ash la destruiría.

—Nada altera a Ash. Es demasiado lúcido —Godric St. Laurent, el Duque de Essex, alcanzó el papel y lo escaneó—. Esperad a que Emily lea esto. Está convencida de que Ash y Lady Melbourne necesitan reunirse en un entorno adecuado en el que se vean obligados a ser civilizados.

Lucien Russell, el Marqués de Rochester, se encontraba parado junto a la ventana, girando la cabeza ante las palabras de Godric.

—Horatia no ha dejado de hablar de eso desde hace un mes. Dijo que Anne las ha invitado a beber el té con Lady Melbourne esta tarde.

Ashton se quedó en el umbral de la puerta, escuchando a los tres miembros casados de la Liga hablar de sus esposas de una forma divertida y despreocupada. Se echó a reír, sobresaltando a sus amigos, quienes no se habían percatado de su presencia.

—Dios mío, ¿dejáis que vuestras esposas se reúnan para el té?

Lucien fue el primero en responder.

—Ya sabes lo que cuesta intentar detenerlas. Si alguna vez dijera que no, Horatia me tiraría una almohada bordada a la cabeza. Y después un jarrón.

—Me temo que están tan unidas como nosotros —replicó

Godric—. Incluso se pusieron ese maldito nombre. La Sociedad de... —calló, olvidando lo siguiente.

Lucien movió las manos en el aire, como si estuviera exhibiendo el nombre allí.

—*La Sociedad de Damas Rebeldes.*

—En efecto —Cedric se rio y apoyó sus zapatos sobre la mesa más cercana—. Mientras Audrey no esté entre ellas, no pueden meterse en demasiados problemas.

Ashton no estaba del todo seguro de estar de acuerdo con eso. Audrey Sheridan era la hermana menor de Cedric, y aunque ya era bastante problemática, Ashton sabía que las otras damas tenían casi el mismo talento para hacer travesuras.

—Ash, echa un vistazo —Godric le entregó la *Gaceta* mientras Ashton ocupaba una silla a su lado.

Miró el artículo que habían estado discutiendo cuando llegó. Su temperamento no tardó en estallar.

—*Escondido* detrás de mi flota de barcos, ¿eh? —el gruñido que se le escapó fue completamente inesperado. Luchando por mantener la calma, Ashton cerró los ojos y contó hasta diez en latín, como había hecho toda su vida para calmar su temperamento. Cuando volvió a abrir los ojos, estaba sonriendo. Eso ya no importaba. Su plan se había puesto en marcha y muy pronto acabaría con Rosalind.

—Bueno, ella tiene razón sobre vosotros tres —volvió a revisar el artículo para recitar las palabras exactas—. 'Sucumbiendo a los encantos de Eros y adquiriendo esposas'.

Godric arrancó el papel de las manos de Ashton.

—Ojalá supiera quién ha escrito esta tontería. Probablemente algún viejo loco en Upper Wimpole Street incapaz de encontrar una forma adecuada de entrar en la *alta*, ejerciendo su venganza por no estar entre los pocos de la élite —su tono ligeramente sarcástico revelaba su desagrado por los de su propia clase.

Lucien agitó su copa de brandy y abandonó su posición junto a la ventana para ocupar una silla vacía junto a Cedric. La inspiración pareció alcanzarlo.

—¿Por qué no hacemos que nuestras queridas esposas se encarguen de ello? Si resolvieran un misterio, eso sin duda las mantendría ocupadas y al margen de nuestros asuntos para variar.

Cedric se carcajeó.

—Me atrevo a decir que incluso podrían resolver el misterio, pero es imposible que Emily, Anne u Horatia traicionen a una de las suyas. Y por mucho que lo intentemos, no hay quien las detenga cuando se trata de nuestros asuntos.

Ashton asintió con la cabeza. Pero el problema que pesaba en su corazón era el peligro que una parte del pasado de la Liga representaba para las mujeres en sus vida.

Como si coincidiera con la inquietud de Ashton, Godric se cruzó de brazos, con una expresión severa en sus ojos verdes.

—Eso me recuerda, ¿en dónde estamos parados en cuanto a Waverly?

Ashton se sintió presa de una gran tensión, cada músculo de su cuerpo se contrajo. Waverly siempre despertaba oscuros recuerdos y viejos temores, junto con una tormenta de remordimientos.

Hubo un tiempo en el que Hugo no era más que un molesto privilegiado que habían conocido en Cambridge. Pero debido a una vieja venganza familiar, Waverly había intentado matar a su amigo Charles, pero otro estudiante había muerto esa noche en su lugar. Uno que había sido inocente y que solo intentaba buscar la paz. Fue un momento que cambió sus vidas.

Las palmas de Ashton comenzaron a temblar, como si pudiera sentir la sangre de ese hombre inocente todavía en sus manos.

—Se le ha visto en los muelles donde está mi flota, pero no he podido averiguar cuáles son sus intenciones por el momento. Sugiero que nos cuidemos unos a otros hasta que el próximo plan de Waverly se revele.

Godric intentó contener un ceño fruncido, pero no lo consiguió. La paciencia nunca había sido una de sus virtudes cuando consideraba que podía actuar.

Ashton metió la mano en su chaleco y sacó un pequeño reloj de bolsillo con una delgada cadena de plata. Hacía una hora que había dado sus instrucciones al último de los bancos en relación con el crédito de Rosalind. En menos de media hora, los hombres con los que él se había reunido enviarían avisos al banco de Rosalind para exigir que sus pagarés fueran canjeados por oro. La diabilla escocesa pagaría por haberlo avergonzado en el teatro el mes pasado.

Si pudiera ver su cara en el momento en que descubriera que estaba arruinada.

Por supuesto, no era tan cruel como para enviarla a la prisión de deudores. La mujer recuperaría su fortuna con el tiempo, después de que Ashton se enterara de los secretos que Hugo tenía en su negocio, después de que ella aprendiera que no se podía jugar con él. Lady Melbourne se merecía una lección de esa índole por haberlo desafiado.

—Dios mío, Ash está sonriendo. Eso nunca es una buena señal —masculló Lucien.

Ashton abandonó sus pensamientos casi alegres.

—Ash —el tono de Godric estaba lleno de advertencia—. ¿Te importa compartir con nosotros lo que está pasando por esa cabeza tuya?

Cedric, Lucien y Godric se inclinaron hacia delante, como si temieran ser escuchados a pesar de la privacidad del Salón Bombay en el club. El reloj de pie de la esquina dio la hora, pero no desvió la completa atención de sus amigos.

Ashton volvió a meter el reloj en el bolsillo de su chaqueta y se enfrentó a sus miradas.

—Hace una hora aproximadamente, he puesto en marcha un plan que quebrará financieramente a Lady Melbourne. Me permitirá poner fin a sus actividades y, por tanto, perjudicar a Waverly.

—¿Está aliada con él? —preguntó Cedric.

—Lo único que sé con certeza es que él ha estado utilizando los barcos de Lady Melbourne para sus propios fines, y quiero detenerlo. Se ha asociado con ella en varias empresas y deseo tener acceso a sus libros y a los manifiestos de carga. Pero la única manera en que puedo controlar sus compañías es reclamándolas yo mismo. Por lo tanto, he comprado la mayoría de sus deudas, aunque no tenía muchas. Seré su dueño en todo menos en el nombre.

Un silbido bajo escapó de los labios de Cedric.

—Ash, nuestras esposas la han invitado a beber el té esta tarde.

Por primera vez en mucho tiempo, Ashton se sintió gozoso.

—Lo que daría por estar allí y ver su cara cuando se entere de la verdad —ver sus hermosos ojos grises abiertos de par en par por la conmoción, sus labios entreabiertos mientras respiraba sorprendida... Sería casi tan hermoso como haber reclamado su cuerpo en su cama. Pero como no podía tener su cuerpo —después de todo, uno no se acuesta con sus enemigos—, esto tendría que ser suficiente.

Después de varios momentos, sus amigos finalmente rompieron el silencio.

—No es por el incidente del teatro, ¿verdad? —preguntó Lucien—. ¿Quieres vengarte porque ella cantó victoria en esa alcoba? —Cedric se rio disimuladamente y Godric maldijo en voz baja. No era la respuesta que Ashton esperaba. En el pasado, esto habría sido normal para la Liga. Lo habrían felicitado por semejante victoria.

—¿Qué? —exigió Ash cuando los demás permanecieron en silencio.

Godric se pasó una mano por el pelo oscuro.

—¿Y si Lady Melbourne se toma esto como algo demasiado personal y trae a esos salvajes hermanos suyos desde Escocia? Todavía tengo pesadillas sobre la última vez que me enfrenté a ellos. Uno de ellos rompió una maldita silla sobre mi espalda. Me tocó pagar los daños de la taberna en la que peleamos.

—Tres escoceses salvajes no me asustan —Ashton nunca había perdido un combate de boxeo, ni tampoco una riña en una taberna. Aunque Charles era el verdadero pugilista del grupo, la habilidad de Ashton competía con la suya. Aunque solo peleaba cuando era necesario.

—No, *uno* debería asustarte —refunfuñó Godric—. Tres deberían aterrorizarte.

—¿A nadie más le preocupa que en este momento nuestras esposas estén entreteniendo a la víctima del plan de Ash? —preguntó Cedric—. Si descubren que lo sabíamos, es probable que pase el próximo mes durmiendo en mi estudio en lugar de en la cama con mi mujer.

Los murmullos a favor de Godric y Lucien hicieron que Ashton frunciera el ceño ante todos ellos.

—Empiezo a creer que Charles tenía razón. Todos os estáis volviendo blandos.

Charles había dicho una vez que el amor y el matrimonio estaban dividiendo la Liga, destruyendo su fuerza. En ese momento, Ashton no había estado dispuesto a creerle, pero últimamente...

Un golpe en la puerta hizo que todos se volvieran hacia la entrada del Salón Bombay. Un joven entró con los ojos muy abiertos y las manos temblando un poco mientras llevaba una carta. La reputación de todos aún intimidaba a algunos, como mínimo.

—Disculpen la intromisión, mis lores. Tengo una carta urgente para Lord Lennox —la cara del muchacho recorrió a los hombres. Sintió que había interrumpido algo, y sin duda sintió la tensión invisible presente en la habitación.

Ashton le hizo un gesto al muchacho.

—Tráela aquí.

El chico prácticamente se la lanzó a Ashton y huyó.

—Al menos alguien aún conserva el buen juicio de tenernos miedo —bromeó Godric.

El delgado papel contenía un breve mensaje de su hermana menor, Joanna.

ASHTON,

Debes venir a casa de inmediato. Nuestras dos granjas se han incendiado ayer por la noche y están completamente destruidas. Afortunadamente, nadie ha resultado herido. Las familias están a salvo, pero sin refugio. Por favor, vuelve a casa. Las granjas tendrán que ser reconstruidas de inmediato.

Atentamente,

Joanna

ASHTON DOBLÓ TRANQUILAMENTE LA CARTA Y LA METIÓ EN EL bolsillo interior de su abrigo.

—¿Malas noticias? —preguntó Lucien.

—Es de mi hermana. Dice que las casas de mis dos medieros se han quemado. Debo ir a casa de inmediato —se levantó de su silla.

—¿Qué pasa con Lady Melbourne? —preguntó Cedric.

—¿Qué pasa con ella?

Cedric levantó una ceja.

—¿La has llevado a la ruina financiera y ahora te vas de Londres?

Una lenta sonrisa se dibujó en su rostro.

—Si decide venir a arrastrarse a mis pies, por favor, no dudéis en enviarla a mi finca. Estaré encantado de recibir sus disculpas allí.

Se puso el abrigo y salió del Salón Bombay, abandonando a sus amigos.

Si tan solo eso fuera posible: Lady Melbourne de rodillas, suplicándole perdón, con sus ojos grises brillantes por las lindas lágrimas y su largo cabello oscuro recogido al estilo griego. Esos largos rizos acariciando su cuello…

Sí, Ashton había imaginado la escena demasiadas veces en la última semana. ¿Cómo le diría a Lady Melbourne que, si realmente quería calmarlo, podía pensar en algunas formas creativas de hacer las paces, a puerta cerrada? No era que pudiera confiar en ella hasta en la cama, y ciertamente nunca obligaría a una mujer para que se acostara con él, pero valía la pena explorar esas fantasías en su cabeza.

Ashton salió de Berkley y llamó a un coche de caballos de alquiler. Hizo que su ayudante de cámara empacara ligero para que pudieran llegar rápidamente a su finca. La nota de Joanna era preocupante. Aunque los incendios eran bastante comunes, el hecho de que sus dos medieros estuvieran a kilómetros de distancia era alarmante.

No creo en esas coincidencias.

Una vez más, imaginó un tablero de ajedrez en su mente. Una partida estaba en juego, la Liga contra Waverly, y el reloj avanzaba con cada jugada y contrajugada.